曾理 著

芙蓉坊密码

FU RONG FANG　　MI MA

线装书局

湘绣中华　精彩人间（代序）

中国作家协会副主席　白庚胜

正值国家实施一带一路战略、古老的丝绸文化重焕生机之际，曾理先生送来她即将出版的长篇小说《芙蓉坊密码》文稿，要我为其作序。这当然因为我曾任中国民间文艺家协会党组书记、常务副主席，中国文联党组成员、书记处书记，长期主管民间文艺工作，而且数十年如一日保护、抢救、研究民间文学、民间艺术、民间文化，对湘绣艺术也有过一些接触。

作为中国十大刺绣之一，湘绣是一张文化名片，尤其是湖湘文化的品牌，辉煌、含金量高。它集画、诗、刺绣、书法于一体，曾以一件《乐雁图》荣获芝加哥万国博览会金奖，并于1933年因《罗斯福总统》绣像在万国博览会成功展出而造成"誉满全球"的轰动。新中国成立之初，湘绣名作《斯大林绣像》作为"一号国礼"，被毛泽东主席带到苏联向斯大林祝寿。直到今天，它仍作为国礼，被党和国家领导人送给世界各国政要。

一

这张中国文化名片虽具有深厚的历史底蕴，但它具体起源于什么时候则一直没有定论。然而，在长沙马王堆汉墓出土的

芙蓉坊密码

素纱蝉衣和其他丝绸制品上已有刺绣纹样却是不争的事实。其精美程度只能用"绝伦"二字来形容。这足以说明，这种刺绣早在2000多年前的洞庭湖以南就已流行开来，人们不仅以此美化自己的生活，而且还用它作为一种身份的象征。当然，那时的"湘绣"与集艺术四大元素于一体的现代湘绣不可同日而语。问题是它从民间进入宫廷、从传统走向现代、从一种纯粹的装饰品化茧为蝶成为一种艺术品到底经历了一个什么过程？对此，除了研究湘绣史的文史专家外，又有几个人说得清楚？

我们可以看到的湘绣史，既不像从属于政治史范畴的朝代更迭故事那样，除了史家留下汗牛充栋的通史、编年史，还有大量的史论和考据性著作，更有文艺家所创作的文艺作品海量传世。特别是在当代科技背景下，磁质传播方式正在帮助文学作品无限制复制，使那些属于政治史的故事得以拍摄成影视作品，成为百姓普及历史与政治知识的通俗"读本"。反之，湘绣文化及其历史的传播是显得那样的贫乏。

我以为，那些属于政治史范畴的故事当然要讲，但要弄清"我们是谁？我们从哪里来？我们到何处去？"光凭政治史及其故事是远远不够的。"是奴隶们创造历史，还是英雄创造历史？"我们知道，湘绣等民间文艺是人民的审美创造，其兴其衰都与一定的政治、经济密切相关，但在中国文化史上一直得不到应有的重视。作为"奴隶们创造历史"的一种结晶，它在中华民族的生存、生活、生产中不仅解决了衣饰之用，而且也创造了美。从这个意义上说，以湘绣为题材作文学创作，无疑是回答"我们是谁？我们从哪里来？我们到何处去？"这一命题的一个极

湘绣中华　精彩人间（代序）

好切入点，并正好可以弥补文艺创作中"重政治，轻生活"、"重庙堂，轻江湖"的缺憾。

二

《芙蓉坊密码》所反映社会生活内容的时间跨度为民国初年1916年至1949年8月长沙解放。这是中国社会大动荡、大转型的关键时期。短短33年间，中国从清王朝统治刚刚坍塌之后在血与火中一步步走向新生。这种时代特征同样反映到湘绣行业中来。

在《芙蓉坊密码》中，作者以三大亮点、一次毁灭性遭遇，描写了湘绣业在机遇中的行业发展、挫折中的精神坚守。

第一个亮点：湘绣与中华民国临时大总统的缘分。1912年，中华民国临时大总统孙中山被袁世凯挤下台。在发生于1913年的"二次革命"之后，他在国内无法立足，只好东渡日本另寻出路。没想到的是，他虽经历了政治上的失意，却收获了美满的爱情——和上海宋家二小姐宋庆龄结为连理，并由此引发了一段芙蓉坊中的故事：宋家专门派人到长沙为二小姐办嫁妆，其中以《百子图》湘绣被面最为显要。而芙蓉坊正是因为在最短的时间内以最好的底画、最新的针法绣出了《百子图》而且价格便宜，确立了自己在长沙湘绣业的地位。1928年，孙中山"奉安大典"上所用的棺罩，亦一仍由天然阁绣庄绣制而成。正是借助这种"势"，湘绣业得以进一步发展壮大。

第二个亮点：湘绣参展1933年美国芝加哥万国博览会。在这次会展中，芙蓉坊送展的《乐雁图》获得金奖，另一幅锦文

芙蓉坊密码

丽绣庄送展的《罗斯福总统》绣像亦引起轰动,因而有了湘绣"誉满全球"的声誉。除此之外,新中国开国之初,毛泽东主席首次访苏时,中共中央派员在尚处于国民党控制下的长沙订绣斯大林画像,并作为"一号国礼"祝贺其七十大寿,成为湘绣在新社会前景无限的一个吉兆。

一次毁灭性遭遇:1938年的长沙"文夕大火",致芙蓉坊设在长沙市内的天然阁绣庄,因刺绣《罗斯福》绣像而声誉鹊起的锦文丽绣庄都在大火中化作一片白地。然而,在这33年中,无论是军阀无休止的混战、日本鬼子的铁蹄践踏、地方大员的干扰、社会黑恶势力的侵蚀,还是在市场的激烈竞争中,湘绣这一民间艺术都不因暂时的挫折而沉沦、自暴自弃、自我消亡,而是以其顽强的生命力,抓住机遇一步步走向辉煌。湘绣人始终坚信,人们需要生活,生活需要美,美离不开湘绣。这就是市场。有市场就有湘绣生存发展的空间。任何阻碍、干扰,都不能中断它的事业。"青山遮不住,毕竟东流去"。

曾理先生正是通过描写湘绣这33年的历程,揭示了一个朴素的真理:真正于百姓有益并独具艺术价值的东西是不会被湮没的。

三

在曾理先生的笔下,湘绣之所以生生不息、一步步走向辉煌,是因为它有着曾纪生等湘绣艺术家群体对"绣传天下"精神的坚守。曾纪生出生于湘绣世家,一辈子为光大芙蓉坊湘绣事业殚精竭虑。他凭着对行情的稔熟,最早在天然阁绣庄开创"画师坐堂",为打造芙蓉坊品牌、做好宋庆龄的嫁妆人情用尽、办法想绝,最终在"泥人周"、田如玉等人的帮助下实现了目标。他为光大湘绣的事业在水很深、竞争极端激烈的上海滩开设芙蓉坊分号,并在宋耀如的帮助下居然站稳脚跟,只是日本帝国主义发动的侵华战争,断送了他的"上海梦"。尽管上海梦断,但正是凭借这一窗口,湘绣在较短时间内在一方留下了良好的印象,也在刺绣竞争中夺得了先机,为日后的卷土重来奠定了基础。在长沙面临解放时,曾纪生还拒绝前往台湾为国民党主力军团长的儿子作设计,坚守在湘绣的土壤湖南,为新生的人民政权服务。

如果说曾纪生是一个湘绣经营者的典型,那么田如玉便是一个绣女的代表。她在云空师太的指导下,总结了湘绣七十二种针谱,为总结、整理这份针谱付出了青春年华,也付出了爱情婚姻,倾注了自己的全部热情,调动了自己的全部智慧,最终为湘绣业献出了宝贵生命。

《芙蓉坊密码》还塑造了一系列为湘绣付出的人物形象,如"高人"——民间画师"泥人周"。他在曾纪生为《百子图》画稿受到画师"二百大洋"要挟时,拖着病腿、强撑病体、挺身而出绘图案,而开出的条件只不过是"给两坛你家蒸的谷酒"。他是以自己的生命为湘绣的传承和光大而拼搏的人,他的生命自然在《百子图》上闪光彩,并作为宋庆龄湘绣嫁妆画师而存之不朽。云空师太是一个"神秘人物"。她不仅是个以"修行"为掩护的共产党员,而且也是个刺绣高手。正是在她的指导下,田如玉才完成了曾家绝技"七十二针谱"的整理工作,让湘绣

芙蓉坊密码

工艺有了一份沉甸的文化积累；正是在她的牵线下，天然阁绣庄才在上海开设了分号；也正是在她的安排下，天然阁绣庄的田如玉等人才完成了"国礼一号"的绣制任务。这是一个为湘绣事业默默奉献的杰出人物。

在这部作品中，谭延闿、何键等军政历史人物的塑造也比较成功。作者对谭延闿这个历史人物的塑造虽然着墨不多，但写出了一种历史的真实。作为一省之督，他曾把发展地方经济作为第一"要务"来抓，保护芙蓉坊是他的分内之事，因此整治刘麻子也就自然而然。他严惩以刘麻子为首的社会黑恶势力这一故事写得非常精彩，人物语言也非常富有特色，一句"长沙城不是你'叫脑壳'随意跺脚的地方"、"长沙是个讲规矩的地方"就已达到"传神"的境界，很符合他这个"药中甘草"的性格，也符合他作为一省之督的身份。何键主持湘政达九年之久，在人们心目中的印象至今颇为负面。可是该小说没有全面否定他，而是很符合当时背景和身份地刻画其性格特征。如在处理《罗斯福》绣像所得六千美元问题上，他"有点狠，也有点贪"，但手段老道，钱不退还还让当事人有苦难言；另一狠招是他用"誉满全球"四个字让湘绣业人士"算账"后觉得得到了"补偿"，从而化解了一场风波。何键此举，也在客观上为湘绣扬了名。

正是通过这些生动鲜活的人物形象，读者们足以得到"绣传天下"精神的体味，从而领悟到"绣传天下"的难能可贵。即，它就是湘绣发展的内在动力。

四

我认为,这部小说出版具有总结、开创、呼应三个方面的意义。

(一)总结。作者以对湘绣历史的清晰认识、对湘绣技艺的娴熟掌握、对湘绣行规的深刻了解,用艺术的手法将它们具象化,展现给读者一幅全景式的湘绣发展图画,对那33年间的湘绣发展情况有一个整体的意象。从这个意义上说,《芙蓉坊密码》虽然着笔于芙蓉坊这个"点",却是对整个湘绣业在特定历史阶段的总结,极具重要意义。

(二)开创。在我的印象中,这是第一部以湘绣为题材的长篇小说,而描写苏绣业的电影《顾香园》曾在20世纪80年代昙花一现。此后,反映刺绣的文艺作品就很少很少,特别是史诗般的作品可谓一片空白。这不能不说是文艺创作中的一个缺憾。作为非物质文化遗产为题材的长篇小说创作,《芙蓉坊密码》的问世,不啻开辟了小说创作的一个新领域,值得庆贺。

(三)呼应。党的十八大以后,以习近平总书记为首的党中央多次倡导学习历史、继承民族优秀传统。习总书记说:"深入思考当初是从哪里出发的、为什么出发的。一切向前走,都不能忘记走过的路;走得再远,走到再光辉的未来,也不能忘记走过的过去。历史,往往在经过时间沉淀后可以看得更加清晰。""让历史说话,让文物说话,在传承祖先的成就和光荣、增强民族自尊和自信的同时,谨记历史的挫折和教训,以少走弯路、更好前进。"他还说:"历史是从昨天走到今天再走向明天,历史的联系是不可能割断的,人们总是在继承前人的基础上向前发展的。"《芙蓉坊密码》正是以文学艺术的形式，再现了湘绣在辛亥革命以后到中华人民共和国成立为止的生存、发展历史，使之具有了"中国绣"的意义。从中，我们可以得到许多启示。譬如说，湘绣的发展需要良好的社会环境，湘绣的发展需要"湘绣人"坚定的精神坚守，等等。因此，可以说曾理先生的"湘绣三部曲"是对习近平总书记倡导学习历史的号召的一种贯彻、落实，特别是对中央提出的"一带一路"伟大战略的呼应。湘绣是"丝绸之路"的产物，联结着绵绵两千多年的中外文化交往之路、经济互动之路，理当在新的历史条件下获得新的生机，理应做出新的贡献。

我希望曾理先生将湘绣题材的文学创作领域继续开掘下去，写出更多更好有温度、有筋骨、有道德、有深度的优秀作品，甚至将它们改编为影视作品，在现代传播手段的助推下将湘绣文化及其精神发扬光大。

是为序。

2016年3月28日，于北京

前　言

　　1911年，这是一个多事之年。

　　10月10日，武昌城头一声枪响，掀开了推翻清朝运动的序幕，12天后，湖南第一个响应武昌的首义，随后，贵州、云南等地相继响起了接应的枪声，清代皇朝便在此起彼伏的枪声中逐渐步向覆灭。

　　10月22日上午10时，长沙城的贡院大街（今中山路）上，一队眼神明亮的新军士兵提着步枪，右臂系着白带子，步伐轻快地急行，并沿街喊话："巡抚已逃，革命成功！"与此同时，100多张书有"湖南都督谭"的《安民告示》贴在繁华的街口。

　　1911年10月到1916年8月，长沙城头旗号变换频繁，政府官员走马灯似的不断更换。从湖南都督到湖南将军，从湖南巡按使公署的巡按使，再到湖南省长公署的省长，短短的五年期间，便有焦达峰、谭延闿、汤芗铭、刘心源、陶思澄、韩国钧、沈金鉴、陈宧、刘人熙等十一人先后主宰湖南，像《红楼梦》中形容的那样"你方唱罢我登场"。

　　神州大地上的局势也像长沙一样变化莫测，南方的革命派拥戴孙中山，北方的实力派拥戴袁世凯。这与长沙湘绣行业看似没有任何瓜葛，谁来当官不是都一样？只是换官的公告多印几张罢了，生意照样做，铺面照样开，倒是宏昌绣庄与芙蓉坊绣庄的争斗更为引起当地人的留意。

时局的动荡，谁能独善其身？覆巢之下，焉有完卵。湘绣《荷鹤图》在意大利都灵博物馆展览会上的获奖，将芙蓉坊的声誉推向了一个前所未有的高度，然而随着官场的波动，曾传玉的逝世，芙蓉坊绣庄的生意却降到了冰点。

此时宏昌绣庄与芙蓉坊绣庄的竞争延续到第二代，在长沙刺绣界已是公开的秘密，特别是宏昌的少老板肖小宝，要与芙蓉坊绣庄的曾纪生分个高低的放话，迅速在行业内传开，不少人担心曾家大屋又将有什么祸事发生。

行业的竞争，惊心动魄，但它却极大地促进了整个湘绣产业的发展，使之从一个地方绣种一跃而为全国四大名绣之一。优胜劣汰的自然法则，使宏昌、锦文丽、芙蓉坊三大绣庄从长沙近百家湘绣商号中脱颖而出，成为传承百年的名牌老店。

商场如同战场，它们的艰难困苦、喜怒哀乐无不打上那个时代的烙印。

目 录
MU LU

湘绣中华　精彩人间（代序）……………… 白庚胜 1
前　言 …………………………………………………… 1
第一章　百子图 ………………………………………… 1
第二章　道缘堂 ………………………………………… 23
第三章　私房银 ………………………………………… 43
第四章　天然阁 ………………………………………… 65
第五章　对台戏 ………………………………………… 87
第六章　讲规矩 ………………………………………… 109
第七章　硬较量 ………………………………………… 131
第八章　小便宜 ………………………………………… 151
第九章　三角债 ………………………………………… 171
第十章　蓝棺罩 ………………………………………… 193
第十一章　"大陷阱" …………………………………… 215
第十二章　烧日货 ……………………………………… 237
第十三章　总统奖 ……………………………………… 259
第十四章　省长宴 ……………………………………… 283
第十五章　上海梦 ……………………………………… 303
第十六章　桥头堡 ……………………………………… 325
第十七章　石夹墙 ……………………………………… 345
第十八章　抢劫案 ……………………………………… 365
第十九章　漏网鱼 ……………………………………… 385
第二十章　两只船 ……………………………………… 405
第二十一章　换针谱 …………………………………… 427
第二十二章　绣国礼 …………………………………… 451

第一章
百子图

辛亥革命的爆发,沉淀几百年的中国政治社会吹过一阵变革的清风,随后走马灯的官场变换,造成剧烈的社会动荡。此后一个很长的时间,中国的版图也被各地军阀撕扯得四分五裂。距北京有着千里之遥的长沙城,社会秩序似乎还是风平浪静,两个神秘访客的到来,却搅动了长沙绣庄往日的平静。

第一章　百子图

1916 年，袁世凯称帝不过几个月，便在全国此起彼伏的护国战争硝烟中退位了，随后不久病故，因闹自治而被袁世凯逼退的湖南督军谭延闿，再次坐上了湖南省长公署的第一把交椅。

这天下午，两个枪兵陪伴着两位身穿黑色双排扣外衣、手提大皮包的人走在长沙城马王街的麻石板路上，"咔嚓"、"咔嚓"的靴钉声震得麻石板咚咚地响。

在路人惊讶的目光中，两位身穿黑色双排扣的外来人，旁若无人地走进了长沙坡子街的宏昌绣庄，而枪兵则站立店铺门外。这种场面，在悠闲惯了的长沙城并不多见，自然让长沙城街头的路人多了几分紧张与好奇。平常只有官府到商铺里抓人才是这阵势，难道宏昌绣庄有人犯了事，抑或是得罪了官府？

宏昌绣庄是长沙三大绣庄之首，飞檐翘角，走兽衔铃，风吹铃动，发出清脆的声响，配上富丽堂皇的店面，显得极为气派。不过在兵荒马乱的年月，购买时尚高雅刺绣品的顾客却不多，几个店伙计或站或坐显得甚为悠闲。

一瞧两位来客的架势，领头的店伙计心里一惊，腾地从椅子上跳了起来，见来人并无恶意，而是春风满面，不由得忙迎上去热情地招呼："长官，需要点什么？"

领头的高个子回头望了一眼跟在身旁的店伙计，自顾看着店铺陈列的各类绣品，没有回话。

坐在内堂算账的赵管家也迎了出来，见到来客气宇轩昂，门外站着枪兵，连声吩咐店伙计："上茶！上最好的芙蓉山毛尖。"

"不麻烦了。我们只是随便瞧瞧。"领头的高个子似乎从赵管家那滴溜溜转个不停的眼珠子看出了什么，推脱着说。

芙蓉坊密码

瞧着两位旁若无人的来客，生意江湖混了多年的赵管家低声对伙计道："殷勤点，看架势这两人还挺有来头。"

高个子下意识地瞧了一眼赵管家，突然掏出随身携带的一张纸条，低声地问："老板，你知道芙蓉坊绣庄吗？"

"芙蓉坊绣庄……"店伙计刚要说芙蓉坊的老板曾纪生就在隔壁吴大茂店铺里买东西时，话还没说出口，就被赵管家打断。

"芙蓉坊绣庄？在……离长沙城很远的地方——铜官。老板！您是要买湘绣么？我这里有……"赵管家眼珠子转了几圈狡黠地说。

两位来人从赵掌柜那怪怪的眼神里似乎看出了什么，相互交换了一下眼色，礼貌性地笑笑，一言不发地离开了店铺。

长沙人好议事是出了名的，无风尚且能搅起三尺浪，何况这枪兵闯进店铺的事。不久后，从宏昌的伙计那里传出来一个莫名其妙的传闻，芙蓉坊出大事啦！

什么大事？谁也说不清。有人还记得三十年前，曾家大屋的掌门人曾传玉，曾经莫名其妙地被官府关押过，这种噩运今天是否又会降临到曾纪生的身上？

那时的社会，虽然从君主制进入了共和时代，但科学技术并不发达，仅仅是在门楣上换了块刷了新油漆的招牌，信息的传递方式仍然极其落后。此时两位神秘来客在宏昌绣庄折腾了近半个时辰，在吴大茂采购绣线的曾纪生对此却是一无所知。

曾纪生从吴大茂出来后，又到自己熟悉的锦文丽绣庄那里去坐了一阵，当他听到这一传闻时，已是当天晚上的事。

陌生人、枪兵、芙蓉坊，世界上的事就怕联成串来想，联系起来后便有了无数的结果。这几件事联系起来，曾纪生便有了心事，虽然觉得自己与官府并无多少牵扯，但"天飞横祸"的典故还是令人生畏。

第二天一大早，曾纪生便离开长沙城平安客栈，往家里赶。

小篷船靠上了铜官的码头，曾纪生三步并作两步地急急往家的方向走去。他人还没进曾家大屋的院门，便瞧见站在晒谷场上的谢春正在打望，顺着目光方向望去，远远瞧见一拨人正从山坳口向曾家大屋走来。

曾纪生走到院门的荷塘前站住，心里猜想着：这会是些什么人？

"少老板！在忙么子啰？有两个上海来的贵客要找你。"随着呼喊声，家住铜官芙蓉坊绣庄隔壁的王娱驰，带着两个陌生人向曾家大屋走过来。

曾纪生迎了上去。王娱驰抢前几步把曾纪生拉到一边，压低声音道："他们是远方来的贵客，有'大事'找你。"

王娱驰将"大事"两字说得特别重，曾纪生不觉心里一惊，如今的他最怕听到的就是"大事"二字。在这个兵荒马乱的年月，"大事"往往与"祸事"是兄弟，但他毕竟闯荡生意江湖多年，不是那种轻易乱了阵脚的货色。他很快镇定了心神，面上热情而又警惕地应酬道："哦！稀客，稀客！快请进屋里坐。"

听主人发了话，谢春连忙跑进大门朝着绣楼呼喊："二嫂！来客人啦！"

只听一阵急促的楼梯响声，周婶急匆匆地下了楼。她见曾纪生从门外领着几个客人走了过来，赶忙问道："少爷，您回来啦！二嫂还没回来，您有什么事吗？"

"哦，快给客人泡茶。"曾纪生吩咐道。他的脑海里却在急速地思索着来客的真实身份，这两人是不是昨天长沙绣庄寻找芙蓉坊的客人？他们随行的枪兵怎么没见同来？是不是会来个先礼后兵？！

两位来客一高一矮，高个子戴着墨镜，文质彬彬，矮个子则提着一个黑色皮包，神情上显得憨厚淳朴。从眼前的景象来看，不像是来找麻烦的，但两人那一身深蓝色双排扣外衣的打扮，仍然给人一种神秘江湖客的感觉，让人心里不踏实。

曾纪生的心如水桶打水——七上八下地悬着。待客人坐定后，他试探地问道："请问贵客尊姓大名，找芙蓉坊有何贵干？"

"您这地方可真难找呀！"戴墨镜的高个子从身上摸出手帕，抹了抹额头上的细汗，这才解释来意："我们是专程从上海过来的。在下姓宋，名耀平。受堂嫂之托到长沙办一件家事。"

来人有意将"家事"两字说得很轻，以降低王娱驰"大事"的分量。

"上海？"曾纪生心里"格噔"了一下。上海是什么地方？那可是外国洋人都仰慕的繁华大都市，他们到长沙办什么家事？为什么显得这样神神秘秘？

宋先生见曾纪生的脸上布满了疑惑，忙解释道："我们要订一套湘绣嫁妆。"

"您要订湘绣嫁妆？哦！好，好……"曾纪生话是这么说，心里却是更加迷糊。他的思维还停留在这些人有枪兵护送的神秘上，这种身份的人可是要风有风，要雨有雨的，要一套刺绣嫁妆，还不是"落水鬼"要喝水，张口便有的事，何以千里迢迢跑到湖南来？曾纪生虽然生长在铜官小镇，但全国也跑了不少的地方，甚至连意大利都灵博览会也去了，可以说也是见过大世面的人。他对全国刺绣行业了解很深，像苏绣的刺绣名家——沈寿，他也面对面地交流过，顾绣的代表性人物韩希孟的作品，曾纪生也曾认真地研究。

曾纪生知道上海不仅不缺少刺绣，而且上海的顾绣还非常有名。明嘉靖年间，宫廷尚宝司丞顾世名，在上海九亩地创建"露香园"，韩希孟的作品堪称明末清初顾绣的典范。正是因为"顾绣"的名声，长沙最早开办的绣庄，便是挂了顾绣的牌子，即使是现在，一些绣庄为了揽客，仍然挂"顾绣"之名，行销湘绣之实。

近代学者徐崇立在《沪渎羁居记》中记述道："吾湘旧时绣店，亦题'顾绣'，莫知所从来。"因此，这一表面现象误导后来许多史学家，得出湘绣源于"顾绣"之说，并被广泛传播，引发中国近代刺绣史上，"湘绣起源"的百年之争。

顾绣、苏绣都近在咫尺之地，这两个陌生人为什么舍近求远，这葫芦里究竟卖的什么药？

曾纪生不禁疑惑地问："上海顾绣名扬天下，绣庄如林，名绣云集，不知宋先生是何缘故，不远千里之遥，不畏车船劳顿，赶来湖南铜官小镇订做一套湘绣嫁妆？"

"曾老板，'好酒不怕巷子深'。你不要淡瞧了这两位贵客，他们可是做大事的，讲究一个'好'字，哪在乎劳困与路远？"王娱驰见曾纪生将话题引往上海顾绣，认为他是缺乏历练的仔姜——太嫩，赶忙替他打圆场说。

宋耀平微笑着道："实不相瞒，我们看重湖南湘绣有两个原因，1905年同盟会成立时，同盟会执行部庶务黄兴先生，曾经送给孙中山先生一个湘绣怀表锦囊，锦囊里装的不是怀表，而是他早年成立华兴会提出的'驱除鞑虏，恢复中华，雄踞湘省，直捣幽燕'的战略主张。孙先生在将其战略主张的后两句改为'建立民国，平均地权'，以此作为同盟会纲领后，对此锦囊的精美刺绣大加赞赏，随后交予宋府庆龄小姐珍藏。"

"没想到宋先生对湖南历史典故有如此深的了解。"曾纪生为湖南出了黄兴这样的伟人而深感自豪。

宋耀平轻咳一声接着说道："其二是民国元年，崇德夫人从长沙到上海定居，我陪堂嫂倪桂枝，专程去上海华德路谦吉里寓所拜访老夫人。崇德夫人送给堂嫂一幅湘绣《山鸡牡丹》，画面上题有令尊陌龄先生的词款锦绣基业，鹤寿松龄。上至清廷王朝，今至民国政府，谁不知道昔日湘军大画家曾陌龄的字画难求？"

提起崇德夫人，曾纪生心里终于明白了过来。因为崇德夫人就是曾纪生的大堂姐，曾国藩的大女儿曾纪芬。大堂姐既然能将父亲所画，自己亲手所绣的《山鸡牡丹》送给眼前这位神秘来客的堂嫂，由此推论，其堂嫂也绝非等闲之辈，因为曾氏大堂姐是一个眼界很高的人，一般人很难进入她的视线。

两件往事的说辞，稀释了曾纪生心里的疑惑，心定了下来，说话也就不再防备什么。他谦虚地道："家父虽然善画，但毕竟只是偏安于江湖小镇的山庄之作，《山鸡牡丹》有让宋先生见笑的地方，还请多多包涵。"

"曾老板,就不用自谦了。"此时,宋耀平从一个夹皮包里掏出一封信,"哦!这是崇德夫人写给你们的家信。"

宋耀平将信递给曾纪生后,接着解释道:"上海虽然绣庄林立、绣品多如牛毛,但崇德夫人赠送的《山鸡牡丹》不仅寓意吉祥,而且绣艺精湛。据崇德夫人介绍,特别是用'掺针法'刺绣的牡丹和锦鸡,转色天然,晨露欲滴,流光溢彩,仿啼鸣有声,远非一般绣品可以比拟。不仅使我们领略了陌龄先生名不虚传的艺术造诣,更让我们看到了湖南湘绣的与众不同。"

曾纪生打开那个厚实的信封,抽出来一看,原来是一幅龙飞凤舞的四尺中堂书法作品:

锦绣出名门,

女红世界惊,

绣花能生香,

绣鸟闻啼声。

接下来的交谈中,曾纪生得知这位神秘来客的堂兄是对湖南湘绣情有独钟,在崇德夫人送绣画后,特意题写了这幅书法作品加赠给崇德夫人,现在崇德夫人又转送给曾家大屋。

此时的曾纪生无论如何也未曾想到,父亲的这幅《山鸡牡丹》被后人引伸为寓意"基业兴隆"的《锦鸡牡丹》,被后人宋耀如牧师题这幅赞扬湘绣的书法作品,竟然成了百年之后,人们对湘绣赞誉的一种公认评价:绣花能生香,绣鸟闻啼声。

宋先生的千里传家书,让曾纪生感动万分,他开门见山地问道:"请问令兄堂嫂是为谁在操办婚庆嫁妆?"

"你还不知道他们是为谁办大事呀!"一旁的王娭毑见曾

芙蓉坊密码

纪生与客人聊了半天还在云里雾里，便抢着插话道，"是大总统。"

大总统？这个话放在过去，那岂不是皇帝老子！曾纪生听后，半天未回过神来。在他脑海里第一印象是不可能，他知道为皇帝办喜事，那可是一件国家大事，从上到下都有着全套的规矩，出不得半点差池，而且应该先有官府里的人前来打个招呼，还有随后而来的尺寸规格之类，还会有面料、丝线的严格要求等等。这宋先生虽然举止不凡，但怎么看也不像官府里的人，他不觉有些疑惑地望着满面皱纹的王娭毑。

王娭毑是远近地面上出了名的爱管闲事的婆婆。当地一位老秀才曾经用"天上事知一半，地上事她全知"来形容王娭毑是一个全能的包打听。可是王娭毑再能干，一国之主大总统的嫁妆大事，也不可能告诉她呀！

曾纪生心里这么想，却没有将心思透露出来，而是将目光移向了门外，瞧瞧大门外的山路上是不是还有后续人马。他半晌才收回目光打量着宋先生，试图从中寻找出官府背景，如果宋先生真为大总统办事，总还会有官府的人员陪同吧？

"曾老板，别看了，就是他们两个人。"王娭毑一眼就看穿了曾纪生的心思，有些嘲弄地道，"如今改朝换代了，不时兴那种黄土铺地、锦旗蔽日的场面啦。"

在这个世事变化如棋局的民国时代，先是孙大总统，后是袁大总统，不知道是哪一年又出了一个黎大总统。如今的年代，倒是一个生产"大总统"的时代，隔不了一两年就冒出来一个，还有不少地方冒出来扯旗称王的官。面对朝露夕雨的社会变化，曾纪生还真的弄不懂到底是哪个大总统。他想了想后，小心地问道:"是哪个大总统?"

"孙中山!"王娱驰也许是怕客人听了见怪,把嘴直接凑到了曾纪生的耳边,压低着嗓门道,"就是那个带领同盟会推翻了清朝皇帝的孙大总统。"

曾纪生一时还是没有明白过来。虽然他不太关心时局的变化,但心里还是有数的,孙中山不是被现在的袁世凯大总统赶到外国去了吗?什么时候又回来当上大总统了?再说孙中山是广东人,而这两个人却是来自上海,这是风马牛不相及的两个不同地方,他们为什么会扯到一起?

堂屋里的空气显得异样地沉闷,闷得似乎能滴下水来。

"您怎么知道是孙大总统?"曾纪生将信将疑地盯着王娱驰低声问道。

"你这个人也真是!你家老爷子过世后,你竟然连官府的大变动也不晓得了?"王娱驰眯起了眼,有点恨铁不成钢地轻声道,"李师爷说,被袁世凯撤职的谭督军又官复原职了。孙大总统的事就是谭督军的事。宋先生不是为孙大总统婚事办嫁妆,你说是为谁呢?"王娱驰说得头头是道。

曾纪生更加疑惑了,督军府的李师爷到了铜官,为什么也不来曾家大屋露露脸?曾纪生觉得事情有些反常。

"李师爷呢?"曾纪生将信将疑地问。

"李师爷将宋先生带到铜官你家的芙蓉坊后,宋先生就执意让他回去了。"王娱驰道。

宋耀平发现曾纪生对自己的不信任,便自我介绍道:"辛亥革命后,流亡到日本的孙中山与朝夕相处的秘书宋庆龄在东京结了婚，因眼下国内局势骤变，各地反北洋政府的势力如干柴烈火，同盟会领导人黄兴等极力催促孙中山先生回国充当领头举旗的人。任职于上海教堂的堂兄宋耀如，知悉自己的女儿宋庆龄与孙中山在日本结婚，并即将从日本归来，瞧着同是革命党人的份上，便与夫人商量准备补办几桌喜宴，将女儿的婚事公布于众，并派我二人到长沙，购置添箱的陪嫁品。"

曾纪生做梦也没想到，订做大总统陪嫁用品竟然会落到自己绣庄，这是何等的荣耀！若在清王朝这可是御用贡品，今日则可称之为"国品"，自己必须全身心去完成。不过，为难的是父亲已经去世，又有谁能来承担这绣稿的重任？

瞧着曾纪生犹豫的神色，宋耀平同来的矮个子问道："曾老板，有什么为难的地方吗？"

"没有，没有。"面对订货的客商，曾家大屋还没有将客人拒之门外的习惯，何况这还是来自大总统的生意。尽管曾纪生有了海外的历练，但面对如此重大的湘绣订单，仍然有些担心。他深吸口气，镇定了一下自己的心神后，转过话题道："你们商定了用什么花案吗？"

"花案？"宋耀平和矮个子都不明白曾纪生问这句话的意思。两人低声商量了几句话后，宋耀平认真地道："老夫人并没有什么特殊条件，只要喜庆，不落俗套就行。"

宋先生的回答，有些出乎曾纪生的意外。一般来说，客商都会提出一些具体要求，诸如人物、花鸟、动物之类，这种没有具体要求的客户，一般更难侍候，也充满变数。

在往日有父亲当家，无论什么绣稿曾家大屋都不在话下，

第一章　百子图

可如今……曾纪生没有继续往下想，顿了顿后道："你们什么时间要货？"

"越快越好。"宋耀平急促地道，"十天怎么样？"

"十天？"曾纪生心中吃了一惊，这些人将刺绣绣品当作办桌酒席了。他知道，自己遇上了刺绣的门外汉。

曾纪生耐心地解释道："仅仅是绘出一幅好的画稿，就得要个把月的时间，再加上刺绣时间，没有三到四个月是根本绣不出来。"

宋耀平想了想，道："两个月时间怎么样？"

世上无难事，只怕人呆滞。面对这天上掉下来给湖南人争光的大馅饼，曾纪生的心底还有自己的小算盘。这是他掌事以来，第一单送上门的大生意，不管赚亏，自己一定要将它做成功，决不能给曾家大屋丢脸。

主意已定，曾纪生毫不犹豫地道："行，这事你们就交给我！不过交货时间希望能再宽限点更好，具体的刺绣图案内容也希望能给点提示……"

宋耀平非常满意曾纪生的豪爽。于是缓声道："大总统偕夫人从日本回国的具体时间，我们也掌握不了，反正你越快越好。至于图案内容，宋老夫人没有具体要求，崇德夫人建议，最好是绣幅《百子图》。崇德夫人说，这《百子图》里有故事，特别适合大总统。"宋耀平说完，即告辞返回长沙。

曾纪生顿时明白过来，原来这两位神秘陌生人是冲着《百子图》而来的！《百子图》里面有什么故事呢？历史文化挖到深处，曾纪生的那点知识可就不够用了。他眼瞧着宋耀平等人远去的背影，不禁陷入了沉思中。

　　曾纪生走出堂屋，来到外面的草坪里，一边想着《百子图》究竟有什么故事，一边琢磨着绣稿之事。说实话，刺绣一幅湘绣被面，一般确实只要两个月的工夫就差不多了，可现在为民国大总统绣制婚嫁礼物，必须彰显出湘绣特有的魅力才行，因此必须首先要寻找一个高手来设计绣稿，否则就会功亏一篑。

　　天降大任，谁能担当？曾纪生想去靖港找焦庭山探探风向，看看在他的生意圈中，是否有合适执笔设计此稿的人选。

　　靖港天然福绸缎铺老板焦庭山，早从谢春的口中得知曾纪生接了大总统《百子图》绣面的订单。对于这个从小看着长大的树森伢子，知道他做生意有股机灵劲，更有股狠劲，胆子大得包天。只是，凭他多年经营湘绣的经验，他总觉得这桩订单有点"鸡肋"的感觉，即弃之可惜，食之无味。说弃之可惜，是因为这毕竟是来自民国第一夫人的订单，绣得好是一个扬名立万的绝佳机会；说它无味，是因为稍有差池便会前功尽弃，将曾家大屋几十年的牌子砸掉。

　　"焦叔，在家吗？"焦庭山还未想出个子丑寅卯来，一声不急不缓的呼喊，从店铺门外传了进来。

　　真是说曹操，曹操到。焦庭山闻声赶忙走到店铺前堂，只见门外的来人正是曾家大屋的新掌门人曾纪生。

　　焦庭山关切地将曾纪生请进了里屋，不待落座，便开门见山地问："树森，听说你接下了上海宋家的嫁妆订单？"

　　"是啊。"正为绣稿愁急的曾纪生，面对焦叔的询问却是一副满不在乎的神态，"送上门来扬名立万的机会，却之不恭呀！"

"咦，你小子的口气可不小！这才漂了一趟洋，便将眼睛移到了额头上。你就那么有把握？"焦庭山语气中满含诧异。

"没有金刚钻，哪敢揽瓷器活？焦叔，您就放一百二十个心，如今我是万事俱备，只欠东风。您只要能帮我请到一个好画师，这桩订单就成了。"曾纪生信心十足地说。

"你真的是聋子不怕雷。"焦庭山直言不讳地批评道。

焦庭山虽然没有直接生产绣品，但他做的绸缎、布匹、针头线脑都与湘绣有关，他清楚画稿是完成这个订单成败的关键。曾纪生没有画师就接不下这个惊天的任务，这不是胆量而是盲从。他并没有去捅破这层纸，曾家大屋的曾传玉如果没有去世，这绣稿自是无须外人来帮忙，可现在铜官唯一能担当此重任的泥人周因重病在长沙，据说近日一直卧床不起，这些变故，让一个简单的问题变得复杂起来。

"我就是到您这里来找耳朵的，有您在我还怕什么雷呢？"曾纪生俏皮地恭维道。

桌上的一壶洞庭银针茶，由热变凉，续水后又由凉变热，几番反复下来，焦庭山始终没想出合适的画师。

望着壶嘴处刚才还白雾吞吐，此时却由浓变淡，继而杳无雾息，曾纪生有些失望了。不过他仍未死心，两眼死死地盯着已无热气冒出的壶嘴，似乎在等待那里会冒出一个奇迹来。忽然他脑海里闪过一道光亮："焦叔！您知道我父亲当年为老佛爷画贡绣那件事吗？"

"我怎么不知道。你父亲当年为了加快完成宫廷旗袍的画稿,特意重金从江西景德镇请来了御窑画师的徒弟蒋氏两兄弟。"焦庭山回忆着说。

曾纪生点点头。

焦庭山接着说:"那时我虽然还未参加曾家大屋的湘绣经营,但完成贡绣前前后后的过程,我还是晓得的。那次你父亲不惜重金请景德镇的御窑画师蒋氏亲兄弟,前来赶忙,可现在十多年过去了,蒋氏兄弟早就杳无音讯了。"

曾纪生急忙问道:"能打探到他们的消息吗?"

焦庭山眯起眼睛道:"哥哥蒋学荣已经病故,弟弟蒋学勤离开铜官后,听说仍留在长沙,好像还在宏昌做过短工。"

曾纪生的眼里放出了光彩:"只要蒋学勤在长沙,我就可以找到他。"

功夫不负有心人。经过三天的走访,曾纪生终于在西牌楼一个绣庄打听到了在长沙振玉瓷行当画师的蒋学勤。

第二天清早,曾纪生带着管家谢春前往振玉瓷行,曾纪生进门后才知蒋学勤于三天前从振玉瓷行辞工,不知所踪。

时间一晃过去了一个星期,急得像热锅上蚂蚁的曾纪生终于打听到了蒋学勤的新住址。此时蒋学勤早已从振玉瓷行老板那里得知曾家大屋找自己的事,也从宏昌绣庄得知曾纪生可能要找他画《百子图》的消息,所以当曾纪生提出请他画画稿之事后,他便端起架子,慢悠悠地问道:"《百子图》可是重工活,你给我多少时间?"

曾纪生试探性地说:"半个月时间怎么样?"

"半个月画一幅《百子图》?曾老板,这不是棉花,弹床棉被只要一天就可以。绘绣稿可是艺术,是独一无二的艺术!"蒋学勤从座椅上站了起来,双手反操在背后,来回在堂屋里踱着方步,慢条斯理地道。

不知蒋学勤从哪里学来一口时尚的新名词,听得曾纪生有些不耐烦了,但他仍面带微笑,耐心地解释着:"我知道这幅画稿要求高,但主家那边催得急,给你一个月时间,怎么样?"

"一个月?你以为画幅绣稿是打个酱油,买个小菜那样轻松?得绞尽脑汁想出个别人想不到的图案出来。"蒋学勤自抬身价的话出口后,大概觉得时间不是主要问题,又连忙接着道,"要快嘛。不是不可以,但价钱不到这个数,我没法动手。"说着,他伸出了五根手指。

"五十大洋?"曾纪生虽然对湘绣绣品价格了如指掌,对于画稿的价格行情不甚了解。

蒋学勤没说话,却是将手掌翻了两下。

蒋学勤的这个动作,曾纪生有点明白了。他大吃了一惊,但为了印证,还是追问了一句:"两百大洋?"

蒋学勤昂着头,傲慢地道:"对,少于这个数,开不了笔!"

"你这是抢钱吗?"蒋学勤狮子大开口的要价,让曾纪生有些生气了。

蒋学勤并不在乎曾纪生的反应,仍然摆谱十足:"你以为湘绣画稿是鬼画桃符?大总统婚用的《百子图》,那可是'国绣',你请我作画,就得给'国价'。另外,如果没有两三个月时间,无论如何也不可能交画稿。"

"谁告诉你我要画的是大总统婚用《百子图》绣稿?"曾

纪生惊奇地问。

　　蒋学勤洋洋得意地说:"世界上没有不透风的墙,不是给大总统画绣稿,你用得着找我吗?在铜官窑货店随便找个人画几笔不就行了。在长沙谁不知我是景德镇皇宫御用瓷画师关门弟子的弟弟呢?宏昌绣庄为什么要与我签约,看中的就是我这御用画师关门弟子的弟弟的名气。没有金刚钻,谁敢揽你的瓷器活?"

　　曾纪生听罢,有些哭笑不得,但又不便发作。自己只是出于礼性奉承了几句,没想到他竟然借话便想爬上天,这是哪门子毛病?他只得拱起手道:"我回去思考几天,再给蒋大画师回话。"

　　蒋学勤晕头了吗?不说他曾经在曾家大屋也当过画工的人情世故,就事论事,他为什么要开出一个曾纪生根本不可能接受的天价呢?其中的原因只有当事者知晓。

　　曾纪生走后,蒋学勤迈着八字步,喜滋滋地走进宏昌绣庄,赵管家皮笑肉不笑地问道:"蒋画师今天早晨是否在马路上捡了钱,眉毛里都藏着笑。"

　　"钱倒是没捡,好事却碰了一桩,如你所料,曾纪生今天请我画《百子图》了。"

　　"这么好的机会你接受了吗?"赵管家羡慕地问。

　　"我要两百大洋的开笔费,曾纪生说过几天给我回话。"蒋学勤答道。

　　赵管家眼珠一转说:"你这是财从天降呀!"

　　"曾纪生过几天如果不来了呢?你说我该怎么办?"蒋学

勤担心地问。

"曾传玉死了，如果有人画得出绣稿，曾纪生用得着千方百计找你吗？"赵管家蛮有把握地说。

"那绣品都不可能卖两百大洋，曾纪生会干这亏本的买卖吗？"

赵管家听后，进一步鼓动着说："不就是两百大洋吗？这是一件光宗耀祖的大事，曾纪生如果舍不得这个画稿钱，我就断定他今后不会有出息。他如果小气，我先付你一百大洋的保证金，《百子图》画好后，曾纪生如不给你涨价，画稿就给我，我保你蒋学勤名利双收。"

曾纪生离开协操坪后，闷闷不乐地回到曾家大屋。母亲谢冬梅听完曾纪生请蒋学勤的经过后，开导着道："你给蒋学勤回个信不就完事了，他给你拗工期，无非是想多敲几两银子。"

"给他回信？实在有点憋气。他那故意摆谱的模样，简直就是敲诈！难怪他在铜官陶瓷业待不下去。"曾纪生越说越生气。此时的他还不知道宏昌赵管家又在后面烧了把阴阳火。

谢冬梅继续劝说道："现在是用人之际，凡人做大事就得有大肚量，过了眼前这个坎，再从长计议。"

"这样的人，谁敢将如此重要的画稿交给他去画？"曾纪生嘀咕着道，"这可是大总统办喜事……万一……"

谢冬梅没有听出曾纪生的话外之言，问道："万一，有什么万一？"

"这样不讲情义的人，万一我们加了钱还怠工，岂不会被他害死。"

谢冬梅想了想道:"既然这样,求人不如求己,要不,我来帮你画。"

"您老人家画?"曾纪生睁大了双眼,怎么也不相信母亲会画湘绣稿。

谢冬梅二话没说,从曾传玉的画柜里清出一张画稿道:"我们就拿这幅画稿来改,将这儿孙满堂的'多子图',改成和平盛世的《百子图》。"

母亲的自告奋勇令曾纪生深感内疚。

"妈,我会想办法的,画稿这种事情,怎么能让您动手呢?"曾纪生烦躁地皱着眉头说。

曾纪生知道,如果没有一流的画师,怎么创造出一流的湘绣作品?孙大总统的订单此时成了他心头之痛。母子俩商量之际,门外突然传来了一个声音:"你们是要画《百子图》么?"久病的泥人周拄着拐杖步履蹒跚地来到曾家大屋,意外地出现在谢冬梅面前。

"您是从哪里听说的?我正在为此事犯愁呢。"曾纪生从头到脚打量着拄杖而行的泥人周,惊喜地问。

泥人周挨着一张木靠椅顺势坐下后,喘了喘气说道:"绣庄有人传言,曾家大屋少老板在蒋大画师那里碰了一鼻子灰。这么重要的画稿怎么不交给老夫来做?那蒋学勤一贯是认钱不认人。我们如果进错了庙门,拜错了神,就会误大事。"

谢冬梅见泥人周带病请缨,内心十分感动,深深地叹了口气道:"唉!像这样的事如果有陌龄在,哪轮到我操心。现在只好'牵着黄牛当马骑',逼着纪生去求人。"

第一章　百子图

"呵！呵！陌龄走了我还在嘛！这《百子图》画稿我来画。只是……"泥人周爽朗地笑起来，话没说完却突然打住了。

一旁的曾纪生心里一沉，暗忖泥人周怎么知道我找了蒋学勤？他不知泥人周心里有什么盘算，迫不及待地问："您有什么条件？"

泥人周眯了曾纪生一眼，呵呵地笑道："只是……有点不好意思哦，我不要工钱，只要给两坛你家蒸的谷酒就行。"

曾纪生先是一愣，当明白过来后不禁哈哈大笑："行行行，没问题。"

"我们铜官有句老话，'人靠衣装，佛靠金装。好画还靠绣添香'，老夫多句嘴，《百子图》的画稿出来后，你准备由谁来主绣呢？"

泥人周一个不经意的问题，顿时让现场一片静寂。众所周知，湘绣的表象仅是一门刺绣艺术，殊不知绣技之中有着变幻莫测的七十二种针法，就像孙悟空的七十二变，令人眼花缭乱，有许多人终身都没有学全。曾家大屋纵然高手云集，除谢冬梅外，谁也不敢说自己能绣任何图案。如性格直爽的周婶擅长田园山水，思维敏捷的易玉莲若绣飞禽走兽，可谓无人能出其右，若论绣人物，除了田如玉，还能数得出谁呢？此时此刻，曾家大屋谁也不知道田如玉这几天究竟去了哪？

泥人周这句多嘴的话，像针一样刺到了曾纪生的痛处。泥人周的画稿出来后，田如玉能回到曾家大屋吗？

第二章
道缘堂

接下孙大总统婚嫁湘绣《百子图》订单,曾纪生无意中了解到,自己家的后山上隐藏着一个刺绣高手云集的道缘堂。

曾家大屋的后山连着雅雀峰,雅雀峰的半山腰上有个尼姑庵。曾纪生并不知道这尼姑庵的来历,他更不知道这个尼姑庵内,还会隐藏着一个神秘的湘绣讲习所——道缘堂。

第二章　道缘堂

田如玉到底去了哪里？曾家大屋的人没有一个人说得清，这个秘密只有她自己知道。此时的她，正茫然而又毫无目的地走在曾家大屋后山的山路上。

一个人，当他（她）的心灵失去信念支撑，意志就会崩溃，身边的一切都会变得索然无味。田如玉也是如此，她之所以坚定地从宏泰坊出来，正是看重曾纪生的那份情义，不料曾纪生从南洋回来后，依从父母之命与易玉莲成了亲，浇灭了田如玉当年从"宏泰坊"奔往曾家大屋的情感依赖。人归何处？情系何方？她内心有种极度的失落和孤独。

田如玉一连十多天没在曾家大屋露面，急坏了曾家大屋的上上下下，可是谁也讲不清田如玉的去向。

谢冬梅找来李二嫂，对她说："不知玉妹子拗了哪根筋，偏偏在我最需要人手的时候不辞而别，你去靖港把她找回来。"

"少爷前天就派周嫂去了靖港，田如玉根本就没去冯妈那里。"李二嫂道。

听得李二嫂如此一说，谢冬梅觉得有些不对劲："那你们去她姨娘家找一下。"

"我昨天去了她姨娘家，田如玉根本就没有去鱼尾洲。"站在一旁的周嫂想起了田如玉临走时的情形，于是插嘴道："好像，田如玉曾经说过，她想辞工，是不是……"

谢冬梅有些恼怒地道："辞工？你为什么不早告诉我？"

周嫂低下头："老爷的治丧，忙得大家一个个人仰马翻的，您更是忙得说话的时间都没有，我哪敢打扰您。田如玉走的时候，说是去铜官街上散散心，谁知她一去就似断线风筝哩。"

谢冬梅想起了针谱的事问道:"老爷给田如玉的那本湘绣针谱,她交给你了吗?"

"没有啊。"周嫂心里有数,这可是曾家家传至宝呀,她也只是风闻,而没有亲见针谱,不由得紧张地回道。

果不其然,谢冬梅的语气很重:"那七十二种针谱可是我和老爷一辈子的心血,李二嫂,你快去她房里找一找,看她是否带走了?"

不一会,李二嫂紧张兮兮地跑进来对谢冬梅说:"她的房间里什么也没少,但没有针谱。"

谢冬梅听说失而复得的针谱又不见了,脸色都变了,迫不及待地对周嫂说:"吩咐下去,曾家大屋所有人员出动,一定要想法找到田如玉。"

次日清晨,曾家大屋人员全部出动,一切田如玉可能去的地方,细细地过了一遍筛,都不见田如玉的人影。中午时分,李二嫂准备乘船去长沙,碰到一个正在装运窑货的挑箩师傅悄悄告诉她,说是他老婆到天成庵烧香还愿,在香堂处碰到了田如玉。

"她去天成庵干什么?"李二嫂有些不相信自己的耳朵。她知道这挑箩师傅嘴巴上虽然喜欢逗乐,但骨子里却如庙里的和尚——从不打诳语。

李二嫂愣了半晌,掸掸裤脚边的尘土,立即转身返回到了曾家大屋。向谢冬梅报告了这一消息。

田如玉去天成庵的消息,顿时使得曾家大屋犹似油锅里掉进一滴冷水,立即炸开了锅。周嫂惊奇地嚷道:"如玉住在天成庵干什么？天啦！难道……她要出家？"

曾纪生心里也甚是疑惑，眼瞧着曾家大屋乱成一片，他当机立断，安抚着众人说："她可能是到庵子里烧香问卦，或许是想在尼姑庵里住几天，散散心吧。你们不要把问题想得太复杂。"

"这个鬼妹子到那里去干什么？"谢冬梅不好驳儿子面子，咽回了涌上喉咙的愤怒，吩咐道，"李二嫂你明早去一趟天成庵，把田如玉给我叫回来。"

李二嫂面呈难色地说："田如玉如果真想出家我能把她喊回来吗？要不，明天我和少爷一起去，即使她不回曾家大屋，也可名正言顺地把针谱拿回来。"

第二天一早，曾纪生就被母亲安排跟着李二嫂，高一脚低一脚地走向那坐落在后山坡上的尼姑庵。

李二嫂见曾纪生跟跟跄跄，脚步维艰的样子，不由得关心地问："少爷，你怎么了？"

"我昨晚睡觉尽做梦，一晚都没睡好。二嫂，你说田如玉在曾家大屋好端端的，为什么要出家？"曾纪生不可思议地问。

瞧着心事重重的曾纪生，李二嫂开玩笑地道："少爷您把田如玉从宏泰坊赎回家，为什么不娶她呢？"

曾纪生立即清醒过来，连忙摇着头道："二嫂，你千万别乱讲。赎她出来与娶她，那是两回事。"

"你说是两回事，但人家心里不这么想。昨天宏昌赵管家得知田如玉离开了曾家大屋，就在外面四处放风，说你与田如玉在宏泰坊就不清白，赎她出来也不给个名分，难怪人家要出走。"

曾纪生一听李二嫂的话急得直蹬脚:"嗨!我要给她什么名分?你怎么也这样说?"

李二嫂见曾纪生气急败坏的样子,连忙说:"这是别人的议论,我好心告诉你,是让你心里有数。"

曾纪生解释说:"谢春以前曾在我面前提说过周记伞行有个画伞女孩子,手笔很不错。还是那天在宏泰坊门前与赵管家的偶遇,我才知道她的遭遇,触动了我赎她出来的恻隐之心,同情和结婚可是不同的道道。"

"正因为如此,只要你把田如玉喊回去了,一切谣言不攻自破,你妈的那本针谱还在她手里哩。"李二嫂将了曾纪生一军。

曾纪生顿时无语,只好跟在李二嫂身后,沿着由高大楠竹、樟树构成的近于三十度树荫长廊拾步而上。行至一平缓处,只见一座玲珑精致的庵庙呈现在眼前。庵门前,两排柏树青翠欲滴,门楣上"天成庵"三个硕大的隶书粉金字,颇具古风,大门两旁的石柱上,雕刻着一副对联,上联是:"文昌武运",下联是:"天道酬勤"。

对联的寓意,曾纪生只能从字面上去猜测。据传一千多年前,这里就是座古庙址,名叫"司古寺"。该庙有何来历已无人知晓。后来庙堂倒塌,有一个出家老妇在庙址上结草为庐,并曾资助过住在文昌坝的一个孤儿。这孤儿后来官拜兵部侍郎,衣锦还乡,为报答老妇人对自己的恩德,重修庙宇改名为"天成庵"。

大概是农忙时节,无人前来进香,庵内寂静得掉下根针都能听得见落地声。李二嫂站在天成庵的石阶上,用力地跺了跺

第二章 道缘堂

脚上的灰尘，似乎是告诉庵内的主人，有客人光顾。

久等不见有人回应，曾纪生上前推开了虚掩的庵门。庵内又是一番景色。虽是晚春季节，庵内红的月季，黄的菊花，星星点点的太阳花，将整个空门之地装扮得如尘世公园般的清新，让一直梦游似的曾纪生，精神为之一振。

穿过亮丽的花道，进入庵内厢门，陡然一变的屋内氛围，让曾纪生刚刚为之一振的心情又跌回到了冰点。眼前的情景，使人感觉宛若来到了阴森的阎罗殿。

从灿烂的阳光下猛一走进阴暗的厢房，一夜没有睡好觉的曾纪生，只觉得头昏眼花，仿佛再次进入了梦游世界。厢房里漆黑漆黑的，只有那半空中飘浮着的星星点点的火点，像似鬼眼在游动。神台上一盏豆油灯，忽闪忽闪地冒着焰苗，时不时地映现着神台后方的菩萨，显出憧憧黑影。

这一刹那间的景象，让曾纪生有了种小时候躲藏在黑屋子里捉迷藏，既兴奋又惊怕的感觉，只是那神台处不紧不慢的声声敲打木鱼的声响，让他意识到这个黑厢房内还有人在。

眼睛适应了厢房里的光线后，曾纪生发现那飘浮在半空中的火星，是从屋梁上悬吊下来，簸箕大小的盘香所发出的火光，一个人影坐在神台案桌边，正在有节奏地敲着木鱼。与户外的亮丽相比，这里是阴森的地狱，能够守住这份阴森而不心乱者，会是谁呢？

曾纪生借着神台上的豆油灯光，凑近前仔细瞧了瞧，案桌旁坐着的人影，这不就是天成庵的住持云空师太吗？如果不是在这特定的环境中，如果不是平日见过云空师太，厢房内昏暗的光线，很难让曾纪生认出眼前的诵经者是谁。

云空师太一袭灰袍裹身，一抹青巾包头，似乎包住了万千的尘丝，青布下的眼眶处，仿佛是两颗玻璃球，许久难得转动一下。如果没有那不停敲响的木鱼声，曾纪生真会误以为自己走进了一座荒废已久的庵庙。

此情此景，让曾纪生黯然神伤。他小声地对身旁的李二嫂道："如玉怎么会想要来这里？"

"她娘死爹不在，不到这里来，又能去哪里？难道再回宏泰坊？"李二嫂倒是能体谅田如玉处境的无奈。

曾纪生像触电一样，身子一抖，心头发酸，顿时无语。

李二嫂上前一步，压低了声音道："慧云妹子，我家如玉姑娘，在你天成庵吗？"

云空师太没有回答，厢房里仍然回荡着那不紧不慢的木鱼声。

"汪慧云！" 李二嫂见云空师太不理会自己，不禁有些气愤，声调提高了八度，"田如玉在你这里么？"

云空师太身子抖动了一下，厢房里响起了仿佛从很深的井里发出的嗡嗡声："施主，你们是不是找错地方了？这里没有汪慧云。"

曾纪生不觉问道："那你是谁？"

云空师太平静地道："贫尼云空。"

李二嫂不耐烦地叫了起来："你云空不就是汪慧云吗？我们真是有急事找田如玉！"

"铜官汪家大院或许有一个叫汪慧云的人，但天成庵内却

第二章　道缘堂

只有贫尼云空。"云空师太一字一顿地慢慢回过话后,又全心敲打起木鱼来,任凭李二嫂怎么叫喊,始终不予答话。

曾纪生无奈地退出昏暗的厢房,在院坪的一棵高大的柏树下,呆呆地站立着。

此刻的春天煞是艳丽,红杜鹃开得漫山遍野,如同一团团燃烧的火焰,杜鹃花虽艳却不娇,只要有一点点的泥土,便能扎根开花。瞧着那漫山遍野的"火焰",曾纪生的心情逐渐恢复了平静,但高空处那不时传来的孤莺啼叫声,仍然映衬着他沮丧的心情。

曾纪生感觉到田如玉就在这尼姑庵内,但不知云空师太为何不肯实言相告?而田如玉明知自己和李二嫂来了,又为什么不肯出来?是田如玉真没有在天成庵内,还是她对自己的到来无动于衷?

曾纪生没有因为云空师太几句拒绝的话,而选择离开,只是静静地站立在柏树下,侧耳聆听着厢房内的动静,耐心地等待着。他想用自己的诚意来感动云空师太。

厢房内的木鱼声仍不紧不慢地响着,似乎在和应着曾纪生的心跳。持续了一个多时辰后,木鱼声变得越来越轻,最后木鱼声停顿下来。曾纪生紧张的心情为之一松,立即轻轻移步再次走进厢房,默默地站在了云空师太的身后。

似乎感觉到了身后曾纪生的气息,云空师太端坐的身子没动,却是轻轻地叹了口气。

"慧云姐姐,我真的是有急事要找田如玉!"曾纪生不等云空师太说话,便不管不顾地将自己要绣百子图被面的事,一骨碌地和盘托了出来，最后道，"我要走孙逸仙实业救国之路，让雷公塘的湘绣走出铜官。请姐姐叫田如玉出来吧。"

云空师太沉默了片刻后，声音有些颤抖地问道："你说的孙逸仙，是干什么的……"

曾纪生低声道："孙逸仙，就是孙中山先生，发动辛亥革命推翻清王朝的那个人。"

"孙中山"这个名字，让汪慧云从遥远的世外返回到了尘世，勾起了她对多年前那段惊心动魄历史的回忆。

这位自称"云空师太"的汪慧云，究竟何许人也？为什么提起孙中山，她就如此震惊？她为何出家？其中又有什么故事？

曾纪生平常从不管闲事。但对邻村文家坝汪家老屋的过去，从乡邻的传闻中还是略知一二。

汪慧云曾是被她父亲——汪老爷，称为"奇女子"的人。她天资聪慧，记忆力特强，读书过目不忘，加之母亲从小教习刺绣手艺，使她知书达理、善女红，小小年纪便成了远近闻名的才女，只是她从小叛逆心就很强，十多岁时便闹着要去长沙新式学堂读书。

那年月，女生读书的并不多，其主要原因便是中国传统文化所倡导的观念所致，即"女子无才便是德"。1904 年因曾广镛捐款，在长沙建立了淑慎女子学堂。下屋文昌坝的文家闺女托曾传玉推荐，离开铜官进入了淑慎女校。汪慧云受此影响，吵着要到长沙淑慎女校就读，但汪老爷自恃自己已是乡贤大户，不愿在曾家大屋面前扮矮，直等到第二年 5 月，周家纯（朱剑凡）套用慈禧太后垂帘听政的方式，实施垂帘讲学。即男教师授课垂下帘子,女生在帘外听课,有了这种传统新学的方式,汪老爷才同意女儿汪慧云进入周氏女塾,即后周南女中。

然而时代的变迁由不得汪老爷的固执,进入周氏女塾读书的汪慧云,数年后竟然摇身一变,由以往沉默寡言的大家闺秀,变成了意气风发、英姿飒爽的大姑娘。

有一次,曾纪生从靖港收发绣花回曾家大屋时,从铜官街上路过,看见东山寺戏台前围了很多的人。他费尽力气挤了进去,看见身着白旗袍的汪慧云,正在舞台上手持着一面小旗,慷慨激昂地演讲着一些"平等、博爱",曾纪生根本听不懂的新名词,大道理。

台下的听众一个个涨红了脸,情绪十分激动,掌声、呼喊声一浪高过一浪。这是曾纪生第一次瞧见汪慧云如此激越慷慨地当众演说。后来曾纪生听说,这位邻村的汪家大姐去了广州,以后便没有了她的消息。

……

由于提起了孙中山的话头,往事正从汪慧云记忆库的深处泛起,悄悄地流了出来。

当时,正值同盟会准备再次在广州举行反清起义。汪慧云等一群湖南学生结伴来到广州,被同盟会起义总指挥黄兴安排栖身在广东一个叫箭竹顶茶场的地方。

正是在这里,汪慧云受黄兴的影响,多次去听孙中山的演讲。特别是孙先生那"革命军的责任是要把不平等的世界打成平等……"的演讲,听得汪慧云热血沸腾,恨不得化身当代花木兰,冲锋陷阵于推翻清廷的战斗中。

远在湖南的汪老爷，听到了女儿汪慧云的消息后，特地派人送去书信，说是母亲重病即将去世，要她速速回家见母亲一面。汪慧云回家后，便被父亲强行软禁在汪家后屋，从而错过了参加轰动全国的广州黄花岗起义。

　　刚被父亲软禁时，汪慧云还有点耐心听着劝说，希望能找个机会溜出家门，后来她见出门无望，便暴怒得像头狮子，在房间里又哭又闹，并愤怒地威胁父亲："我要实现孙中山先生唯愿诸君将振兴中华之责任，置之于自身之肩上。你再不放我出去，我就把汪家大屋烧了！"

　　汪慧云的情绪越激动，汪老爷管教得就越紧。他悔不该当初将女儿送进周氏女塾，使女儿走上了叛逆的歧途。同盟会广州黄花岗起义失败后，汪老爷特地派人到长沙，买了几张报纸送进房间。

　　1911年4月29日的《申报》有则新闻报道以"广州又有警耗传来矣"为题，报道说："据广州电。数日前，省城警局缉获匪党多人，迭经研训自认为革命党，并供有同党数百人挟带军械火药由水陆两途混入省城，谋在省中揭号起事……"这报道说的就是，1911年广州"三·二九"黄花岗起义，黄兴亲自率部从指挥机关所在地小东营出发，抱着必死之心冲向两广总督署。因敌众我寡，是役同盟会牺牲的成员有姓名可考者86人，其中72人遗骸葬于黄花岗……

　　得知一连串广州起义失败的消息后，一向狂放不羁的汪慧云终于安静下来，她不吃不喝地在房间内待了三天三晚。第四天，天还未亮，她便声冷如冰地对门外看守的人说："告诉我父亲，我要出家，否则，我就绝食自尽。"

儿女情长，家丑不可外扬。为了不暴露女儿参加"革命党"暴乱的事，不引起左邻右舍的闲话，女儿出家，总比参加起事被杀头要好。汪老爷一口答应下来，并想出一个两全之策。一是以行善积德之名，花重金重修了天成庵，二是为了以防不测，以修建庵寺排水沟为名，秘密地修了一条从天成庵后门，通往后山香客斋的暗道，并留有南北不同方向的两个出口。万一有什么风吹草动，便于自己营救女儿。

庵寺修建后，汪家老爷又请来一位道行高深的老尼，来教化汪慧云，化解她心中的戾气。老尼为汪慧云落发后，收其为弟子，赐法号为"云空"，含有天高云淡，万物皆空，淡泊红尘之意。几年之后，老尼认为汪慧云心中戾气已去，便将庵内住持一职交给云空，自己外出云游去了。

汪慧云自进入天成庵后，不问尘事，终日里诵经念佛。她此刻听了曾纪生的一番肺腑之言后，不禁重新勾起了她对往事的回忆，尽管她已经远离凡人俗事，但内心深处的那缕火苗仍未熄灭。她对这位邻家弟弟接纳孙中山刺绣一事颇有感触，特别是他那让湘绣走出雷公塘的志向，令她对曾纪生刮目相看。

她沉默了一会，淡淡地道："曾施主，请先回吧。田如玉在我庵中已住了一些时日，每天都是晨出暮归。贫尼早知她凡心未尽，是不适宜出家的，待她回庵寺后，我劝劝她吧。"

她话音刚落，手中的木鱼，又敲响了。那"笃、笃、笃"的敲击声，在空寂的厢房里回荡，仿佛声声敲打在曾纪生的心坎上。

从天成庵出来，曾纪生虽然没有见着田如玉，有几分失落，但也有几分高兴。从云空师太的话中，曾纪生知道田如玉只是借住在天成庵，并没有出家。

出得庵来，曾纪生忍不住问李二嫂："你认为田如玉会回曾家大屋吗？"

李二嫂想了想道："少爷，恕我直言，这件事有点悬。我想如果是泥人周去劝说，还有可能。"

曾纪生叹了口气道，"如果要泥人周出面，我又何必讨这个没趣？只是，我不明白，泥人周又凭什么能够说服田如玉？"

"少爷有所不知，刚才你出庵门时，我问过汪慧云，她说田如玉每天虽然夜宿天成庵，白天则在铜官陶瓷作坊里画泥坯子。我估计田如玉就在泥人周的作坊，不然泥人周为什么点名要田如玉绣《百子图》呢？"李二嫂分析着说。

"这个泥人周，可真是的。"曾纪生不由得皱起了眉头，"为什么不直说？"

"天晓得他葫芦里卖的是什么药？"李二嫂也是不解。

"不行！"曾纪生搔了搔后脑勺，"我现在就去找泥人周！让绣花手盘泥巴，岂不是糟蹋双好手？"

"少老板，你可不能蛮闯呀！"李二嫂知道曾纪生那脾性，给把火就敢烧房，人家泥人周一片好心，反被他误认为驴肝肺，带着这种心态，还不会将事情办砸？她为了避免矛盾，急忙替泥人周辩护道，"你想想，如果没有泥人周收留田如玉，你去哪里找她？"

与李二嫂分手后，曾纪生怏怏不悦地走到泥人周的窑场口。

果然不出李二嫂所料，只见田如玉伏在一块沾满泥浆的泥台上，用笔蘸着釉浆，在作泥坯画。

曾纪生三步并成两步赶紧走过去，惊喜地道："你怎么跑到这里来画泥坯子？我刚刚还到天成庵去找你，云空大师还给了我一鼻子的灰。"说着，他还施展自己拿手好戏，添油加醋地描绘着寻找过程。

瞧着曾纪生眉飞色舞的神情，半晌，田如玉才冷淡地答了句："我不画泥坯子，还能去哪里？"

"绣花是你的专长，绣楼才是你做事的地方，你离开绣庄怎么招呼都不打？" 曾纪生不满地问。

"我不干了，打不打招呼结果不都是一样吗？" 田如玉心情不好，话语格外冲人。

听得田如玉怨气冲天的话，曾纪生自知无话以对，不由得软下口气，换了个话题委婉地道："我有一个非常重要的画稿要绣，没有你可不行啊！"

听了曾纪生讲述天成庵碰了一鼻子灰的经过，瞧着他憔悴的神情，眼下他说出的"没有你可不行"而流露出的真情，田如玉的心不由得软了下来，但她仍然拉不下面子："你曾家大屋有那么多人绣花，从来就不会少了我一个，你夫人易玉莲不就是刺绣高手么？"

听到田如玉那醋味十足的话语，曾纪生知道她那根拗着的筋软了下来，便细细地解释道："你知道王家府订制的《四大名鸟》屏风，全套共八页，易玉莲一个人怎么绣得完呢？现在还有件更要紧的事需要你来做，孙大总统的湘绣被面《百子图》，那可是非你莫属。"

曾纪生唯恐田如玉不回去，扭头对正在往窑洞里搬货的泥人周喊道："周叔，过来歇歇吧。田如玉如果不回去，你画的《百子图》会赶不上大总统回国的日期，功夫怕是白费啦！"

"我白忙了不要紧，耽误了大总统的婚嫁订单，那可是大事。这个道理田如玉比我懂，还要你多说吗？"泥人周乐呵呵地打着圆场，放下手中的陶钵走了过来。

田如玉沉默了一会道："我既然已经出来了，再回曾家大屋，岂不是自讨没趣？要绣的《百子图》，你可要李二嫂配好线送到这窑场来，我绣完再送过去。"

曾纪生打量了四周环境为难地道："这窑厂四处尘土飞扬，很容易将绣品弄脏，我看还是回曾家大屋好。"

田如玉接过他的话道："那就送到天成庵去，庵寺里总没有飞扬的尘土吧。"

泥人周见双方争论相持不下，便劝说道："天成庵光线太暗，也不是绣花的好地方。要不，让田如玉去铜官街上的芙蓉坊吧，从我这里过去也方便。"

田如玉仍坚持道："我可以拿到道缘堂去绣。"

曾纪生一头雾水地问："道缘堂在哪里？"

田如玉白了他一眼道："道缘堂就是天成庵后面那座小山上的香客斋。"

曾纪生还是云里雾里："香客斋不是供天成庵香客或外地化缘的同道，居住和用斋的地方吗？那里怎么能绣花？"

"你是装糊涂还是真的不知道？那道缘堂的刺绣水平，可不是一般人能比的。"田如玉自信地说。

曾纪生简直不相信自己的耳朵，似信非信地问："那道缘堂的绣娘都是哪里来的人？"

田如玉沉思了片刻说："道缘堂的绣女都是云空师太外出化缘时，收留的一些孤女寡母。安排她们在天成庵学绣花，后来收留的人多了，她干脆将庵寺的香客斋腾空，改作了'道缘堂'。白天请本家的汪三娭毑讲授湘绣的针法，天成庵免费提供一日两餐的斋饭，晚上则让她们回自己的家里住宿。不久，这些被收留的孤女寡母，很快就掌握了湘绣针法的基本要领，其中有一部分人，在来庵寺之前就懂得些刺绣，经过针法教习后，刺绣技艺更加娴熟，比如有一种叫'松毛针'的绣法，在曾家大屋的针谱里还没有记录。"

曾纪生听得瞠目结舌："这些年来，我只知道每天都有人到天成庵烧香、问卦、敬菩萨，从来不知道这庵子里还有人绣花。"

"刚来时我也是什么都不知道，因为道缘堂与天成庵位居两个不同的山头。如果是从前门下山，再从另一个山头的正门进香客斋，起码要走半个时辰，但不知什么时候，是谁在天成庵后门挖了条暗道通过去，也就只有三四十丈的距离了。"

曾纪生瞪圆了眼睛："什么？天成庵里还有暗道？我从小在这里长大，怎么从来没有听说过？"

田如玉解释道："除了云空师太外，就汪三娭毑、张九妹和我知道暗道的事，而且在没有特殊的情况下，这暗道不准通行，我们平常都是走后门小道进香客斋的，外人又怎能知道呢？"

雾一样的天成庵，谜一样的云空师太。

曾纪生不禁疑惑起来，不知在这寂静幽深的尼姑庵内，究竟还隐藏着多少的秘密？曾纪生想起了汪慧云有关同盟会的传闻。他思忖着云空大师，为何要将香客斋改成道缘堂，恐怕不仅仅是为了讲习湘绣这么简单吧，但曾纪生没有去多想，他知道不论天成庵背景有多深，自己都没必要去探这个老底。

当天晚上田如玉回到天成庵，云空师太便把她叫到禅房劝说道："曾家大屋李二嫂，今天又来庵寺了。我看，你还是回去吧。"

田如玉努起嘴："师傅，这是要赶我走吗？"

云空师太淡淡地笑道："你进庵门这么久，知道我为什么既没有接受你落发为尼的请求，也不安排你去道缘堂吗？"

田如玉满脸的不解："您不是说，怕我耐不住每日修行打坐、诵经、扫庵门的寂寞吗？"

"这只是其一，"云空师太用慈祥的眼光看着她道，"主要原因是，你带着曾家大屋的绣谱进庵门，我就知道你心存刺绣，你尘世间还有放不下的心事，皈依佛门那也是一时的冲动。从你日常魂不守舍的眼光里，我发现你仍然心系红尘，所以不让你去道缘堂绣花。昨天曾纪生到天成庵来寻你，更加说明天成庵不是你的久留之地，因此我认为你回曾家大屋，比在泥人周的窑厂更为适合。"

云空师太的话，戳到了田如玉的痛处。她虽然心已松动，但嘴上仍倔强地道："开弓没有回头箭。我既然有心向佛，就没有回头的打算。曾家大屋要帮忙，我白天可以去芙蓉坊，晚上仍回天成庵来陪师傅。"

"阿弥陀佛，善哉，善哉。人生苦短，你又何必凭着自己的性子去干。你既然心存刺绣，挫折再大也不应该放弃。曾家大屋所做的都是大生意，只有那个舞台，才能为你提供施展才华的机会。你在泥人周的窑场就只能画泥坯子，在我道缘堂最多像汪三娭毑一样当个绣娘的教习。不久之后，我也将离开庵寺云游天下，你又何必在此苦守呢？"云空师太苦口婆心地规劝道。

田如玉眼中噙着泪花，固执地说："不是我想苦守，好马不吃回头草，我也是情非得已。"

"回头草？回头有什么不好？佛语说'苦海无边，回头是岸'，我们文昌坝也有句俗话'好汉能知弯上拐'。回头既需要勇气，更需要智慧，这实际也是人生的一种境界。你若顺势而为，回头做自己喜欢做的事，何乐而不为呢？这种回头实质是惜缘。"

云空师太见田如玉欲言又止，知道她已经心动，但还在顾及面子，于是进一步规劝说："你我相识就是缘分，我现在将汪三娭毑传给我绣'松毛虎'的秘诀告诉你，你日后肯定用得上，就当是我给你的一份送别礼。"

云空师太说完，从密室取出一幅珍藏多年的《松毛虎》绣品，递给田如玉说："这就是用松毛针绣的样本。"

田如玉接过绣品，只见那刺绣的老虎目光炯炯如电，气势如虹，那柔顺光亮的毛路中，夹杂着一缕缕蓬松的髯毛，给人一种须眉欲动的灵感。

田如玉情不自禁地赞美道："哇！这老虎绣得真神气。虎头上的毛都髹起来了。"

云空师太微笑着说："这种'松毛针'绣法只在铜官狮子岭一带流传，至今还没有文字记载。我之所以把汪三娭馳请进道缘堂当教习，就是要让这种针法不要失传。"

云空师太指着松毛虎头顶的髹毛比画着道："欲要绣出这老虎毛根出肉的效果，你就必须先用毛针铺底，然后根据毛路的走势，长一针，短一针，三长两短左右分，绣出虎毛髹如松，这就是'松毛针'的口诀。"

内行看门道，外行看热闹。田如玉经云空师太的轻微点拨，很快便看出这"松毛虎"绣品的针脚毛路。她恍然大悟地道："哦！我明白了。这是根据马尾松的松叶长势，用'三长两短'的针法，绣出虎毛的立体感。"

云空师太感叹道："不愧是曾家大屋出来的刺绣高手，一看就会，一点就通。难怪曾家老爷敢将编制针谱这样的大事交给你一个外姓人去完成。如果我不将这'松毛针'绣法传授给你，曾家老爷在九泉之下都会嘲笑我，一个出家人怎么能如此保守，这也算是你补充曾家针谱的一种缘分。"

田如玉有些伤感地道："如果没有师傅的教化，我与湘绣的缘分也许走到了尽头。"

"曾家大屋现在正是用人之际，刺绣《百子图》之类的人物绣像也是你的擅长。传承绣花，授人以渔，这更是你与湘绣的善缘。"云空师太说完，亲自将田如玉送出禅房。

第三章
私房银

湘绣《百子图》虽然重新接上了曾家大屋与官府的联系,但并未改变曾家大屋捉襟见肘的经济状况。

铜官盛产陶瓷,虽然商贸繁华,但对湘绣的消费却十分有限。天成庵道缘堂每天都有新绣品下棚,曾家大屋几十名绣娘的开销,不断吞噬着曾家大屋的老本,如何维持芙蓉坊绣庄的收支平衡,已成为曾纪生心中的最大困扰。

田如玉第二天来到铜官街上的芙蓉坊绣庄，谢春已回曾家大屋，留下周嫂看管铺面。她见到田如玉前来，不由得欢天喜地地说："你来芙蓉坊绣庄总算把谢春解脱了，他整日为绣庄生意不好怨声载道，说自己不是当掌柜的料，只想回曾家大屋做点具体的事。"

　　周嫂热情而又充满期待的一番话，令田如玉十分感动，她心里不安地说："店铺的生意今后还要周嫂不嫌弃帮我。"

　　"你就不要谦虚了。我是一个没有文化的绣花工，只要你当掌柜的不嫌弃我就好，哪有我嫌弃掌柜的道理。"周嫂笑盈盈地说。

　　周嫂的热情使田如玉找到一种回家的感觉。因为《百子图》尚在画稿阶段，她便全副精力投入芙蓉坊的生意之中。接手绣庄后，她每天第一个在铜官街上开门，最后一个才打烊。她极力想着如何把生意做好，但由于时局的混乱和经济的萧条，半个月时间也仅卖出去两床被面，她使尽了全身力都没有达到理想的效果。

　　曾传玉的去世，中断了曾家大屋与官府的往来，也似乎带走了曾家大屋的好运。芙蓉坊的生意停滞不前，曾家大屋更像一口失去源头活水的山田，使曾纪生第一个感到活钱枯绝的危机。

　　曾家大屋包括绣娘在内，上下一百多号人的开销，就像是一个烧火的灶口，每天都在烧着曾传玉生前积蓄的财富，而眼下作为唯一资金来源的芙蓉坊，因湘绣产品销售冷清，绣庄的日常开支自身都难以为继，哪还有能力来维持曾家大屋的开销？

芙蓉坊密码

"这个世道到底怎么啦？"曾纪生一遍又一遍地自问，"难道父亲逝世后，曾家大屋就走上了厄运？要不然，怎么往日供不应求的湘绣制品，父亲死后就变得如此难销了？"

曾纪生作为一个商人，虽然有着超乎常人的智慧和眼光，但他毕竟身处地方一隅，即使站在长沙城的最高峰，岳麓山的云麓宫也不过海拔300米。从这个高度显然无法瞻望到960万平方公里所发生的事。加上信息传递落后，曾纪生并不知道，早两年由于袁世凯宣布复辟帝制，云南蔡锷将军率先发动了护国战争，"讨袁"的风暴迅速席卷全国。即使袁世凯死了，但战争也没有平息，各地拔竿而起的军阀似乎尝到了战争的甜头，竟是不愿罢手，你枪我炮地打了个不亦乐乎，于是中国的经济也被捆绑在了"护国战争"的战车上，猛烈地冲击着湘绣市场。

尽管曾纪生不清楚时局的变化，但湘绣生意的冷清，逼迫曾纪生不得不谋划新的出路。不少街邻瞧着门可罗雀的芙蓉坊，劝说曾纪生改弦易张，干脆把绣庄改作日杂店。曾纪生婉言拒绝了街邻们的好意，他不想离开自己熟悉的湘绣行业，去做每个人都可开设的食品杂货店，与街上的店铺争抢生意，那不是他的性格。

终日面对生意萧条的绣庄，田如玉的心理压力比曾纪生更大。她经过认真地思考后，对曾纪生道："宏昌绣庄去了长沙，芙蓉坊是不是可以去上海？在上海开店铺，生意肯定比铜官要好，不然大家为什么都一个劲地往城市里跑？你看，上海的宋先生不就是先到长沙城才找到铜官来的吗？现在我们帮他绣《百子图》，他帮我们在上海找一个开绣庄的店铺，利用你家大堂姐在上海的人脉关系，我们有什么好顾忌的呢？"

说话容易，做事难。站在生意的角度上，曾纪生觉得田如玉说得有理，但真要去上海开店又谈何容易！他婉言地拒绝了田如玉的建议。

这天，曾纪生心事重重地准备去铜官窑岭，看一看泥人周的《百子图》画得怎样了。还没出门，周嫂从芙蓉坊回曾家大屋禀报说："桥骄湘绣收购点的绣工因我们绣庄拖欠工钱，而不肯交货。"

听到这一烦心的消息，曾纪生的心情更加忧郁起来，他只得先去桥驿收购站解决绣工扣货的问题。

处理完桥驿收购站的事，返回的路上正巧遇到云游归来的云空大师，她看到满面愁容的曾纪生，不由得关心地问道："树森，何事愁眉苦脸？"

曾纪生便把满腹的苦水向云空师太倾吐了出来。云空师太听完曾纪生的话后笑道："树森呀，树森！你何时变成救火队员啦？如果今天这个湘绣站发生点事，你赶过去，明天那个湘绣站发生点事，你也赶过去，你赶得过来吗？亏你也是走南闯北见过世面的人，难道不能把视线放高一点？"

云空师太见曾纪生似乎没有听懂，又继续点拨道："芙蓉坊设在铜官街上，可铜官镇再大，在国家的版图上只是一个不起眼的小点，在这样一个小不点的地方做生意，无论你如何努力都是做不大的。芙蓉坊一时半会儿去不了上海，在长沙占个点，也比铜官人气强啊！"

如果说田如玉的话让曾纪生动了心，那么云空师太的一番话，则让曾纪生如同醍醐灌顶，迷茫的脑海豁然洞开出一片亮光。对于前者，与父亲曾传玉一样，曾纪生不愿依附旁人之力盘活生意，至于后者，曾家大屋也曾将绣庄开到了长沙城，熟门熟路的何乐不为？

　　曾纪生刚回到家便被母亲谢冬梅叫到房里，一起商量如何应对曾家大屋眼前所面临的困境。自从丈夫曾传玉去世不到两年，身体一直硬朗的哥哥谢富贵突然半夜发病猝死后，谢冬梅便整个人没了主心骨，虽然她知道儿子纪生聪明能干，一定能扛得起曾家大屋的这副重担，但心中总还是把他当作小孩子看，始终是放不下心来。

　　谢冬梅忧心耿耿地说："树森呀，芙蓉坊的生意如此冷清，如玉她想尽了法子，也无法把生意做上去。现在绣庄库房里的货销不出去，下面绣花站的绣工又为工钱闹事，你整天这样瞎灯黑火的乱窜，也不是个办法，总得要拿出个主意来才是。"

　　经过云空师太的点拨，曾纪生心中已有了主张。肃起面容道："妈，我们必须另谋新法，只有突破眼前的困境，曾家大屋才会有好日子过。"

　　谢冬梅无措地看着儿子："你想要怎么做？"

　　曾纪生眼中闪着游移不定的目光，一字一顿地道："节衣省食，走出铜官。"

　　谢冬梅不解地道："你能不能说得具体点？"

　　曾纪生深吸了口气道："我想把铜官街的绣庄关掉，到长沙去开一个大铺面。"

　　"关掉芙蓉坊？"谢冬梅惊讶地道，"那可是你爹几十年的心血，也是曾家大屋在铜官街上的脸面，你总不至于老爹刚去……"芙蓉坊是曾家大屋主要的经济来源，生意虽然不好，多少还能补贴一些日常开销，如果关掉芙蓉坊，曾家大屋就会坐吃山空，衰败下去。谢冬梅没有把话继续说下去，但话里的意思却是再明白不过。

"妈，您想到哪里去啦？"曾纪生见母亲的脸色有些难看，急忙解释道，"曾家大屋的生意要发展，不能再坐守于铜官、靖港这样的小镇。长沙城里人多机会多，只有将绣庄开到人口稠密的长沙城，才能打开曾家大屋的湘绣销路，扩大商机。"

曾纪生想卖掉芙蓉坊筹集资金，破釜沉舟，全力以赴到长沙去开店，可这话他不敢对母亲讲。

"好吧！"谢冬梅想了想说，"你说的这些生意经，妈不懂也不想管，曾家大屋现在是你当家，芙蓉坊不能卖，其他的事你想怎么做，就怎么做吧。"

"我知道了。"曾纪生暗自吁了口气。他明白母亲的意思，只要能保留芙蓉坊，并不反对他去长沙开店。

第二天，曾纪生来到账房，正碰上李二嫂带着北山绣花站老板，在结算绣花工钱。他吩咐老账房先生道："你等会儿去芙蓉坊，协助田如玉把库房的存货和绣楼的绣品，全部盘点一下，看看有多少产品，还能积拢来多少现金？"

老账房先生点头道："嗯，我马上去办。"

曾纪生接着又道："另外，最近要尽量节省开支，储备点大洋，我要有急用。"

"急用？"老账房先生小心翼翼地问道，"少老板，您需要多少现金?"

曾纪生见他打破砂锅问到底,心想你一个账房先生,问那么详细干什么?便不耐烦地道:"问那么多干吗?做好你手头的事就行了。"

曾纪生的态度,让老账房先生老脸一热,他不由得咕噜着道:"现金……账房现在哪还有现金?老爷在世时……从没听说过缺钱,哪像现在这么紧张过?每天都是钱……钱……钱。"

老账房先生的牢骚,立即传染给了这些日子一直在为发放绣花站工钱而发愁的李二嫂:"是呀!老爷在世多好,从不拖欠绣花钱。最近几个月呀,桥驿、北山、沙坪那些收发绣片的老板,天天找我结算工钱,还威胁我说,如果再不付工钱,他们就不送货,烦死人哒!"

曾纪生听到两人的闲话,实在忍不住了,冲着李二嫂道:"他们不送货,我还不想收呢!"

李二嫂跟随曾传玉、谢冬梅多年,不觉也来了气:"那好,北山站穆老板送来的一批牡丹绣品,还在验收房里等着,你说收还是……"

不等李二嫂说完,曾纪生便毫不犹豫地挥着手道:"不收,不收!从今日起,曾家大屋绣花暂时停收,绣花站要送的货,等曾家大屋长沙的新店铺开张后再送过来。"

李二嫂被曾纪生强硬的态度愣住了,随后听清说是要等长沙新店开张才收货时,她才顿时醒悟过来。乡里女人头脑简单,到长沙城里开店,那可是了不得的大事,瞬间就冲淡了她心中应付绣花站老板讨要工钱的烦恼。她几个大步来到账房门口,对讨要工钱的绣花站老板大声道:"老板说了,曾家大屋要到长沙开店,绣花暂时停收,你们的货等新店开张后再送过来吧。"

北山站穆老板嚷着道:"那我们以前送来的绣花工钱,是不是该先结了?"

"先结了?" 李二嫂的声音比北山穆老板还高八度,仿佛她只有用这种高调,才能把对方的气势压下去,"现在一不是年,二不是节,工钱下次送货时一起结!"

"你真的要到长沙开店?"白天账房发生的事,传到了易玉莲的耳朵里。她虽然平常在曾家大屋不当家,但到长沙开店,这种关系到曾家大屋前途命运的大事,她还是忍不住要询问曾纪生。

"是的。俗话说,树挪死,人挪活。曾家大屋与其在铜官困死,不如到长沙去搏一把。" 曾纪生解释道,"宏昌绣庄与我们芙蓉坊在铜官争斗了几十年,他们搬到长沙后,绣庄干得风生水起。当年爸爸在世时,我们在长沙坡子街的天然绣庄,如果不是赛诸葛想一口吃成胖子倒卖粮食,曾家大屋也不会落到如此境地。"

易玉莲有点不满地道:"那怪谁?还不是你用人不善,把一个好端端的绣庄给弄垮了。"

曾纪生眼中闪过一丝惊异神色,毅然地道:"曾家大屋在长沙跌倒了,就要在那里重新站起来!"

"唉!"易玉莲叹了口气,停住手中的针线活道:"你想过没有,去长沙开店,没有几千银圆的本钱那是奢想。除了要囤货外,租店铺、修饰门面、雇人、疏通官府,还要打点四邻街坊的关系,样样事情都得要钱。这么一大笔开支从哪里来?

现在绣坊生意不好,你可要想仔细些。"

这些事情,曾纪生何尝不知道呢?可现在的曾家大屋已是逆水行舟,不进则退,没有选择的余地了。

母亲的关心,妻子的善良提醒,使曾纪生感到了肩上巨大的压力。他想起了父亲在世时,自己的无忧无虑,不论什么事情,只要跟父亲一说,他准有主意,就是天塌下来,也有父亲顶着。霎时间,他特别怀念父亲,很想将自己的境遇和想法向父倾诉说一番。

父亲的墓地地处雷公塘的南山坡。

南山坡面对一塘碧水的雷公塘和下游一垄红花绿叶的荷塘,左方是一片翠绿的竹林,右方是一片空旷的田野。整个地形呈骑龙驾鹤之天势,拥有紫气汇聚之地相,坐山守坡,抱谷望水,开合有致,用风水先生的话来说,这是墓葬的风水宝地,俗称为"龙穴"。

不是清明,也不是七月十五。没有香烛,也没有纸钱。曾纪生站在父亲的墓前,默默地凝视着墓碑,心里不停地向父亲诉说着自己独掌曾家大屋以来的艰辛和苦涩。有人告诉他,人鬼殊途,只要心灵相通,说话也一样能听得见。

在经营湘绣上,曾纪生与父亲因时局不同,发展的速度不一样,理念也就有了差异。曾传玉把做湘绣生意当成人生的一种乐趣。他追求的是一种过程,尽量把这门艺术做好,其结果往往是事半功倍,名利双收。曾纪生面对的是一家老小的生存,自然追求的是湘绣利润。在他的眼中,湘绣只是生意,是生意就要面对市场,而那所谓的"艺术"不过是湘绣之所以生存流传下来的名目，没有市场的湘绣，只能是土财主的银子——放在地窖里自我欣赏罢了。

曾纪生似乎天生属狼的性格，他此刻呼吸着野外新鲜的空气，感觉到多年来那股被压抑在内心深处的强烈欲望，又迸发了出来。

曾纪生凝视着墓碑上"三河幸存"四个苍劲有力的石刻字，心绪激动，感慨万千。父亲戎马半生，解甲归隐，经营湘绣，不说是功成名就，也是艺有所成，并建有曾家大屋。现在到自己手里，为什么会如此艰难？他想到此，泪水不禁夺眶而出。

曾纪生呜咽着道："爸，为了实现您的愿望，精耕针法，绣传天下，孩儿准备离开铜官，再去长沙开店，如果不这样做的话，曾家大屋迟早会被憋死在这雷公塘……爸，您保持沉默，树森就当您同意了！"

墓碑无语。山间却是突然起了一阵凉风，刮得坟墓边栽种的松柏树嗖嗖地响，似乎在回应着曾纪生的话。

曾纪生神情肃穆地从坟山上下来。易玉莲瞧着一言不发的曾纪生，问道："你是打定主意，要到长沙城里去开店铺啰？"

曾纪生默默地点了点头。有些心不在焉地道："你手头上有钱吗？"

"我有么子钱啰？"易玉莲随口回答道。

"没钱就算了。"曾纪生说完话后就后悔了。他知道易玉莲手头应该有一些零散钱，她既然不肯拿出来，就不该开口问她。

曾纪生再次将家产账目梳理了一遍。这时他才发现曾家大屋竟然如此囊中羞涩。他从没有想过，这个在铜官耸立了几十年的曾家大屋，竟然已是一艘千疮百孔、飘摇欲沉的船了。是什么原因，让这个在湘绣界风光了几十年的曾家大屋，居然除了田地外，竟然只有几十块大洋现钱。

曾纪生站在老账房先生面前，指着搁在桌子上的账本道："怎么回事？整个曾家大屋能调动的资金，就不到一百大洋？"

老账房先生拿过账本翻开，一边拨打着算盘，一边耐心地向曾纪生解释："本月初家里所有的现金库存款，一共是五百二十六银圆，除去应付本月必须购置的绸缎、丝线费，一千二百银圆，画稿费、绣楼绣娘的工钱，五百一十二银圆，缺口一百八十六银圆，各绣花站近两月欠付的绣花费，一千二百九十四银圆……"

听着老账房先生报出的一连串数字，曾纪生摆摆手离开了账房。

曾纪生发现，尽管父亲的湘绣生意给曾家大屋带来了不少的财富，但由于用钱的地方太多，赚钱却全靠芙蓉坊绣庄，眼下绣庄生意的冷淡，已让曾家大屋的经济压力到了前所未有的程度。

一文钱难倒英雄汉。当天晚上，曾纪生躺在床上瞪圆着双眼盯着黑暗中的天花板，心事重重。面对入不敷出的经济现状，曾纪生头痛欲裂，辗转反侧，无法入睡，一直折腾到东方泛白，才朦朦胧胧地闭上眼睛。

"爸爸，怎么还不起床吃饭？"堂屋里传来一个脆生生的男童叫喊声。接着，二儿子曾广涛跑进房来站在床边，掀开帐帘，唱起了童谣：

第三章 私房银

懒大嫂,睡懒觉,

头不梳,鸡窝草。

太阳出来一丈高,

还在床上伸懒腰……

《懒大嫂》的童谣,唤醒了曾纪生。他睁开眼睛,看到二儿子曾广涛,朝他做着鬼脸在唱童谣,三儿子曾广智,拍着手在床前手舞足蹈地跳着童子舞。

瞧着曾广涛一副张牙舞爪的怪状,曾纪生不禁哑然失笑。他知道这个孩子从小就不安分,干什么事都会弄出些新花样来,就拿眼前他教弟弟曾广智跳的童子舞来说吧,平常的乡里孩子,一般都是拍着手,合着节拍蹦跳且歌且舞,可他偏生不,伸拳踢腿的花样百出,把个活泼可爱的童子舞,跳成像横行的螃蟹舞。曾纪生思想之间,门外又进来了一个拖着扫把的男孩,这是刚刚扫完堂屋的大儿子曾广仁。曾广涛把大哥拉到床边,三兄弟聚集在一起,闹得床铺都颤得发抖。

瞧着站在床边,默不作声的大儿子曾广仁,曾纪生从内心里感到喜欢。广仁从小就老实听话,吃苦耐劳,长大后一定是个持家守业的好手。广涛和广智就没法与哥哥比了,两人中一个好动,一个贪玩,尤其是广涛,没两天就要闹出个事来,让私塾老师常常告状。

易玉莲抖着围裙走进房里,见曾纪生已经起床,歉意地道:"我知道你昨夜没睡好,叫他们不要吵醒你,可广涛不听话,还是把你吵醒了,这不……哦!我这就去准备洗脸水。"说完,她赶紧领着三个儿子出了房间。

望着易玉莲消失在门外的背影，曾纪生的心"咯噔"了一下，多么贤惠的妻子啊！三个儿子的管教，已耗去了她大部分的时间，绣楼的配线也要她一手操办，连自己没睡好这样的琐事，她都要放在心上。想想自己，主持家事后，将一个红红火火的曾家大屋，弄得如此狼狈，真是有点无地自容。

吃完早饭，曾纪生仍然觉得头昏脑涨，打不起精神来。

谢冬梅见曾纪生憔悴的样子，知道他的心事，暗自叹了口气，拿着一个锦包来到儿子的房中，对他道："树森，到长沙开店，没有现银是万万行不通的。我这里有几幅金粉画，是你父亲当年在南京当官时画的，你拿去当了吧。还有我这副陪嫁的金首饰，自你父亲走后，我也就没戴过了，去当点钱先将绣娘的工钱付了。你到长沙去创业，先要在老家留个好名声，回来才不会被乡亲们指着背脊说空话。"

"妈，家里再没钱，也不能去典当您的首饰啊！"曾纪生知道，那《蝴蝶金梅》金粉画，是父亲当年在江宁特意为母亲画的纪念物，寓意为"福贴冬梅"，这画母亲已珍藏了几十年，现在居然要和首饰一起拿出来当了……他心里五味翻腾，鼻头一酸，险些掉下泪来。

谢冬梅见状，故意装出一副满不在乎的样子道："你父亲走了这么久，我守着这画也没有什么意思，能为曾家大屋突破困境解燃眉之急，也许正是你父亲生前的考虑，当年你去意大利，他不也典当过《荷鹤图》吗？"

谢冬梅说完，把金粉画和首饰放在桌上，头也不回地走了。

望着谢冬梅步履蹒跚的身影，震撼最深的是易玉莲。昨夜

第三章　私房银

曾纪生彻夜失眠，自然也影响她没有睡好，如何协助丈夫支撑起曾家大屋，她暗地里打了半夜的肚皮官司，到今天上午都没有想出一个办法来。

看到谢冬梅搁在桌上金粉画和首饰，易玉莲终于拿定了主意。她打开自己的红木大柜，用剪刀撬开底层柜斗的盖板，取出一个黑漆首饰盒递给曾纪生道："妈的首饰，你退回去，这是我的全部家当，你拿去发绣娘的工钱应该有多，剩余的你就拿去长沙开店吧。"

曾纪生打开首饰盒，发现里面装着一张沱市钱庄的银票，二百光洋。他拿起银票，觉得有点厚，用手指一搓，发现还有两张银票，一张是靖港银铺的银票，存银一百六十元，另一张则是铜官周记钱柜的银票，数额最大，存银二百八十元。三张银票，合计共存银六百二十元。

曾纪生惊诧地道："你什么时候存了这么多银圆？"

易玉莲呼了一口气道："沱市的银票是我出嫁时父母添箱送的，靖港的银票是我将平时手头的散银，投股到富兴绸铺所分的红利，铜官这张银票是父亲过世时，母亲分给我的人情钱，因为日后礼尚往来，这些人情钱还得由我出面还，我昨天之所以不想拿出来，是怕你将生意做亏了，日后连人情都还不起。"

易玉莲无怨地拿出自己全部的私房积蓄，让曾纪生很是感动，但他毫不犹豫地将三张银票放回到首饰盒中，毅然地道："母亲的首饰，我不会拿，你的私房钱，我也不会要。"

易玉莲感到有些意外："不要我的私房钱？那你拿什么到长沙开店？"

芙蓉坊密码

"这钱,你还是留在手头以备急用,开店的钱,我另想办法。"曾纪生不想让母亲和易玉莲的纪念物和压箱钱,卷入生意的风险之中。

"另想办法?"易玉莲困惑地道,"你还有什么办法?"

曾纪生一时被易玉莲问住,心中泛起一股酸楚。不过,这种心情并未持续多久,他便粲然地一笑道:"到什么山,唱什么歌呗。"

知夫莫若妻。易玉莲心里有数,曾纪生那副"煮死的鸭子——嘴巴硬"的臭脾气,让他强撑着。她故意戏谑地道:"别'茅厕里的石头又臭又硬'了,你以为到长沙开店是做梦样的容易?"

易玉莲说完,将三张银票硬塞进曾纪生的口袋里,走出了房间。她走到房门口时,忽然回眸一笑,那眼光就像一道耀眼的闪电,穿透了曾纪生的心底。有人说,"夫妻本是同林鸟,大难临头各自飞。"此时易玉莲的三张私房银票,在曾纪生的心中胜过千金万银,作出了"同林鸟"的不同诠释。曾纪生接受了易玉莲对自己的理解和支持的心意,但他还是决定不动用这三张银票,他要自己想办法去实现在长沙城里开店的梦想。

当天中午时分。曾纪生顶着烈日,来到铜官渡口,踏上了驶往靖港镇的渡船。

走上靖港码头。乍一看,靖港还是几年前那个老样子,但仔细一瞧,如今的靖港变了。码头边系着的运货船,排得满满的,以往只有几家门面的街上,现在是一个接一个的店铺,坐落在半边街上的天然福绸缎铺,也由原来的一个门面变成了三个联排大店铺。

第三章 私房银

"焦叔,好安适呀!"曾纪生走进天然福店铺内房,只见焦庭山正坐在一张太师椅子上,手捧一把铜官陶瓷壶,怡然自得地品着香茗。

"唔!"焦庭山放下手里的陶瓷壶,热情地招呼道,"门前喜鹊叫,定有贵客到。今天又是哪阵风把你吹来了?"

"出山风。"曾纪生心里尽管有事,但生意场上的多年历练,让他练就了喜怒不溢于言表的能力,脸上带着笑道,"好久没见焦叔,心里发慌啊!"

"心慌?"焦庭山一愣,随即瞧见曾纪生那副模样,心里便猜到了几分,这个"贼胆大"侄子,准是又有什么新主意,找上门来了,"贤侄,请坐。"

曾纪生笑着坐下后,随口问道:"您不喝酒,改喝茶了?"

"你是明知故问,还是真不知道?还是你父亲在世时,我大醉了一场后就戒酒了。"焦庭山是瞧着曾纪生长大的,知道他那习性,谈正事前常常先要套个近乎,于是直截了当地摆了摆手道,"你呀!无事不登三宝殿。有什么事就直说吧。"

焦庭山发下话,曾纪生便不再绕弯子,开门见山地将自己准备到长沙,开绣庄店铺的计划说了出来,最后问道:"怎么样?我想请您牵头,咱们两家联手开店。"

焦庭山想了想,缓缓地道:"这个嘛……是件大事,还需要从长计议。"

焦庭山浸染生意场上多年,深知离开熟悉的靖港,到长沙做生意充满许多未知数,稍有不慎就会翻船,满盘皆输。大概是年纪大了的原因,近年来焦庭山已经很少在生意场上采用险招了,一般来说,没有八成把握的生意,他是不会去做的。

曾纪生见状,言辞犀利地问道:"怎么?焦叔是信不过侄儿,还是怕进长沙城?"

"怕进长沙城?笑话!"焦庭山"嗤"地一笑道,"打过江宁,闯过上海滩的人,这辈子还怕什么风险?"

曾纪生紧跟着道:"大肚汉不怕连席宴,生意人还惧码头大?铜官镇的这句俗话,焦叔应该有所耳闻吧?"

"我当然知道码头越大,生意越好做。与靖港相比较,长沙的码头自然更大,人流量多,消息也灵通。可是利润大,风险也大,去长沙做生意不仅需要雄厚的资金,还需要有人手。"焦庭山觉得自己已上了年纪,再像曾纪生这样的年轻人一样去闯荡江湖,似乎有点不合时宜,但这话当着曾纪生的面,他实在难以说出口。

曾纪生笑了笑,有意将了焦庭山一军:"是不是焦叔年纪大了?或者是手头资金不方便?"

上了年纪的焦庭山,近年来最烦的就是人说他老,因为"老"字,常常是与"无用"连在一起的。焦庭山被曾纪生一激,心里就上了火,说话也带着气:"手头紧?天然福的生意,虽然不能和曾家大屋相比,可这几十年下来,抽个几千、万把银圆到长沙开店,那还是绰绰有余的。"

曾纪生赶紧接过话:"既然这样,您还犹豫什么呢?"

"这……上就上,有什么大不了的事。"被曾纪生脚赶脚地将了一军,焦庭山自然被顶到了南墙,话一时无法拐弯,但他随后补充了一句话,还是给自己留了条后路,"此事重大,我与保林他妈商量一下,明天再给你回个准信。"

曾纪生目光注视着焦庭山,诚恳地道:"我这里有个设想,不知焦叔愿不愿意听?"

因为刚才被曾纪生带了一笼子,焦庭山心里提高了警惕。他端起陶瓷茶壶,抿了一口茶道:"说出来听听。"

曾纪生不急不缓地道:"曾家的全部资产,现在都积压在库房产品上,我想以曾家大屋的芙蓉坊和您的天然福绸缎铺,合股到长沙开个绣庄。我送一万银圆的绣品,到天然福作抵押,你换给我一万银圆的绸缎,作长沙开店的绸缎货源,我和您各占50%的股份。赚了,您可以分50%的红利,亏了,算我曾纪生托底,我那抵押给你的一万银圆品就归天然福。"

做了一辈生意的焦庭山,还从未听说过"以股借款"的方式,但以他那生意人的头脑,也能判断出这是一件对自己有利的大好事。曾纪生为什么要这样做呢?生意人多疑的猜测,让他感到不解。

焦庭山努努嘴道:"我天然福坐赢不输,风险归你芙蓉坊,真的有这么好的生意?树森,你这是另有所图吧?"

对焦庭山的这个问题,曾纪生早已准备好了说辞:"我图的是天然福绸缎铺,在丝绸行业的好名声。曾家大屋在湘绣行业的信誉不错,我们两家合二为一后,绣庄店里有丝绸,丝绸铺里有绣品。一个店面做两种生意,生意虽然不敢说肯定会好,但顾客的选择余地至少多了一倍。"

曾纪生说出的这些生意新招式,可算是让焦庭山开了眼界,他有点动心了。到长沙开个店铺,自己还不用出现钱,凡事有

芙蓉坊密码

这个鬼点子层出不尽的"贼胆大"运作，生意想不红火都不行！想起那似乎看得见的50%红利，他心里就直痒痒的。

焦庭山终于松了口："要我合伙没问题，我还是那句话，今晚我与保林她妈商量一下，明天让保林来找你。不过在长沙开店，选择店址最为重要，我的意见，店铺要开就开在长沙的八角亭。"

"焦叔您和我想到一起去了，八角亭正是长沙城里人流最多、最热闹的地方。"曾纪生随后补充道，"另外，店铺开张后，我想请焦保林老弟暂时当我助手。"

"保林？"焦庭山甚感意外，迟疑着道，"他刚做生意不久，要他担此重任，你认为合适吗？"

"谁天生会做生意？做几天熟悉了，不就会啦！"曾纪生极力鼓动着焦庭山，"保林人勤快，脑袋瓜子也灵活，正是做生意的好料子，该让他好好磨炼磨炼。"

曾纪生正是瞧准了焦家在绸缎行业的人脉关系，如果将焦保林拖进长沙开的店铺，还愁焦庭山不会全力支持？

焦庭山放下手中的陶瓷壶，想了想道："既然是合作，我也不能白占你的股份。钱我就不出了，我给你50%的绸缎作本，免得开张时还要到市面去进货。另外，到长沙租店铺的事，我会让保林去办，前期的费用由我来出。你曾家大屋背水一战，一心想进长沙的勇气可嘉，那就让保林给你打下手，由靖港的天然福绸缎铺做后盾，这样就能进退自如，合作双赢。"

曾纪生听到焦庭山这么一说，感动万分，顿时喜上眉梢，一颗悬着的心终于放了下来。

第三章　私房银

　　曾纪生离开天然福绸缎铺后，一路小跑到江边，等待着对岸划过来的渡船。他望着湘江水面泛起的浪花，心想：自己虽然不动用母亲和易玉莲的私房钱，也能到长沙开店，但开店是否就可赚到钱呢？他虽然有些彷徨，但更多的是自信。

第四章
天然阁

几近倾家荡产凑足资金,曾纪生与焦庭山合手在长沙八角亭创立"天然阁绣庄",并推出一种别出心裁的经营方式——画师坐堂。"天然阁绣庄"能否在长沙八角亭这个黄金码头站稳脚跟,不仅要靠实力,更要靠机敏善变的智商。

第四章 天然阁

这些天来，曾纪生一直在外面奔波，寻找货源、落实资金，待他返回铜官的第三天，焦保林也风尘仆仆地来到曾家大屋。他兴奋地告诉曾纪生："八角亭拐角路口的繁华地段，有一家做绸布生意的店铺要转让，转让的价格不到三千银圆，我已经和店铺的马老板见过面了，马老板说我们如果真心想买下店铺，先交点订金，价钱还可以商量。"

曾纪生听过焦保林的报价后，心中不觉升起一丝疑问："八角亭是长沙商业最繁华地段，特别是拐角路口上的铺面，应该都是旺铺。马老板如此好的黄金铺面，怎么会以这么低的价格转让出来？"

焦保林笑了笑道："树森兄，请放心。我已经暗中调查过了，马老板是江苏人，因家里兄弟分家闹纠纷，所以急着要将店铺卖了，赶回老家去。"

曾纪生听焦保林如此解说，感到自己的运气真好，当即决定买下八角亭马老板的店铺，要焦保林立即赶回长沙签订契约。

曾纪生原计划是租个店铺，这样可以减少到长沙开店的前期资金压力，现在既然有这样便宜的旺铺转让，那就是租不如买了。曾纪生算了一笔账，买店铺虽然比租店铺一年多花了将近十倍的钱，但买店铺实际上比租店铺划算，一不需要按月交租，更不用担心生意好的时候，房东要涨租金或是收回店铺，而且细算起来，十年的租金就可把店铺买下来。

曾纪生的主张，很合焦保林的脾胃，他也是个精明人，当然知道买店铺合算，于是马不停蹄地赶回长沙，预付了马老板五百大洋做订金，将买店铺的事敲定下来。

正当曾纪生兴高采烈地筹划如何装饰店堂之时，马老板突然找到焦保林，退回了五百大洋银票，说店铺暂时不卖了。焦保林追问马老板反悔的原因，马老板却是死也不肯透露，只说自己还想继续经营。

一言既出，驷马难追。白纸黑字签下的契约，还交了五百大洋的订金，怎么说变卦就变卦了？！面对出尔反尔的马老板，焦保林很是恼怒，当即与马老板大吵起来："天下哪有这样的事？收了订金又反悔买卖，这是哪门子规矩？不行！"

马老板清楚自己毁约，亏理在先，软下口气道："我赔你双倍的订金，还不行吗？"

焦保林涨红着脸道："不行，就是不行！国有国法，行有行规，做买卖就要讲个信誉！"

身后传来了一个阴沉的声音："年轻人，别人不愿意卖，你哪有强买的道理？在靖港你爹跺下脚，半边街都会发抖，可长沙不比靖港。赔偿双倍的订金，你三天白赚五百大洋，还是见好就收吧。"

焦保林回头一看，不知什么时候，宏昌绣庄的赵管家走进了马老板的店铺，正用一双阴沉的眼睛瞧着自己。焦保林似乎意识到了是怎么回事，但一时又不知如何"回敬"赵管家，只得跺跺脚，对马老板道："你言而无信，在生意场上是要后悔的！"

经过暗中调查，焦保林终于弄清楚了整个事情的原委。原来肖小宝早就看中了马老板的店铺，乘他急于出手之际，将价格压到了一千五百大洋，当他得知曾纪生出价三千大洋准备买下店铺，并交了五百大洋订金后，肖小宝立即派赵管家找到马老板，将价格一下抬到了五千大洋。见自己一下子凭空能多得两千大洋，马老板那商人"唯利是图"的习性自是难以按捺，便宁愿违约赔偿双倍订金，也不肯把店铺卖给曾纪生了。

听了焦保林的讲述，曾纪生眯起眼思索起来。八角亭地段，眼下除了马老板店铺外，一时找不到好的转让店铺，如果硬要盘下马老板店铺，就必须与肖小宝抬价，出现"鹬蚌相争，马老板得利"的局面，可是你还真的无法去论这个理。生意场上，利用竞争抬价，这是商道中惯用的伎俩，生意人嘛，谁会跟钱有仇……

焦保林瞧见曾纪生半晌没说话，有些着急地道："树森兄，我们怎么办？"

曾纪生沉默了一会儿，陡地睁大眼，会心地一笑道："你明天去找马老板退回那五百大洋订金，就说我们恭喜马老板继续发财。"

焦保林困惑地道："这是……"

曾纪生将嘴凑到焦保林耳旁，说了一番话。焦保林边听边点着头，脸上露出了一丝笑容。

宏昌绣庄内堂里。听完赵管家焦保林从马老板手里接下了退还的订金，而且没持任何异议的讲述后，肖小宝拎着水烟壶，从靠椅里一下子站了起来，惊讶地道："曾纪生接受了马老板的毁约？他竟然忍得下这口气？怪事，真的是怪事，这太阳从西边出来了！"

"这有什么奇怪的？"赵管家奸笑着道，"我们出了五千大洋的高价，生意人谁会与钱有仇？马老板自然铁心要毁约，曾纪生又能有什么办法哩。"

肖小宝眼球子转了几圈，轻"哼"了一声，慢悠悠地道："这也很难说。曾纪生为什么这样轻易接受毁约，现在还说不清楚。曾纪生这人，经常不按规矩出牌，我们得防着点。另外，马老板这人也太贪心了点，要价一下提高到五千大洋，太贵了，订金不要轻易付给他。"

"老板，这……"赵管家有点犹豫，提醒地说，"当初，您不是同意了五千大洋的数字吗？如今一变……"

"我说过五千吗？"肖小宝那遗传自父亲的码头习性又冒上来了，"我怎么不记得啦？"

话说到这个分儿上，赵管家自然不能说老板的记性不好，端人家的碗，受人家的管，只能附和地点点头。他可清楚地记得，那个与他同姓的老管家，当年就是因为一句话顶撞了肖小宝，竟被逐出了宏昌绣庄。

马老板经过死缠硬磨，终于赔偿给焦保林五百大洋订金，解除了买卖店铺的契约。就在马老板与焦保林解除契约之时，曾纪生以快刀斩乱麻之势，用每月六十大洋的高价，租下了马老板店铺左右两侧的两个门面。

马老板随后去找赵管家签约，却遭到了拒绝。赵管家皮笑肉不笑地道："马老板，我家老板发下话了，宏昌绣庄最多只能按照焦保林先前与你签订的三千大洋成交。"

"三千大洋？"马老板顿时傻了眼，"您家肖老板不是亲口答应我，他愿出五千大洋吗？"

赵管家眼珠子一溜,虎着脸道:"老板的玩笑话,你也当真?再说,天底下哪有这样的理,你卖给焦保林是三千大洋,我们买,你就涨到五千,没这么欺侮人的吧?"

这一来,马老板被晾在了干岸上,哭笑不得。马老板又不敢与赵管家耍横,他明白强龙压不过地头蛇这个道理,只得委屈地道:"算我倒霉,三千五百大洋卖给宏昌绣庄算了。"

"三千五?癞蛤蟆打哈哈——好大的口气!两千五我们还有商量余地。"赵管家丝毫不肯让步,"我们是街坊老邻居,买卖不能厚此薄彼啊!"

肖小宝坐在宏昌绣庄内堂里,跷着二郎腿,听赵管家禀报与马老板的"谈判"经过。

这时,一个伙计急匆匆走进内堂,来到肖小宝身前,弯下腰道:"老板,刚得到一个消息,曾纪生租下了马老板店铺左右两侧的两个门面,正在准备搞装修,听说一个门面打算做丝绸,另一个门面做绣庄。"

"什么?这可是兵法中所载的'左右夹击'之势。"肖小宝猛地放下腿,挺直了身子,"那我们买下马老板的店铺还有屁用?!被曾纪生夹在中间,我们会被憋死的。"

赵管家皱了皱眉,小心翼翼地问道:"马老板那边怎么办?他下午要过来拿订金。"

"还能怎么办?你怎么一副木鱼脑壳——敲不醒?"肖小宝眼里射出寒光,"立刻给马老板退信,他造成买卖双方抬价,违反了行规,这店铺,我们不要啦!不要说三千五百大洋,两千五百大洋我都不要啦。"

扁担无扎，两头失塌。急于卖掉店铺回江苏老家的马老板，碰上反复无常的赵管家，气得肠子都悔青了，无可奈何只得回头再找焦保林。他诚恳地对焦保林道："大人不记小人过，阎王不计小鬼错。我真不该瞎子见钱眼开，听信宏昌绣庄赵管家唆使而毁约，没有想赵管家竟是个反复无常的小人，我愿意……"马老板怄不过宏昌绣庄的气，主动提出将价格再下降五百大洋。

曾纪生最终以二千五百大洋，买下了马老板的店铺。他将三个门面打通连接起来，雄踞八角亭十字路口的两条街，店堂蔚为壮观。

肖小宝得知消息后，懊恼万分，数落赵管家道："你呀，你呀！真是个榆木脑袋，一点都不开窍。我说马老板店铺太贵，那是一种讨价还价的策略，哪晓得你真的'一根肠子通屁眼'，就直接回复说店铺不要了。我们白忙活了一场，却让曾纪生捡了个'大漏子'。"

听了老板的埋怨，赵管家心里极不服气，瘪着嘴道："您当时不是说，三千大洋都不要吗？"

肖小宝愤愤地道："笨蛋！我是说三千大洋不要，可我说了二千五百大洋不要吗？"

在马老板店铺这件事上，赵管家就像钻进风箱中的老鼠——两头受气，但他又没有胆量反驳肖小宝，只得唯唯诺诺地道："老板，我错了。下次一定不会再犯错了。"

肖小宝重重地哼了一声："下次？像这样的好事，还会有下次吗？"

赵管家心里自然有数，早在两个月前，肖小宝就看中了马老板这个要脱手的店铺，不惜动用一切手段，阻止了几个竞争对手，并乘人之危，将价格压到了二千大洋，正要成交之际，没想到斜刺里杀出焦保林，使马老板店铺这只煮熟的鸭子飞了。

赵管家痛恨地道："老板放心，曾纪生抢我们的好事，我们也要让他在八角亭没有好日子过。"

肖小宝与赵管家正在咬牙切齿痛恨之际，曾纪生与焦保林却在商量着如何打开店铺生意的局面。

曾纪生道："好店铺，一定要有好招牌。"

曾纪生的话让焦保林茅塞顿开，他冲口而出："我想店铺的名称，还是保持马老板'天然绸布店'的前两个字作店名为好，可将'天然绸布店'，改为'天然绣庄'。这样一来，马老板原来的老顾客，还会冲着老店名上门，弄不好还会介绍新顾客前来店铺。"

曾纪生点点头道："真是无巧不成书。你家靖港的招牌是'天然福绸缎铺'，马老板的店名是'天然绸布店'，都有'天然'两字。我们现在三个门面连成一体，占据八角亭拐角处的黄金码头，如果在'天然'两字后面加一个'阁'字，将店铺定名为'天然阁'，则既得天时，又占地利。"

"太好啦！"焦保林兴奋地道，"这店名既保持着原来马老板'天然'字号，又用'阁'字与靖港'天然福'做了区分，绣庄更是体现了经营特色，占有天时地利人和的优势，新老顾客皆宜啊！"

半个月后，"天然阁绣庄"牌匾，终于在长沙黄金码头八角亭亮相。

芙蓉坊密码

这是一处三进三缝相连的大铺面。店铺大门的门柱上，赫然挂着由曾纪生自己书写，用黄梨木雕刻的一副对联："天然绸绫，针线乾坤"。以对联作广告词，这在长沙湘绣业界还属鲜见事物，在那个讲究眼见为实的年代，天然阁绣庄的大门楹联便特别抢眼。

曾纪生站在店铺门口，看着正为即将开业做准备的焦保林在店内来回奔跑不休，关心地说："焦掌柜，明天开业要起早，你去歇歇吧，剩下的事交给我来做就行了。"。

"没关系，新店开张，头炮一定要打响。"焦保林心存感激地看了看曾纪生，随后递给他一张纸条道，"这是我父亲的主意，你看行不行？"

"酒香还得靠吆喝！这主意好。代我谢谢焦叔。"曾纪生看过纸条后，朝焦保林赞许地点点头。

曾纪生叫来谢春，交代他将纸条上写的"买绣品送布料"、"买绸缎送绣品"、"买绣屏送绣帕"内容，分写成几张红纸告示，贴在店铺前门的墙壁上。

第二天，在一阵"噼里啪啦"的鞭炮声中，曾纪生揭下了盖在"天然阁绣庄"牌匾上的红绸布。因为天然阁绣庄"开业送礼"的消息早已传开，所以店门一开，人群便蜂拥而入。

焦保林带领满面春风的店伙计，端茶递水，热情地迎接着来客。由于长沙绣庄还没有送礼促销的店铺，加上产品对路，天然阁绣庄开张第一天，就进账一千多大洋，这样火爆的买卖场景，无异于是在"捡钱"。

一连三天，天然阁绣庄人流如潮，生意十分火爆。

第四章 天然阁

天然阁绣庄生意的红火,自然影响到了其他绣庄的生意。最先眼红的是地处南正街口附近的荣华绣庄张老板,他特意找到了离天然阁绣庄店铺最近的宏昌绣庄,拜访有"圈子会"身份的肖小宝,希望拿个应对主意。

张老板刚进宏昌绣庄大门,见已有好几家店铺老板坐在了堂内,他屁股还没落座就高声嚷开了:"宏昌绣庄是我们湘绣行业的龙头大哥,我们大家都唯宏昌绣庄马首是瞻,天然阁绣庄这样不择手段地搅乱市场秩序,影响大伙的生意。肖老板,您一定要为我们做主啊!"

在长沙开了多年绣庄的肖小宝,也没有想到天然阁绣庄一开张,就搞出了这么个火爆的场面。从纯生意场角度,平心而论,他对曾纪生还是挺佩服的,换了自己绝对想不出这种赠送礼品的促销方法来,而且也舍不得这么送。曾纪生如此出手引来了满堂彩,不仅带来了人气,还带来了生意,这让他脑洞大开,原来生意还可以这样做!不过,曾纪生生意火爆的现实,也让他意识到了自己的危机——对他绣庄霸主地位的挑战。

当年,自从曾家大屋绣庄从长沙撤走之后,宏昌绣庄凭借圈子会势力和雄厚财力,在长沙绣庄行业呼风唤雨,凡事得心应手。如今曾纪生八角亭绣庄一开,便抢了自己领头羊的风光,此事绝对不能让他形成气候,否则后果不堪设想。他没想到张老板等绣庄老板的反应,比自己还要强烈,如何利用好绣庄老板们的这种情绪,他得仔细地琢磨一番。

思虑及此,肖小宝露出一副若无其事的模样道:"天然阁绣庄这么做,对你们生意有影响吗?我怎么没感觉到呀!"

芙蓉坊密码

"影响可大呢！昨天我只卖出了一条绣花手帕，早饭钱还没赚回来。"张老板气愤地道，"天然阁绣庄来长沙经商，地头还没坐热，就用买湘绣送丝袜子这种街头地摊手段来招揽顾客，这是破坏了我们绣庄的行规，请肖老板出头，给曾纪生一点颜色瞧瞧！"

"是啊！"此时，西牌楼绣庄王老板，不知什么时候走了进来，听到张老板的话，立即附和道，"照现在这样，我们的生意还怎么做啊？"

肖小宝望着七嘴八舌、义愤填膺的赵老板等人，脑子里灵光一闪，脸上露出一丝阴鸷的笑意，慢悠悠地道："行规里好像没有规定不许赠送礼物吧？绣庄市场就像一块蛋糕，你分得多一点，他就分得少一点，所以抢食是避免不了的，只是各人手段不同而已。"

张老板困惑地道："肖老板，你说我们就任他曾纪生抢我们顾客，坏我们的生意吗？"

肖小宝瞧着盯着自己的绣庄老板，良久，才突然冒出一句话："天然阁绣庄能送礼物，难道你们就是傻子？"

敲锣听音，说话听声。肖小宝的暗示，令绣庄老板茅塞顿开。

两天后，南正街的荣华绣庄，西牌楼的王老板，先后也打出了买湘绣送礼物的促销活动。随后几天，八角亭一带的绣庄店铺，全都推出了各种不同形式的送礼促销活动，而且大多店铺送的礼物，比天然阁绣庄更重。

长沙人有个特点，就是喜欢扎堆看热闹，更有一些人喜欢贪图小便宜，哪里有热闹看，就往哪里涌，哪里有便宜东西买，

第四章 天然阁

就往哪里跑。由于长沙湘绣市场的生意只有这么大,在其他绣庄推出送礼品活动后,生意一枝独秀的天然阁绣庄就渐渐地冷淡了下来,十来天后便出现了"门可罗雀"的冷清。

眼瞧着新开张的天然阁绣庄生意由火爆到冷清,走进店面来的顾客也如同干旱时节的溪水,几近断流。前台掌柜焦保林急得嘴唇布满了燎泡。他真没有想到,在靖港天然福绸布店,屡试不爽的送礼促销开张营销招式,怎么到了长沙城就水土不服啦?他有点慌了神,急忙赶到曾家大屋,向正在催促生产绣品的曾纪生讨主意。

听完焦保林的诉说,曾纪生不以为然地道:"这是正常现象,你先回绣庄稳住阵脚,静观其变。你想想,我们的生意如果天天火爆,顾客天天都排着队抢购绣品,那还叫生意吗?"

曾纪生心里有数,"送礼促销"早已在商界流行了很多年,这是从洋鬼子商业流传过来的模式。这种模式的好处是,能够迅速吸引顾客眼球、聚集人气,在一定的时期内,带来顾客流和热闹场景,不利之处则是增加了商品的成本,难以持久维持。当时他之所以同意焦保林的销售模式,也正是看中了这种销售模式,对一个新开张的店铺能带来大量的顾客和人气,如今被长沙城几家财大气粗的绣庄联手对抗,作为实力并不十分雄厚的天然阁绣庄,自然难以抗衡,门可罗雀的结果是必然现象。

"要不,这样办。"他那独有的生意脑壳转了几圈,关切地对焦保林道,"绣庄开张,你是劳苦功高,现在生意淡下来,你正好可以回靖港休息几天,明天我去天然阁守店。"

曾纪生的那份淡定与自信,霎时让焦保林浮躁的心绪沉静

芙蓉坊密码

下来,他诚恳地道:"只要你不担忧,我就放心了。今天我回家去看看老爸,明天下午赶回天然阁绣庄。"

次日,曾纪生来到长沙。他没有直接去天然阁绣庄,却是先到了龙福茶馆。这个茶馆是长沙各路信息的聚集点,他想先探探信息,顺便喝杯香茶解解身心的疲惫,瞧瞧能不能悟出一个破解生意清淡的道道来。

龙福茶馆是长沙有名的茶庄,门坊两旁抱柱上配着一副气势不凡的楹联,据传这是时任湖南督军谭延闿的手笔:"客来能解相如渴,火候闲评坡老诗。"进得茶馆门来,一溜茶柜架上,陈设着景泰蓝茶缸,每个茶缸上都标着一道名茶的茶名,古色古香,让人舒眉养目。这里的盖碗茶贵到上百文钱一杯,但因为富商和官府人员爱在此处议事,所以茶资虽贵,仍是座无虚席。

曾纪生走进茶馆,一位十分殷勤的茶童迎了上来,将他引到楼上的空桌处坐下。曾纪生点了一杯湘波绿和两盘小茶点后,便凭窗眺望着楼外的市景,希企能从变化的市景中捕捉到需要的信息。

长沙城的变化真大,才几年的时间,以前稀稀落落的商铺,很快便连成了街,随后又街街相连,形成了繁华闹市。随后长沙闹市从沿河码头,由西往东延伸,北从潮宗门延伸至潮宗街、北正街,八角亭,南则从西湖桥、灵官渡延伸至半湘街。一西、一南、一北,由南往北逐渐形成了长沙商业繁华之区,人气如虹,人流如织,成了城市的一道风景线。

曾纪生感叹之余,收回眺望的目光,转而俯视楼下的街道。

不知何时起,从茶馆楼窗能望见空旷田野的地方,如今变

第四章 天然阁

成了商铺成群、人群熙熙攘攘,有的悠闲散步,有的匆匆赶路,有的挑担背篓,有的提袋拎包……突然,他的目光被一个店铺门前人头攒动的场景吸引住了。一个小小的不起眼的店铺,是什么吸引了这么多的人前来围观?好奇心驱使着曾纪生匆匆结了账,快步走出茶馆,往那小店铺走去。

这个众人围观的店铺,是一个药铺,名号为"养天和",店铺门前围着不少的人都伸长了脖子,往店里面瞧着。曾纪生心中犯疑,一个药铺有什么看头?难不成这些瞧热闹的人都有了病,急等着名医妙药?好奇心驱使他挤进人群堆里,想看看这个"养天和"药铺究竟有什么与众不同,会引来这么多人围观?

这个药铺与长沙其他药号并没有什么不同。一长溜的柜台,装着各式中草药的柜子,柜子抽屉上一格格地写着药名。迎门的照壁上,书着"悬壶济世、童叟无欺、货真价实、公平诚谦"的店训。与众不同的是,柜台的上方悬挂着一块牌匾:"名医坐堂",牌匾下搁着一张桌子,桌上有笔墨、处方签,桌旁太师椅上坐着一位银须飘飘的老者,正在为一个中年人把脉。桌子一侧靠大门方向,七八个男女正在排队候诊。

"乡里郎中(医生)看病,可以上门开单把脉。在长沙,药堂也可以看病,居然还会有这么多人围观?这长沙人也真是,哪来这么多的病人?"围观中有人议论着。

另一人接过话:"不是长沙人病多,而是长沙的人多,这人一多,看病的不就多啵?"

曾纪生的眼睛突然一亮,一个主意掠过脑海。他从人群中退了出来,急匆匆地赶回了天然阁绣庄。

曾纪生吩咐店里伙计找来谢春，吩咐道："你马上替我去找一个人，宁乡湘绣画师杨世焯的关门弟子谭仁魁。"

谢春不明白曾纪生的意思，困惑地问道："谭仁魁？找他做什么？我也不清楚他在哪里，是不是……"

曾纪生打断他的话："你就别问了，如果没有变故，他应该还在锦文丽绣庄当伙计。"

曾纪生虽然与画界的人交往不多，却也知道杨世焯是当年湘绣行业的一位画坛大师。他承先辈的水墨画衣钵，擅长翎毛走兽和肖像人物，只是他平生浪荡不羁，偏爱与市井艺人交朋友，虽然画艺出众，死后却家境潦倒，徒弟四散，关门弟子谭仁魁流落到了锦文丽绣庄当伙计。

曾纪生在锦文丽绣庄不仅见过谭仁魁，还见过他用粉刷子在墙壁上作画，绘出的老者，人老神不老，画出的淑女惟妙惟肖，粉刷下的孩童活灵活现，显然得到了杨世焯的真传。

谢春很快便从锦文丽绣庄带来了消息，谭仁魁因在绣庄无所事事，一个月前就已经辞工离开绣庄了。

"什么？谭仁魁没有在锦文丽绣庄？"曾纪生听到这消息，心里凉了半截，一时还没回过神来。

从靖港返回店里的焦保林，听说了此事后，向曾纪生献策道："我知道谭仁魁家住在宁乡朱良桥一个山窝里，谭仁魁本人虽然没什么名气，但因挂着杨世焯的名号，宁乡还没有人不知道，谭仁魁这位关门弟子的，我估计应该很容易找到他。"

曾纪生松了口气："那好。现在我跟你谈谈我的计划。"

焦保林笑了笑道："别急，我也有个计划。"

第四章 天然阁

曾纪生摸了摸后脑勺,抿唇一笑道:"你有什么好计划?先说出来听听。"

焦保林故作神秘地道:"还是先找到谭仁魁以后再说吧。"

那时的社会虽然没有现在这样众多的信息渠道,但生意场上的风吹草动,传播起来还是非常地快捷。天然阁绣庄谢春寻找谭仁魁的消息,第一时间就从锦文丽绣庄传到了宏昌绣庄。

"什么?曾纪生在找谭仁魁?"肖小宝听到赵管家禀告的情况,皱起了双眉,心里顿时疑云翻滚,"他找谭仁魁干什么?"

赵管家摇摇头:"不知道。"

肖小宝想了一会儿,对赵管家摆摆手道:"你去打听打听,曾纪生找谭仁魁到底想要搞什么名堂?"

当天晚上,赵管家神秘兮兮地向肖小宝禀告:"锦文丽绣庄谭老板说,曾纪生是想聘请谭仁魁到天然阁绣庄去当画师,不过谭仁魁眼下已经辞工,不知去向。"

肖小宝猛然醒悟过来,搓了一下手掌道:"我明白了。官府和坊间不是常说,湘绣界的两大名人'东曾西杨'吗?'东曾'讲的是曾传玉,'西杨'则是宁乡西乡的杨世焯。谭仁魁是杨世焯的弟子,曾纪生想请他出山当画师,是想在湘绣行业来个通吃,我看……"

赵管家明白了肖小宝的意思,接过话激动地道:"我们何不抢先把谭仁魁请到宏昌绣庄,来个釜底抽薪!"

思路一旦理清,行动的快慢便是成败的关键。赵管家已经与焦保林在抢购马老板店铺时失败过一次,这次怎敢怠慢?他连夜差人摆轿,第二天天还没亮,便直奔宁乡朱良桥而去。

芙蓉坊密码

当焦保林匆匆忙忙赶往宁乡，找到谭仁魁在朱良桥的具体住处后，才得知谭仁魁已经在早一天就被宏昌绣庄接走了。

宏昌绣庄的捷足先登，让曾纪生筹划天然阁绣庄生意新招——让画师坐堂的计划全盘落空。正当曾纪生为缺乏坐堂画师发愁之际，田如玉从铜官芙蓉坊来到了天然阁绣庄。

"如玉，你来长沙为什么不先捎个信？我好叫谢春去码头接你。"曾纪生又惊又喜，脸上的愁云顿时无影无踪。

"泥人周的《百子图》已经画出了小样，想请你回铜官定稿。他还烧制了一套酒具，让我顺便捎给你。"田如玉说完，打开手提携的包袱，拿出一个小巧玲珑的淡绿色酒壶，和四个用黄草纸包裹的小酒杯来。

淡绿色的酒壶上点缀着几行小楷诗文。曾纪生端详着酒壶，念道："男儿大丈夫，何必本乡居。有志走四方，朋友是财富。"一旁的谢春瞧见这几句诗文，如坠云雾之中，忙问田如玉道："这诗是什么意思？"

田如玉不满地解释道："我发现你到长沙后，人越长越笨了，这不是明摆着的道理吗？好男儿四海为家，朋友才是真正的财富。"

曾纪生感慨地道："哦！我也觉得泥人周是在点拨我。只有走出本乡本土，才有发展的大空间。你捎个信给他，完成《百子图》订单后，请他来天然阁绣庄帮我。朋友嘛，就得相互有个照应，何况他一个人住在窑上也够孤单的。"

谢春下意识地盯着田如玉，四目相遇，田如玉迅速避开谢春异样的目光，很不自在地对曾纪生说："这么重大的事，还

第四章　天然阁

是你跟他说为好。"

谢春提醒着曾纪生道："过两天我们要搞一个促销活动，就让田如玉也来天然阁绣庄吧，这里比芙蓉坊更需要她。"

曾纪生瞧瞧田如玉的脸面，点点头。

田如玉似乎想拒绝，但曾纪生的信任使她情不自禁地问道："我来天然阁绣庄，芙蓉坊那摊子怎么办？"

曾纪生早有准备："芙蓉坊就交给周嫂吧，再说有玉莲在家，她也可以协助料理几天，在这里我们还可以商量商量赶绣《百子图》的事。"

田如玉离开后，曾纪生的脑海里冒出了一个新想法，如果将泥人周和田如玉，推到天然阁店铺的前台，宏昌绣庄就算请到了谭仁魁，一条鱼也翻不起大浪……

曾纪生叫来焦保林，分析着道："做丝绸，我们肯定赢不了'介昌绸缎'，做百货肯定做不过'吴大茂'……我想搞一个征联有奖活动，先把天然阁绣庄的人气提升起来再说。"

焦保林困惑地道："我们征什么联？"

曾纪生双手一摊道："征什么联不要紧，主要是聚集人气，赚吆喝。我刚才无意中想起了老长沙地名的一副对联，上联是'天心阁　阁留鸽　鸽飞阁不飞'。下联是'水绿洲　洲停舟　舟流洲不流'。我们就以天然阁招牌为题，参照长沙天心阁流传的那个征联的民间传说故事，出一上联，公开征集下联，对出的一般下联，请喝上等毛尖茶一杯，对出的好下联，奖龙凤绣花被面一套……"

曾纪生和焦保林商议了整整一夜。

芙蓉坊密码

第二天清晨，曾纪生搁下手中书写征联启事的毛笔，伸开双臂迎接透进窗户的第一缕曙光时，焦保林已将自剪的一组纸窗花，贴在了店堂的窗玻璃上，无形中增添了征联活动的几分喜庆。

中午时分，田如玉和泥人周两人匆匆从铜官赶到长沙。天然阁绣庄一场别出心裁的"画师坐堂、绣女献艺"征联迎宾促销活动正式开锣。

当顾客走进天然阁绣庄厅堂，抬头便见原湖南巡抚端方当年亲笔为画神曾传玉题写的对联：

湘绅自古重才艺，

绣圣传后几丹青。

对联的上方，嵌有"绣传天下"的横匾。匾联下方，搁了一张画桌，画桌后泥人周正在应顾客要求泼墨作画。画桌旁边摆着几个绣花绷，田如玉领着几位绣娘正在依照泥人周的画稿飞针走线。

伫立一旁的焦保林，笑容满面地向顾客解释着道："湘绣的第一道工序要先从绘画开始。"他指着正在绘画的泥人周，"这就是当年为慈禧老佛爷画《佛爷绣像》的泥人周。"随后又指着埋头绣花的田如玉，"这位是准备刺绣孙大总统婚礼嫁妆湘绣被面《百子图》的田如玉。"同时，焦保林没忘记讲述长沙天心阁那个民间流传对联的故事，引发了众多市民参与天然阁绣庄征联的兴趣。

一直注意着天然阁绣庄一举一动的赵管家，自然不会缺席这样的热闹。他随着瞧热闹的人群来到这里，一眼便看出，天

第四章 天然阁

然阁绣庄推出的画师坐堂、绣女献艺,及有奖征联活动,实际上就是湘绣促销,内心很不服气,看到田如玉在坐堂绣花时,更是妒火烧心,但又不便发作。

赵管家见焦保林正与几个应征对联的顾客闲聊,便走过去阴阳怪气地道:"保林呀,你自己应先以'天然阁'为题出个上联,别人才好对下联呀!"

焦保林见赵管家来者不善,环眼望了望店堂内的人群,只见一个顾客选了一幅《牡丹鸽》付银后欲走,他大腿一拍道:"好呀!"说完,他在书案砚台上拣起一支毛笔写下:

天然阁　阁绣鸽　鸽走阁不走。

"赵管家,你的下联是……"焦保林手一伸,示意赵管家对下联。

"赵管家该不会是水绿洲,舟对洲吧?"有人起哄嚷道。

赵管家面色尴尬,嘴上却圆滑地狡辩道:"我这下联是……天机不可泄露,这个获奖的机会,还是留给大伙吧。"

此时,正巧赵管家的老婆王婷婷,站在店铺对面八角亭的街口,往天然阁绣庄门里张望,赵管家瞅见赶紧挥手示意她离开,刚放下画笔的泥人周见了,忙拿起画笔蘸了蘸墨,信手写道:

"八角亭　亭中婷　亭停婷不停。"

"这句下联,大家说行吗?"泥人周边说,边从怀里掏出一只小铜酒瓶,喝了一口酒。

"好啊,好!"当泥人周用手指了指,天然阁绣庄街对面的八角亭时,恰逢王婷婷急步离开八角亭街口,厅堂里顿时爆发出一阵喝彩声。此时此刻,大家不是计较泥人周应对的下联,

芙蓉坊密码

是否工整对仗，全把它当成一种取乐宏昌赵管家的笑料，此下联随即在各绣庄之间传开。

第五章
对台戏

湘绣《百子图》终于封针，在天然阁绣庄举行的封针仪式上，曾家大屋遭遇了来自宏昌绣庄"百子图"的搅局。虽然曾家大屋湘绣《百子图》以其构图神奇、针法出新而博得在场人众的喝彩，但长沙绣庄间的争斗却刚刚拉开序幕。

民间"松毛针"刺绣的老虎，柔顺的毛路中，夹杂着一缕缕蓬松的鬃毛，给人一种活虎的感觉。云空师太将私藏的"松毛针"针法，传授给了田如玉。田如玉在成功刺绣了大总统的《百子图》后，试图用"松毛针"刺绣出一批新产品来，开拓芙蓉坊的销售市场。

第五章　对台戏

天然阁绣庄开业后的第三天，曾纪生和泥人周便急急忙忙地赶回铜官，完成大总统刺绣被面一事已是迫在眉睫了。当天下午，曾家大屋的绣楼又一次热闹起来，高高的屋梁上，悬下一幅由泥人周精心绘制的《百子图》画稿。

100个形态各异、栩栩如生的童子。他们有的敲锣打鼓，有的燃放鞭炮，有的在捉迷藏，有的在玩"老鹰捉小鸡""牵羊卖羊"的游戏，他们从东、南、西、北四个方向，围绕在舞狮的灯笼周围，形成众星拱月之势，天真活泼地欢歌载舞着……整个画面洋洋喜气呼之欲出，好一派盛大节日的景象！

这幅绣稿，可谓是倾注了泥人周全部的心血而凝就成的艺术精品。在大家的一片赞好声中，与画神曾传玉相濡以沫多年的谢冬梅细瞧了《百子图》画稿后，只是笑而不语。

泥人周见状，有些不安地道："嫂子，这幅《百子图》有什么不妥吗？"

谢冬梅两眼注视着百子图，话中有话地说道："龙腾狮舞，百童欢歌，画面的构图不错，但我怎么看都像元宵节的灯会，似乎与花好月圆的婚庆之喜还有点不合，这样一来，画意就显得模糊了。"

谢冬梅的话，还真的说到了点子上，泥人周听后仔细一琢磨，还别说，近墨者黑，伴随画神曾传玉几十年的谢冬梅眼睛还真的"毒"，一下子便瞧出了画稿的问题，他心里油然升起敬意。站在一旁满怀欢喜的曾纪生，本想着画稿出来的时间正好赶在点子上，只要刺绣时没有返工，完成这份扬名立万的订单是坛子里捉乌龟——手到擒来，没想到母亲这横打一棍，说是画意模糊，言下之意是要返工，这就将他的全盘计划打乱了，可他又不好插嘴帮腔，一边是母亲，一边是时间算盘，帮衬哪边都有忌讳。

泥人周沉默了一会儿后，忽然哈哈大笑着道："这还不容易？两天内我再画一稿给你们看。"

两天后，泥人周果然又画出了一幅新的《百子图》。只见画面上一百个童子簇拥着一顶大花轿，前面有迎亲锣鼓，后面有送亲队伍，构图灵活，主题鲜明。

谢冬梅看后，还是微笑着道："画的确不错。不过哩，我总觉得哪里还少了点什么？"

泥人周愣住了，他的画稿还从来没有什么人说不行的，眼下这《百子图》自己画了两次都过不了关，是自己的画技退步了，还是谢冬梅在故意挑剔？他心里百感交集，有点心灰意懒地收起画稿，耷拉着头低声道："我再拿回去想一想，明天再送过来。"

曾纪生瞅了一眼母亲，又望望垂头丧气的泥人周，有些难为情地道："我看算了吧，这画稿已经蛮好了。"

谢冬梅没有松口："能改一下是更好，我总觉得画面还缺少一点东西——精气神。"

泥人周闻言眼睛一亮，没有吱声，拿着画稿默默地离开了。

第二天，泥人周没有送画稿过来。三天过去了，画稿仍是杳无音讯。

曾纪生知道，画稿晚出来一天，《百子图》就要晚一天开绣，这时间可耽误不得呀！他急忙叫来谢春道："你赶紧去窑岭上看看，泥人周的画是不是完工啦？"

第五章 对台戏

谢春正要出门，李二嫂兴冲冲地跑进绣楼，高兴地道："泥人周来啦！"

曾纪生见泥人周此时才来。虽然心有不满，但话又不能说得太重，便旁敲侧击地道："周叔，您老人家是否把改《百子图》的事忘了？"

"为大总统设计婚用嫁妆，这可是天下大事，谁敢忘啊！还不是因为你曾家大屋的事，给耽误了。"泥人周满不在乎地回答。

曾纪生惊讶地道："曾家大屋有什么事，比这《百子图》还重要？"

"哦！你不知道？我就不说了。还是先看看这《百子图》是否令你娘崽满意？"

曾纪生迫不及待地接过泥人周递过来的画稿，展开一看，顿时眉飞色舞。画面上莲花宝座的花轿，群童拥簇，活灵活现，特别是那宝轿的裙帘上，赫然题有四个隶书大字"吉庆有余"，宛如画龙点睛，使整个画面生气灵动，主题意境妙不可言……

谢冬梅看到画后，笑容可掬，向泥人周投去赞许的目光道："这才是你泥人周的水平嘛！多年的老朋友，可要对得住人哟。"

曾纪生更是乐不可支，高兴地道："这字款真是神来之笔，它开创了湘绣被面题字的先河。"

李二嫂开着玩笑道："周兄弟你前两次为什么不画好，是怕我们曾家大屋不谢你的谷酒，故意留着一手吧？"

"哪里，哪里。"得到了众人的肯定，尤其是得到在画幅上难得赞人一个"好"字的谢冬梅的称赞，泥人周脸上笑开了花。

听到身旁绣工们发自内心的赞美后，泥人周退到墙角，站在了曾纪生的身边说道："佛要金装，人要衣装。我的画算是交了差，你的绣花人呢？可不能太差哟。"他从那斜扣汉装的衣襟里，掏出一只小巧的铜酒壶，抿了一口酒，笑着道，"人们常说'画绣三七开，画得好不如绣得好'。我看让田如玉来绣这《百子图》是最合适的，她的手艺能绣出孩童的灵气……"

听到"田如玉"三个字，刚才还颇为热闹的场面一下子寂静下来。谁不知道，田如玉刚刚到长沙新开的天然阁绣庄坐镇，刚熟悉情况又要抽回来主持刺绣，她即使浑身是铁，又能打得多少钉子？何况新开张的天然阁绣庄与绣大总统《百子图》同等的重要，前者关系曾家大屋衣食住行大事，后者关系曾家大屋在社会上的扬名立万，如此大事，众人自然不便随意插嘴。

曾纪生见众人沉默不语，知道作为主家的自己要有个态度了。他略微思忖后开了腔："好是好，不过，目前长沙天然阁绣庄与宏昌绣庄的竞争陷入白热化状态，此时若将田如玉撤回铜官，是否会捡了芝麻丢了西瓜？"

"芝麻要捡，西瓜更不能丢。开店铺做生意，不是一两天的事，田如玉回铜官，让谢春顶上去，无非是少做点生意，天也不会塌下来。"谢冬梅快刀斩乱麻的话，打消了曾纪生的顾虑。

在长沙天然阁绣庄的田如玉，听说是谢冬梅拍板要她回铜官主绣《百子图》，心里有了种异样的感觉，从小到大，从周记伞店到宏泰坊，再到天成庵，自己一直就像这个社会上多余的人，从来没有人如此看重过她。士为知己者卖命，既然人家如此看重，卖一回命又何妨？她对谢春说："不就是要绣一幅《百

第五章 对台戏

子图》吗，天然阁绣庄为什么要换人呢？不要把它想得那么复杂，我明天回铜官先看看画稿，《百子图》拿到长沙来绣，既不耽误店铺生意，又不影响《百子图》工期，岂不是一举两得吗？"

"少爷想过这个问题，他担心你一个人精力忙不过来，《百子图》关系重大，不能有半点闪失。"谢春解释说。

"难道《百子图》拿回曾家大屋去绣人手就会多？"田如玉掰着手指头算着账，"易玉莲、李二嫂都在赶绣《四大名鸟》屏风，周婶到了铜官芙蓉坊绣庄，其余的嘛，绣技方面……"她没有往下说，那意思却是再明显不过了。

谢春有点为难地回答："这件事是冬梅婶定的。要不，还是先回去再说？"

田如玉听后再没有吱声，她回到芙蓉坊绣庄，见谢冬梅事先已吩咐李二嫂将绣庄的旧阁楼全部用桐油刷抹了一遍，仿佛像涂上了一层黑金色的漆，整个阁楼焕然一新。

从曾家大屋通向雷公塘的路基青石砖也修补得整整齐齐，一切又恢复到曾传玉当家时的景象。由此可以看出，曾纪生欲借此次绣《百子图》重振曾家大屋往日的繁荣。

田如玉找到曾纪生，悄悄地商量："我有一个既可绣好《百子图》，又不耽误长沙天然阁生意的设想，不知你妈是否会同意？"

"你想怎么样？"曾纪生问。

"我想将《百子图》送到道缘堂去绣。"田如玉答道。

"为什么？"曾纪生满脸疑惑地问道。

"那里的绣技并不逊于曾家大屋。另外嘛，还想着帮她们一把呗。"田如玉顿了顿,继续道,"昨天我回铜官时,看到道缘堂张九妹拿着汪三娭毑绣的那幅《雄狮头》到宏昌绣庄去抵押赊钱,本来值五十大洋的一幅精品绣画,赵掌柜只同意给五个大洋。她后来送到刘记典当行估价,刘少老板说现在兵荒马乱的,生意不好做,一幅价值五十大洋的绣品最多也只能当二十个大洋。张九妹最后还是以二十个大洋将《狮虎图》抵押给刘记典当行了。我想将《百子图》交给道缘堂去绣,一是这《百子图》的绣花工资可以缓解道缘堂的暂时经济困难;二是汪三娭毑和张九妹的绣花技术都在我之上,《百子图》的质量有保证,再说目前曾家大屋刺绣人手也紧张,可以一举两得。"

曾纪生听后开心大笑说:"你这可是一个难得的两全之法啊!真可谓'不负如来不负卿'。明天你带李二嫂去道缘堂,与她们商量商量。"

"明天最好是老板你自己去,日后可由张九妹直接与我联系,免得耽误了李二嫂的时间。"田如玉回答说。

曾纪生沉默了片刻说:"这样也好,我们在道缘堂刺绣后,就直接送到长沙交货。"

"为什么要到长沙交货?"田如玉问。

"你知道上海宋先生到长沙时为什么会先去宏昌绣庄吗?"曾纪生反问说。

"不知道。"田如玉老实承认。

"原因是宏昌绣庄在长沙城里的名气比我们大。现在我们天然阁绣庄与宏昌只有一墙之隔。宋先生到了宏昌,赵管家明知我就在对面的吴大茂,他却故意说我在铜官,其目的是想挖

第五章 对台戏

生意墙脚。"曾纪生不满地说。

"你说去长沙绣庄交货,其目的是要为天然阁扬名立万?"田如玉好奇地问。

"嘿嘿,"曾纪生放低了嗓门,"你说呢?"。

第二天,曾纪生、田如玉带着《百子图》绣稿绕道从北山进了道缘堂。

曾纪生觉得奇怪,不禁问道:"咦,天成庵不是有大门吗?怎么不从大门进?"

田如玉解释说:"天成庵的南大门,是施主进香拜佛的必经之路,施主怀着虔诚之心而来,我等出入必会影响到他们的心境。从道缘堂的北大门下山,虽然路程稍微远了一点,但是我们出入清静,既不打扰旁人也无人打扰,这样不是更好?"

其实田如玉之所以带着曾纪生,从北山绕道去道缘堂,是因为天成庵与道缘堂的暗道连通着地下室。地下室的左侧是一间经书房,存放着经书典籍,右侧是一间储存室,食物储备一应俱齐,如果在地下室待上几个月,生活都没有问题,可见当年设计者确实是花费了一番心血。道缘堂的绣娘除了田如玉和张九妹外,其他人对庙堂下的地下室全然不知情,这是云空师太为应付突发事件留下的后路。

与道缘堂的刺绣合作很快谈妥。张九妹带领着绣娘仅用了两个多月的时间,就将大总统孙中山的婚嫁被面《百子图》绣完。

在曾家大屋,正当谢冬梅吩咐家人打扫好中堂卫生,准备迎接上海客人到曾家大屋取货时,曾纪生却吩咐谢春将婚嫁用品湘绣被面《百子图》送往长沙。

谢春刚要出门，谢冬梅叫住曾纪生问道："上次宋先生不是约定最近几天来曾家大屋取《百子图》吗，何必还要谢春跑冤枉路。"

曾纪生知道母亲是希望宋先生他们自己到雷公塘来取货，不仅可节约船费，而且上海贵客到铜官来取货，也让曾家大屋在地方上有脸面。自父亲去世后，家里还没做过什么露脸的大事，正好借宋先生来铜官取《百子图》的机会，让乡亲们得知曾家大屋的喜讯。不过，他还另有更重要的计划要施行，于是，他安慰着母亲说："天然阁店铺新开张，那里更要扩大名气，只要生意做好了，跑几趟长沙的船费那是小事。"

谢冬梅知道曾纪生已有打算，便不再干涉："只要是为了生意，你就送到长沙去吧。"

第二天上午，曾纪生早早地赶到省城的省长公署找到张副官。

曾纪生笑着道："张副官，宋先生需要的《百子图》我已绣好。听说他们今天从上海远道而来，中午我想请你和宋先生到福盈门吃点野味土菜，因《百子图》采用了大量的新针法，所以要到下午才能请宋先生验货。"

"没问题。"张副官满口答应下来。

午饭时分，张副官带着宋耀平准时来到福盈门。宋耀平在饭后才得知长沙天然阁绣庄，原来就是曾家大屋在长沙开设的分号，便反问张副官道："上次我到宏昌绣庄打探芙蓉坊绣庄时，那掌柜为什么不说呢？"

张副官淡淡一笑："那时长沙城里还没有这字号，何况同

第五章 对台戏

行是冤家，宏昌又怎么舍得将好生意往外推？"

曾纪生见宋耀平与张副官谈兴正高，不失时机地提议道："如果宋先生同意，今天下午我想在曾家大屋长沙新开设的天然阁绣庄搞个封针仪式。"

"交货就行了，没必要搞得这么复杂吧？"宋耀平很不理解地问。

"为了表示对大总统的尊重，让大家见识一下这幅《百子图》的精彩画面与精湛的绣艺，另外，呵呵……我也想借宋先生的大名为芙蓉坊绣庄添点光。"

曾纪生那真诚的笑声，令宋耀平无法拒绝。

"哦！好事，这可是件好事！"张副官立即表示赞成。按照当地湘绣的习俗，在湘绣行业中一般只有皇家贡品完工，才举行封针仪式。封针仪式既隆重又神秘，一般人很难见到封针典礼的场面，据说当年给慈禧老佛爷做绣像时，曾经举行过。此时的张副官听曾纪生说要为《百子图》举行封针仪式，自然是举双手赞同，不管怎么说，这也是难得一见的当地民俗文化，行外人更是难得受邀观赏。

众人的起哄，让宋耀平也动了心。虽然他也想看看湘绣的封针仪式，但十分体恤绣庄的辛苦，不想再给绣庄添麻烦，于是心怀歉意地道："搞个封针仪式确实不错，只是劳师动众的，鄙人有些于心不安，我看……"

曾纪生不待宋耀平将话说完，连忙抢过话道："不要紧的！我们已在绣楼做好了封针仪式的一切准备，只请宋先生和张副官稍候片刻就行。"

入乡随俗，客随主便。这个道理宋耀平还是明白的。他见曾纪生执意邀请，便点头道："曾老板盛情难却，我们恭敬不如从命，体验一下封针仪式，也不虚此行，只是仪式尽量从简，不要破费。"

饭毕，曾纪生引着宋耀平与张副官等人来到天然阁的绣楼。只见整个楼内张灯结彩，鲜花遍布，被鲜花围绕的绣棚旁，端坐着田如玉，身后站立着十几名身着刺绣旗袍的年轻绣娘。绣棚上面卷盖着一幅正在刺绣的被面，被面掩布上露出了一个小洞口，田如玉正手拎着绣针，在小洞口里走线，显然是在刺绣被面上的最后几针。

此时，站在绣棚一侧的易玉莲向曾纪生点了点头。曾纪生会意地把宋耀平领到了易玉莲身旁，举起手大声宣布："现在请宋先生为大总统婚礼嫁妆《百子图》封针剪线！"

"慢！宋先生，宏昌绣庄也绣了一幅《百子图》请您先看看吧。"长沙衙门的李师爷带着蒋学勤、赵管家等一班人忽然从门外走进来高声叫喊道。

绣庄内的空气顿时像被凝固了一样，寂静得仿佛就要爆炸。人们的目光齐刷刷地转向曾纪生，静待着他的反应。曾纪生先是一愣，心里立即明白过来，宏昌绣庄肖小宝派赵管家带人砸场子来了。

谢春见势一个箭步冲上前拦着李师爷："你要干什么？"天然阁的伙计也纷纷拥了上去。

瞧着前来砸场子的李师爷等人，站在绣棚旁的曾纪生脸上虽然变了色，但旋即回复了原状。他从鼻孔里冷哼了一声，很有点不当回事。他一个从泥巴缝里钻出来的草会怕了谁？如果有必要，他可以做得比流氓还流氓。他不仅没有动怒，反而彬彬有礼地招呼着李师爷道："欢迎！欢迎！李师爷驾到，有失远迎。"

曾纪生稳如泰山的态度镇住了全场，剑拔弩张的紧张气氛缓和了下来。

宋耀平曾与赵管家有过一面之交，对他的突然到来感到非常的不解，曾纪生快捷平息事态的处置方式，实际上是给了他的面子，于是他热情地向赵管家招呼道："好！那大家先看看赵管家带来的宝贝吧！"

赵管家早就有意要借势李师爷来亮相宏昌绣庄精心刺绣的《百子图》被面，给曾家大屋一个难堪，没想到这么顺利地赢得了宋先生的首肯。他信心十足地从蒋学勤手里接过一匹大红软缎，舒展开来，只见一条金色的巨龙盘旋翻滚，与另一个龙头正在争夺一个暗红色的火珠，成群结队的儿童敲锣打鼓围着金龙拥簇成一团，旁边有的挥手跳舞，有的看书下棋，宛如一个儿童世界。

赵管家指着展形的被面，高声解释道："宋先生从上海到来长沙第一站就是暗访我宏昌绣庄，因本人有眼不识泰山，错失为宋先生效力的机缘。天赐良机，幸有李师爷传递宋先生来长沙筹办《百子图》被面嫁妆的信息，我聘请宫廷御瓷画师嫡传弟子的弟弟蒋大画师，创作了这幅飞龙在天，配以九十九名仙童的百子图，名曰'普天同庆'。龙象征帝王之尊，儿童代表黎民百姓，寓意九州朝贺举国欢腾……"

赵管家的滔滔不绝，也赢得不少人的频频点头，而谢春对赵管家的搅局早就愤愤不平，只是曾纪生的克制礼让，使他不便发作，特别是他看到宋先生的脸色由开始时的严峻转为微笑之后，意识到了事态的严重，不由得抢先发难："赵管家你不要自作聪明了，你画稿上只有九十九名童子还能叫《百子图》吗？另一名童子去了哪？"

赵管家被问得张口结舌。众人一数果然少了一个孩童。自作聪明的李师爷插嘴道："还有一名童子在龙的肚子里。"

在一阵哄堂大笑中，谢春反唇相讥道："我知道了，那名童子叫'龙崽'。"

在长沙人的话中，"龙崽"带有"宝崽"意思，在场的来宾有的笑得直不起腰来。为了打破现场的尴尬，宋耀平忙岔开话题问道："这幅《普天同庆》要多少钱？"

"也就二百大洋。"赵管家轻描淡写地回答。

众人都倒抽了一口凉气，这个天价也许只有宋先生出得起。赵管家见宋先生没有什么反应，接着解释道："这是名家画稿，润笔费都超过一百大洋，不像画陶瓷瓦钵的泥坯子一天画得几十个。"

曾纪生听出赵管家的话明里是在贬毁泥人周，内里却是含沙射影中伤曾家大屋的《百子图》。他针锋相对地笑着对宋耀平说："宏昌的大作有目共睹，我这丑媳妇也该见见干娘啦！中意哪一家还是宋先生一句话。"

"慢，有一事我想先说明一下。"泥人周拦住了正欲礼让的曾纪生，转头对宋耀平道："我这《百子图》是有来历的。

它出自《诗经》的一个典故,所说的是周文王原有九十九子,义收雷震子后,刚好满百,用此《百子图》在中国人的观念里被认为是祥瑞之兆,寓意多福多寿,子孙后代繁荣昌盛。'百'还有无穷大的意思。宋老夫人点名要百子图,寓意可谓深远。"

泥人周对《百子图》的典故了然于胸,从历史到现实,从故事到寓意,讲述起来头头是道,直说得宋耀平眼睛发亮,从气场和意义上顿时压住了赵管家。

见此情景,曾纪生长长地舒了口气,轻松地道:"我们还是凭绣品说话吧。"说完,他随即大声宣布:"剪彩仪式现在开始!"

侍立一旁的张九妹,立即将搁有一把小剪刀的红缎托盘,递送到了宋耀平面前。宋耀平怔了一下后,拿起托盘中的小剪刀,剪断了易玉莲拉过头顶的最后一针线,全场顿时响起了热烈的掌声。

田如玉在掌声中起身离开绣棚,与绣娘站在了一起。掌声落下,全场霎时静了下来。曾纪生伸手卷起了刺绣被面上的掩布,兴致勃勃地道:"请宋先生检验。这就是由湖南民间刺绣'随意绣'传承人,湘绣'掺针'的首创人之一——田如玉,领头刺绣的湘绣首创新作品《百子图》。"

随着曾纪生落下的话音,田如玉伸手揭开了花绷上的遮盖布。瞬间,众人被展露出来的一幅精彩的《百子图》被面,深深地震撼了。

浅棠色的缎底上,精心刺绣出一百个神态各异、栩栩如生的童子,载歌载舞,活泼可爱。整个被面气韵生动,特别是那用深棕色线刺绣的"吉庆有余"的题词,笔墨奔放、含蓄秀逸,再配上朱红色的牌匾外框,浅红色的幔底,颜色搭配妙不可言,婚喜的主题豁然突显,让人叹为观止。

跳跃在被面上的欢乐气氛,蕴含在被面里的湖湘文化气息,画面艳丽得让人炫目,美得令人窒息……现场有不少的刺绣业内人士,禁不住发出啧啧的赞叹声,湘绣绣品中还从未见过如此精美绝伦的《百子图》。

好一阵子,宋耀平才回过神来,竖起大拇指,赞扬道:"妙,太妙了!这幅'百子图',远远超出了我的想象!"

面对宋耀平发自内心的赞扬,曾纪生得意地眨眨眼,满面春风地道:"湘绣是一种高雅艺术,作为总统嫁妆,只有湘绣被面还远远不够……"说到这里,他话语戛然而止,目光缓缓地扫过四周。

宋耀平、张副官等客人聚精会神地关注着接下来将会发生什么,只见曾纪生手一挥,身旁一字排开的八位绣娘,同时揭开了各自身边绣棚上的遮盖布,像变戏法一样,一套《龙凤呈祥》的中堂横批,与"福、禄、寿、喜"的金线绣坐垫、椅披,顿时呈现在众人眼前,加上那幅"百子图"被面,大喜庆的氛围已被渲染得淋漓尽致。

瞧着眼前的情景,张副官按捺不住内心的激动,忍不住高声点评道:"这《龙凤呈祥》的中堂横批,与《百子图》被面相得益彰,可谓珠联璧合,再配以《福禄寿喜》的坐垫、椅披,可谓妙趣天成,特别是'吉庆有余'的花轿横联,更突出了孙大总统'天下为公,民欢童乐'的中心主题……"

张副官妙语连珠地解读着"吉庆有余"的字面含意,对《百子图》被面赞叹不已。不过就算如此,他也万万没有想到,这幅《百子图》湘绣被面,在流传百年后,仍然是中国刺绣行业无人超越的经典。

"曾老板,这新增的湘绣配套画屏、坐垫,要加多少钱?"宋耀平瞧着眼前精美的绣品,突然意识到自己所带的银圆可能不够。平心而论,这套精美的湘绣嫁妆绣品,曾家大屋收多少钱都不为过,宋耀平担心曾纪生会开出个天价,那样一来,恐怕会超出宋老夫人的预算。

曾纪生笑着回答:"《百子图》按原价五十大洋不变。"

"原价?"宋耀平怔怔地盯着曾纪生瞧了半晌,摇头道:"那可不行,你们如此尽心尽力,绣出如此精美的惊世之作,《百子图》我另加五十大洋,凑个一百的整数。这《龙凤呈祥》的中堂、坐垫……你也报个价。"

不料,曾纪生听到宋府要加款时,脸上却露出了不悦神色:"您这是什么意思?瞧我们手艺人不来?"

"怎么?"宋耀平有些不安地道。

曾纪生肃容道:"说定了的事,无论赚亏,我们都要尽力去做好,要么我们就不会做。宋先生当初虽然只说要订婚庆的被面,我作为商家就必须为您提供一套齐全的'婚庆套装'供您选择。如果您满意就证明陌龄先生的家人,没有辜负倪老夫人的厚望。"

"那可不行,你们付出了那么多,搭上了人工、缎料,还绣出了这么精美绝伦的绣品,无论如何……" 宋耀平激动得脖子都红了。

曾纪生正色道:"真要谈钱,你就是给个十倍也不嫌多,但商人除了钱之外,还有样东西非常重要。"

宋耀平又是一怔:"对商人而言,什么东西比钱还重要?"

曾纪生缓缓地吐出两个字:"诚信。"

宋耀平感动地道:"你讲诚信,我更不能让你亏本啊!"

曾纪生不肯让步:"你是为孙中山大总统办事,不给钱我也干,因为我崇拜大总统建立人人平等的社会主张。"

宋耀平辩解道:"大总统也是普通人,也一样的需要衣食住行,也是一样的要付钱……"

无论宋耀平如何说,曾纪生仍然坚持说:"人留名,树留影,讲出的话就是板上的钉。我说好了五十大洋,多收一个也不行。刚才宏昌绣庄赵管家不是说了吗,他那《普天同庆》的画稿费就是一百大洋。而泥人周画的《百子图》只收了两坛谷酒,我怎么能够赚你的钱呢?"

"《百子图》被面五十大洋,其他绣品是多少钱呢?"宋先生追问道。

曾纪生抒了抒头,心里默算了一下,慷慨地说:"我也给你凑个总数,另加七十大洋,一百二十大洋好了。"

宋耀平打趣地道:"一百二十大洋,曾老板这笔生意可就亏大啰!"

曾纪生毅然地道:"做生意无论赚亏,都不能坏了成本决定价格的生意规矩,丢了曾家大屋的声誉。"

宋耀平赞许道:"曾老板不愧为陌龄先生之后,疏财重义

第五章 对台戏

讲的是诚信,生意何愁不能兴旺?绣庄如果想去上海办事或是开分号,宋府可提供一些方便。"

曾纪生呵呵笑道:"常言道'在家靠父母,出门靠朋友',我真有来上海的那一天,宋先生可别嫌我烦吵……"

宋耀平也笑着回敬道:"你这就见外了。你刚说'人留名,树留影,讲出的话就是板上的钉'。曾老板难道要让我落个不讲诚信之名?我宋某再忙你若来上海,我也要尽地主之谊,何来烦吵一说?"

赵管家见此情景,自知自家的《普天同庆》无论是设计还是刺绣,都比不上曾家大屋的《百子图》,只得自打圆场说:"一分钱买一分货。宋先生如果认为泥坯子画工的《百子图》便宜,我这御瓷画师弟弟的大作就只能自己留着衬门面了。"

"这样也好。感谢赵掌柜今天赏脸参加《百子图》封针大典。我预祝《普天同庆》能卖个好价钱。"宋耀平彬彬有礼地说。

曾纪生送走满脸怨气的赵管家。宋先生也告辞回上海了。

曾纪生返身回绣楼喜滋滋地对田如玉道:"赵管家有备而来,幸亏道缘堂艺高一筹,这《百子图》赢得漂亮。你赶快送一百大洋过去,让他们把《狮虎图》赎回来。"

"给道缘堂一百大洋,冬梅嫂会同意吗?"谢春一旁提醒道。

曾纪生呵呵一笑:"用五十大洋做《百子图》工钱,另五十大洋去赎回《狮虎图》,她高兴都来不及呢,怎会不同意?"

田如玉明白一百大洋对曾家大屋来说,也不是一个小数目。曾家大屋虽然还留有二十大洋,但这点钱连付丝缎、绣线的原料钱都不够。但她还是坚定地说:"我同意少老板的意见,给道缘堂一百个大洋，让她们渡过目前的难关，赎回来的《狮虎图》归曾家大屋所有。"

曾纪生见田如玉说出了自己的心意，更加满怀信心地道："我们既帮道缘堂解决了经济困难，也为芙蓉坊收藏了一幅《狮虎图》。"

田如玉淡淡地道："除此之外，我还有一个想法。"

曾纪生急忙道："什么想法？说出来听听！"

"我想让道缘堂的汪三娭毑再绣一幅《百子图》被面绣，展示在天然阁前厅，利用宋先生为大总统订制《百子图》的影响力，将《百子图》被面绣推出去，一定会有不少人喜欢。"田如玉自信地说。

曾纪生听后连忙摇头道："给宋先生绣的《百子图》，是孙大总统的专用图案，我们不能再复制，必须保持它的唯一性。这样才有艺术价值。客人定制的产品，如果要复制先要征得客人的同意，这是老爹立下的规矩。"

田如玉满不在乎地道："宋先生绣的《百子图》是'吉庆有余'，我们为何不将泥人周请过来当坐店的画师呢？宏昌绣庄有《龙生九子》，我们可用麒麟代替这吉庆有余的婚轿。设计出一百名童子欢歌载舞，可取名为《麒麟送子》，它的寓意和《百子图》一样，又与吉庆有余有着明显的差别，不会引起任何人的误解。"

曾纪生觉得田如玉言之有理，再次将泥人周请到天然阁绣庄，当起了坐堂画师。不久市面上就刮起了一股《百子图》被面的时尚之风，后经长沙《大公报》记者对封针仪式的报道，孙大总统在湖南订绣《百子图》的消息在市民中迅速传开,在老百姓心目中,人们都以拥有一床湘绣《百子图》被面为荣。

　　征联与封针仪式连续两场活动,使天然阁绣庄的名声大震,同时它与宏昌绣庄的矛盾越来越深,湘绣业内人士很快看出双方正都凝集力量,一场鱼死网破的较量正在长沙八角亭悄然展开。

第六章
讲规矩

宏昌绣庄公然挑战天然阁绣庄遭遇惨败后,幕后老板再出阴招——唆使圈子会街头地痞刘麻子率人前往天然阁绣庄滋事,企图赶走曾纪生。面对长沙圈子会的"地方规矩"威胁,曾纪生又该如何应对?

第六章 讲规矩

泥人周在天然阁绣庄的征联，本来就是一件热闹而有趣的事，宏昌绣庄赵管家老婆的名字被泥人周嵌入应征对联，遭遇众人嘲笑的耻辱后，再加上湘绣《百子图》被面的败北，使赵管家对泥人周怀恨在心，更对曾纪生恨之入骨，他暗中编了一个顺口溜："酒鬼坐堂，歌妓卖艺。人不要脸，天下无敌。让人暗中传香。"

赵管家散布泥人周与田如玉的流言蜚语，不仅没有达到中伤天然阁绣庄的效果，反而提高了它的知名度。

长沙街头流传着"人不要脸，天下无敌"的童谣，引发了不少市民的好奇心。听到童谣的市民，无论有事无事，都要借故到天然阁绣庄看一看，似乎那里是鲜花盛开的花园。走进了店铺后，他们也不好意思闲转，有需要的就买几件绣品，借故看看埋头刺绣的田如玉，没有需要的也挑三拣四地买点可买可不买的东西，趁机与美貌绣女田如玉搭讪一下。面对有些不怀好意的顾客，田如玉总是能够不卑不亢地巧妙回应，她那高雅端庄的举止，使歌妓卖艺的谣言不攻自破。至于泥人周则是一副玩世不恭的神态。酒壶不离身，作画一气呵成，如有空闲，时常写些字画送人。如此一来，天然阁绣庄店人气自然不降反升。

天然阁绣庄生意的红火，引发了肖小宝的无名怒火。他痛骂赵管家道："你好主意没见几个，馊主意倒是层出不穷。你编的那些损人童谣，成了天然阁的活广告！如今外面街头巷尾在议论什么？全是你赵管家的八卦新闻，弄得我宏昌绣庄也跟着背黑锅，里外不是人！"

赵管家哭丧着脸道："不是我主意孬，是那田妹子嘴巴甜，长得又迷人，那些去看热闹的人，又都被泥人周用几幅鬼画桃符的字画给收买了，我又有什么办法？"

肖小宝沉思了一下，吩咐道："明天你到尚德街刘家院子去一趟，把刘麻子给我请过来，车马费宏昌帮他出。"

赵管家会意地点点头。他知道这是老板要动用"撒手锏"，利用他的另一重身份——长沙圈子会势力来制伏曾纪生了。

天然阁绣庄刚刚涉过流言蜚语一关，又有一个不幸的消息从靖港传来，焦庭山病危，急需抽焦保林回靖港去接手店铺生意。

焦保林离开天然阁绣庄后，幸有田如玉接替焦保林，担任了天然阁绣庄的前台掌柜，曾纪生则在铜官曾家大屋与长沙天然阁绣庄两地之间来回穿梭似地跑着。

这天，曾纪生坐在天然阁绣庄内堂里，翻看着厚厚的客户订单，高兴之中却有些心神不宁。他的第六感提醒自己，今天店铺里似乎会有什么事要发生！他行走"江湖"多年，非常相信自己的这种预感，这种预感来自这些天来宏昌绣庄的赵管家，总是有意无意地在绣庄门前徘徊。

曾纪生正在猜疑之际，前面店堂里传来了一阵骚乱声，接着响起了一个鸭公般沙哑的吼叫声："哪个是曾老板？叫他出来！"

"哪位？"曾纪生赶紧从内堂走了出来。

店堂里一个满脸横肉，脸上洒满了豆粒大小麻子的短褂黑衫汉子，一脚踩在坐堂画师泥人周的座椅上，圆睁着充满凶光的眼睛，正在大声叫嚷。见到走出来的曾纪生，麻脸汉子劈头就问："你就是曾老板？"

第六章　讲规矩

"鄙人就是。"曾纪生点点头，"请问这位……"

一个短褂汉子喝道："这是刘爷！连刘爷都不认识？你还敢在八角亭生意场上混？"

生意人一贯讲究和气生财，面对素未谋面的刘麻子，曾纪生仍赔着笑脸道："哦！刘爷，久仰，久仰！请刘爷借步到内堂说话，如何？"

刘麻子似乎不屑啰唆，眼球往上一翻："就在这里说吧！"

曾纪生仍旧弓着身子，一脸和气地解释道："刘爷是贵客，理当到内堂侍座，再说有些话，刘爷到内堂说话似乎方便些。"

"你倒是个知事的主！"话说到这个分儿上，刘麻子眼珠子这才下移，一摆手，皮笑肉不笑地领着六个汉子就往里屋走去。曾纪生吩咐伙计招呼好店堂其他顾客，向田如玉丢了个眼色，领着刘麻子走进了内堂。

刘麻子大咧咧地在内堂的太师椅中坐下，跷起二郎腿道："曾老板，有什么话要说吗？"

曾纪生端正了身子："这话该我问刘爷才对。"

这时，田如玉领着谢长青走进内堂，站在了曾纪生身后，店门外有伙计正在赶来。曾传玉、谢富贵等人相继去世后，曾家大屋与人争胜斗狠的湘军习性渐渐地平和下来，但骨子里那股湘军傲气犹在，曾氏家族人如此，曾家的伙计也是如此，听说有人来闹场子，天然阁绣庄后坊和送货的伙计都闻讯赶来护店。

刘麻子瞟了一眼门外动静，似乎没放在心上，冷哼一声道："曾老板，你是真糊涂，还是装蒜？到八角亭开店，居然会不知道这里的规矩？"

"规矩？"曾纪生为探对方的底细，便软中带硬地追问了一句，"什么规矩？"

听得对方答话的口气软中带硬，刘麻子顿时眼中露出凶光，话就横着出来了："少废话，曾老板是愿意出钱消灾？还是走人关门？"

"此话怎讲？我是初来乍到，摸不着锅灶，还请刘爷赐教。"曾纪生压住内心的怒火，仍然心平气和地道。

"出钱消灾，就是'进十抽一'，将每天的生意进账，缴纳百分之十的地头费，慰劳兄弟们，由他们给你看家护店。在你们铜官船码头，这叫'保水口'。"刘麻子手指向了身旁一言不发、黑不溜秋的六条汉子。

曾纪生也不是省油的灯，他不急不慢地道："不知这是谁定的规矩，如果本店不守规矩呢？"

针锋对麦芒。整个室内顿时寂静得能听到彼此的呼吸。

刘麻子哪里碰见过曾纪生这样的刺头。他霍地站起，从腿肚子上拔出一把明晃晃的尖刀，"咚"地插在了桌子上，厉声道："是我刘爷定的规矩！不守规矩的人，我还没见过。我劝曾老板好来好去，明天关门，免得兄弟动手伤了和气。"

与此同时，六个短褂汉子同时将手伸进了衣襟内，露出了暗藏的凶器。

"是您刘爷的规矩？但不知刘爷是否听说过三河血战的故事？"曾纪生的弦外之音是敲山震虎。

站在曾纪生身后的谢长青攥紧了拳头，手臂上的青筋高高

第六章 讲规矩

凸起。当年谢长青南洋负伤回来,伤愈后便被师傅谢富贵留在了曾家大屋。此时门外谢长青的堂哥谢长庚,领着一个伙计赶到,见内堂里的气氛不妙,立即一人抄扁担、一人持铁铲堵住了门口。店里伙计闻讯纷纷赶来,连煮饭的刘妈也拿着锅铲冲出厨房,同仇敌忾地拥进内厅,显露出了湘军后代遗传的血性。

双方剑拔弩张,一触即发。见多识广的田如玉,息事宁人地拉了拉曾纪生的衣角。打着圆场说:"和气生财,有什么事,大家都坐下来说嘛。"

曾纪生尽管胸中充满了愤怒,头脑却仍然非常的冷静。他知道这些流氓是有备而来,进店不找掌柜,点名道姓找自己,而且个个带有凶器,不像是一般的勒索。俗话说"不怕贼偷窃,就怕贼惦记",如果今天动手,双方不论输赢必将结仇,店铺以后的日子恐怕也不会好过……

田如玉见双方都在犹疑,便朝着操锅铲的刘妈大声喝道:"来凑什么热闹,快回去!都给我回后坊去干活!"

曾纪生向谢长青暗中使了个眼色。谢长青挥手示意站在门外的谢长庚退出内堂,自己则依旧不离曾纪生左右。

曾纪生转怒为笑道:"刘爷,兄弟初来长沙,不懂规矩的地方,还望多多包涵。我的规矩是和气生财,您说对么?请坐。"曾纪生说完,在桌子另一侧座位坐定。

紧张氛围松弛下来,刘麻子满脸紧绷的横肉也慢慢舒展开来。他重新坐下后,端起桌上的茶杯,装模作样地喝了一口,算是对曾纪生创造的缓和气氛的回应。

曾纪生摆摆手,吩咐道:"如玉,到账房给刘爷取点车马费来。"

当田如玉将十块银圆的红包,送到桌上后,刘麻子进门时的杀气已是水过无痕。

曾纪生将红包推到刘麻子面前,坦诚地道:"天然阁绣庄系新店开张,店小本微,我先孝敬刘爷一点车马钱,聊表心意。只因本店大股东系靖港天然福的焦老板,刘爷'十抽一'的码头费,容我与焦老板商量一下,过几天再给刘爷回话。"

刘麻子瞧着眼前这阵势,知道曾纪生绝不是省油的灯,如果今天强行发飙,只会两败俱伤。此刻见曾纪生给了自己一个台阶下,刘麻子望着眼前十块大洋的红包,假惺惺地道:"曾老板这么客气,今天如果非要你交钱也不仗义,下周我再来登门拜访,讨教章程。告辞了!"

刘麻子率人走后,谢长青不满地道:"刘麻子狮子大开口,根本不是收保护费,而是明火执仗的抢劫,你今天给了他十块大洋车马钱,日后他更会蹬鼻子上脸。今天如果给他一点教训,自然会'打得一拳开,免得百拳来'。"

田如玉对曾纪生今天的示弱,却表示非常理解。她替曾纪生解释道:"鸟崽不朝空窝,小偷进屋不会空手而走。刘麻子今天有意来捣乱,如果真打起来,绣庄的坛坛罐罐还会剩几个好的?"

曾纪生略有所思地道:"事情恐怕没这么简单。如果我没猜错,刘麻子背后应该是有人唆使,如果我们今天打了起来,那就恰好中了幕后人的圈套,此事我得有点时间从长计议。"

谢长青却不以为然地道:"事情哪有那么复杂?不管暗中

勾结刘麻子的人是谁，寻衅天然阁绣庄的事，绝不敢公开于众，只要我们能打下刘麻子这一帮流氓的气焰，幕后人也只能打落牙齿往肚里吞。"

"就事论事，你说得很对。架打起来后，背后藤蔓纠缠就很难理清楚。收拾刘麻子这样的街头地痞，我们必须借助社会的力量，单凭天然阁绣庄的力量，今天打赢了刘麻子，不仅绣庄后患无穷，也扭转不了整个八角亭生意门面的风气，我们必须要想法找一个治本的方法。"

曾纪生的话，仍不能平息谢长青胸中的怒气，打又打不得，难道就样甘心受气？他无奈的目光无意中看到了厅堂墙上端方亲书的"绣传天下"横匾，不由得感叹万分地道："如果端方巡抚还在，岂能容忍刘麻子这些流氓嚣张！"

"端方？"曾纪生沉吟了一声，突然一道灵光闪过脑际。他伸手在前额猛地拍了一巴掌，"有了！我想到一个人了，这个人能惩治刘麻子。"

田如玉疑惑地道："谁有这个能耐？"

曾纪生缓缓地吐出一个名字："谭延闿。"

湖南手握行政和生死大权的省长谭延闿！田如玉愣住了，半晌才回过神来："你认识他？"

"见过一面。" 曾纪生解释道，"当年端方为倡导湖南刺绣文化，邀请长沙的官员前往景恒楼参观，谭延闿的父亲谭钟麟也在被邀之列，时逢谭钟麟患病，便要回家探望的谭延闿代他前往，因此我在景恒楼与谭延闿有一面之交。"

田如玉怀疑地道："这是猴年马月的历史了，谭延闿还会记得你？何况人家现在已是堂堂的大省长，见过的人成千上万，哪还能记得当年景恒楼打过照面的人？"

曾纪生哈哈一笑，胸有成竹地道："事在人为。你就等着瞧吧！"

两天后的清晨，曾纪生在轿行叫了一顶最豪华的凉轿，前往谭延闿的公馆。

临近公馆驻地荷花池时，行人便稀少起来。远远望去，公馆大门前四个卫兵分列两排，挺胸直立，甚是威风。凉轿刚靠近公馆大门，便有卫兵吆喝道："哪里的？抬远点！抬远点！"

曾纪生听到吆喝声，立即让轿夫在远离大门的一个阴凉处停下轿，自己则下轿向公馆走去。久闯江湖的曾纪生，自然知道规矩，一叠银圆，一张名帖，几句奉承话，领队的卫兵便拿着曾纪生的拜帖走进了公馆。

曾纪生则在原地安闲地踱着步，其实他的脑海里一点也不安闲。他冒昧地拜访谭省长，实在有些自不量力。他知道堂堂的一个大省长，凭什么要为你一个小小的商铺老板出头？论势，人家已是千万人之主，论钱，人家早已家财万贯，念旧，昔日辉煌的"景恒楼"只是历史翻过去的一页不过他从长沙街头的见闻中，还是觉得有一搏——赌谭省长骨子里仍然是一个文化人。

没多久，公馆的管家跟着卫兵，从公馆内走了出来。管家见到曾纪生就问："您是铜官曾家大屋的人？"

曾纪生点着头："在下正是铜官曾家大屋的曾纪生。"

"请进，省长大人在后花园等你。"管家说着，便将曾纪生领进了公馆大门。

　　管家引着曾纪生穿过客厅时，曾纪生不觉顿了一下脚步。客厅左壁上挂着一幅谭延闿亲笔书写的文墨，清代大文豪何绍基，描写长沙城北荷花池盛夏景色的一首诗：

坐看侧影侵天河，

风过栏杆水不波，

想见夜深人散后，

满湖萤火比星多。

　　曾纪生跟随管家沿着长廊，穿过桥屋来到了荷花塘的凉亭前，只见身着黑凉衫的谭延闿，从亭内笑脸迎了出来。

　　谭延闿是南方人，却无南方人的清秀，反而有着北方人粗犷的长相。他一生中无论是接待上官、下属，还是面对朋友、路人，永远是一副笑眯眯的脸面，因此后来有人给他取了个"药中甘草"的绰号，被称为是中国官场中的"不倒翁"。

　　他为人处世虽然圆滑如琉璃球，但地方观念还是挺重的。当年因袁世凯称帝而爆发"护国战争"，秉承"地方至上"理念的湖南督军谭延闿，自然不愿为袁世凯火中取栗，选择了保持中立姿态，袁世凯以北洋政府海军次长汤芗铭取而代之，此后，直到干袁世凯死后，谭延闿方才官复原职，总揽湖南军政大权。此次复职后，他似乎显得更为超脱了，不再像以前那样四处留字，而是大多数时间居住于荷花池公馆。此时他听说昔日湘军中素有画神之誉的曾传玉家人来访，出于对地方名人绅士的礼貌，便吩咐管家将人引了进来。

　　谭延闿满脸堆笑，手指着曾纪生的名帖道："你是铜官曾家大屋的曾……曾纪生！曾老爷子还好吗？"

曾纪生面露悲哀，轻叹口气道："家父已经过世，眼下是纪生愧领家业。"

"哦！可惜，可惜。"谭延闿惋惜地道，"当年，端方大人聘请你父亲作'景恒楼'主管，可真是需要胆识呀。你父亲也不负端大人的重托，将个湖南的湘绣做得天下闻名。"说着，他摆摆手，"来，进亭里说话。"

两人进凉亭坐下后，谭延闿笑着道："说吧，有什么事需要我帮忙？"

曾纪生一下怔住了，他没有想到谭延闿居然会如此开门见山地问话。谭延闿也许会看在已故父亲曾传玉的面子上，帮他惩罚修理一下刘麻子，堂堂省长要惩治刘麻子也是举手之劳的事，可是这种借官势来震慑地痞流氓的话，他却是无论如何也说不出口来。

"没有什么，我只是……"曾纪生支吾着，忽然他想起路过客厅时看到的情景，不觉灵机一动，这不正是请省长大人光临绣庄的机会吗？他顿了顿，接着道，"刚才在客厅左壁上，看到大人缮写何绍基诗文的翰墨，阔笔纵横，气势磅礴，真不愧是继清朝钱沣之后的颜书大家啊！"

提到书法，谭延闿不觉来了精神，呵呵一笑："哪里，哪里，过奖了！"

谭延闿爱好书法，他的颜书，字如其人，有种大权在握的气象，结体宽博，顾盼自雄，被称为是继清朝钱沣之后的颜体正宗。早几年，在他首任湖南省督军之时，喜欢四处舞文弄墨，

第六章 讲规矩

摆弄心中的文才诗情。长沙不少知名的商铺,无不以谭延闿的书法为其招牌,一是借名头,二是谭延闿的字确实为当时一绝。此番第二次东山再起时,却少了这份兴致,不过但凡是人便有着一个通病,千穿万穿,马屁不穿,此时听到曾纪生赞赏他的书法,谭延闿心里还是极为舒坦。

曾纪生见谭延闿高兴,便顺势道:"客厅左壁有您的翰墨,右壁却是空着,何不挂幅湘绣以助雅兴?"

谭延闿闻言甚为惊讶:"你的眼力蛮不错嘛。客厅右壁上以前是挂着一幅湘绣山水画,因为一位好友喜欢,本人只得忍痛割爱,直到现在还没找到合适的绣画来填补。"

说话听音,听曾纪生的话风,似乎是有要送自己一幅湘绣之意。谭延闿知道曾家大屋的湘绣,可不是一般绣庄的绣品可以相比的,因此曾纪生提及此事,正中他下怀。

曾纪生以其多年经商的经验,猜到了谭延闿此时的心思,于是说道:"在下在长沙开了一个小小的绣庄,有一幅家父珍藏之作《荷塘鹭色》,与督军堂前悬挂的《咏荷》翰墨,可谓是天然绝配。谭大人如果哪天有闲空,到鄙绣庄去坐坐,看看是否适合大人心愿?"

曾纪生这么一说,谭延闿为之一震,惊讶地道:"贵府的绣庄开到了长沙?我还真的不知道。"

谭延闿对湘绣非常熟悉,但对绣庄却知之甚少,当即欣然接受曾纪生的邀请,决定抽一个日子去天然阁绣庄视察。两人聊了将近半个时辰,直到公馆有新客来访,曾纪生才告辞出府。

几天后,曾纪生得到谭延闿副官的通知,本周礼拜天的下午，谭督军时间较清闲，将亲赴天然阁绣庄观赏湘绣。曾纪生随后悄悄地派人去尚德街刘家院子放风，让人告诉刘麻子，星期天上午，天然阁绣庄将有一大客户上门购买绣品。刘麻子因为已经与曾纪生约定，天然阁绣庄无论做多大的生意都是"买十抽一"，但如果客户"跑单"，就收不到保护费了。

刘麻子因担心大客户"跑单"，天天派人到天然阁绣庄盯梢。好不容易等到了礼拜天的上午，曾纪生却没有派人请刘麻子过去验单。过了中午，刘麻子等得有些不耐烦了，正准备派人去询问。这时，在天然阁绣庄盯梢的喽啰，气喘吁吁地赶了过来，向他禀告："大客户因耽误了时间，要下午才会到绣庄，请问刘爷是否前去现场'抽水'？"

刘麻子见曾纪生一连七八天，都没给自己回话，心里早有几分不痛快，于是带着几个弟兄，直接前往天然阁绣庄现场"抽水"。

炎热的下午，八角亭的街头没有多少人，天然阁绣庄门前也很安静。刘麻子领着几个弟兄，耀武扬威地走进店内，只见店里有几个顾客，正在挑选柜壁上悬挂的绣品，并将几幅新到的绣品挑选出来后，拿进了内堂。

刘麻子凶巴巴地问店伙计："这些绣品卖多少钱？"

店伙计正要答话，谢长庚从柜台后走了出来，将店伙计拉到一边，悄声地说了几句话。店伙计有点不好意思地来到刘麻子的身边，小声地道："刘爷，很不好意思，刚才来的那几位客人，我家老板说他不敢收钱，只好给他们'挂单'，今天您算是白来了。"

第六章 讲规矩

"老子白来？"刘麻子听说今天卖的绣品'挂单'，顿时火冒三丈，领着几个手下就要往里屋闯。

"刘爷，您还是少安毋躁。"身边的店伙计，连忙拖住刘麻子的衣角，不好意思地道，"刚才老板告诉我，今日来买绣品的客人来头很大，您是否先回避一下……"

"他来头大，老子的来头就小了？"刘麻子瞪起眼骂开了，"妈的！他是老虎，老子就是武松，专门打虎的！"

刘麻子在店堂里吼声如雷，里屋却是一片寂静。

见此情景，田如玉走了出来，劝慰着刘麻子道："刘爷，您先熄熄火，坐在店堂等一等，他们一会就走。"

"让我等一等？"田如玉的话，让刘麻子更是火冒三丈，"在长沙这块地盘上，还没有人能让我等一等，走！"

刘麻子说着，领着几个弟兄推开劝阻的伙计，穿过店里的柜台，飞起一脚踹向内屋的门。"咣"的一声，虚掩的门应声而开，刘麻子一步就跨进了屋里。闯进屋后，怒气冲冲的刘麻子，仿佛被人使了定身法似的，一下子突然变成了个木头人，痴呆呆地站着不动了，身后的几个弟兄也呆立着没人敢动。

使刘麻子变成木头人的，是顶在额头上的两支黑黝黝的枪管，还有不远处一张笑眯眯的脸。黑黝黝的枪管固然可怕，但更让刘麻子害怕的，还是那张笑眯眯的脸，那可是湖南省长公署新任省长谭延闿的脸！

在长沙城里，刘麻子算得上是一个狠角色，官府他认识很多的人，商家大老板交往不少，街头大小数十场打斗，他从来没有扮过矮（害怕过），如果仅仅是面对两杆枪，他也许不会害怕，可是他知道，那张笑眯眯脸的背后，可不是两杆枪，那是成千上万杆枪！刘麻子的额头上冒出汗来。妈的！这个铜官臭小子曾纪生，何时与谭延闿攀上了亲，他怎么会在这里？

谭延闿盯着刘麻子，缓缓地道："在长沙城这块地盘上，真的没有人能让你等一等？"

刘麻子额头上的汗珠子化成了小溪，顺着脸颊往下流。但他不敢动弹，也不敢答话。

"你也不撒泡尿，照照自己是什么模样？竟然敢在长沙城里撒野。"谭延闿的语气冷冰冰的，"长沙城不是你'叫脑壳'随意跺脚的地方！"

刘麻子的汗水流进了胸襟里，背脊骨里升起的一股冷气，让他如坠冰窖。

谭延闿的声音突然高了八度："长沙是个讲规矩的地方，你不知道吗？光天化日私闯民宅，你不知道这是违法吗？今天你就真是长沙城的一条龙，我也要将你这条孽龙变成虫。带走！"

听到命令，两支黑黝黝的枪管用力一顶，刘麻子只能乖乖地听从命令转身走出里屋，几个跟来的弟兄也一同被谭延闿的警卫扣押起来。

刘麻子被押走后，曾纪生这才闪身出来，将包裹好的几幅湘绣山水画绣品，交到谭延闿的副官手中，转脸对谭延闿道："谭大人，今天让您见笑了。我是初来乍到，不懂他们黑道的门路。今天幸亏有大人在，否则我还真不知道该怎样收场？"

"曾老板放心。"谭延闿笑着道，"长沙是个'讲规矩'的地方，有我谭某在，绝不会再有不懂规矩的流氓来贵店骚扰

第六章 讲规矩

了。"

有了谭延闿这句承诺，曾纪生知道刘麻子即算能逃过此劫，也绝没有胆量再来骚扰天然阁绣庄。

这边的曾纪生放下了心来，那边的赵管家却是悬起了心。肖小宝交代给自己的事，这么多天过去了，天然阁绣庄仍然没发生任何变故，是刘麻子放了自己的鸽子，还是出了其他状况？

赵管家走到尚德街一打听，才知道刘麻子失踪了，他的院宅也被一伙枪兵查抄。

肖小宝听到赵管家的禀告后，惊疑地问赵管家："在长沙城里有谁敢对刘麻子下手？是曾纪生，还是焦庭山？"

赵管家想了想道："曾纪生还没有这么硬的翅膀，焦庭山也不敢碰圈子会，横到长沙城里来。"

肖小宝追问道："那刘麻子到底去哪儿了？抄查他院宅的枪兵，幕后指挥者又是谁？"

面对肖小宝的追问，赵管家即使想破了脑壳，也说不出个所以然来。

刘麻子是被省长兼督军谭延闿副官亲自送到秘密大牢的"重要犯人"，进牢房时没有入册，所以任凭赵管家动用什么关系，在衙门入狱记录里查不到刘麻子的名字。因为副官交代要好好"招待"这位不懂味的"叫脑壳"，所以狱卒自然也不会"亏待"刘麻子。副官之所以这么做，一是既要惩罚刘麻子，让他长长记性，二是又不能让外人知道这件事，否则堂堂的省长兼督军大人亲自出面，为一个小小的天然阁绣庄惩治小流氓，传出去岂不丢了谭大人的脸面？

此刻的刘麻子肠子都悔青了。自己怎么会因为天然阁绣庄而得罪了谭延闿省长大人？他被扔进牢房的第一天，就被几个蒙面汉子打得皮开肉绽，以后每天这几个蒙面汉子，都会来给他"训话"。现在他唯一担心的就是谭延闿会不会秘密将他处决，对于一省之长来说，要弄死他这样一个小流氓，就像捏死一只蚂蚁一样容易。

刘麻子这个无法无天的街头流氓，待在这不见天日、阴暗潮湿、臭气熏人的秘密牢房里，感到了极度的恐惧。幸亏谭延闿并不想要他的命，在经过半个月的体罚与"训话"后，刘麻子又被秘密地放出了大牢，就像半个月前被秘密送进大牢时一样，没有任何手续，也没有任何人知道他当时去了哪里，今天又来自什么地方。

当刘麻子跛着脚回到尚德街宅院时，发现院宅已经换了新主人，门前有两个全副武装的枪兵守卫。刘麻子不敢造次，悄悄退了回来，准备去圈子会堂口询问，这时圈子会的一个弟兄赶来，悄悄地告诉他，坛主已经对外发话，说他不讲规矩，又不守国法，擅自私设"进十抽一"的地头费，逼得商反官究，故此逐出本堂，并将原借给他的尚德街宅院收回来，借给警察局作惩治犯罪的临时收容所，警黑勾结的后果，刘麻子自是心知肚明。

圈子会的这位弟兄，最后将十块大洋塞到刘麻子手中悄声道："堂主私下要我告诉你，不是他不帮你，是他实在帮不了你，省长放话，长沙是个讲规矩的地方，你还是尽快离开这里为妙。"

刘麻子明白是自己无意中招惹了谭延闿，眼下黑白两道都容不得他，除了离开长沙外，他已别无选择。

刘麻子忏悔地对那名圈子会弟兄道："我刘麻子这次被曾纪生带了笼子，怪我有眼无珠，不识人物，栽在谭省长手中，怨我咎由自取，罪有应得。我与铜官曾家前世无仇，今生无怨，是宏昌绣庄赵管家请我去砸天然阁绣庄的场子，将他们赶出八角亭的，这一切都拜肖小宝所赐，曾家大屋当年与巡抚衙门的关系，我刘麻子不知道，他肖小宝应该知道。哼！他送我上砧板，我也要切他一块肉！"

"你想怎么样？"那名圈子会兄弟关切地问道。

刘麻子咬着牙道："我要宏昌绣庄赔偿我的损失！"

"这个……多保重。"望着遍体鳞伤、无家可归的刘麻子，那名圈子会兄弟不知说什么好。

刘麻子连夜将那几名与他一同被谭督军捉去的圈子会打手召集起来。这些流氓跟随刘麻子多年，在长沙失去了立足之地，他们也就成了落水狗。他们不敢惹有谭省长为后台的天然阁绣庄，自然和刘麻子一样，把满腔的愤怒都洒到了雇佣他们的宏昌绣庄。

肖小宝此前千方百计，要找到失踪的刘麻子，然而当刘麻子真正回来后，带给他们的不是喜讯，而是一场意想不到的灾难。

肖小宝和赵管家正在议论，昨天有人在尚德街看见刘麻子的事。这时，刘麻子带着十来个弟兄闯进了宏昌绣庄。听到店堂里顾客传来的奔跑、惊叫声，赵管家赶紧跑了出去，跟在赵管家身后的肖小宝还未出门，便被抢进门来的刘麻子用手中的尖刀逼了回去。

"刘爷？是你！"肖小宝瞪圆了眼，满脸惊愕，"你到什么地方去了？我到处在找……"

刘麻子冷声打断他的话道："你明知天然阁绣庄有谭省长护着，却叫老子去捅马蜂窝！这条腿，你怎么补偿？"

肖小宝这时才注意到刘麻子跛着左脚。他一时不知原委，支吾着道："刘爷，这是……怎么回事？"

"拿钱来！"刘麻子恶狠狠地道，"赔我这条腿！"

"你要多少？"肖小宝不满地道，"谁叫你做事不掌握分寸？"

刘麻子不耐烦地道："少废话！先给我五千大洋，有什么事，日后再说。"

"你是要抢劫吗？"肖小宝结巴着道，"我……哪有这么多现大洋？"

肖小宝看到刘麻子神色不对，像是拿不到钱就真要砍自己腿一样。他惊慌万分，赶忙将柜子和抽屉里的银圆全部拿了出来，然后趁刘麻子去翻柜子里的金银首饰时，奋力地撞开窗户逃了出去。

肖小宝跑到大街上，看到街口巡逻的警察，一边狂奔，一边高声呼救。

等肖小宝领着警察回到宏昌绣庄店铺时，刘麻子一伙人已经不见了。店里一片狼藉，额头流着鲜血的账房先生，哭丧着脸坐在倒塌的柜台旁，绸缎、绣品洒落四处。尤其让肖小宝感到气愤和痛心的是，被抢走的绸缎、绣品不说，没被抢走的柜台上的货物，竟然大都被尖刀给划裂或是刺破了，这是存心让他破财啊!

"刘麻子,你个畜生!老子奉承你发财,你却反过头来害老子!"肖小宝"砰"的一声,往地上一匹被撕破了的布料上猛踢了一脚,发出了歇斯底里的嚎叫,"曾纪生,我和你势不两立!"

赵管家走到肖小宝身旁,嗫声嗫气地道:"老板,别气了,我们可以收买几个人到衙门告状,说曾纪生指使刘麻子抢劫宏昌绣庄。"

肖小宝一阵歇斯底里的发作以后,渐渐地恢复了平静,深吸了一大口气,无奈地道:"你以为衙门的人会信吗?使用刘麻子这个街头'叫脑壳',对我们是个教训。对天然阁绣庄,我们必须换一种思路,在生意上与曾纪生来一次以实力说话的硬较量。"

第七章
硬较量

刘麻子滋事天然阁店铺失败后,肖小宝终于从幕后跳到了前台,他动用长沙绣庄同业公会权力,鼓惑众多绣庄老板,以"自杀性"的降价方式,与天然阁绣庄展开了激烈的市场血拼。俗话说:"双拳难敌四把手",曾纪生能在这场没有硝烟的商战中,经受住同业公会众多绣庄老板的轮番冲击,赢得胜利吗?

第七章 硬较量

天空笼罩着乌云，隆隆的雷声从低低的云层滚过，昭示着一场暴风骤雨即将来临。

长沙绣庄同业公会中最具实力的"锦文丽"、"荣华"、"旭阳"等十多家绣庄老板，被会长肖小宝请到了"宏昌绣庄"。

这群绣庄老板，平常难得有时间聚集在一起，如果不是同业公会的召唤，他们大多会忙于自己的生意。这个行业组织，也就只有肖小宝能叫得应。在商言商，开会的这些时间，不如多做几单生意，可肖小宝的召唤他们却是不得不来，不然他们今后的生意只怕会有麻烦，顺我者昌，逆我者亡，这就是肖小宝做人与做事的性格，另外来到这里，品品香茗，尝尝时鲜果品，听听八卦新闻，也自是一番享受。

听着这帮湘绣老板七嘴八舌地摆着来自街头巷尾的龙门阵，坐在首位的肖小宝站起了身来，将手往下虚按了按，压住了屋内嘈杂的声音，开口道："各位，近来大家的生意做得怎样？"

肖小宝这话问得大家一愣，肖会长今天是怎么啦？这么急巴巴地将大家召集过来，不惜好吃好喝地招待大家一顿，总不至于就是为了问这么一句话吧？可众人瞧着肖小宝脸上的神情，又不像是喊了大家前来仅仅问句玩笑话，于是便七嘴八舌地说了起来。

做生意的老板，大多像是当铺学徒出身，再好的生意，也会唉声叹气的，丢出那么一句"缺嘴破壶，当得五毫"之类的话语，老板们自是一个个叫苦连天。

"如今的世道战火不断，材料费和手工费加起来，比绣品的卖价还高，这样的日子还让不让人过啦？"

"政府的税、捐，一天高过一天，生意简直开不了门。"

"湘绣店铺间像是鸡争狗斗，相互争抢生意……"

"哦，还有这样的事？"肖小宝见牢骚话说到了点子上，迅速插话追问道，"你倒说说看有哪些事。"

被问话的是赵管家。这是预先安排好的双簧戏，赵管家一听问话，立刻精神抖擞地道："那还有谁？还不是天然阁绣庄玩花样，把大家绣庄的生意都给抢走了！"

一提起天然阁绣庄，众多的老板似乎气就不打一处出，纷纷诉说起生意的苦衷来。

自从新来乍到的天然阁绣庄在长沙开张后，这些长沙城里老牌子绣庄的生意，便如同长江三峡的江水——一泻千里，对天然阁绣庄这个影响了众多绣庄生意的"公敌"，大家自然一致愤怒声讨。

"各位，鄙人有这么一个建议。"听得大家七嘴八舌说得差不多了，情绪和气氛都达到了高潮，肖小宝再次说话了，"天然阁绣庄推出买湘绣送礼品的促销手段，抢大家的饭碗，想独自做大，逼使我们跟着送礼品销售，结果呢？大家都是吃了亏，现在我们只有维持长沙绣庄市场的公平竞争，才能有钱大家赚，有饭大家吃。我经过反复考虑，要达到这个目的，只有一个有效的办法，那就是大家团结一心共进退，以降价战来对抗天然阁绣庄！"

荣华绣庄罗老板，第一个响应肖小宝的号召："我赞同！只要我们大家抱成团，我不相信斗不过曾纪生。"

李老板有些犹豫地道："曾纪生行商多年，经验丰富，如

第七章 硬较量

果他也跟着我们降价，怎么办？万一……"

肖小宝抢过话道："如果曾纪生跟着我们降价，那就是一场实力的较量了，这场较量将没有任何的技巧可言。凭他曾家大屋的实力，还能胜过我们绣庄同业公会？明天，我宏昌绣庄第一个带头降价！"

在肖小宝的鼓动下，绣庄老板纷纷表态，要和肖小宝的宏昌绣庄捆在一起，与曾纪生打一场比拼实力的价格大战，夺回失去的市场。

全场唯有锦文丽绣庄老板谭文贵，没有明确表态："降价虽能促销，但这种'自杀性'的价格大战一旦开打，其结果很可能会是两败俱伤。我想看两天再说。"

谭文贵的犹豫，并没有影响大家"同仇敌忾"的决心。

第二天上午，宏昌绣庄铺门一开，便公开亮牌降价10％销售。

宏昌绣庄的降价销售，曾纪生并未太放在心上。做生意嘛，谁没有个抢占市场份额的心思？虽说10%的降幅是狠了点，但还是在做生意的情理之中，何况曾肖两家有着历史性的疙瘩，公然叫板天然阁绣庄自是意料之中的事。肖小宝爱折腾就让他去折腾吧，难不成自己还与他去计较？未免也太小肚鸡肠了。

没想到宏昌绣庄降价的第二天，南正街的罗老板等几家绣庄店铺，也同时亮牌降价10％，此举让曾纪生感觉到事有蹊跷。宏昌绣庄挤兑天然阁绣庄生意还情有可原，怎么罗老板等人也来凑热闹？事出无常必有妖。曾家大屋与罗老板等绣庄无冤无仇，为什么他们也来与天然阁绣庄作对？曾纪生思量过后，心中火冒三丈，决定一不做，二不休，第二天店铺也挂出降价10%的招牌，以应对这些绣庄的挑战。

当天晚上，田如玉来到店铺，见曾纪生正安排人在店堂里写降价的告示。她向曾纪生问明情况后，主张缓一缓再作决定。

曾纪生被怒火烧昏了头，哪里听得进田如玉的意见："人家都用手指顶到鼻子尖上了，你还要选择退让？真要退让的话，以后天然阁绣庄还怎么在长沙立足？"

瞧着怒气冲冲如同狮子般愤怒的曾纪生，田如玉默然了。

第二天，天然阁绣庄如期挂出了降价10%的招牌。

曾纪生降价了！肖小宝兴奋得摔坏了水烟壶，立即让赵管家通知宏昌绣庄，再降价15%，湘绣同业公会有几家绣庄老板也跟进挂出了降价牌。长沙绣庄市场价格战，在顾客一片欣喜的惊呼声中正式打响。

如今的肖小宝，可不是当年那个随波逐流的小厮了。他掌控的宏昌绣庄，现在已成为长沙绣庄一棵根深蒂固的大树，更由于他把持长沙绣庄同业公会多年，宏昌绣庄的一举一动，已成为了长沙绣庄湘绣界的风向标。次日，长沙绣庄店铺，大多数选择了再降5%。不到一个月的时间内，长沙绸缎、布料、因受各绣庄价格战的影响，也分别相继降价10%，到20%，再到30%，各类湘绣绣品更是降到了成本线之下。

作为生意人的曾纪生自然是一个有心眼的人，但有时却又缺心眼，面对眼前群起而攻之的场面，他有点不知所措。拼吧？双拳难敌四手，不拼吧？今后天然阁绣庄脸面往哪里放？现在已经是在亏本销售了，看肖小宝那边似乎还有降价的迹象，如果再降价下去，自己只能关门了。曾纪生有些后悔，当初田如玉劝他不要应战也许是对的，可是要天然阁绣庄在肖小宝的挑战下示弱，那也不是曾纪生的性格，他做不到！

就在曾纪生像关在笼子里的狼一样，焦躁地在房中来回走动的时候，离开店铺有几天的田如玉，突然出现在了他面前。看到田如玉那挂着神秘笑容的脸，曾纪生满脸期待地问道："你说我们现在该怎么办？"

田如玉微微一笑道："嘿！终于也有曾少老板没有办法的时候啰。"

曾纪生捋了捋头发，尴尬地道："你少卖点关子，有什么鬼主意就快说。"

田如玉神秘地道："天机不可泄露。"

曾纪生知道生意场上的规矩，凡是事涉生意诀窍，多一个人知道便多了一个泄密的窗口，既然田如玉不想让自己知道，又何必去自讨没趣？只是他心里感到有点失落。

看到曾纪生沮丧的神情，田如玉还是忍不住道："肖小宝利用自己掌控的湘绣同业公会，发动大伙采用降价'车轮战'对付我们，我有一个办法应对，不过要办好这件事，我得向你借个人。"

曾纪生困惑地道："你要借谁？"

田如玉道："芙蓉坊的谢长庚。"

借谢长庚到天然阁绣庄干什么？曾纪生百思不得其解，沉默了一会儿道："把谢春交给你，不更好吗？我明天就可让他过来。"

"谢春不行,这事他干不了。"田如玉断然地拒绝了曾纪生的建议,"同时,你的身边也不能没有他。"

曾纪生是个非常聪明的人。他知道田如玉一定找到了应对这次降价风潮的办法,至于田如玉为什么非要谢长庚过来,他也就懒得再去多想。他毫不犹豫地道:"那好,我明天就回铜官,让易玉莲兼管芙蓉坊,把谢长庚调到长沙来帮你。"

第二天,曾纪生回到了曾家大屋。

见到父亲回来,二儿子曾广涛急忙跑进谢冬梅的房里喊道:"娭毑!爸爸回来了。你一定要跟爸爸说,我不去当学徒,我要报考军校。"

谢冬梅拉着曾广涛的手,怜爱地道:"爸爸让你去学徒有什么不好?学会了手艺一辈子都不愁吃不愁穿。"

曾广涛鼓起眼珠子反驳道:"娭毑,街上细伢崽都在唱,'徒弟徒弟,三年奴隶,呷不得饱饭,打不得臭屁。'我才不去当徒弟呢!"

"就你调皮!"谢冬梅扳过他的手指头,"我先来看看,你手指上有几个螺?我再跟你爹说。"

曾广涛慢慢地伸出了自己的右手。谢冬梅一边数着曾广涛手指上的螺纹,一边口中念道:"一螺穷,二螺富,三螺四螺卖豆腐,五螺六螺开当铺,七螺八螺把官当,九螺十螺享清福。嗯,你十个指头有八个螺。好吧,你是做官的命,我替你去说说看。"

"谢谢娭毑!"曾广涛说着,撒开腿就跑了。

曾纪生刚在母亲身边坐定,谢冬梅就认真地道:"树森……广涛这孩子聪明又有志向,他不愿去'裕丰'学徒,要去广州

第七章 硬较量

报考军校，你就让他去好啦。"

"妈！这件事由不得他。"曾纪生不觉皱起了眉头，"我已经答应'裕丰'的舅老爷，让他去那儿学徒了。"

谢冬梅摆了摆手道："我看这样吧，广智喜欢做生意，就让他顶着广涛去'裕丰'学徒，今后生意场上你也好有个帮手。"

"妈，广智虽然个子长得高，但他还只有十二岁，我想让他在家里再磨炼两年……"曾纪生犹豫地道。

"那你就去给易瑞生退信说，广涛要去广州读书，学徒的事我不同意。"谢冬梅护孙心切，说完这话，也不等曾纪生回答，搁下手中的筷子就走了。

曾纪生只得冲着母亲的背影，无奈地大声道："好吧，就听您的。"

将军离不开战场，商人怎么离得开商铺？曾纪生回曾家大屋后，心里却老惦记着天然阁绣庄，每天都让人暗地里给他报告长沙天然阁绣庄的消息，唯恐不小心一个闪失，败给虎视眈眈盯着天然阁绣庄的肖小宝。

当他得知田如玉一直跟着肖小宝在打降价战，宏昌绣庄降多少，天然阁绣庄就降多少，而且销售数量也与肖小宝大致相同时，曾纪生心烦意乱，终于坐不住了。

这天下午，曾纪生没有告诉任何人，悄悄地来到船运码头，傍晚时分到达了长沙。他走出码头后，因心中有事，拐错一条小巷，无意中走进一个死胡同。当他正准备退出来时，巷内行走着的一个挑担箩筐的男人，引起了他的注意。这不是谢长庚吗？曾纪生不觉心中生疑，悄悄地跟在了谢长庚的身后。

谢长庚在一间院门前停下，扣了三下门环后，有人打开院门，将谢长庚连人带箩放了进去。曾纪生看到开门的人，顿时傻了眼，竟是田如玉！这究竟是怎么回事？曾纪生躲在拐弯墙角处没动，他想要看个究竟。

没多久，谢长庚拎着空箩筐出来了。

曾纪生闪身走出来，挡住了谢长庚："你在这里干什么？"

黑暗中，谢长庚被人冷不丁地一拦，不由得大吃一惊，见是曾纪生，方才放下心来，支支吾吾地回答道："没……干什么啊。"

曾纪生紧紧地逼问道："没干什么？用得着鬼鬼祟祟暗中送货？"

见躲不过老板的追问，谢长庚无奈之下只得解释道："田掌柜派人在各绣庄收货，白天在这个租来的库房内集中，晚上再搬到潮宗街码头的船上，早晨再派人从船上运到天然阁绣庄去。"

曾纪生被谢长庚曲里拐弯的话，说得稀里糊涂里："你们这挑柴卖、买柴烧的把戏，究竟图的是哪门子快活？"

谢长庚推脱着道："这事你还得问田掌柜，她让我这么干，我也不好多问。"

曾纪生瞪了谢长庚一眼，准备进院去问田如玉。当他举手扣住门环准备叫门时，突然又改变了主意，放下手来，跟着谢长庚走了。他想让田如玉自己主动告诉他，这到底是怎么回事。

虽说天然阁绣庄的生意面临崩溃，实际上宏昌绣庄的生意更难以为继。肖小宝扔掉手中的水烟壶，喝了一大口闷酒，阴

第七章 硬较量

沉着脸问赵管家道:"天然阁绣庄还在从铜官往店里进货吗?"

赵管家点点头:"今天清晨,田如玉在码头又进了一批货。"

"妈的!真是活见鬼。"肖小宝一巴掌拍在桌子上,"我们宏昌绣庄有同业商会撑着,可以赊账进货,况且是以车轮战术轮番降价,天然阁绣庄没理由还能撑得住呀!曾纪生怎么会有那么多的资金和货源来亏呢?"

赵管家咕噜着道:"是呀,天然阁绣庄怎么能……"

肖小宝挥挥手,打断赵管家的话,冷声道:"你去查下原因。"

长沙湘绣市场现在可以说是一片混乱。老谋深算的锦文丽绣庄老板谭文贵,第一天降价10%后,就按兵不动了,宁可不做生意,也不再凑热闹。在宏昌绣庄降价30%后,引来了几个大家不认识的神秘客商,他们出手大气,要货如大亨,一拿就是成箱成捆的货。神秘客商涌入长沙绣庄市场,引发了各绣庄一片叫苦之声,当市场降价到45%的时候,荣华绣庄罗老板等人都向肖小宝求援。此时由于前段绸缎、布料大量降价被神秘人收购后,货源见紧,进货的价格却日益见涨,许多绣庄的生产早已处于停工等料的状态。

肖小宝发动的接二连三的"车轮"降价战,让绣品贬值到了近乎在地上捡货似的,即使是那些对湘绣毫无需求的市民,也参与到了这场抢货的行列之中。发了疯似的顾客,纷纷拥向这几家店铺抢购,加之那些收购湘绣神秘人的推波助澜,不到半个月时间,罗老板、李老板几家店铺因货物告罄,在顾客的抢购声中关门歇业。

宏昌绣庄后来采取了限量销售的办法,才刹住神秘人的收购，使整个长沙的湘绣品价格上涨回升。

这次为争抢市场，由肖小宝发动的针对天然阁绣庄，所采取的价格大战，使得财大气粗的宏昌绣庄元气大伤，那些跟随着肖小宝指挥棒行动，试图共同围剿天然阁绣庄的老板们，个个都亏得"五劳七伤"。

肖小宝瞧着空空的库房，再次询问赵管家道："天然阁绣庄哪来那么多货源？和我们打了半个月的价格战，还天天有货从铜官送来。"

赵管家苦着脸道："这事，我还没有查清楚。"

肖小宝扭曲着脸，厉声吼道："快去查！一定要给我查清楚！"

两天后，赵管家哭丧着脸，对肖小宝道："天然阁绣庄的绣品，已经恢复了原价，货柜上的货比平常还多了将近一倍。"

"你说什么？"肖小宝吃惊地嚷了起来，"这怎么可能！"

赵管家用几乎带着哭腔的声音道："事情是这样，天然阁绣庄由易玉莲出面，雇请了一些我们不认识的街坊邻居冒充顾客，大量购买我宏昌绣庄和罗老板等绣庄的降价绣品，然后送到草墙湾租佃的一家宅院里，由田如玉在那里牵头，将购买回来的降价绣品进行分类，质量好的绣品留下来，剩下的绣品则由谢长庚转到停在大西门码头的船上，第二天上午，再请人从船上挑运到绣庄里，作为绣庄的降价绣品出售。我们原以为天然阁绣庄降价销售的绣品是从曾家大屋发来的，没想到他们销售的竟是我们的降价绣品……"

肖小宝听完赵管家的调查实情后，气得眼前一黑，栽倒在

第七章　硬较量

靠椅上。

原来田如玉发现肖小宝利用湘绣同业公会，针对天然阁绣庄采用车轮式降价手段后，预测到这场价格战的最终结果，一定会是两败俱伤。为了保存自己绣庄的库存实力，田如玉暗中拆借了一笔资金，请人专购对方降价产品，然后将这些购来的产品，搬上自己的柜台降价促销，将对方拖进了一个循环棋局似的消耗战。

田如玉明白当对方货源枯竭时，此时的价格定会止跌反弹，特别是在这战争年代，湘绣生产周期长，货源一旦中断，价格必定暴涨。田如玉利用肖小宝争强好胜的心理，采用收购对方产品与对方比拼价格，用这种保存自己，消耗对方实力，降价促销的反击方式，成功地化解了宏昌对天然阁的攻击，但这种手段毕竟不能正大光明地说出来，这也是她不肯对曾纪生明说的原因。

田如玉估计肖小宝一定不会善罢甘休，可能还会做出一些对天然阁绣庄意想不到的事情。冤有头，债有主，为了防止肖小宝再次蛊惑其他绣庄，田如玉来不及和曾纪生商量，便同时悄悄地在湘绣行内做了一些补救措施。

当曾纪生了解实情后，意识到田如玉收购其他绣庄降价产品，可能会给曾家大屋带来麻烦的时候，谢长庚急匆匆跑进来，禀告道："南正街荣华绣庄罗老板求见！"

曾纪生不觉心里"咯噔"了一下，罗老板来干什么？找麻烦来啦？曾纪生正在考虑见与不见的时候，罗老板已经跨步走进了内堂。

"曾老板，打扰了！"罗老板手中提着个礼品盒，神情显得十分激动，进得内堂，便一边喊着，一边大步来到了曾纪生面前。

感到有些意外的曾纪生，还未来得及站起身来，罗老板便把礼品盒往桌上一放，双手朝曾纪生一拱道："曾老板，真是'宰相肚里能撑船'，佩服，佩服！我荣华绣庄，这次参与针对天然阁绣庄的价格战，是罗某人胸怀狭窄，嫉妒贵庄生意红火，受人唆使，想用轮番降价的'车轮战'来挤走天然阁绣庄，只怪我罗某上错了船，跟错了伴……"

"罗老板请坐，有话慢慢说。"曾纪生连忙招呼罗老板坐下，沏上茶后，才知道罗老板是来登门道歉的。

原来，昨天上午，田如玉得知荣华绣庄因为是这次车轮价格战的急先锋，已经亏得暂时关门歇业，绣庄面临破产了。她一来有些于心不忍，二来想要孤立肖小宝，便派人送了几十匹绸缎、布料和日常用绣品等货物到荣华绣庄。这些做绣品的绸缎，全部是长沙几家绸铺降价 45% 以后，谢长庚雇请的人从相关店铺中购买的，现在都以购买时的原价赊给罗老板。

罗老板当时不在店中，回来后得知此事，心里十分感动。荣华的存货已然卖尽，欲进新绸缎，价格却是上涨了一倍，如果跌价卖出涨价卖进店铺会亏死去，迫不得已，只能让店铺关门歇业。天然阁绣庄送来的这批绸缎无异于雪中送炭，原价送回跌价时卖出的绸缎，荣华绣庄上下怎能不感动呢？罗老板虽然脾气急躁，却是个耿直汉子，他匆忙收拾好货物后，便急急地备上礼品，前来天然阁绣庄道歉来了。

第七章 硬较量

曾纪生听完罗老板的话后，心情豁然开朗，十分大度地对罗老板道："大家都是同行，和气生财，今后天然阁绣庄有什么失误的地方，还得仰仗罗老板帮扶一把。"

罗老板感激地道："大恩不言谢，今后曾老板有什么差遣之处，只管吩咐就是。"

送走罗老板后，曾纪生来到后院。后院里有几个伙计正在往两辆车上装货。曾纪生问装货的伙计："这是发往哪里的货？"

见老板发问，伙计不敢隐瞒："这是按购买原价退送到'广华'、'旭阳'几个绣庄店铺的货。"说着，伙计将送货单交给曾纪生，又问道："老板，还发不发货？"

曾纪生看过货单后，递还给伙计："照货单发。"

曾纪生随后来到账房，查看了送货单和送货计划。田如玉除了将从宏昌绣庄购进的降价货物，全部作为销售冲账外，其他绣庄购进的降价货物，都按照比例列出了原价退货的计划，这无异于给各个绣庄退钱。

肖小宝处心积虑地针对天然阁绣庄发起的这场车轮价格战，就这样被田如玉实施的"循环消耗战"轻巧地化解了。

湘绣价格的硝烟刚刚散去，一场湘绣面料的竞争又悄然而至。众所周知，湘绣是以丝绸为原料，由于长沙并不出产丝绸，因此长沙的丝绸市场价格与京、苏、杭地区的价格，形成巨大反差。因为刺绣面料价值规律的刺激，此时京、苏、杭、广的洋货，开始大量进入长沙，随后日本的大石洋行、岛田洋行也在一阵阵鞭炮声中开张营业。八角亭附近的西牌楼、坡子街一带，京，苏，杭，广的洋货店铺，一时间如雨后春笋般纷纷涌现出来。

芙蓉坊密码

　　对洋货进入长沙，艺高人胆大的曾纪生初期毫不在意，后来他才发现，洋货不仅给长沙绣庄市场带来了繁荣与竞争，同时也带来了危机。

　　田如玉则以女人特有的敏感，很快就捕捉到了一个信息。这一天，她在西牌楼的洋货店铺，看到一种色泽艳丽的丝绸，价格也很便宜，询问后方知这是产自日本的丝绸，称为东洋绸。

　　在那年月，中国的纺织工业还十分落后，大多靠手工操作，印染技艺也不如人，不仅色彩单调，而且图案的花色也少。田如玉发现眼见的这批东洋绸，不仅色泽艳丽，而且颜色多样，摸上去手感很好，她不由得沉思起来：天然阁绣庄的绸缎货源大都来自江浙，价格贵且不说，此时正逢南北战火纷飞，运输极为不便，丝绸原料的供货很难得到保证，如果……她尝试着买了一小批素色东洋绸，筹谋着刺绣原料换换口味，试试市场的反响如何。

　　田如玉刚将这批东洋绸拿进店铺，素来对布料色彩敏感的易玉莲瞧见了东洋绸，不由得走了过来，瞧瞧颜色，摸摸手感，带着遗憾的口气说："这可是好料呀，你买得太少啦。"

　　听得易玉莲如此说，田如玉连忙解释道："我只是想试一试，买多了，万一买家不喜欢这面料，岂不是会浪费？"

　　"不用试了，这面料用来刺绣蛮好的。"易玉莲手捻着东洋绸面料，"你摸摸，这面料柔软细腻，用来刺绣错不了。"

　　"要不，先送回曾家大屋，让她们试试绣花效果。"第二天，田如玉便让人将这批东洋绸送回了曾家大屋作绣花的面料。

　　谢冬梅接到送来的东洋绸后，见丝绸颜色艳丽，便给曾家

第七章　硬较量

大屋老老少少各做了一套东洋丝绸服装，走出门去颇为招风，惹得铜官街上的乡亲羡慕得直流口水。

当谢长庚从曾家大屋带回谢冬梅为曾纪生、易玉莲和田如玉做的东洋绸新服装时，却把田如玉弄得啼笑皆非。她原本是想将东洋丝绸当作刺绣湘绣的新原料，没想到谢冬梅居然做成了东洋绸服装！不过，此招却有歪打正着的效果，当曾纪生穿着东洋绸服装，在天然阁绣庄出入时，许多顾客都纷纷找上门来，要求订购东洋绸绣服。

曾纪生听从了易玉莲的建议，迅速用东洋绸代替目前货缺价高的苏杭丝绸原料，刺绣出了一批高品质的湘绣绣品。曾纪生万万没有想到，正是因为他这个大胆的尝试，不久之后竟在长沙绣庄中引发了一场惊涛骇浪。

半个月后，天然阁绣庄的顾客络绎不绝。他们瞧着柜台内用红木框框起来，挂在墙上的新绣画，不时地发出赞扬与惊叹之声。这些曾家大屋启用了东洋绸刺绣的新绣画，光彩夺目，让人爱不释手。

用东洋绸作面料的刺绣品获得成功后，曾纪生随即到大石洋行，批发购进了一大批东洋绸，开始成批生产以东洋绸为底料的湘绣绣画和湘绣手工艺术品，一时间天然阁绣庄生意再度红火。

价格战的惨败，使肖小宝的声誉跌到了低谷。宏昌绣庄已不再是长沙绣庄效仿的风向标，现在大家的眼光都盯着天然阁绣庄，盯着曾纪生。

肖小宝一心只想咸鱼翻身，却总找不到机遇。这天早晨，他懒洋洋地走进宏昌绣庄。一进门，便听得赵管家对他唠叨着道："听说各个绣庄现在都在用东洋绸做绣品，洋绸价格已经日益见涨，如果我们现在还不跟进，宏昌绣庄的生意就更不好做了。"

肖小宝没有理睬，径直来到了后厅，端起赵管家给他泡好的一杯工夫茶，一边慢慢地品味，一边细细地琢磨东洋绸的事。他知道赵管家说的并没有错，可是在东洋绸刺绣品这件事上，曾纪生已占尽先机，难道要自己跟在他屁股后面走？生意人嘛，为了利润二字，不是不可以顺势而行，但得看跟谁走。肖家与曾家做了几十年的冤家，如今让肖小宝学曾纪生的样，他无论如何咽不下这口恶气，何况在买东洋绸的事情上，曾纪生已然先行了一步，自己再跟着去买，湘绣同业公会的老板们又会怎样想？两难的局面，让他一时难以决断。

站在一旁的赵管家，看着肖小宝的脸色，瞧见他半晌没有出声，再次提醒道："老板，据大石洋行传出来的可靠消息，东洋绸的价格可能还会上涨，我们是不是考虑……"

"催什么催，又不是火上了屋！"肖小宝茶杯一蹾，一双充满血丝的眼睛瞪着赵管家。赵管家立即低下头，不敢再说话。

肖小宝发完火后，却突然出人意外地问道："绣庄现在还能调动多少资金？"

赵管家眼睛一亮："账房还有现银二千。"

肖小宝沉下脸道："我说的是最大限度，包括应收货款在内，一共能调集多少资金？"

赵管家想了想道："最多一万银圆。"

肖小宝"嗯"了一声："你去告诉夫人，三天之内给我准

第七章 硬较量

备一万银圆,我亲自去大石洋行进货。"

赵管家脸色有些发白:"老板,我们绣坊就是全部改用东洋绸原料,一次也用不了这么多货啊!"

"你真是妇人之见,井底之蛙,难怪会干不成大事。我说过要全部做成绣品吗?"肖小宝冷笑着道,"我不会跟在曾纪生屁股后面走,我不是要做东洋绸绣品,而是要做东洋绸长沙城专卖!"

大石洋行坐落在北正街中段,洋行储备东洋绸的仓库,已经空了一大半。左边角落处,堆码着一批明显标有"次品"标记的东洋绸。

靠窗的条桌旁,一个戴金丝边眼镜的日本人,正在埋头拨弄着算盘珠子。好一会儿后,他抬起头,睁开小眼睛,摸了摸鼻子下面的一小撮仁丹胡子,舒适地伸了伸懒腰。

此人名叫野田松木,是个中国通,十多年前便进入了中国大陆,从东北到江南,先后在十多个城市做生意。他的公开身份是日本大石洋行掌柜,除了他们内部极个别人,外界谁也不知他的真实身份。此次他以做东洋绸生意为掩护,经常出入长沙城乡各地,拜访社会名流。

在长沙城,野田松木没想到东洋绸会这么受中国人的欢迎,他不仅成功地压制了中国自产丝绸在长沙的销售,而且除了最先批量购买东洋绸的天然阁绣庄是纯正的一等品外,其他绣庄购买的东洋丝绸都是正品与次品混合卖,买者居然全都不知,也没有任何人提出异议。

野田松木正在暗自得意时,他的心腹掌柜山本子和急匆匆地走了进来："宏昌绣庄肖老板求见大掌柜，估计是要购买东洋绸。"

"哦！"野田松木眼睛眯成了一条缝，"很好，想睡觉就有人送枕头来了。"

山本子和有点担心地道："大掌柜，我们东洋绸现货不够，要从国内调运的话，三个月时间都来不及啊！"

野田松木指着仓库左边那边堆积起来的次品东洋绸，笑着道："谁说要调运啦？他是来帮我清仓的。你把那些写有日文'退货'字样的包装，通通地拆掉，换上正品包装。"

山本子和失声道："您是说把那些要运回日本国内的退货，都卖给肖老板吗？这样一来，长沙整个湘绣、丝绸市场岂不是就要大乱了！"

野田松木冷声道："他们乱，关我们什么事。难道我们还希望看到一个稳定的中国？你怎么也用支那人愚蠢的思维来考虑问题啦？！在如此局势下，我们大日本要占领中国，所做的生意不是给这个国家带来繁荣，而是让他们越乱越好，这样我们方能乱中取胜，何况用中国话说，这叫'周瑜打黄盖，一个愿打，一个愿挨'。"

听得大掌柜如此重的话语，山本子和立即噤声了。

第八章
小便宜

偷鸡不着蚀把米，降价战大败的肖小宝为着挽回损失，意图通过囤积东洋绸货物来狠赚一把，不料日本大石洋行用以次充好的东洋绸，反而让肖小宝坑骗了长沙不少的绣庄，给湘绣产品质量带来了近乎毁灭性的打击。刚与长沙绣庄同业公会大战一场的天然阁绣庄掌柜田如玉不计前嫌，挺身而出为退货赔款仗义执言，"东洋绸事件"迅速成为长沙丝绸行业中日商战的导火索。

第八章 小便宜

宏昌绣庄后院坪的一架葡萄藤下,身着深色仿绸长衫的肖小宝,坐在太师椅上,一边抽着水烟斗,一边看着正在往后院仓库搬运着大包东洋绸的脚夫。

赵管家在仓库门口,朝脚夫大声叫喊着:"稳当些!码好,码好再走!"

一直以来,肖小宝自信自己是个商业界的经营奇才,初到长沙开店的一两年时间里,便"合纵连横"网罗了大部分绣庄老板,组织起商会,使其成为了湘绣行业界中一言九鼎的人物。虽然在与天然阁绣庄的价格战中,肖小宝吃了个哑巴亏,成了不少绣庄老板眼中的"厌物",但最近一段日子,他的心境却是好了起来。

肖小宝心景好正是搭帮了大石洋行东洋绸进货的顺利,心情舒畅,脸上的气色也变得好了许多。他吧嗒着吸了口烟,吐出个烟圈,惬意地回忆昨天去大石洋行进东洋绸时的情景……

肖小宝到大石洋行进东洋绸,表面上是赵管家提醒,实际上肖小宝早已在暗中窥视面料市场多时。眼下物美价廉的东洋绸,在长沙市场水涨船高,不仅仅是湘绣面料需求量大,不少的顾客瞧着东洋绸色泽艳丽,也纷纷拿去做衣服和其他日用品,市场前景不可估量。曾纪生想到的只是用东洋绸来加工做绣品,他却决定囤积大批东洋绸货源,在长沙城开设一家东洋绸专店,如果生意兴隆,他还计划多设几处分号。

肖小宝踌躇满志地走进大石洋行,财大气粗地道:"野田先生,我想进一批东洋绸,不知您有多少现货?"

野田松木听这口气,便知道有大鱼上钩,忙着道:"肖老板不愧为长沙商界的翘楚，不知你想要多少东洋绸？"

肖小宝气势如虹地道："您有多少货，我就拿多少。"

野田松木微笑着请肖小宝坐下，吩咐用人上茶，然后舒缓了一口气道："现在市面行情比半个月前的价格，上涨了20%，长沙介昌绸缎铺的杜老板，也已约好明天来大石洋行看货。"

"野田先生，凡事讲究个喊到不如现到。" 肖小宝有些着急了，"我可是怀着诚意来的。"

野田松木眯起细眼睛道："杜老板不是还要明天嘛。中国有句俗话，叫什么来着？哦！'凡事有个先来后到'，肖老板是先到了，自然近水楼台先得月，但不知肖老板需要多少货，如果货少的话……"

肖小宝接过话来，神气地道："我进一万银圆的货。"

野田松木暗自地笑了，嘴里仍是不急不缓地道："我的库存最多也不过一万银圆的货，肖老板如果真想全部买过去，我就按半个月前的价格给你。"

肖小宝没有立刻吱声，内心却在打算盘。根据他掌握的信息，目前长沙确有十多家绣庄，准备到大石洋行购买东洋绸。他掐指算了算，野田松木卖给自己的这批东洋绸，只有现行市场上江浙丝绸价格的百分之六十，如果自己全部拿走，长沙全城的绣庄和绸铺以后要东洋绸，通通都得到宏昌绣庄来进货，到时候还怕长沙城众多的绣庄为货源的事，不来给自己拜码头？

野田松木见肖小宝沉默无语，以为他有点犹豫不决，便故意漫不经心地道："这批货你全部买走后，大石洋行的新货，最快也要三个月才能到长沙。三个月的空档期，肖老板还愁这

第八章 小便宜

批货卖不了高价吗?"

野田松木的暗示如同一剂强心针,使肖小宝终于下定决心。他想只要自己囤积的东洋绸,卖得到江浙丝绸价格时,自己就可以稳赚百分之四十的利润。

野田松木见肖小宝动了心,更是慷慨地承诺道:"肖老板如果愿意继续与大石洋行合作的话,今后大石洋行在长沙的销售,可以考虑让宏昌绣庄代理,那时候整个长沙的东洋绸就全部由肖老板掌控,而市场价格那就是肖老板一句话了……"

肖小宝不觉得意地笑了起来。他庆幸自己及时来拜访了野田松木,更觉得自己还是很有面子。现在外面的东洋绸进价都涨了不少,野田松木仍以天然阁绣庄当时进价卖给自己,这不是给我肖小宝送钱吗?这种生意场上的"脸面",岂能是随便就有的。也许野田松木是看中了自己这个绣庄商会的会长。这些精明的日本人,看来还蛮懂生意经,知道要抓头面人物。

肖小宝越想越飘然,豪爽地将一万两银票,往茶案上一搁,兴奋地搓搓手,豪气地道:"野田先生,贵洋行所有的库存东洋绸,我全要了!如果一万两银票不够,三天之内给你补齐差价。"……

肖小宝瞧着脚夫将大石洋行运来的东洋绸全部搬入后院的仓库后,放下手中的水烟斗,把赵管家叫到身旁,嘱咐道:"除了放在前院库里的少数东洋绸外,这批洋绸,我们要囤积到大石洋行新货到来前半个月再销售,把握好这个旧货已断、新货未到的'火候',我们就能获得最大的利润,挽回与天然阁绣庄打价格战的损失。"

赵管家连连点着头道:"老板的眼光独到,实在是高!"

长沙不少的商人和肖小宝一样,也看到了买卖东洋绸的商机,一时间,各门店的丝绸商铺都在热心购进东洋绸,形成了一股疯狂囤积东洋绸的热潮。

眼瞧着长沙城绣庄、绸缎铺内,铺天盖地的东洋绸,曾纪生凭着自己多年的经商经验,预感到了热闹之中隐藏着的危机。他知道任何一种新商品,如果大家一拥而上的话,市场很快就会饱和,同时他从张伯元儿子的来信中获悉,日本东洋丝绸是用机器生产的,因此生产的数量多,成本低。据此他推测,长沙的东洋绸好销,便会有大量的货源涌入,新货到了长沙后,东洋绸的价格就只会降,绝不会涨。

一个星期过去了。由于长沙绣庄和丝绸店铺的纷纷抢购与囤积居奇,东洋绸价格不降反升,这个现象在让曾纪生感到意外的同时,也感到了深深的不安。

肖小宝躺在葡萄藤下的靠椅上,再次美滋滋地回想着自己与野田松木的会面。野田松木那绽放的笑脸,是那样充满财富,那瘦削的脸庞,就像一个变了形的元宝……他暗自庆幸自己能当机立断,不惧风险投入一万银圆,将大石洋行库存的东洋绸,全部搬入自己的仓库。他精明地盘算着宏昌绣庄全权代理大石洋行东洋绸销售权后的美好情景……

忽然,"呼!呼!"两声沉闷的巨响,从前堂传进了后院,像是重物砸地,又像是隔壁垮了屋,给人一种胆战心惊的恐惧。

"怎么回事?"肖小宝从靠椅中站起来,冲着店堂喊道。

一个店伙计应声从后院小门里跑了进来:"老板,有几个

第八章 小便宜

顾客找上门来退货，说我们绣庄卖出去的东洋绸，好看不好用，下水就褪色。"

"进口的日本洋绸，怎么会褪色呢？"肖小宝并没有把店伙计的话当回事，漫不经心地道，"一定是他们自己保管不善弄坏了。你叫赵管家去验证一下，看是不是出自宏昌绣庄的货？"

店伙计还没出后院，前堂就传来了赵管家的吆喝声："谁砸坏的柜台？你们要赔偿损失！"

紧接着又是一阵激烈的吵闹声，看来要退货的顾客还不少。一人退货尚可以理解，但许多人都要退货，事情恐怕就没有那么简单了。在生意场浸染了多年的肖小宝，发觉似乎有些不对劲，便急忙来到后院的仓库里。

肖小宝亲手打开存放在仓库里的东洋绸货包，将一匹东洋丝绸展开几米，用手指捻了捻丝绸的纹路，认真地看了一会儿后，不觉傻了眼。这些丝绸与他当初看到的样品，完全是两码事。根据自己多年经营丝绸的经验，他明白这批购进来的东洋绸，被暗中掉了包！

"妈的！"肖小宝一拳恨恨击打在东洋绸货包上，气恼地骂道："狗日的野田松木，给老子玩花样！"

这是一万大洋啊！肖小宝望着堆码得整整齐齐的东洋绸货包，只觉得心胸发闷，眼前金星乱迸，两腿一软，瘫坐在货包前。

长沙老照壁街口，有一家新开的潇湘茶馆，虽然店堂规模和装饰都无法与龙福茶馆相比，但茶馆推出的小吃烧卖，却让人拍案叫绝，不仅皮薄、油足，而且糯米馅中夹着的油渣子和几粒胡椒，格外出味，加上茶资便宜，人气也就特别旺盛，店内几十张竹椅子座无虚席。

曾纪生也经常到这里来坐一坐。他来这里不仅是贪图烧卖好呷，更因为这里的大多数顾客，来自长沙城里各行各业，从他们的口中，可以了解到长沙最新发生的大小事件，也可以获取到一些生意的信息。在茶馆里了解情况，已经成了曾纪生的习惯，所以他从铜官回长沙城后，便直接上这茶馆来了，刚落座，就听到邻桌的长衫中年人和戴瓜皮帽的老者两人正在对话。

长衫人："听说了吗？现在八角亭的绣庄、绸铺可热闹啦，宏昌绣庄更是成了一锅煮开的粥，搞不好会要出人命啰。"

瓜皮帽老人："么子事会出人命？"

长衫人："听说大石洋行将东洋绸以次充好，便宜卖给了宏昌绣庄，宏昌绣庄又转卖给了其他店铺，现在买了次品的顾客，正在宏昌铺面上闹事哩！"

瓜皮帽老人："竟有这样的事？难道宏昌绣庄验货时，没长眼睛么？"

长衫人："据说东洋人给绣庄看的是正品，发来的却是次品。"

瓜皮帽老人："做生意就要讲诚信嘛，这些东洋矮子也太不是玩意儿了。"

长衫中年人压低了声："小声点，现在城里到处都有日本浪人，万一让他们听见了，暗中打一闷棍，那就是让鬼打哒！昨晚听说在樊西巷就出了事。"

两人的交谈声越来越小，最后根本听不见了。

曾纪生行商多年，与多家洋行也打过交道，平心而论，大

第八章 小便宜

石洋行的野田松木给他的印象倒是不错,小小的眼睛,戴一副金丝眼镜,文质彬彬的样子,操一口流利的中国话,偶尔还穿插上两句中国成语或是俗语,言语诚恳,给人一种亲切感,如果没人告诉你,你还会误以为他是中国人,这人怎么会干出这种欺诈之事?

曾纪生带着心中的疑惑,离开了潇湘茶馆。

曾纪生路过锦文丽绣庄时,只见店铺里人声鼎沸。他心中一愣,难道一向做事稳重的谭老板,也卷进了东洋绸风波?眼前惊人的一幕,证实了曾纪生的想法。

锦文丽店铺里,一位贵妇人模样的女人,扬起手里卷起的绸缎,朝店伙计一掷,气愤地吼道:"你们卖的是什么绸缎?纸一样薄,手一捻就破!"

另一个妇女双手捧着摊开的绸缎,叫嚷着:"你看看!这绸缎像麻布袋一样稀稀拉拉的,还说是东洋货哩!"

曾纪生见状,不敢进店门,绕个弯,溜进了店铺的后院门。谭文贵见曾纪生走进院门,像见到了救星似的,急忙迎上了来:"曾老板,你主意多,帮我拿个主意解解围。"

曾纪生抿了抿嘴,没有马上回话。

谭文贵意识到了自己的失态,作为生意同行,哪有这样说话的?他拍拍前额,朝曾纪生尴尬地笑了笑道:"瞧我急的,让曾老板见笑了。事情是这样的,最近洋绸生意好,我从大石洋行购进了五十匹东洋绸,可没想到这批货竟然绝大部份都是次品,顾客吵着要退货,闹得绣庄不可开交。"

听了谭文贵的话,曾纪生同情地道:"谭老板呀,谭老板,你做了几十年的生意，怎么不长个心眼？"

谭文贵耸耸肩，无奈地道："唉！别说了，我看肖小宝要将大石洋行的东洋绸全部包下来，才霸蛮分了五十匹，我看的样品纱密色艳，质量不错，谁会想到野田松木给我们发的货却都是次品。我估计消息传开后，前来吵闹的顾客会更多，要换的货都没有，真是烦死人。"

"俗话说'火要空心，人要真心'，生意人尤其要讲究诚信。野田松木怎么能这样做呢？"曾纪生一时也拿不出什么好主意，只得支吾着道："在我看来……锦文丽绣庄的招牌之所以硬朗，就在于它从不欺客。"

谭文贵听出了曾纪生的话外之音。他二话没说，当即把掌柜叫了过来吩咐道："你立即贴出告示，凡在锦文丽绣庄购买的东洋绸，如果质量有问题，一律全额退货。"

曾纪生向谭文贵投去一个赞赏的眼光后，顿了一顿道："如果谭老板在资金上有什么困难的话，我可以……"

"谢谢曾老板。"谭文贵不待曾纪生说完，便笑着道，"收回东洋绸次品的这点资金，锦文丽绣庄还周转得过来。不过，今后向大石洋行讨还公道时，恐怕还要借重曾老板的脑瓜子，帮忙出点主意啰。"

曾纪生连声应诺："一定，一定。"

曾纪生嘴巴上虽然答应得非常爽快，但并未真正往心里去，毕竟东洋绸事件并未牵涉他自己。他回到天然阁绣庄，前脚刚跨进店门，便听到了店内的嚷嚷声，进去一瞧，只见面如桃花的田如玉，正在向店伙计们激动地说着什么。

第八章 小便宜

曾纪生心里一惊,这可真是有点巧了,锦文丽绣庄顾客在闹事,天然阁绣庄也闹出了动静,是不是天然阁绣庄也进了东洋绸次品?要不然,田如玉为何如此激动?

只听到田如玉激动地道:"这次被大石洋行坑骗的最大受害者,是肖小宝,他所囤积的一万银圆东洋绸,全部都是被调包的次品,还有旭阳、锦文丽、荣华和翠和丰等绣庄,也购进了掺有次品的东洋绸,现在长沙的绸铺和绣庄已经乱成了一锅粥……"

田如玉瞧见了混在店伙计中的曾纪生,连忙停住说得正起劲的话,挥了挥手道:"这事就说到这里,大家散了吧。"

待店伙计散了后,田如玉扭过脸来,问曾纪生道:"日本大石洋行欺诈坑骗长沙绣庄,天然阁绣庄有什么打算?是共进退,还是袖手旁观?"

"生意场上有句俗话,叫作'水到渠成'。"曾纪生略有所思地道,"先瞧瞧动静再说吧。"说来有点奇怪了,一向有着古道热肠之称的曾纪生,面对日本大石洋行坑骗长沙绣庄这等大事,竟然平静得像一口幽森的古井水,让人难测深浅。

田如玉将了曾纪生一军:"你的意思是,天然阁绣庄不参与向日本大石洋行讨公道了?"

曾纪生仍是那句话:"别急,先看看再说。"

田如玉对曾纪生的这个态度感到非常惊讶,还有几分气愤:"天然阁绣庄虽然没有遭到坑骗,但大石洋行坑骗了长沙的绸缎、绣庄行业,他们今天可以坑骗其他绣庄,明天就可以坑骗天然阁绣庄,我们绝不能容忍他们这样胡作非为!天然阁绣庄应该带头,将所有受坑骗的绣庄联合起来,向大石洋行讨还公道!"

曾纪生不为所动,沉静地道:"天然阁绣庄不是受害者,挑头去讨公道,师出无名,还是先静观其变为妥。"

"你……"田如玉见曾纪生仍然坚持自己的意见,心中十分不满,便抢白着道:"你常说,路见不平,要拔刀相助。现在长沙绣庄被日本洋行暗算,你却变成缩头乌龟。"

曾纪生肃容道:"你这话,未免太重了点吧?"

田如玉脸孔涨得通红,正想说什么,只见云空师太踱着轻悠的方步,从绣庄的大门外走了进来,正巧听到了田如玉质问的话。她略一思索,委婉地对田如玉道:"树森的话也有理,大石洋行没有坑骗天然阁绣庄,他确实不便公开露面。你们果真要向大石洋行讨公道的话,我介绍一个熟人给你们,他既懂得做生意,又与官府有些人脉关系,办事的分寸拿捏得很准,这事如果能通过打官司赢过来,那是上上之策。"

"熟人?是谁?他是干什么的?他和官府有什么关系?"田如玉一脸的惊诧;一连串的疑问,连珠炮似的从嘴里冒了出来。

云空师太神秘地道:"此人暂时不会现身,过几天他回长沙后,我带他来见你们。"

云空师太的突然出现,与愿意介绍熟人为绣庄出面打官司,这让曾纪生感到有些意外。一个出家之人,为何会对绣庄与大石洋行的纠纷会如此感兴趣?不过,曾纪生没有继续往下想,因为他想到,这也许是田如玉进过天成庵的缘故,云空大师想帮一把吧。

田如玉忙着将东洋绸事情的前因后果告诉云空师太:"据

第八章 小便宜

锦文丽老板谭文贵讲,大石洋行这次卖给绣庄的东洋绸,全部是次品,质量太差,简直像纱巾一样,用来刺绣,根本无法下针。大石洋行敢在长沙绣庄市场冒此天下之大不韪,干出这种坑骗绣庄的事情,就是仗着有日本政府撑腰。"

云空师太沉思了一下道:"既然这样,你们可先动员谭文贵、肖小宝和罗老板等人,以长沙绣庄同业公会的名义,到大石洋行协商要求退货赔偿,不行的话,再到官府告状。"

一连几天,肖小宝为退货之事,多次找大石洋行交涉。开始野田松木还假惺惺地答应调查,随后避而不见,最后则公开拒绝退款、退货。

谭文贵、肖小宝等人,随后告到警察署,警察署发出传票,野田松木有恃无恐,根本不予理睬,后来省府衙门也以这是商业纠纷,地方政府不宜出面为由拒绝立案。急红了眼的肖小宝,只好联合十余家上当受骗的绣庄,带着东洋绸次品前往大石洋行,强行要求退货。

大石洋行掌柜山本子和,操着一口生硬的中国话,对前来要求退货的谭文贵、肖小宝、李老板等几位绣庄代表,缓缓地道:"大老板野田松木先生已经回国,在没有查清东洋绸质量责任之前,洋行是不能退货的。"

听到此话,谭文贵皱起了眉头:"野田先生什么时候能回来?"

山本子和皮笑肉不笑地回答道:"说不定啊,也许三天、五天,也许三个月、五个月,我怎么能过问大老板的行程呢?"

听到山本子和这阴阳怪气的腔调,谭文贵心中明白,日本人分明是在敷衍！但他又不便发作。

旭阳绣庄李老板气愤地道："这是什么话？"

喝了半斤白酒，壮胆而来的肖小宝，满脸涨得通红，一巴掌拍在桌子上："这货，今天退也得退，不退也得退！"

山本子和霍地站起身，傲慢地冲着肖小宝道："嫁出去的女，泼……泼出去的水。这货不退，你敢怎样？这是给你面子，不要脸。"山本子和说完，转身就走。

肖小宝一股怒火冲胸而出，他大吼一声："站住，你给我把话说清楚！"

山本子和被肖小宝揪住了衣服的后领，山本子和双手一甩，一个趔趄两人都被摔倒在地上。待立两旁的日本浪人一拥而上，对肖小宝拳打脚踢，其中有两个穿黑色制服的日本人，一个揪肩，一个拽着双脚，将肖小宝高高举起直接往大门外抛去。肖小宝在惶恐的惊叫声中，飞出洋行大门后，幸运地落在了木板车的东洋绸上。

"呼"的一声，大石洋行的大门关上了。

肖小宝捂着腰，支起身子，站在板车的东洋绸上，怒声骂道："狗日的！你不退货，老子就守在你的大门口，不让你们做生意！"

怒不可遏的赵管家，立即呼应大伙道："堵住这些狗日的大门，不让他们做生意！"

"堵住大门，不让这群狗日的做生意！"人群中立即响起一片呼喊，掀起对大石洋行的愤怒声浪。

大石洋行阁楼紧闭的窗帘缝里，一双闪着幽光的小眼睛，

第八章　小便宜

偷瞄着大门外的动静。

肖小宝没想到谈判会出现如此激烈的场面，自娘肚子里出世以来，他还是第一次受人拳脚，而且是在自己土生土长的城市里，受到日本人的殴打。他扭头对赵管家道："现在大伙还没吃饭，我们堵住洋行大门，不让他们做生意，也不是个办法；但是撤回去吧，日本人会认为我们软弱可欺，日后还会变本加厉，我们得想个两全之策。"

在进退两难之际，这时喧哗的人群，突然一下子安静下来，目光都盯向了内街方向，只见北正街方向出现了一群拎刀提棒的日本浪人，正气势汹汹地向洋行这边走过来。

旭华绣庄李老板被日本浪人的阵势吓住了，声音颤抖地道："我们怎……怎么办？"

谭文贵提醒大家道："他们持刀舞棍，我们都是赤手空拳，公道我们一定要讨，但先不要与日本人硬着来……"

肖小宝心一横道："老子和他们拼了！砍了头，也不过碗大的疤。"说完，他便四处寻器械。

谭文贵当机立断地劝说道："好汉不吃眼前亏，我们先撤回去再说。"

各绣庄的运货板车，立即开始离开洋行大门，从街口撤出。提出要堵住洋行大门的肖小宝，坐在宏昌绣庄带来的拖货板车上，指挥赵管家第一个将宏昌绣庄的人撤出了街口。

日本浪人没有追赶撤出街口的绣庄车队，只是站在了洋行的大门前。没过多久，洋行大门打开，一切归于平静。

阁楼的窗帘后，野田松木冷冷地哼了一声："一帮乌合之众，还想与我大石洋行斗？真是'螳臂当车，自不量力'！"他在属下面前总是喜欢显摆自己中国通的本事。

山本子和讨好地附和着道："一群小丑，他们想和您作对，简直不知天高地厚。"

野田松木得意地笑着道："今天好像天然阁绣庄没来人。看来天然阁绣庄与长沙绣庄同业公会，矛盾不小呀。"

山本子和小心地道："大掌柜的意思是……"

野田松木拉开窗帘，阳光照在他有些兴奋的脸上："俗话说：敌人的敌人就是朋友。我与曾家大屋的曾纪生有一面之缘，如果天然阁绣庄能够成为大石洋行的合作伙伴，我们的事情就好办多了。"

大石洋行门前发生冲突的事，很快传到了湖南省长公署去了，时任省长的赵恒惕为着平息事态恶化，正与一帮幕僚商议此事如何善后。

赵恒惕本是行伍出身，说话直来直去的："诸位，大石洋行与长沙绣庄争执一事，各位有何高见？"说完这番话，他的眼睛溜扫着在座的幕僚，脑袋里却是满脑子的官司。

他本一介武夫，是提倡"湘人治湘"的前任省长谭延闿手下最得力的师长，借助北洋政府势力，驱逐恩师谭延闿后自任省长，几年坐镇湖南第一把交椅，日子从没有安生过，不是北边的北洋政府虎视眈眈盯着湖南，便是南边的国民政府不断地试着湖南人的钢火，即使是自己的部下唐生智也不那么听招呼了，率领湘军第四师驻扎衡阳不愿移防。眼下风闻南边的国民政府近期有大动作，军队集结即将启动与北洋政府的战争，夹

第八章 小便宜

在两大政府之间地带的湖南如何自保,他至今未想到妥善的办法,如今又来了个长沙商人与日本洋行争斗事件,内忧外患的事情一齐涌进脑子里,你说他头大不大?

瞧着赵恒惕魂不守舍的神情,在座的幕僚自是心中或多或少的有数,知晓这个省长公署衙门宝座上的人,能坐多久还是一个未知数,此时多一事不如少一事,因此谁都是不痛不痒地说上几句,没有谁拿出个真正解决的办法来。

省长公署这边尚未商量出处理事件的妥善办法,但长沙绣庄同业公会与大石洋行谈判破裂,谭文贵等人被打得鼻青脸肿,绣庄退货车队也被日本浪人驱赶回来,肖小宝被扔出洋行大门的消息,却传遍了长沙街头巷尾,也传到了曾家大屋。

曾纪生听后拍案而起:"这些日本人,真是欺人太甚了!"

第二天上午,曾纪生准备赶去长沙。他还没有动身,田如玉却提早一班船突然回到了曾家大屋,随她同来的还有谢长庚,两人刚进屋,就在曾纪生面前就争吵开了。

"我认为,天然阁绣庄不……能出这个头!"谢长庚涨红着脸,因为激动有点口吃地道,"我们曾家大屋为什么要为他人火中取栗?大石洋行又没有坑我们。"

田如玉阴沉着脸,显然对谢长庚的话很恼火。谢长庚继续争辩道:"这次受损的是宏昌绣庄,宏昌绣庄垮了,只会对我们有利,想想以前肖小宝是如何对待我们的,天然阁绣庄为这样的人出头,值得吗?"

"你这是什么话?胸怀狭窄,目光短浅!"田如玉生气地道,"我再次告诉你,这不是宏昌绣庄和天然阁绣庄的事,也不是肖小宝和曾家大屋的事，这是中国人和日本人的事，是长沙绸缎绣庄和日本大石洋行的事，我们不能袖手旁观！"

田如玉虽然是掌柜，但谢长庚却是谢冬梅的外侄，曾纪生的表弟。他俩在长沙店铺里"顶牛"，其他人员谁也不好帮腔，所以这场架便吵到了曾家大屋。

曾纪生明白是怎么回事后，当起了和事佬："我看这件事，还是先找谭文贵商量一下，看绣庄同业公会还有什么好主意。"

谢长庚立即接口道："我说嘛，这是绣庄同业公会的事，曾家大屋不必出头。俗话说'出头的椽子先烂'。"

"你误解了我的意思。"曾纪生冷静地对谢长庚道，"在对待大石洋行这件事情上，我的意思是，大石洋行今天没坑骗我们，不等于明天也不会坑骗，我看这件事最好是与绣庄同业公会合计一下，一起行动。"

"我的想法是不动声色，套取新货，迫使大石洋行就范。"田如玉见曾纪生态度明朗，便准备说出自己向大石洋行讨还公道的想法。

不待田如玉解说，谢长庚便抢先插话道："我不同意田掌柜的意见。就事论事，在宏昌绣庄受骗之前，大石洋行的生意，还是比较讲规矩的，是肖小宝想垄断长沙东洋绸生意的野心，诱发了野田松木以次充好的邪念。树森哥常说，商人的本质就是以本逐利，追涨杀跌是生意场上的习俗。我们要善于逆向思考问题，肖小宝也不想一想，在行情一天一个价的疯涨时期，野田松木凭什么要按低于市场行情20%的价格，将东洋绸卖给你宏昌？大石洋行的欺诈行为固然可耻，但苍蝇不叮无缝的蛋。

第八章 小便宜

我们犯得着为肖小宝的投机取巧、自投罗网的行为,而去牺牲自己的利益吗?"

谢长庚转脸看着曾纪生继续道:"天然阁绣庄与大石洋行,订购了两千匹新款东洋绸,一个星期后就可以到货,虽然我们只预付了5%的订金,但那也是六百大洋呀。现在田掌柜准备让长沙绣庄同业会派人,以天然阁绣庄的名义,在船码头扣下这批东洋绸,迫使大石洋行坐下来谈判,解决次品退货问题。这实际上就是要我们曾家大屋出头为宏昌绣庄火中取栗,我们万万不能答应!"

田如玉立即辩解着道:"我的这个计划,天然阁绣庄虽然冒有很大的风险,但是如果不这样做的话,被大石洋行坑骗的绣庄就根本没有讨还公道的本钱。"

曾纪生正要说话,此时,"哐啷!"一声,虚掩着的大门被猛地推开。李二嫂叫嚷着闯了进来:"老爷……二少爷回来啦!"

一身戎装的曾广涛,跟在李二嫂身后,精神抖擞地走进了内堂。

"广涛!"易玉莲急忙起身,跑过去接下儿子手中的军包。

听说曾广涛回家了,哥哥曾广仁、弟弟曾广智也都赶了过来,情绪激动地拉着曾广涛问这问那。曾纪生坐在桌子旁没动,他看到曾广涛身上的军装,顿时就明白了是怎么回事。

被家人围拥的曾广涛,激动地告诉母亲:"广东革命军在广州誓师北伐,我们黄埔军校学生,随国民革命军第一军参加北伐,部队路过长沙,团长特批我回家看望家人。"

曾纪生霍地站了起来，不满地道："团长还知道你有父母？当兵这么大的事，你怎么事先招呼都不打一个？你知不知道，打仗要死人的，战场上死人就像踩死蚂蚁一样容易！"

曾广涛人大了，在外面见过世面的他，并不怎么买老爹的账了。他猛地抬起头，眼中闪烁着炽热的光芒，不服气地道："正因为要打仗，我才报考军校。不打仗怎么会天下太平？打倒列强，拯救中华民族，是吾辈青年的责任。"

田如玉见父子俩剑拔弩张的情景，忙打着圆场，出语相劝道："广涛的选择也有他的道理。国家兴亡，匹夫有责。我看这也是他有志气的表现。"

曾纪生沉默了很久。他知道，儿子大了，父母左右不了他们的选择。他长长地叹了口气道："好，你去吧。只是你这一走，不知什么时候才能回来，去陪娛驰说几句话。"

曾广涛心里忽然涌上几分对父亲的尊敬。他随即把对父母的歉意压在心底，挺身向曾纪生和易玉莲行了个军礼，大声地回答道："是！我就知道您一定会支持我的。您知道吗？我还在同学面前，夸赞您是个开明的父亲呢。"

曾广涛那一本正经的模样，引得全家哄堂大笑。

曾纪生向大石洋行讨还公道的意见，还没有说出来，所有人的注意力就已被曾广涛参加北伐军的事吸引住了。

第九章
三角债

久涉市场的曾纪生面对错综复杂的东洋绸事件,思索出"以其人之道,还治其人之身"的妙计。田如玉将曾纪生与大石洋行签订的东洋绸来货,转让给锦文丽等绣庄,从而导致一场三角债纠纷。大石洋行派人到天然阁绣庄找茬,天然阁绣庄告急,宏昌绣庄与街邻百姓拔刀相助,一场街头"全武行"就像火上浇油,让双方更加势不两立……

第九章 三角债

大石洋行仓库旁边的密室里,偌大的一方天地,铺设着近尺高的木地板,宛如中国北方的炕,这就是日本人特别喜欢的榻榻米。即使在中国,野田松木也没有放弃自己对故乡榻榻米的喜爱,亲自设计和装饰了这间密室外,还特意从浙江购置了一套精致的茶具摆在小矮桌上,以显示出他对茶艺的独特嗜好,彰显他们日本人对文化的追求。

野田松木双手反背,凝视着矮桌上的茶具,鼻子里迸出一声冷哼,对山本子和道:"为了一点小便宜,就如此没有脑子地去抢购东洋绸,真是一群笨蛋!"

山本子和会意地一笑。他知道老板的身份,自是不敢随口接腔,无意间瞅了窗外一眼后,有点意外地道:"老板,曾纪生来了。"

野田松木扬起手:"快请,快请!曾纪生是我的好朋友,快让他进来!"

野田松木之所以选择在密室接待曾纪生,一是考虑这里的谈话不会被外人打扰,二是想告诉曾纪生,自己已将他视为可值得信赖的朋友。

"久违了,纪生君。来,来,这里坐。"野田松木先盘膝坐到榻榻米的矮桌边,指着桌对面,招呼着曾纪生。

曾纪生微微一笑,算是打了招呼,跟着便脱掉鞋,长衫一撩,同样盘膝坐了下来。

野田松木看到曾纪生熟练的动作,落落大方的姿态,心中暗自有些吃惊。在他的了解中,曾纪生可从来没有到过日本啊!不觉之间,他对曾纪生有了一种异样的感觉。

野田松木指着矮桌上的铜官陶瓷茶叶筒道:"纪生君,这是一个长沙朋友送给我的宁乡绿茶,比我们日本的绿茶叶厚、味醇,沏出来的茶水,色泽绿润,甘清气爽,饮后香气绕口,请你一道来品一品。"

曾纪生浅笑着道:"大掌柜好品位!此茶乃是我湖南特产秀峰毛尖,曾在盛唐时期即由宰相裴休带入朝廷,列为贡品,在下也是喜爱喝此茶。"

"哦!"野田松木指指旁边火炉上正在沸滚的瓦壶,又指指桌上顺次搁着的六个小茶盅,眯起金丝眼镜后的小眼道,"在日本喝茶是很讲究茶道的,听纪生君言谈,好像也是一位茶道高手,能否露一手?"

曾纪生闻言哈哈大笑,他岂不知野田松木的用意?他是一个商人,平常难得有闲空自己摆弄茶水,一般来说,主家上什么茶水,他便喝什么,不过走南闯北的经历,也让他见识了不少的各地茶道技艺,久而久之自然也慢慢了解到其中的规矩,只是还谈不上娴熟。

笑声中,曾纪生仔细观察了野田松木的脸面,那张狡黠的面孔上掺杂着试探的神色。这种神情不由得拨动了曾纪生内心深处的那根弦,茶道一事,自己即使是鸭子上架,也不能让小日本瞧低了,何况此事的成败还关系到了东洋绸连环计的进行,他的脑子里急速搜索着各地的茶道习俗。

笑声一停,曾纪生不慌不忙地走上前去,提起火炉上的瓦壶,悬高手臂将滚烫的开水,倒入已装好了茶叶的小茶壶中,嘴里念道:"悬壶高冲……"小茶壶中的水冲满之后,他放下瓦壶,

第九章 三角债

将小茶壶中的第一道茶水倒掉，嘴里念道："仙鹤沐浴……"随后，他又提起瓦壶再次将小茶壶冲满水，再用壶盖把小茶壶盖上。

曾纪生斜眼瞅着野田松木，稍待片刻后，他揭开小茶壶盖，翘起指尖用壶盖轻轻将壶口的茶沫刮去，嘴里念道："春风拂面……"而后，他重新盖上壶盖，拎起小茶壶向已烫过水的茶盅中倒茶。随着他手臂的移动，小茶壶壶嘴中的茶水，像一道泄流的水柱，顺序注入各茶盅中，嘴里念道："关公巡城……"

曾纪生又用手指按住壶盖，抖动着手腕，用小茶壶依次在各茶盅中加注了几点茶水，嘴里念道："韩信点兵……多多益善。"

野田松木万万没有想到，曾纪生居然如此精通茶道中的沏茶茶艺。日本的茶艺虽然繁杂，但野田松木知道的并不多，在他的感觉中日本茶艺似乎没有这么复杂。

曾纪生搁下茶壶，端起一盅茶，双手捧送到野田松木面前："大掌柜，请品茶。"

野田松木接过茶盅，喃喃地道："好一个……韩信点兵，多……多益善。"他抿了一口茶，只觉得甘芳润喉，不觉啧啧嘴，赞道："好茶！"

对于这位曾家大屋的新掌门人，野田松木一直有种好感，这不仅是因为天然阁绣庄"帮助"他在长沙迅速打开了商界局面的缘故，更是曾纪生的行事为人，给他一种强悍而又不失理智的感觉。在日本人的传统观念中，他们崇拜的是强者，蔑视的是懦夫。

野田松木放下茶盅后，未等曾纪生开口，便开门见山地道："关于大石洋行和天然阁绣庄合作的事，山本子和已向我说过了。今天纪生君亲自前来，想必是为了此事？"

曾纪生点点头道："大掌柜料事如神，请多多关照。"

野田松木没有继续说话，只是用目光盯着曾纪生的脸，像是在研究着什么。曾纪生毫不退让，犀利的目光迎了上来，四目相对，谁也没有说话，只是用目光在交锋，彼此间的心里升起一种异样的感觉。早几天，山本子和便向野田松木汇报了与田如玉洽谈订货的事，山本子和很在乎其中丰厚的利润，主张双方尽快签下契约，但野田松木一直没有松口。他的内心深处，天生有着对支那人蔑视的心境。

野田松木虽然很在乎从生意场上赚取金钱，但他更在乎的是，土地、资源和人缘。与曾纪生的第一次交道——大手笔的东洋绸买卖，让他顺利地扩大了在长沙商界的影响，以至于成了今天长沙丝绸业界响当当的商道人物，就冲这一点，他就无法忽视曾纪生在长沙绸缎行业的能量，作为一个日本人，他在以后的商务中需借重曾纪生的地方还很多。不过，使他为难的是如今中国内地战火纷飞，什么北伐军、直系、奉系乃至皖系的军队，都在为扩大各自地盘而大打出手，使得中国大地上到处充满了危险，商品货物的运输更是成了众多商家烫手的山芋，谁也不愿意承担这份风险……

野田松木沉默了好一阵，才道："纪生君，您给我出了一个难题。眼下要从日本国内调货，贵国内战正酣交通不便，时间上可急不得。"

曾纪生听得野田松木这么说，赶忙解释道："野田先生，您有所不知，贵行卖给宏昌绣庄的那批东洋绸质量太差，以至于市场上一谈起东洋绸便色变，要改变目前这种状况，唯有尽快提供一批质量可靠的东洋绸投入市场，才能保住东洋绸在长沙市场的名誉。这件事仅由您大石洋行来做恐怕孤掌难鸣，我们天然阁绣庄愿意协助贵行破解这个难题，至于肖小宝那些损失，如果贵行方便，不妨顺便换换。呵呵！中国商界有句名言：名声似乎还是比钱有价值。"

作为中国通的野田松木，自然听明白了曾纪生的言下之意，他奸笑着道："宏昌绣庄的东洋绸，我绝对不能换。肖小宝当时说要现货，我告诉他，只有'库存'，库存就是历年留下来的积压，品质自然良莠不齐，不然我怎么会比市场低了20%的价格？他肖小宝，以为我很蠢吗？"

曾纪生明白了是怎么回事，原来肖小宝是被市场的需求蒙住了眼睛，贪占一点小便宜，而上了野田松木的大当。这么一来，他们之间的官司就像公婆吵架，一时理不清了。

从野田松木的回话中，曾纪生也知道野田松木绝对不会轻易退货，他没有进一步去劝说，因为棋局得一步一步地下，逼急了也就没有了回旋余地，弄不好会打乱整体部署。

曾纪生离开大石洋行后，便将野田松木的态度告诉了谭文贵。谭文贵很是气愤地道："大石洋行偷换了'现货'与'库存'的概念。在长沙商人眼里，'现货'与'库存'都是一码事，而在洋人眼中，'库存'就是历年积压的次品，大石洋行利用双方表述的不同概念，存心进行欺诈，我们要退货还得讲究策略才行。"

在谭文贵的周旋下,长沙绣庄同业会东洋绸退货行动,暂时偃旗息鼓。野田松木见到这边没有进一步的动静,误认为宏昌绣庄肖小宝等人已被日本浪人镇住。他从心底看不起肖小宝这类马大哈式的商人,于是放下心来,全力着手组织新的东洋绸货物的调运。

此时北伐军与吴佩孚、孙传芳、张作霖的三支北洋军阀部队战斗正酣。北伐军首先集中兵力在两湖战场,打击吴佩孚所部,国民革命军连克长沙、平江、岳阳等地后,8月底取得两湖战场上的关键一战——汀泗桥、贺胜桥战役胜利,10月北伐军进抵武汉,先后占领武昌、汉阳、汉口,全歼吴佩孚部主力。

"南无大慈大悲救苦救难观世音菩萨……保佑我儿广涛……"自从儿子曾广涛随军校北伐后,每次战事传闻,都令易玉莲心惊胆战,生怕曾广涛有什么不测。她每天早晚都要在后院的小佛堂里,烧香拜佛求菩萨保佑曾广涛平安。

"玉莲!快来看。"曾纪生手中捏着一封信,急急地向佛堂走来。

易玉莲无奈地站起身来,皱着眉头道:"瞧你!什么事这么急啊?我正在拜佛哩。"

曾纪生摇晃着手中的信,激动的神情,溢于言表:"广涛来信了。他在贺胜桥战役中立下战功,已经升为副排长了!"

"哦!快拿过来,给我看看!"易玉莲说着,一把抢过了曾纪生手中的信。

曾纪生正沉浸在二儿子广涛立功升官消息中,谢春小跑步

第九章 三角债

走进后院,来到他的身旁,压低了声道:"田掌柜送来消息,大石洋行的东洋绸,昨天下午已到长沙大西门码头。锦文丽绣庄谭老板牵头,以长沙绣庄同业公会的名义,全部买下了我们这批东洋绸,昨天下午已付5%订金,约定今天上午在大西门码头交货。"

曾纪生反应敏捷,盯着谢春疑惑地问道:"绣庄同业公会的会长是肖小宝,谭文贵为什么要牵这个头?宏昌绣庄和锦文丽绣庄正与大石洋行在为那批次品东洋绸打官司,此时买下我们订购的这批货,万一消息泄露出去,抑或是买金到不了位,都会让曾家大屋陷入两难境地。"

"我也觉得有些蹊跷。"谢春点点头道,"不过,田掌柜说谭文贵已付了5%的订金,这批货万一有什么风险,曾家大屋不会受损失。"

曾纪生凭着他在生意场上的经验,预感到一场大风暴即将来临,果断地道:"不行!绣庄同业公会只是个空架子。你立即去长沙告诉田如玉,就是锦文丽绣庄谭老板要这批货,也必须先付款后提货。"

此时长沙货运码头。谢长庚正虎着脸,指挥着码头搬运工人,从一艘刚刚抵岸的日本汽轮上,往天然阁绣庄的货运板车上搬运着东洋绸货包。他不时地瞅瞅站在汽轮上与山本子和在对货单的田如玉,心里充满了忧虑。他怎么也弄不明白,曾家大屋为什么要将这批东洋绸,全部转让给由宏昌绣庄把持的绣庄同业公会?就在东洋绸劣货事件之前,绣庄同业公会还鼓动全城绣庄,与天然阁绣庄大打价格战,弄得鸡犬不宁,两败俱伤。

如今这批与天然阁作对的绣庄也遭到了报应，天然阁不去落井下石已是够意思了，凭什么还要去帮他们，而且还是冒着巨大的风险。

东洋绸搬下船后，山本子和刚离开，谭文贵和赵管家就出现在码头上，宏昌绣庄和锦文丽绣庄雇来的车夫，守候在随来的板车旁待命。谭文贵拿出十几份货单交给田如玉，田如玉吩咐谢长庚立即按照货单向各个绣庄发货。

码头热闹起来，一辆辆板车载着不同数量的东洋绸流向四面八方。谢长庚望着这批本该运往天然阁绣庄的东洋绸，分头运向城里的各个绣庄，不觉心事重重，这可是一笔巨额货款呀！万一有个闪失，万一田掌柜不能如期收回这批东洋绸的货款，曾家大屋就与大石洋行结下了深仇……

谭文贵没有走，他留下来和田如玉一起，一边清理着货单，一边商议着下一步如何对付大石洋行的办法。

十多天过去了，"东洋绸事件"的双方风平浪静。

野田松木盘膝坐在榻榻米矮桌旁，学着曾纪生的模样，沏好安化黑茶，拎起小茶壶，一边往小茶盅中注着茶，一边嘴里念着："韩信点兵……多多益善。"

这时站在一旁的山本子和压低了声音道："大掌柜，东洋绸的货款还没有送来，曾家大屋的这笔东洋绸生意，恐怕有诈啊！据小组报告，天然阁绣庄的田掌柜，已将这批东洋绸发给了锦文丽绣庄，据说幕后是宏昌绣庄。"

"嗯。"听了手下人的报告，野田松木并未放在心上，他抿了一口茶，搁下手中的茶盅，"你先去找田如玉……不，直

第九章 三角债

接找曾纪生老板谈谈,问问是怎么回事?"

野田松木这次运来东洋绸可是下了血本。他千方百计通过日本国内军部的朋友,甚至动用了日本海军护航水路,才在三个月内将一船的东洋绸运到了长沙,算是给足了曾纪生面子,没想到曾纪生不但没有货到付款,还将东洋绸转给了锦文丽绣庄。曾纪生究竟想干什么?他感到有些恼怒,不过并不惊慌。作为大日本帝国的国民,他并不害怕曾纪生赖账,因为日本人的优越感和帝国的实力,让他充满了自信。

山本子和没弄懂野田松木的意思,于是试探性地问道:"大掌柜的意思是……"

"我们走着瞧,可以先礼……"野田松木眯起眼,故意顿住了后面两个字。

"先礼……后兵!属下明白了。"山本子和道。

田如玉在天然阁绣庄后院接待了山本子和。让山本子和没想到的是,同时会见他的还有长沙绣庄同业会的谭文贵和旭阳绣庄的李老板,而且会见的场面居然与绣庄同业公会到大石洋行前院坪要求退货时一模一样。

一张条桌摆在院中央,田如玉、谭文贵、李老板三人端坐在条桌后,俨然一副谈判的模样。

山本子和见状,心中顿时明白了九分。他带着两名随从,在条桌对面坐下后,也不多说什么,开口就道:"大掌柜让我来收货款。"

田如玉满脸堆笑道:"货款没有问题。只是这批东洋绸,我们已转卖给长沙绣庄同业公会了,他们选派唐老板和李老板出面，想先请教野田先生一个问题。野田先生答复后，他们即可付款。"

山本子和冷冷地问道："什么问题？"

李老板将一叠货单往山本子和面前一搁："上个月我们从绣庄同业公会宏昌绣庄，买的这些东洋绸全部都是次废品，我们要求退货。"

山本子和瞟了货单一眼，明白这都是那些从大石洋行买出去的库存次品货单，现在对方竟扣着大石洋行，发给天然阁绣庄的东洋绸正品来要挟退货。山本子和按捺不住，一巴掌拍在桌上："岂有此理！天然阁绣庄订购的东洋绸，与你们这货单是两码事，你们从宏昌绣庄进的东洋绸，与我大石洋行有什么关系？"

谭文贵沉静地道："山本先生说与自己无关，可以到各绣庄去验货，货包上可全都有大石洋行的印记。"

山本子和的脸色，顿时变得灰白。呼地站了起来："这批东洋绸是大石洋行与天然阁绣庄签约的，我要见曾老板！"

田如玉不急不忙地道："曾老板去绣庄同业公会协调此事去了。"

山本子和听说，复又坐了下来："那好，我就在这里等他。"

田如玉浅笑着道："你要等曾老板也行。不过，我可要告诉你，曾老板什么时候回来，我也说不准。他就是回来了，也改变不了一个事实，绣庄同业公会如果不给钱，他也无能为力。"

山本子和与两名随从同时从长凳上跳了起来。山本子和气急败坏地道："你……你这是什么话？"

第九章 三角债

谭文贵正色道:"今天长沙绣庄同业公会,推举我出面与你商谈,就是为了解决问题,我们这也是'以其人之道,还治其人之身'!"

"如果不给钱,你们等着瞧。"山本子和说完,手一挥,恶狠狠地瞪了田如玉一眼,带着两名随从离开了天然阁绣庄。

谭文贵站起身来,冲着山本子和的背影,大声道:"请你转告野田大掌柜,你们如果想要拿到钱,就请把绣庄同业公会的事先结了!"

野田松木听过山本子和的报告后,一句话也没有说,右手捏碎了手中的小茶盅。茶盅的碎片划破了野田松木的手指,鲜血顺着指缝无声地往下滴落。他恶狠狠地道:"我要让天然阁绣庄为不讲规矩的行为后悔!"

大石洋行野田松木咬牙切齿的话,曾纪生并不知道,但他却早已接到谢长庚送来的消息,觉得田如玉的这种做法缺乏艺术过于莽撞,直接将天然阁绣庄拖入与大石洋行对立场景,没有了任何一点回旋余地。他带着谢春径直前往锦文丽绣庄,希望谭文贵能够迅速说服宏昌等绣庄,与大石洋行解决这一纠纷。至于日本人放言要报复天然阁绣庄的事,曾纪生并不害怕,他认为大石洋行理亏在先,作为生意账务的三方纠纷,日本人真要敢将事情闹大,天然阁绣庄也只能奉陪到底。

谢长庚没有曾纪生的淡定,也没有田如玉的乐观,他知道日本人如果收不到货款,绝不会善罢甘休!他担心日本浪人会来滋事,便瞒着田如玉悄悄地把谢长青一帮人叫来了。谢长青是谢长庚的堂兄弟,谢富贵的嫡传弟子一身武功十分了得,加上他带来了靖港武馆鹰爪门的少公子杜一鸣，谢长庚总算是放心了。

田如玉得知谢长庚的安排后，心里甚是高兴地道："你想得很周到，这叫有备无患。不过，我想野田松木不敢把我们怎么样，只要大石洋行解决了绣庄同业公会的退货纠纷，宏昌绣庄与锦文丽绣庄就会兑现与我们的合同，我们更不会少大石洋行一文钱。这个三角债的责任源头还在大石洋行，如果他们真敢来闹事，在长沙我们还会怕大石洋行吗？"

谢长庚的担心不无道理。第二天一大早，天然阁绣庄门外，便围上了一群拎刀提棒的日本浪崽，他们一个个凶神恶煞，让人望而生畏，路过的行人都纷纷避让，唯恐给自己找上麻烦。

正在后坊查看绣品的田如玉，听说日本浪人真的找上店来了，不觉大吃一惊，急忙跑到前堂，只见谢长青早已带着一帮伙计，将前来滋事的日本浪人堵在了大门外，双方怒目相视，剑拔弩张。

田如玉推开企图阻拦她的谢长庚，踏步走出店门外。当她看到门外一大群手持刀棒、气势汹汹的日本浪人时，又是气愤又是庆幸。气愤的是，野田松木竟敢真的冒天下之大不韪，公然派日本浪崽来闹事！庆幸的是，幸亏昨晚谢长庚请来了谢长青一帮人，否则今天绣庄恐怕会要吃大亏。

田如玉手指着站在日本浪人中的山本子和，大声道："你们想干什么？"

山本子和跨前一步："大掌柜想请曾老板去大石洋行一叙。"

田如玉凝眉怒目，质问道："贵行大掌柜不是回日本了吗？今日怎么又来请曾老板。"

第九章 三角债

　　山本子和佯作解释道:"大掌柜得知天然阁绣庄拒付东洋绸货款,昨日连夜赶回长沙,想亲耳听听曾老板的解释。"

　　田如玉转怒为笑,轻蔑地道:"曾老板不在。"

　　山本子和目露凶光:"既然曾老板不在,那就请田掌柜到大石洋行走一趟!"

　　山本子和的声音刚落,一个日本浪人身形一闪,已经抢到田如玉身前,伸出右手铁钩似的五爪,抓向田如玉的肩膀,准备将她带走。就在日本浪人的手爪即将搭上田如玉肩膀的瞬间,众人只觉眼前一花,一个瘦个子年轻伙计已经抓住了日本浪人的右手手腕。谁也没看清这年轻伙计是怎么出现在田如玉身前,又是怎么抓住日本浪人手腕的。

　　这个年轻伙计就是杜一鸣,一身的功夫罕有匹敌,就连谢长青在他面前也得谦虚三分。

　　日本浪人右手手腕被抓,心中一愣,急忙运功抖腕,想把手收回来,但他即使用上了十二分的劲,那抓住他手腕的手臂却是纹丝不动。这位日本浪人也是见过世面的,知道遇到了高手,自己手腕被扣,用尽全力也无法挣脱,对方的武功显然比自己高了许多,但大日本的尊严不允许他就此罢手。日本浪人大喝一声,肩头一沉,脚下突进,左手霍地探出,抓向杜一鸣的腰带,想用日本相扑中的一招"大掮包",将杜一鸣摔倒。杜一鸣冷哼一声,身体一侧,左脚猛地插到日本浪人的胯裆之间,左手穿到日本浪人右胁下,"叭"的一声,一个漂亮的"十八小擒拿",将日本浪人打翻在地。

　　"好!"大街上响起一声喝彩,接着是一片欢呼声。原来

芙蓉坊密码

不知什么时候街上已经围上了许多看热闹的群众，看到平常在长沙街头耀武扬威的日本浪人挨了揍，作为长沙城市井老百姓谁不高兴？

山本子和没想到洋行雇请的第一高手，只一招就败在了曾家大屋伙计的手下，如果就此收兵，大石洋行的脸面何在？回去又如何向野田松木交代？山本子和决心豁出去了，咬咬牙下令道："上！"早已等得不耐烦的日本浪人，一阵哇哇地怪叫，扑向了绣庄大门。

谢长青就怕日本浪人不动手，当山本子和的"上"字刚出口，他就领着一帮弟兄冲向了日本浪人，护店的伙计也紧跟着冲了过去。谢长青一帮人早有准备，带着各种练功用的长短刀枪、三节棍、九节鞭等兵器，店伙计则拿着应手的棍棒、扁担，其气势一点也不亚于前来寻衅的日本浪人。

天然阁绣庄门前一场混战。怒骂声、喝喊声、怪叫声，响成一片，乱棒挥舞、刀枪相击、血花飞溅，场面壮烈。因为双方参战人员事先都已接到命令不许弄出人命，日本浪人只是想冲进绣庄去砸店，谢长青和护店伙计也只是想把日本浪人赶出店铺，是以这场混战看似惨烈，实际上就是一场街头斗殴，并非战场上的生死搏斗，否则这些日本浪人哪是这群湘军血性后代的对手？日本浪人仗着人数上的优势，谢长青、杜一鸣等人，虽然武艺高强却不敢伤人命，一时间，双方在混战中居然相持不下。

肖小宝正在后厅堂喝酒，赵管家急匆匆地跑了进来："打……打起来了！"

第九章 三角债

"怎么慌里慌张的?"肖小宝喷了下嘴巴,"谁和谁打起来了?"

赵管家道:"日本浪人到天然阁绣庄砸店,与田如玉他们打起来了!"

"妈的!"肖小宝一巴掌拍在桌子上,"这帮狗日的小日本,也太嚣张了。走,打他个狗日的!"

"老板。"赵管家有点不解地劝道,"天然阁的事,我们有必要去掺和吗?"

"别人的忙我也许会犹豫帮不帮,但曾纪生是条汉子,他的忙却是非帮不可。"肖小宝说着,站起身拎着酒瓶,就往前堂跑去。

"哎……"赵管家叫喊着,小跑步紧跟在肖小宝身后。

肖小宝跑进前堂,晃着酒瓶,大声对店伙计嚷道:"抄家伙!去街头给老子打小日本去!"

肖小宝见店伙计都还愣着,又嚷道:"出手的伙计每人赏五块大洋,不出手的伙计,每人扣五天薪水!"

肖小宝话音刚落,店堂内的伙计便纷纷抄起棍棒,抢出了大门。肖小宝跟着往门外走,却被赵管家拦住:"老板,您不能去,这些日本人……"

肖小宝一把推开赵管家:"你要是怕的话,就留下来守店铺吧。"

肖小宝拎着酒瓶跑出了店门。他心里虽然还记恨着曾纪生,但曾纪生为被坑骗的绣庄出头得罪了日本人,日本人现在来砸天然阁绣庄,这事他却不能不管,否则他以后还怎么在长沙商铺众位老板面前露脸？

肖小宝赶到天然阁绣庄门前时，宏昌绣庄的伙计已经投入了战斗。日本浪人嚣张的挑衅及砸店行为，早已激起了八角亭附近店铺老板和围观民众的公愤。

"打日本浪崽啊！打日本浪崽……"

随着宏昌绣庄伙计的参战，围观的人群也纷纷抄起木棒、板凳、扫把等加入战斗。

肖小宝猛地喝了一大口酒后，冲进正在仓皇撤退的日本浪人中，扬起酒瓶狠狠地向背朝着他的山本子和的脑袋上砸去……山本子和捂着鲜血直流的脑袋，怪叫着发出了撤退的命令。顷刻，狼狈不堪的日本浪人灰溜溜地从街口退了出来。

八角亭街口，早已围满了成百上千看热闹的人。他们冲着日本浪人高声叫骂着："狗日的，你们也有今天！"，"妈的东洋人，以次充好不退货还敢撒野！"，还有的人则拿晒衣叉、挑水的扁担，甚至是火钳，纷纷朝仓皇逃跑的日本浪人涌去……

宏昌绣庄店伙计的出手，街坊民众的参战，使天然阁绣庄很快就击败了气焰嚣张、平日在街头横行霸道的日本浪人，店铺内外一片欢腾，伙计们个个扬眉吐气。锦文丽绣庄谭文贵拍着肖小宝的肩膀，称赞道："绣庄平日虽然纷争不断，今日却是兄弟齐心，真是人心大快，人心大快啊！"

"不就是东洋绸没有付款吗？大石洋行为什么会如此大打出手？"闻讯后再次从铜官曾家大屋赶来的曾纪生，看到店铺前一片狼藉的景象，心里很是不解，反复琢磨着"大打出手"的背后还藏着什么怪异。

第九章 三角债

田如玉气愤地道:"大石洋行日本人欺人太甚!绣庄将向他们订购的东洋绸,转卖给绣庄同业公会本就是一件很正常的事,就算绣庄同业公会扣下这批货,抵销他们上次从大石洋行采购的次品东洋绸,也应该坐下来商谈嘛,他们却不问青红皂白地就打上门来,真是欺人太甚!"

震惊长沙的日本人砸店事件,激起了商业界和广大市民的强烈不满。云空师太得知此事后,立即牵线联系了长沙市泥木工会请求声援。泥木工会副干事长把田如玉约到锦文丽绣庄,与谭文贵等人商量对策:"天然阁绣庄被砸之事,我们决不能轻饶大石洋行,事件是由锦文丽绣庄引起的,其根源还在绣庄同业公会,因此你们应该要组织群众声讨大石洋行,抵制洋货,声援天然阁绣庄。"

谭文贵众人义愤填膺地准备闹大事情,曾纪生却在想尽快脱身风波。身为生意人的曾纪生并不想过深地卷入这个是非旋涡,他的目的很明确,在商言商,于是他特地派谢春到锦文丽绣庄来,催促尽快付清大石洋行的东洋绸货款。

当谢春走进锦文丽绣庄的内堂时,屋里的人正热闹非凡地商量对策。瞧着满屋子的人头,谢春一时无法递话。他一眼认出了正在说话的长沙市泥木工会副干事长。不由得激动地喊道:"赛诸葛,你怎么在这里?十年多不见,你躲到哪里去啦?害得我们找得你好苦。"

坐在一旁的云空师太,惊奇地问道:"你们认识?"

谢春忙解释道:"我们不仅认识,他曾经还是曾家大屋长沙店的掌柜呢!"

田如玉早就听说过赛诸葛这个人，因为没见过面，也就不认识。听谢春这么一说，好一会儿才回过神来。

"哦，哦！在上海混了几年。今天是特意回长沙看看老朋友的。"赛诸葛深有感触地道，"没想到你们曾家大屋的生意越做越大了，从湘绣到丝绸，我早就知道少老板是把做生意的好手，可惜我没有这个福气，当年把一个好端端的绣庄给做砸了。"

谢春见状连忙道："现在已是时过境迁，做生意赚与亏都是常事，先生又何必为当年的事自责呢？"

"那倒不完全是这码事。"赛诸葛坦荡地道，"我这次之所以从上海回长沙，也是想为长沙湘绣行业做点事。俗话说，从哪里跌倒，就从哪里爬起来。你不会笑我吃'回头草'吧？"

"树高千尺，落叶归根。衣锦不还乡，如锦衣夜行。能吃回头草，还得有缘分，赛掌柜昔日闯荡江湖十多年，如今又回到长沙，帮你的老东家向大石洋行讨公道，这就算是回头草，你也吃对了。"

云空师太鼓励着道："如果长沙泥木工会与长沙绣庄同业公会，联合起来行动就会人多势众，警署也不敢再装聋作哑，敷衍了事了。"

"师太言之有理，天然阁绣庄可以先写个诉状书，明天我帮你们送到省督府去。"赛诸葛满口将事情承诺下来。

长沙泥木同业工会联合各商界代表，出面问责大石洋行打砸天然阁绣庄之事，湖南省长公署担心事情进一步闹大，只得通过公署人员与日本领事会馆交涉。

第九章 三角债

大石洋行的大掌柜野田松木迫于无奈，终于现身长沙警察局，向长沙绣庄同业公会和天然阁绣庄公开赔礼道歉，同时双方签下协议书，大石洋行全数收回那批已经销售给长沙绣庄同业公会的库存次品东洋绸，长沙绣庄同业会与锦文丽绣庄则将这批东洋绸货款，付给天然阁绣庄后，再转付给大石洋行。

这起由大石洋行倾销库存次品东洋绸而引发的三角债纠纷，沸沸扬扬闹腾多时终于收场了，长沙社会各界渐趋平静。只是曾纪生的心却并未平静下来，倒是升起了一团疑云：一个看破红尘的出家人云空师太，为何会对长沙绣庄同业公会与大石洋行的斗争如此感兴趣，而且还能充当与泥木工会联络的中间人？

曾纪生正在暗自思索时，李嫂从铜官匆匆赶到了天然阁绣庄。她一进店铺门，便大声哭着对曾纪生道："少爷，冬梅嫂她……她昨晚走啦……"说着，已是泣不成声。

曾纪生闻讯，大吃一惊。当即启程赶回铜官。

第十章
蓝棺罩

南京国民政府准备将孙中山的灵柩，从北京运往南京，国葬于紫金山，灵柩的棺罩刺绣任务，交给了长沙的天然阁绣庄。曾纪生能否圆满完成奉安大典绣"龙棺帐"的任务，成为上至"中华民国"政府，下至湖南省长公署，画师、绣女关注的焦点。

第十章　蓝棺罩

曾纪生料理完母亲谢冬梅的丧事后，在曾家大屋歇息了几天，便匆匆地赶来天然阁绣庄。刚经历了与日本洋行的争斗，他实在是放心不下，加之田如玉托人带信来，说是省府有人要来拜访，他怕有什么大事，便雷急火急地乘船赶往长沙。他刚刚卸完随船从曾家大屋带来的绣品、米和一些小菜，喘着气来到内堂坐下，习惯性地脱掉鞋子正准备喝茶时，只见内堂门外谢长庚惊喜地跑进来禀告道："老板，宋先生来啦！"

"宋先生？"曾纪生放下手中的茶杯，漫不经心地问道，"哪个宋先生？"

谢长庚有些激动地道："您不记得了？就是上次来的那个，上海宋府的宋先生。"

曾纪生闻言，鞋都没穿好就站起来倒拖着，一边往门口走，一边喊道："快，快，有请！"

"曾老板好！"一身黑色中山装，鼻梁上架着一副当年一模一样的茶色金丝眼镜的宋耀平走进内堂，摘下头上深墨色的礼帽，彬彬有礼地问道，"纪生兄，还认识我吗？"

"哈哈！宋先生。一晃就是十多年，什么风把您从上海又刮到长沙来啦？看来咱俩真是有缘啊！要不是田掌柜托人带信说，今天南京国民政府有官员要到天然阁绣庄来，我恐怕现在还在铜官嘞……嘿！南京政府来的官员就是你们？"曾纪生眼光凝注到跟在宋先生身后的国民政府官员脸上，嚷嚷着道："这不就是当年湖南督军府的张副官吗？"

"正是在下。"张副官笑着回答道，"昨天我们找省政府，准备安排船去铜官曾家大屋拜访，听说您已赶来长沙店铺了，宋先生会友心切，刚安顿下来便要我带他前来拜访。"

曾纪生一脸狐疑地道："张副官您现在哪里高就？这些年省政府，我也去过好几次，一直没见到过您啊。"

宋耀平见问，主动介绍道："他现在是我的助手，在南京奉安委员会供需处任职。"

张副官接过话，有些得意地道："宋先生现在是南京国民政府的专员，自上次曾家大屋为宋府刺绣《百子图》后，我去上海便留在了他的身边，眼下我也虾子附龙背，伴福进了国民政府啦。"

曾纪生眨巴着眼睛问道："宋先生，这次来湖南有什么事要我效劳吗？"

"无事不登三宝殿，我确实有件大事要曾先生帮忙。"宋耀平没有过多的寒暄，示意张副官递给曾纪生一封南京国民政府的公函。

曾纪生打开公函，一行漂亮的颜体楷书跃入眼帘："为先总统奉安大典之事，特委请宋耀平先生赴湖南筹绣先总统灵柩绣罩、灵堂祭帐、祭物……请湖南省政府促其绣庄尽速办理为妥。"落款处署有国民政府行政院"谭延闿"三字，承后附有一叠祭物清单。

曾纪生展开明细清单，一眼瞧到祭帐、寿被等字样时，不觉眼睛湿润了，叹了口气道："唉，人生苦短，世事难料啊！"

"纪生兄，为何有如此慨叹？"宋耀平忍不住问道。

曾纪生惆怅地道："宋先生应该知道，十三年前我为大总统刺绣夫人新婚的嫁妆湘绣被面《百子图》，没想到十三年后，

第十章 蓝棺罩

又要为他绣制'奉安大典'的棺罩、寿衣,这是巧合还是天意?"

宋耀平坦然一笑,安慰着曾纪生道:"人生自古谁无死?曾先生不要有太多的伤感。先总统虽然逝世,但他的遗志仍有大批的同志在继承,在为之奋斗。现在先总统灵柩,归葬他生前选定的南京,可谓功勋盖世,寿终正寝。曾先生今天能为孙大总统奉安大典尽一份力,这既有湖南湘绣技压群芳的影响力,也有曾先生人品魅力的使然,如果没有刺绣《百子图》的经历,也许就没有这场奉安大典的会面。"

曾纪生点了点头道:"奉安大典委员会将这么重要的任务交给我,是对我们湖南湘绣的信任,唯有绣好才能对得起诸位的重托。"他停顿了一下,有点犹豫地问道,"只是……听说大总统早已逝世,为何选择了几年后才大殓?"

听得曾纪生的问话,张副官望了宋耀平一眼,见后者点了点头,这才开口道:"曾老板有所不知,当时北伐战事初起,国民党内众多要人无法分身,加之先总统遗言拟葬之地南京尚在北洋军阀手里,此事便延缓下来。"他清了清喉咙,继续道出了宋耀平到长沙来的真实原委,"早在1925年3月12孙大总统在北平铁狮子胡同行馆病情垂危时,孙夫人、孙公子以及汪精卫等人,在病房一角商议孙大总统的后事,孙夫人宋庆龄知道,大总统生前最喜欢穿那套湘绣睡衣,于是提议是否准备一些刺绣用品,大总统没有表示任何异议,但当汪精卫提出大总统死后是否葬在北京景山时,深度昏迷中的大总统,却突然醒来说:'不对,不对,我要葬在紫金山。'于是在丧事筹备委员会第二次会议上作出决定,紫金山第二高峰小茅山南坡为先总统墓址，宋耀平先生又将孙夫人宋庆龄女士提议使用湘绣祭物的意见提了出来。会议最后确定棺柩外罩为青天白日的国民党党徽，内罩及其他绣祭品则由宋专员牵头议定。"

曾纪生一边听着张副官的分说，一边仔细看着棺罩、祭物的清单及附注的说明，非常感慨地道："这份订单不轻呀！如此重要的托付，真是责任重大啊！我一定尽力完成。"

张副官颇有同感："这棺罩的要求就非同一般，若无曾老板绣《百子图》这样的大师高手来承担此项重任，谁能担起这副重担？故此宋专员此次非要亲临长沙来，一是看望您曾老板，二是借此说明'奉安大典'事关重大。"

曾纪生拿着棺罩订单，反复地看了几遍。棺罩要求：选料需为蓝灰色杭缎，长二丈，宽六尺，图案为青天白日国民党党徽，需有白绫带、白丝穗……这幅绣罩的尺幅，是普通棺罩的两倍以上！

曾纪生一边想着如何解决刺绣这么大尺幅的绣罩，一边问宋先生道："要求多少时间完成？"

"给你两个半月的工期，行吗？"宋耀平回答道。

"两个半月？"曾纪生吃惊地抬起了头。他意识到，曾家大屋真的是又遇到了大麻烦！在湘绣行业，这样大尺幅的棺罩绣制，没有四五个月是完不成的。如今要减一半的时间，他的心里的确没有底。

见到曾纪生犹豫的神色，宋耀平伸出右手握着他的手，用左手拍了拍他的肩膀，双眼充满着期待道："我知道工期很紧，但我相信你能够完成。"

第十章 蓝棺罩

瞧着宋耀平满眼的期待,一股豪气从曾纪生的心底深处升起,他用力地紧了紧握着宋耀平的手,语气坚定地道:"我不会让宋专员和张主任失望的。"

送走宋耀平后,曾纪生立即叫来谢长庚、田如玉随自己返回曾家大屋,紧急商量这批奉安大典棺罩祭品的设计和刺绣等事宜。

曾纪生、易玉莲和田如玉认真看过每件订单绣品要求后,商量了好半天,却还是拿不出一个好办法来。这批绣品中,仅仅是棺罩的设计和刺绣便有极大的难度,因为棺罩是"奉安大典"的主绣品,出不得半点差错,所以大家讨论得格外细致。

易玉莲将棺罩要求的规格,用裁缝尺画在一张皮纸上,向曾纪生提出了两个问题:"根据丧事筹备委员会提出的'青天白日国民党党徽'、棺柩外罩及其余相应湘绣祭物的要求,设计难度不大,画师有泥人周的配合,估计一两个星期就可完稿。问题在于棺柩外罩的尺幅太大,没有一家绣庄有如此大的绣花棚架,另外内棺罩的画稿也很难办,因为国民政府既没有图纹花饰的设计要求,也没有长短的具体尺码,甚至意向性的提示都没有,如此重大的画稿,要满足上至民国总统、各省首脑人物,下至普通民众的心理期望,特别是孙夫人宋庆龄的要求,谁能擅做主张?"

田如玉听着易玉莲的讲解,沉默了一会儿后道:"尺幅过大的困难,还是有办法解决,只要想办法把绣棚加长就行了。另一个内棺罩图案设计的问题,我认为关键不是图案,而是刺绣的针法,因为外棺罩设计的是青天白日,这是'中华民国'

的象征，用传统的'齐针平绣'针法显得庄严稳重，可重点突出总统的气质和身份，但内棺罩如果用'齐针平绣'针法，肯定达不到'奉安大典'的要求，如果用'掺针参色'的湘绣特有绣法，虽能体现出湘绣的民俗特点，但大总统那开天辟地的气势，又不能完全表现出来。我一直在琢磨这个问题，内棺罩的设计图案和刺绣针法都要有一国之主的大气。"

众说纷纭的议论，搅得曾纪生头都有点大了，他不由得叹口气道："要是母亲还在世就好了，听父亲说过，她老人家就曾经绣过慈禧的棺罩。"

听到曾纪生的话，易玉莲眼睛一亮："哎！我想起一个人来了，也许她能够帮上我们。"

曾纪生连忙问道："谁呀？"他不相信在目前湘绣行业中，在刺绣技术和经验方面，还有谁能超过自己的母亲谢冬梅。

易玉莲眯了眯眼道："胡采莲。"

"采莲姨？你这可真是一语点醒梦中人！"曾纪生霍地从座椅上跳起来，高兴地道，"我可请人先画个初稿，再去向她请教。"

几天后，曾纪生拎着礼品盒，带着一套灵柩湘绣的画稿，来到了坐落在长沙藩后街的锦莲绣庄。

绣庄的后门有一个院落，从院落的后门可直达后厅堂。庭院的草坪中种着大株的七里香、夹竹桃，小株的月季、杜鹃和玫瑰花，使得院落里一片郁郁葱葱的生机。刚刚下过大雨，花儿落满地面，为了不影响前堂生意，曾纪生选择了从后门院落进入到后厅堂，一路上，一股幽雅之香扑面而来。

第十章 蓝棺罩

正在院落里忙乎的胡宗宝见到曾纪生,热情地迎了上来,"树森兄,好久不见。最近又在忙什么大事?"

曾纪生还没来得及回答胡宗宝的话,就听到后堂里传出了胡采莲颤抖的问话声:"是纪……纪生来了吧?"

曾纪生连忙走进后堂,对坐在太师椅中的胡采莲,恭敬地道:"采莲阿姨,纪生来看您了。"说着,将礼品盒交到了跟在身后的胡宗宝的手里。

一晃这么多年过去,采莲姨真的是变得苍老了,不仅眉发白得如银丝,缩小了的脸庞上还出现了不少的老人斑,没变的是她那双炯炯发光的眼睛和那敏锐判断事物的洞察力。

胡采莲轻声地埋怨道:"来看我老太婆就行了,还带什么礼物?"

曾纪生刚想要开口,说几句客套话,再切入正题,不料胡采莲接着便问道:"棺罩的绣稿已经画好了吗?"

曾纪生大吃一惊,曾家大屋接下"奉安大典"棺罩和祭物绣品订单的事,除了请来的泥人周和几位画师外,还没人知道啊!采莲姨怎么会……不过,曾纪生是个豁达之人,此刻也不去细想,当即回答道:"已经画好了,就是没什么特色。"说着,他便从怀中掏出绣稿,在胡彩莲面前展开来,谦虚地道:"我是专程来请采莲姨指教的。"

胡采莲用颤抖的手,抓起搁在太师椅架上的一具放大镜,这是胡宗宝从意大利特意给母亲带回来的礼物。放大镜在曾纪生展开的绣稿上一点一点地移动着……胡采莲细细地看过绣稿后,靠在垫背上闭上了眼睛。曾纪生捧着绣稿不敢动,也不敢出声，静静地等待着。

过了许久，胡采莲才睁开眼睛："这个棺罩绣稿，你觉得有什么难处吗？"

曾纪生多次看过绣稿了，觉得这棺罩的画稿寓意深刻，构图也没什么特别不满意的地方，所以有点自以为是地道："绣稿设计基本上还可以，只是刺绣方面会有难度，难在绣稿的尺幅太大，是普通棺罩的两倍多。还有颜色的搭配，既不能太暗，显得晦气，又不能太艳，显得喜庆，张扬。"

胡采莲再次闭上了眼睛，好一阵后，方睁开眼睛，缓声问道："纪生，你为什么采用松鹤图案呢？"

"这有什么不对吗？"曾纪生解释着道，"松鹤寓意着松柏常青，鹤寿天年。"

胡采莲轻咳了一声道："你呀，还是年轻了点，想得太简单了。你瞧瞧你这个绣稿的图案，这哪是先总统的棺罩？总统出大殡呀，马虎不得的。唉，要是你家老爷子还在世就好了。"

"这绣稿哪里不妥？"曾纪生听出了胡采莲的弦外之音，不觉有些紧张起来。

"青松、白鹤，在以前这是一般文职大臣的配置，总统嘛……"胡彩莲顿了顿道，"按中国的传统习俗，总统就是皇帝，皇帝是龙的化身，龙才是帝王的象征。"

曾纪生辩解道："如今是民国了，棺罩的主图案不是有着青天白日的徽记吗？如今的人就认这个。"

胡采莲咕噜着道："皇帝与龙在一起，如果没有龙……就没有了皇帝的尊严。"

第十章 蓝棺罩

曾纪生认真地看了一下绣稿，想了想道："棺罩上要加上龙的图案，也不算难。"

"现在的绣工还有几个能绣出真正的龙？"胡采莲嚅动着嘴巴，叹息一声道，"只有当年给老佛爷拜寿时的贡绣，那才是真正的龙凤，可惜当年的姐妹，除了我之外都走了……"

站在一旁胡宗宝，附和着道："孙中山先生当过民国的首任大总统，按照他的身份，刺绣的棺罩的确应该用皇帝的规格来比量。"

曾纪生觉得有道理，便委婉地道："只是这样一来，这幅棺罩刺绣可就真的不简单了，龙从云，云生风，有了龙，就得有云，有了云，就伴随着风，有了风，图案就得有动感……幸有采莲姨指教，这棺罩的图案，我回去一定要再认真地改一改。"

曾纪生接着又试探性地问道："采莲姨，您看该用什么针法来刺绣棺罩上的图案，效果才会好呢？"

胡采莲扳着手指道："绣景观用'平掺'即可，绣龙凤则一定要有立体感。"

曾纪生小心翼翼地请教道："那么，怎样才能绣出立体感？"

胡采莲平缓地道："可用'包凸绣'嘛。原来很多绣娘都会这种针法，只是这种针法很费时间，又要技术好，后来的绣娘光想着赶活，所以愿意学的人越来越少，现在这种针法已是鲜为人知了。不过，我想你夫人玉莲一定知道这针法，她在娘家如果没学，你母亲也一定会传给她的。"

"玉莲会这种针法？"曾纪生半信半疑。他从未听易玉莲提到过这种针法。

"当然会。"胡采莲肯定地道,"你母亲是包凸绣针法的高手,玉莲她怎么能不会?娘传女,婆传媳,姐传妹,这是我们刺绣行业的规矩。"

　　曾纪生告辞胡采莲,连夜赶回了曾家大屋。

　　曾纪生见到易玉莲,就劈头盖脸地问:"你知道包凸绣针法吗?"

　　"包凸绣针法?"易玉莲看到曾纪生的神情,有些困惑地道,"这有什么好奇的,我七岁就晓得这种针法。我娘告诉我说,湘绣使用这种针法的地方不多,主要用于刺绣龙凤,凸显他们的卓命不凡。"

　　曾纪生吁了口气,如释重负地道:"你知道包凸绣针法就好,我们这次将要派上大用场。"

　　曾纪生根据胡采莲的意见,重新与泥人周对棺罩内层的绣稿,进行了以龙为主题的重大修改。绣罩的四角增添了"包凸绣"的白金龙与云头,白绫与白丝穗的下摆,改成了能体现动态的白丝圈弧形,增加了白丝穗的数量……

　　祭幛、帷帐、引旗与佩饰等祭物绣品的绣稿,全部设计完毕,易玉莲打破门规,召集绣工夜以继日地讲授包凸绣针法。正当大家厉兵秣马地准备为刺绣棺罩大干一场时,一个新的困难摆到了曾纪生面前,全长沙没有一个绣庄有刺绣白金龙用的金丝线。

　　曾纪生在为寻找金丝线着急的时候,田如玉却突然失踪了。

　　这是谢春从留守在天然阁绣庄的曾广智口中得到的消息。

　　谢春对曾纪生道:"广智告诉我,田如玉几天前对他说,

第十章 蓝棺罩

要外出几天,就急匆匆地离开了店铺,直到现在也没回来。"

曾纪生一听急了,马上要曾广智四处打探消息。两天后,曾广智送来消息,田如玉和长沙泥木工会副干事长龚敏生一起去了南京。

曾纪生得知情况后,忍不住埋怨起来:"真是不识时务,也不看看现在是什么时候,还惦记着去南京开店!"

去南京开店的事虽然早就商议了,但由于先总统湘绣大殓之事而拖了下来。大殓之事是当前重中之重的头等大事,在这个急需人手的关键时刻,田如玉怎么这样不分轻重,竟然为开店之事赶到南京去?

倒是易玉莲不这么认为,她猜测着道:"田如玉不是个不知轻重缓急的人,你要她负责刺绣这活,也一定会尽力完成。此次她急急忙忙地赶去南京,说不定是为了奉安大典的事,去找谭大人了。"

曾纪生哼了一声道:"不知天高地厚!谭延闿大人岂是她随便能见得着的?订单已经签了,她一个平民百姓还能去改变奉安大典的出葬日期,或让总统府派人到东洋去采购金丝线么?"

埋怨归埋怨,田如玉已经去了南京,一时间追也追不回来,因奉安大典时间紧迫,容不得半点的耽误,曾纪生只得要曾广智协助谢长庚暂时掌管着天然阁绣庄,自己亲自带着所有的人,全力以赴地赶忙着奉安大典绣品刺绣的准备工作。

审绣稿、找缎料、配绣线、培训刺绣针法,在易玉莲的辅助下,所有准备工作终于完成,眼下万事俱备,只等采购到金丝线,就可全面开棚刺绣了。

　　曾纪生扳着指头算了算,距奉安大典只剩下三个月了。棺罩、祭幛、帷帐、引旗、佩饰等这么多绣品,光靠曾家大屋的人手,三个月内怎么能做得出来?如果自己亲自去东洋采购金丝线,一个往返得耽误半个月时间。要解决这个问题的唯一办法,就是请长沙各绣庄来"赶忙",赴东洋采购金丝线之事,更是宜早不宜迟。

　　曾纪生正在与谢春商量去东洋采购金丝线的事时,芙蓉坊内厅的大门突然被撞开,风尘仆仆的田如玉,出现在了曾纪生面前。没等他发问,田如玉便将一大包金丝线甩到桌上,随后从怀中掏出一份印有"南京国民政府"字样的公文,递给了曾纪生。

　　曾纪生看完公文,霎时眼睛一亮,脸上顿时露出了惊喜之色。易玉莲的猜测得到证实,田如玉去南京果然是为了奉安大典湘绣订单之事!

　　原来田如玉在看到奉安大典订单之后,便知道在三个月之内,仅凭曾家大屋的人手,无论如何也完不成如此重任,除非邀请到长沙各绣庄都来"赶忙"才行,同时还必须要解决刺绣金龙所需要的金丝线,但"赶忙"之事,不是想想便能做到的,还得"天时、地利、人和"三者条件兼备才能达到。"人和"之事,天然阁绣庄自从东洋绸事件后人气大涨,"地利"方面天然阁绣庄有曾家大屋作后盾,也不是什么大问题,关键是现在正是各绣庄赶活的季节,大家都在忙着自己店铺里的生意,谁会为了帮别人去"赶忙",丢下自己手头的活?闲谈中,田

第十章　蓝棺罩

如玉听说长沙泥木工会副干事长龚敏生要去南京国民政府办事，不觉灵机一动，便随龚敏生到了南京。她通过宋耀平得到了，南京国民政府要求长沙各绣庄协助天然阁绣庄完成奉安大典湘绣祭品的公文后，随即找到了张伯元先生，请求解决急需金丝线的问题。说来凑巧，南京锦缎园恰好还有一批库存的金丝线，张伯元便分了一半交给田如玉带回长沙，而且他还留下话，只要曾纪生需要，剩下的那一半金丝线，随时可去取……

曾纪生手中捏着田如玉费尽心思讨来的公文，看着满桌亮人眼睛的金丝线，脸上露出了灿烂的笑容。他决定充分发挥南京国民政府公文的作用，将大部分祭幛、帷帐、引旗、佩饰等绣品，分包发给"锦文丽"、"荣华"、"锦莲"等几家有实力的绣庄去完成，曾家大屋仅留下需要用包凸绣针法去完成的五大金龙灵柩棺罩刺绣。

曾纪生第一个拜访的是谭文贵。自从上次天然阁绣庄，为长沙绣庄同业公会向大石洋行讨还公道事件之后，谭文贵便把曾纪生视为了锦文丽绣庄的贵宾。

曾纪生落座后，便直奔主题道："谭老板，我今天是专程来给您送'富贵'来的。"

在"东洋绸风波"中，谭文贵算是见识了曾纪生的风骨，出于感激他直截了当地道："大家都是兄弟，客套话就免了，有什么需要帮忙的尽管说。"

曾纪生不慌不忙地拿出那份南京国民政府公文，递给谭文贵："这是南京国民政府奉安大典的绣品订单，因为时间紧人手不够，曾家大屋自惭形秽，无力独揽如此大任。"

"嗯，嗯……"谭文贵一边看着公文，一边脑子里飞快地思索着，"我已经听南京分号的杨掌柜说过此事了，曾老板真是神通广大啊！弄到国民政府公文要求长沙各绣庄协助外，连南京锦丝园都要配合你天然阁绣庄。"

曾纪生浅笑着谦虚道："我有何德何能，承担如此重任？这全是谭延闿大人对湖南湘绣的青睐啊！"

谭文贵点了点头，笑道："哦！原来这是南京国民政府行政院院长谭大人的意思。"

曾纪生收敛起笑容，端正了身子道："谭老板应该知道，这订单其实是原上海宋府、现南京国民政府专员宋耀平，发交给曾家大屋的。我这次来，也是想请谭会长出个面，帮个忙，这订单中的灵柩绣罩和其他绣件的绣稿，曾家大屋都可以完成，只是因为时间太紧，人手不够，恐怕误了国家大典日期，所以才向谭大人求助……"曾纪生知道谭文贵为人精明，有些事是瞒不过他的，于是实话实说，只是在"国家"二字上加重了语气，以此表明这并非曾家大屋的私事，而是国家之事。

听话听音，八面玲珑的谭文贵自然听得出曾纪生的言下之意，他顿了顿道："绣件订单和绣稿都带来了吗？"

曾纪生没说话，拿出准备好了的订单和绣稿搁到茶几上。

谭文贵认真看过订单和绣稿后，指着搁在绣稿上的公文道："有这份公文，曾老板的这个忙，我谭某人是帮定了。其实这也算不上帮忙，曾老板曾经帮过长沙绣庄同业公会的忙，谭某人和各绣庄还欠着曾老板一份人情呢！"

曾纪生微微一笑道："有谭老板的首肯和撑腰，曾家大屋

第十章 蓝棺罩

完成这奉安大典的绣品就有把握了。"

谭文贵既然答应下来，便慷慨地道："我明天就去给绣庄同业公会的各个绣庄下单，为先总统奉安大典刺绣祭奠绣品，这是举国之重任，我绣庄同业公会自是责无旁贷！"

有锦文丽绣庄老板谭文贵的支持，曾纪生如释重负地长长地吐了一口气，高高兴兴地起身告辞。

谭文贵望着曾纪生消失在大门外的背影，脸上浮起了一丝笑意，高兴地对身旁的老婆道："天然阁绣庄能接下这样的订单，为先总统刺绣湘绣棺罩及湘绣祭物，这不仅是一笔大生意，更是一件为湖南湘绣界增添光彩的大好事，我们何乐而不为呢？"

谭文贵老婆点着头道："是啊，这次大家推荐你为同业公会会长，可得干出点事来才行！"

第二天，谭文贵手持南京国民政府的公文，出现在长沙各大绣庄中，分派奉安大典湘绣祭物的订单任务。

谭文贵在向各绣庄分派绣品任务的同时，也没有忘记调派锦文丽绣庄的绣娘高手，参加曾家大屋灵柩棺罩的刺绣。他这么做，一方面是向曾纪生示好，另一方面也是真心想为刺绣奉安大典的棺罩出力。

曾纪生马不停蹄地赶回铜官芙蓉坊，只见绣楼里人影晃动，热闹非凡。一个特制的加长绣棚旁，坐着二十余名绣娘，在易玉莲的指导下，按照绣稿飞针走线刺绣着内层棺罩——祥云环绕的五龙图。

几天后，谭文贵完成自己手头的工作，领着几名报界人士赶到铜官曾家大屋的芙蓉坊。

谭文贵看到从绣楼里走出来的曾纪生，连忙拱起手道："曾老板，棺罩绣得怎么样啦？"

"曾老板，听说是您将灵柩棺罩上原设计的青松图案，改为了龙的图案，是不是真的？"记者看到曾纪生后，立即抛下了谭文贵，抢上前去将曾纪生团团围住。镁光灯闪烁，记者抢着提问，把曾纪生几乎逼到了墙角。

瞧着此情景，谭文贵脸上露出一丝苦笑。他煞费苦心地带记者前来，无非是想通过记者的报道，让南京奉安委员会和南京国民政府知道，先总统的灵柩棺罩制作，除了曾家大屋外，还有他长沙绣庄同业公会会长谭文贵的一份功劳，没想到这些记者，一见到曾纪生就将自己抛到了一边，沦为看客。不过，谭文贵还算沉得住气，他并没有赶过去凑热闹。他想等记者采访完曾纪生后，他还会有说话的机会，可他万万没有想到，曾纪生居然没有给他这个机会。

曾纪生在简单地回答了记者几个问题后，便让谢长庚叫来几个伙计，把记者"请"出了绣楼。曾纪生同时在绣楼门口宣布，为了不影响先总统灵柩棺罩的刺绣，拒绝一切采访，即日起任何闲杂人员一律不许擅自进入绣楼。

谭文贵热脸贴着曾纪生的冷屁股，自觉没趣。他谢绝了曾纪生的挽留，随同记者一起怏怏地离开了曾家大屋。

一路上，记者们一边埋怨谭文贵没有和曾纪生沟通好，一边商量着待棺罩绣完后，怎样再次来曾家大屋采访，谁也没有提及要采访谭文贵。谭文贵心中暗自叹了口气，没想到自己精心组织的记者采访，变成了一场"黄泥巴打黑灶，费力不讨好"

第十章 蓝棺罩

的徒劳。

肖小宝自承接了绣庄同业公会分派下来的奉安大典绣品后，心里就一直不痛快，抛开肖、曾家历年的积怨不说，为他人锦上添花的事，他肖小宝还从没干过。当他得知谭文贵带着记者去铜官芙蓉坊采访奉安大典刺绣一事，把自己晾在一边时，心中更憋了一股子气，不管怎么说，自己好歹也是上一届同业公会会长，大家都绣奉安大典的绣品，凭什么曾纪生就名利双收，自己则默默无闻？他以政府分派下来的绣品价格太低为由，决定找谭文贵去论论理。当然他并不知道，谭文贵在曾纪生的订单价格中，提取了二成的管理费。

肖小宝闯进锦文丽绣庄，见到谭文贵后，劈头就问："这奉安大典的订单，是同业公会组织下的，还是曾纪生私人接来的？"

"肖老板，什么意思？"谭文贵不慌不忙地道，"请坐，有话慢慢说。"

谭文贵对肖小宝这位上届会长，还是保持着几分"尊重"。

肖小宝气愤地道："有什么好说的！大家都绣奉安大典的绣品，为什么你只宣扬曾纪生？"

谭文贵瞧着肖小宝叹了口气，缓缓地道："原来你为了这事？"

一见谭文贵不当回事的样子，肖小宝先前那股咄咄逼人的气势，顿时降了下来。他沉默了片刻，在椅子中坐下来。

谭文贵给肖小宝沏上茶："肖老板为没有被采访而生气，曾纪生还不准人家采访呢。"

肖小宝不可理解地道："为什么？"

谭文贵耸耸肩道："谁知道呢？可能是怕采访影响到刺绣，或许可能还有其他原因吧。"

肖小宝不待谭文贵说完，眼中闪过一道凌芒道："肖家与曾家大屋的恩怨抛开不说，自曾纪生在八角亭开天然阁绣庄之后，我们在生意上一直被他压着，要是这次再让他在奉安大典上出尽风头，我们绣庄同业公会的声誉，就要完全被他曾家掩盖了。"

谭文贵皱起了眉头："有你说的那么严重吗？"

肖小宝咬咬牙道："这订单价格太低，我想停工，让曾纪生吃不了兜着走，到时候看他如何交差？"

"你呀！想得太简单了。"谭文贵摇着头道，"这批订单中的主绣，是曾家大屋绣制的灵柩绣罩，其他的配套绣品其实都只是附件，只要曾纪生完成了灵柩'龙帐'，他就能向奉安大典交差，他有国民政府的官文，我们如果停工的话，岂不是对抗政府？"

肖小宝阴沉着脸："难道就这样让曾纪生阴谋得逞？"

谭文贵指着茶几上的公文道："曾纪生这不是阴谋，而是光明正大的阳谋。他有南京国民政府要求南京锦丝园和长沙各绣庄，协助天然阁绣庄刺绣奉安大典湘绣祭品的公文，长沙绣庄同业公会是按照公文行事，与你们各个绣庄签的契约啊。"

肖小宝低下头，一时无语。

谭文贵继续道："曾纪生出头为绣庄同业会向大石洋行讨还公道，肖老板也收下了他送来的东洋绸，怎么说我们都欠他

第十章 蓝棺罩

一个人情，就当是还他的情吧。"

谭文贵当然不想把事情闹大，更不想把他从订单价格中提取二成管理费的事给露了馅，所以竭力想平息此事。

肖小宝仍然有些不服，站起身来道："谭老板是决心要替曾纪生'赶忙'了？"

谭文贵见状，虎起脸道："这事与曾纪生无关，这是南京国民政府的事，为先总统奉安大典刺绣祭奠用物，锦文丽绣庄不敢徇私，将会尽心尽职，按质按量按时完成订单，至于肖老板，您想怎么样，自己看着办。"

肖小宝觉得谭文贵的话里有骨头，暗示自己这奉安大典的祭品，绣也得绣，不绣也得绣。肖小宝是个明白人，他不想冒行业的大不违，于是转脸道："既然谭老板这么看重这件事，我再说个'不'字，那不是与你谭老板对着干吗？我肖小宝只有作陪衬的命啊！"

谭文贵见肖小宝软了下来，赶忙打着圆场道："你说我们谁不是陪衬啊？我们大家都在为奉安大典作陪衬，能当好这个陪衬，绝不是你肖小宝、曾纪生和我谭文贵个人的事，它牵涉到我们整个湘绣行业的荣誉。"

肖小宝在锦文丽绣庄讨了个没趣，回到宏昌绣庄后，思前想后，无奈之下只得叫来赵管家，督促他连夜组织人手，抓紧赶绣奉安大典的绣品。

第十一章
"大陷阱"

1929年5月26日,盖着湘绣棺罩的孙中山灵柩,从北平香山起程运往南京中山陵。这场盛况空前的"奉安大典",吸引了全国民众的眼球,湖南湘绣也顺势再次进入了神州内外众人的视线。这天,长沙大然阁绣庄迎来了一位东北客商,出口便是千件旗袍的大订单。他的到来,于曾纪生来说,是喜还是忧?

第十一章 "大陷阱"

曾家大屋奠基人曾传玉的老朋友，南京张伯元先生得知孙中山灵柩运送的路线后，便早早地赶往紫金山现场。出葬游行的过程中，他看到了总统灵柩内棺上覆盖着长沙天然阁绣庄刺绣的五龙盘云金黄色大棺罩，即人们称之为的"龙罩"。外棺罩为天蓝色素缎，四周绣白日徽，寓意为青天白日，四角白金云头，顶为大圆珠，亦白金色，罩上层白丝绣工字形，白丝穗下垂，蓝白相间，显得极为雅洁而庄严。张伯元按耐不住心中的激动，情不自禁地赞叹道："精彩！真是太精彩了……"

成千上万为国父送行的民众，无不被棺罩上那青天白日的深刻寓意所鼓舞，被那精湛刺绣艺术所折服。

人们纷纷议论："这种刺绣来自何处？"，"刺绣者是谁？"

所有民众都不知道答案。夹杂在人群的张伯元，听到众人的议论后，解释道："这是湖南的湘绣。"

"湘绣？您怎么知道是湘绣？"一位中年人睁大好奇的眼睛，问站在身边的张伯元。

张伯元指着正在移动着的送灵柩行列，非常肯定地道："你只要看清楚那刺绣的特色就知道了。"

一位五旬开外的汉子认出了张伯元，从人群中挤了过来，热情地招呼道："张老伯！您也在这里看热闹，小心被挤着了。"

"老爷爷，您贵姓？"《民国时报》的一位年轻记者听到他们的对话，赶忙凑过来问道，"您怎么看得出是湘绣？"

"你是问这位老爷爷吗？"五旬开外的汉子，抢着回答道，"他呀！就是南京'锦缎园'的大老板张伯元先生。在南京丝绸行业，如果不认识张伯元老先生，那他就算是白混了！"

记者连忙赔礼道:"失敬了,原来是张爷爷。"

"我从事丝绸生意五十多年了,告诉你一个秘密。区分全国不同地域的刺绣品,要看两个细节,一是颜色,二是针法。"一谈起刺绣,张伯元便来了兴致,眉飞色舞地说了起来,"关于颜色问题,由于各地近几十年来,相互交流的机会增多,用色的手法有些融合。如苏绣的用色比较清淡,绣出来的产品非常典雅,而湘绣的用色非常浓烈,大红大绿居多。这龙罩的配色,外观的青天白日和松鹤都非常高雅,因此仅从颜色上来区分,各地方绣种显著用色的差别,正在逐渐缩小,但针法至今仍是一个区分绣种来自何方最明显的标志。"张伯元的解说,引来了周围人群一阵窃窃私语。

《民国日报》的记者,听到众人的议论后,提出了一连串的质疑:"您怎么知道这棺罩上的刺绣,就不是'江苏绣'、'浙江绣',或者是上海的'顾绣'、广东的'粤绣'、河南的'卡绣',而一定是湖南的'湘绣'呢?据我所知,孙中山先生系广东人,长年在港粤从事革命活动,对'粤绣'应有与生俱来的情怀,后期偕宋庆龄夫人出入上海的时间很多,因此这次奉安大典选用'粤绣',或者是"顾绣",也是名至实归,理所当然的。"

"你的分析有道理。"张伯元点点头,继续解说道:"灵柩上的棺罩为什么没有选其他绣种,我不知道,但我知道刺绣这棺罩图案,使用的全部是'掺针',它是湖南湘绣的代表性针法,而'苏绣'的代表性针法是'齐针','粤绣'的主要针法是'平针',因针法的不同而构成了中国四大名绣不同的艺术风格,内行人一看就会明白。"

记者仍不依不饶地说道:"您是内行,很容易分辨,像我这样的刺绣门外汉,又如何分辩出它是'湘绣'而不是'苏绣'呢?"

"说起来好像很复杂,其实认真分辨起来也很简单。"张伯元不急不缓地道,"'掺针',故名思议,就是针法交替掺差,线色循序渐进,转色不留痕迹,俗称'埋线针藏迹',看不见发针的起始和收线的停顿。而'苏绣'和'粤绣'都有一个共同特点,即习惯于'齐针平绣',线色转换形成阶梯,颜色的过渡留有明显的间隙,俗称'留水路',但它们之间的用色和构图,又有明显的差异,'苏绣'淡雅,而'粤绣'色泽浓艳。你只要掌握了它们之间的特点,一眼就能区别出它是何地的刺绣及绣种……"

张伯元深入浅出的解释,让《民国日报》的记者听得连连点头,佩服得五体投地。周围的人群轰动起来,纷纷拥向行进中的灵柩,想挤上前去看个仔细。

第二天的《民国日报》,刊发出一篇《惊艳'奉安大典'》为标题的长篇通讯,详细报道了湖南湘绣棺罩在奉安大典上抢眼的亮点和张伯元对湖南湘绣的精辟论述。文中惊呼:"湖南湘绣是当之无愧的中华民族瑰宝,是中国四大名绣的头雁,它的精湛在奉安大典引起了现场观众的惊叹……"

经过媒体的大量报道,成千上万观众的亲自目睹,灵柩上的湘绣棺罩,一时间成为了万众瞩目的聚焦点,在全国掀起了一股热买湖南湘绣的旋风。

长沙天然阁绣庄也因奉安大典的轰动效应,在湘绣行业中

芙蓉坊密码

名声大振，参观者和购买绣品者络绎不绝，全国各地订购红白喜事绣品的生产订单，如雪片般飞来。特别是那些有权的官吏，有钱的大户人家办红白喜事，为了显示身份，都争着到天然阁绣庄订购各类湘绣制品，且大多都是成套订绣，动则就是几件，十几件，甚至几十件，弄得曾纪生和伙计们手忙脚乱，根本无法满足顾客的要求。

这天，曾纪生到天然阁绣庄找田如玉商量事情，不巧，田如玉刚好不在店铺。店伙计见是老板来了，忙不迭地张罗着搬椅子倒茶水，却被曾纪生给拦住了："你们该干什么就去干什么，我又不是客，用不着这些虚礼，要喝茶我自己会倒，倒是客人来了，你们要好生招待着。"

说客客到。此时，店门外真的走进来一个身材魁梧的客人。他挂着一根文明棍，戴副金丝边眼镜，在店铺里踱着方步，一双眼珠子在镜片后滴溜溜转着，扫视着店铺内的动静。曾纪生亮眼一瞧，这人非官即富，而且绝不是做小买卖的生意人。

几十年的湘绣生意跑下来，曾纪生有了自己一套生意经，也已然练就了一双火眼金睛，识人毒得很，一瞧一个准，但他没动声色，接待客人自有店伙计，还轮不到他亲自上阵。做生意嘛，得讲究个方法，当老板的得端坐着，不能一有生意，老板便亲自出马，那只是做小生意的人才会如此，如果对方有大生意要做，自然会来找他，而不是他去主动接待客商，这样一来，做生意谈价才有回旋余地。曾纪生自顾自地喝着茶。

来人眼光四下里一溜后，便定睛在八仙桌边喝茶的曾纪生身上。跟着，他坚定地迈着四方步踱了过来，操着一口东北腔

第十一章 "大陷阱"

官话道："如果没有猜错的话，您就是曾大老板吧，我是从奉天过来的，有桩大生意想与您谈谈。"

不待曾纪生回话，一个店伙计马上凑了过来，送上一杯茶："先生，您要谈生意，请到内堂……"

来客摆摆手，打断了店伙计的话，仍然盯注着曾纪生道："曾老板，你可能不认识我，但一定知道我父亲。"

曾纪生努努嘴，示意店伙计走开后，惊奇地望着来客道："你父亲是谁？曾家大屋好像与奉天也没有生意往来啊？"

来客不慌不忙地从公文包里掏出一张名帖，自我介绍道："我叫阿其仁康。我父亲是你父亲的老朋友，当年端庆王爷公主敏格格的侍从阿其木。"

"阿其木？"旧人来访，曾纪生内心自是有几分激动，"我听父亲多次说到过你父亲。你此次前来敝庄有何贵干？只要我曾某帮得上忙的，定当效力。"

"我是无事不登三宝殿，有事千里也要寻呀！早两个月我才从《国民日报》上得知南京'奉安大典'的青天白日蓝棺罩，原来就是出自你树森老弟之手，真是精美之绝。这次我受奉天政府之命，特此来向贵绣庄订一批湘绣用品。"

"你想订什么，要多少？"曾纪生问。

阿其仁康道："我想订绣一千件旗袍。"

"一千件湘绣旗袍？！"曾纪生暗忖，很多人开了一辈子的绣庄，恐怕连听都没有听说过客户要订绣一千件湘绣旗袍的。曾纪生不由得想起了自己在意大利都灵博览会上，听到的一句国外谚语，叫做什么"天上掉馅饼"。这一千件旗袍的订单，不就正是天上掉下的馅饼吗？

与阿其仁康接下来的交谈中，曾纪生得知，相隔了三十多年的人间变化，敏格格和阿其木都已作古，阿其仁康则随同末代皇室成员去了奉天……

阿其仁康在讲述的过程中，眼神不时地闪烁游移。不过，一向精明过人的曾纪生，此时根本没有留意到阿其仁康的眼神变化。他沉溺于旧友的来访和暗自的欢喜之中，更被一千件湘绣旗袍的订单喜昏了头。他觉得上天对自己特别眷顾，父亲昔日建起的关系网，至今仍让他受益匪浅。

阿其仁康特意交代，旗袍的颜色要分为黄、红、蓝、白、黑五色，每种颜色各绣200件。双方签订了订单契约后，阿其仁康当场还支付了30%的订单保证金。

曾纪生破天荒地将阿其仁康一直送出店铺大门外。他目送着阿其仁康的背影消失后，才转身走进店堂，高兴得一个劲地搓着双手。他喜出望外之际，突然意识到一个相当严重的问题，一千件湘绣旗袍订单，按照曾家大屋目前的生产能力是做不出来的，恐怕又得烦劳别的绣庄帮忙了。

由于奉安大典绣花棺罩的轰动，使长沙很多顾客为了买到满意的寿帐、寿被，都慕名涌向天然阁绣庄。对于商人来说，这应该是件大好事，但在曾纪生心里此刻却是大麻烦，阿其仁康的大单需要动员曾家大屋的全部力量，那些大量湘绣被面服装订单只能搁置下来了。阿其仁康的大单具有难以抗拒的诱惑，它的利润等同于一年的散单，不过本地的顾客也不能得罪，否则天然阁绣庄以后还怎么在长沙立足？

第十一章 "大陷阱"

要做好熊掌与鱼翅兼得的生意，也不是做不到，真正的难题是制作湘绣时必不可少的画稿。谢春见曾纪生眉头紧锁，便提醒着对曾纪生道："老板当年从'周记伞铺'印刷标徽得到启示，发明了雕版印花，解决了山水画稿的难题，现在何不效仿呢？"

曾纪生苦笑着道："你的想法很好，但山水画稿系浓墨重彩，可以用刀去雕版，而旗袍的画稿，需要勾勒出线条，这是刀雕版无法完成的任务，况且一幅画稿要雕四五个套版，如果用来印一般简单的日用品，显得太费时间，实在不合算。"

田如玉听后有所感悟地说："我曾听说过一个'针刺图'的故事，不知是否可以效仿？"

"'针刺图'的故事？你说来听听。"曾纪生饶有兴趣地说。

"从前有个绰号叫'铁算盘'的绣娘，她见儿子在自己裱好的窗户纸上，用竹签刺了一只蝴蝶，在太阳的照射下，阳光在窗户卜地上映出了一个完整的蝴蝶图案……"

没等田如玉说完，谢春便抢过她的话头道："后来，'铁算盘'绣娘将画好的图案，一针一针地扎在纸上，然后用灶烟灰喷到绸布料上，印出了蝴蝶的绣画稿。"

"正是的。"田如玉高兴地道。

曾纪生搓着手点点头道："我明白你们的意思了。我想如果用纸作模板，印出一套、两套，或许可行，但批量印制的效果肯定不好。"

田如玉劝说道："我们不试，怎么知道效果不好呢？"

曾纪生解释道："如果效果好，'烟尘粉'的印刷方法就应该会流传下来。"

谢春怂恿着田如玉说："我们来实验一下？"

"哦，我有办法了！"曾纪生脑海里突然灵光一闪，整个人顿时精神起来。

谢春道："老板有什么好办法？"

曾纪生道："你到日杂店去买一叠白色的毛边纸，我实验给你们看。"

当天下午，曾纪生将谢春买来的毛边纸在桐油里浸泡了两个时辰后，捞出来放在窗前当风的书桌上晾干，然后将画稿贴在油纸上，告诉田如玉一针又一针地刺扎出图案的轮廓，针尖扎破桐油纸，复制出一幅由无数针尖般小圆点连接而成的完整画稿。

"太妙了！原来的雕刻版，制作一个图案至少要四至五套版，现在用针刺图案，将整幅画稿全部集中到一个油纸版上，还是老板的主意好。"谢春手舞足蹈地拍着手叫好。

曾纪生则连忙鼓励着说："主要是田如玉的手巧。"

"不过我有一个担心，这针刺眼太小，能不能印出画稿来啊？"田如玉担心地说。

曾纪生胸有成竹地道："这个问题我早就想过了，如果用传统的灶烟灰和火碳粉来印刷，只要印一到两张画稿，针眼很快就会被堵死。"

"那该怎么办？"田如玉的心忽然紧张起来，皱着眉头说。

曾纪生卷起衣袖口指着谢春说："你拿盏'洋油灯'过来。"

田如玉困惑地道："你要'洋油灯'干什么？"

第十一章 "大陷阱"

"拿来你就知道啦！哦，还有书案上的墨条和砚台一块拿过来。"曾纪生说着跑进自己的住房，从衣柜里翻出自己的那件呢子外套，用剪刀拆下两只口袋，扯下裁纺纱的棉条，包在那呢质口袋布里面，卷成一个长方形的圆筒急匆匆地回到绣楼。

易玉莲这天正巧来长沙办事，看到曾纪生这进进出出的举动似乎有点反常，惊讶地跟出房来，只见田如玉匍匐在书案上，用针刺着什么东西，谢春则拿来了"洋油灯"与墨砚。她瞪大双眼望着曾纪生手中的呢子布圆筒，将被拆去口袋的呢子衣塞到曾纪生手里大声嚷道："你这是发什么疯，把一件好好的呢大衣都给剪了？"

"这叫就地取材。我的实验如果成功了，今后可以赚回十件甚至百件呢子大衣。"曾纪生笑着接过"洋油灯"，拧开灯头，将半盏洋油倒进了砚台里，用墨条研磨起来。

曾纪生用呢布圆筒，蘸满洋油磨出的墨汁，放回到墨砚上方原来用于蓄水的小砚池中，然后在案板上铺设了一块白棉布，在棉布的底下又铺了一块薄棉絮。

易玉莲联想到雕版印刷山水画，猜到了曾纪生要做什么，却还是忍不住问道："你这是要印花吗？"

"算你聪明。"曾纪生微笑着回答。

"平时都是用水磨墨，你为什么要浪费'洋油'？晚上点灯绣花我们都是省了又省，哪像你这样当水用。" 易玉莲心痛地说。

曾纪生拿起一块压画石，压在针刺板上解释道："如果用水，会出现两种难以把握的情况，用水太少，墨汁过浓，会堵塞这些针眼，图案印刷不出来，用水多了，墨汁太清，印出的图案就会产生渗浸，绣线掩盖不了墨迹，即使是不浓不淡的水磨墨汁，也只能印刷一副图案，印第二幅图案时，因墨汁透过桐油版沾在其反面，印版稍有移动就会污染下面的面料。"

"让我来印吧。印花这手艺我还是咱们妈传授的，比你有手位。"易玉莲当仁不让地从曾纪生手里接过沾有墨汁的呢布圆筒，在砚台边缘刮掉多余的油墨后，左手压着针刺油纸版的下方，从左往右刷了过去……一幅精美的画稿印刷出来了。

"哟！我们成功啦！"田如玉兴奋地拍着手高声欢呼。

一连三次印刷，三幅图案都完美无缺。试验大功告成，易玉莲将呢布圆筒交给田如玉，充满期待地说："你来试试吧！左手要压在空白处，压画石要压在对角的右下方。落刷要轻，用力要匀，从左至右中间不能有漏刷，更不能停顿。否则就会出现漏印或者重影。"

田如玉将刷子在洋油陶钵里反复抒了三下，一刷印下去，出来的图案与易玉莲没有差别。易玉莲感到田如玉应该不是第一次干这种活，于是盯着她道，"以前你就试验过？"

田如玉点了点头道："当年老爷在世时，芙蓉坊发明油纸雕版印刷山水画稿时，我就印过花。"

易玉莲对田如玉恭顺而又坦诚大方的表现非常满意，语重心长地叮嘱道："曾家大屋的这个印花术没有少老板的允许，不要轻易传到外面去。"

田如玉会意地点了点头，低声说："我知道了。"

听到田如玉郑重的应允，易玉莲放下心来，因为有事她便

第十一章 "大陷阱"

先行告退了。

听到易玉莲重提当年往事,曾纪生也升起了几分担心,颇为感慨地说:"我也一直不知道,当年将雕刻制版技术泄露出去的人是谁?我担心这次的试验还没有成功,别人又会捷足先登地抢了去。"

"你怀疑是谁将雕刻制版技术泄露给宏昌绣庄的?"田如玉似乎漫不经心地问曾纪生。

曾纪生沉思了一会儿道:"当时有人怀疑是李二嫂,我知道她虽然无意中将我母亲的'幔绣'针法口诀,告诉过宏昌绣庄的赵管家,但这不能证明她就是泄露雕刻制版技术的人。"

"算了,别去疑神疑鬼的了。"田如玉犹豫了一下道,"实话对你说吧,那雕刻制版术是我泄露的。"

"是你……"曾纪生一愣,直勾勾地盯着田如玉的双眼,烁灼的眼光似乎要看穿她的心底。

这么多年来,他谁都怀疑过,唯独没有怀疑过田如玉。此时听了田如玉的话,先是一怔,随后不觉爽朗地大笑道:"开什么玩笑!"

田如玉迎视着曾纪生的目光,静若止水地说:"真的是我。"

"真是你?"曾纪生盯注着田如玉的眼睛,好像要发现玩笑成分似的,但对方的眼神毫无游移。他的心里咯噔了一下,终于相信她不是在逗乐,便有点伤感地问道,"你为什么要这样做?"

"已经过去的事情了。你既然已经知道了结果,还有必要重新揭开这伤疤吗?"田如玉眼神中也闪现出一丝忧伤,"这事多年来一直在折磨着我。今天我又参与了针刺版印花术的试验，曾家谁也没把我当外人，你们的信任是我心灵深处最大的内疚。"田如玉吁了口气，释放出深深地隐藏在内心的压力。

曾纪生皱紧了眉头，他的心里仍然有着许多的疑问号，但出口的话显得很委婉："我想你一定是有原因的，现在已经时过境迁，再纠缠过去就会失去今天的机遇……"

此时，谢春从外面走了进来："老板，阿其客商又来了，在前厅等待。"

曾纪生压住了涌到嘴边的话，定定神，吩咐道："你先去奉茶，我一会儿就出去会客。"

阿其仁康这次来，还是因为担忧旗袍的生产问题。在长沙逗留的时间里，他了解到长沙绣庄与日本人大石洋行发生的"东洋绸事件"，心里便隐隐约约有了种不安全的感觉，特地再来天然阁绣庄，瞧瞧是否会发生什么变故，同时也与旧友商量一下，看是否能将交货时间提前。

一见曾纪生露面，阿其仁康放下手中的茶杯迎了上去，试探性地问道："曾老板，旗袍的事还顺利吧？"

"没问题，没问题。"曾纪生解决了旗袍画稿之事后，对完成这批旗袍心里有了底，自是艺高人胆大，毫不含糊地回道，"在我们曾家，还没有完不成的湘绣订单。"

"那好。我想这个……这个旗袍的工期还能不能往前赶一点点。"阿其仁康有点迟疑地补充道，"我接到那边的消息，说是这批旗袍急等着用。"说这话时，他的眼光又有点游移不定了。

第十一章 "大陷阱"

曾纪生在心里暗自盘算了一下，解决了绣稿的问题，刺绣可采取多招些绣女来加快绣花进度，于是他很爽朗地应承道："没问题！"

"看来，我父亲没有交错曾家的朋友。"阿其仁康满脸喜悦，告辞而去，临行前使劲摇着曾纪生的手，"等着好消息。"

送走阿其仁康，曾纪生回到后堂，见田如玉正在埋头印画稿，满头大汗也顾不上擦，不由得递上条毛巾，示意她揩揩汗。

见曾纪生如此关心自己，田如玉甚是感动，她不由得说起当年雕刻印刷术失窃事的原委来："我第一次离开曾家大屋到靖港宏泰坊向冯娘讨要你付给她的那五十块大洋'赎身银'时，冯娘当时之所以会爽快地就将大洋退还给了我，是因为宏昌绣庄的赵管家付给了冯娘一笔钱，条件是要包我三天的时间到宏昌绣庄帮工。"

曾纪生不解地道："这与雕刻版印花泄密，又什么关系？"

田如玉显得有些难为情地道："那天我去靖港看冯娘，刚进宏泰坊的大门，迎面碰上了宏昌绣庄的赵管家，此前他知道我了解油纸雕版印花的事，死缠着要我去宏昌绣庄帮几天工，他就保证让冯娘退回五十大洋。在冯娘的极力劝说下，我就在宏昌绣庄住了两晚，将雕版印花的方法告诉了赵管家，第三天我去了鱼尾洲姨妈家，以后的事情你都知道了。"

"你被赵管家包养了两天？"谢春在旁边听后，简直不敢相信自己的耳朵，随后他瞪着田如玉道，"你不是常说，自己卖艺不卖身吗？"

田如玉听到谢春的插话，恼羞成怒道："我跟少老板讲话，你啰唆什么。帮工与卖艺是两回事,你给少爷帮工是卖身吗?"

"你被赵管家包养了两天,那老色鬼花了钱,还有不干坏事的时候?这话只有三岁小孩肯信。"在曾纪生面前,谢春不敢和田如玉犟嘴,却忍不住低声咕噜道。

"你如果这样想,我也无话可说,那两天在宏昌绣庄,除了讲解雕版印花,我没有做任何其他的事情。你的猜测使我无地自容,你的鸡肠小肚,会损害你在我心目中现有的形象。"田如玉眼中噙着泪花,表情显露出无比的委屈。

曾纪生见状心中泛起一股怜悯之情。他缓和着将谢春岔开的话题拨了回来:"其实这也没什么大不了的事,如果你不将雕版印花技术泄露给宏昌绣庄,他们迟早也会知道雕版印花的秘密,雕版印花的外传,实际上无形推动了湘绣行业的整体发展,这也未尝不是一件好事。"

曾纪生说这番话,并不仅仅是怜香惜玉说的漂亮话。早在几年前他就明白了一个道理。天然阁绣庄一家发展对于湘绣行业整个领域来说,所产生的作用,不过是江河中的一朵浪花而已,只有各绣庄相互竞争,取长补短,湖南湘绣才能整体提高。曾纪生是个商人,也有唯利是图的时候,但在大是大非和长远利益上,他绝不是一个目光短浅的人,此时此刻,他又怎么会去计较一件时过境迁的旧事呢?但易玉莲今天观察田如玉的那个印花细节却引起了曾纪生的关注。此时他开诚布公地问田如玉:"你说老爷在世时你就印过花,那时候是雕刻印花,但今天的针刺版印花,我觉得你比专职印花的易玉莲,似乎印得还好些,你以前是否在芙蓉坊之外也印过花?"

第十一章 "大陷阱"

田如玉迟疑了片刻道："实不相瞒，'针刺图'的故事，我就是听宏昌赵管家说的。他说老板肖小宝当时想用针刺版代替你的'雕刻版'，但每次试验都归失败，最后只得跟着你的套路走，针刺版的试验就没再继续下去。"

曾纪生听后一愣，如果说他对田如玉传出去了雕版印花技术还不是很惊讶，那么肖小宝的针刺版研制的心劲却是让他大吃一惊："没想到肖小宝还有如此的精明算计。"

田如玉自愧不如地说："你还是智高一筹，你是怎么想到要用洋油磨墨的呢？"

曾纪生得意地说："其实道理很简单，说破不值一文钱。我在意大利参加都灵博览会时，一个偶然的机会，我知道了洋油容易挥发的特点。我当时就想，如果用洋油磨墨，很有可能可以解决用水磨墨不能连续印刷的难题。"

曾纪生虽然说得轻描淡写，但事实上，曾纪生的这个针制版印花技艺的小小创新，却是湘绣技艺发展的一人跨越，以至在五十年后的湘绣业界，仍被视为湘绣技艺的一个重要工序。

针刺版印花技术的运用，使阿其仁康定制的千件湘绣旗袍进度加快了几倍，再有一个月的时间就能交货了，曾纪生兴奋得走路就像踩着弹簧似的蹦跳着。

天有不测风云，人有旦夕祸福。正在曾纪生欲借这批湘绣旗袍大举进入东北市场，同时也让曾家大屋的经济来个咸鱼大翻身之时，这个如意算盘却被田如玉的一则讯息给打破了。

这天，一向在外面奔波的田如玉突然回来了，她找到曾纪生，脸色异常严肃地道："老板，外面传说阿其仁康这笔湘绣旗袍订单，可能有问题。"

曾纪生对田如玉的话并未放在心上，随口道："人家订金都已经交了，还会有什么问题？"

"他的背后有日本人。"

"日本人怎么啦，日本人又不吃人，何况他们也是人，是人就要穿衣吃饭，也要做生意。"

"你怎么这样糊涂？这不是钱不钱的问题，这是民族气节的大事。"田如玉有点恨铁不成钢地说道，"这批订单的背后有日本人的阴谋。"

"你这是河里的事扯到海里去了，一批湘绣旗袍能与日本人的阴谋挂得上钩？你未免有点小题大做了吧。"曾纪生很不以为然地道，他停了一下，突然想起了什么似的，"这批旗袍绣花的进度如何啦？"

听得曾纪生还是如此之问，田如玉气得跺跺脚，气愤地冲出门去了。

两天后，泥木工会的赛诸葛找上门来了，很是严肃地对曾纪生道："少老板，你的那批奉天旗袍恐怕事涉民族纷争。有消息说，日本正在阴谋策划分裂我国东北三省，据所了解，阿其仁康就是受日本人幕后指派，前来执行分裂阴谋的。"

"不会吧？"曾纪生疑惑地瞅着赛诸葛道，"我知道阿其仁康的父亲阿其木，他们都是皇家侍臣的后代，是地地道道的中国人，阿其仁康怎么会听从日本人的指派呢？"

从赛诸葛的口中，曾纪生第一次了解到日本对中国有着宏大的野心。日本是个岛屿之国，因着经济资源贫乏，便不断地

第十一章 "大陷阱"

向外扩张势力和影响力。自从1894年中日爆发了甲午海战，以中国北洋舰队覆灭结束后，日本人便借机进入中国地域，与袁世凯的北洋政府签订了《二十一条》，更是深入中国内地拓展势力。

"你知道阿其仁康定制的旗袍，为什么要分成黄、红、蓝、白、黑五种颜色吗？这其中的玄机就是分裂的祸心。"赛诸葛见曾纪生蒙在鼓里，便接着解释道，"日本人筹划了一个分裂中国的大阴谋，并为这阴谋制定了一系列的实施方案，这一千件湘绣旗袍的订单，就是系列实施方案中的一部分，准备为筹建伪满洲国的庆典之用。一千件湘绣旗袍分为五色，即寓意满，蒙，汉，朝鲜和日本大和民族的'五族协和'……"

赛诸葛的一席话，终于让曾纪生不由不得重新反省事情的前后过程。他联想起了当时下单时，阿其仁康那闪烁不定的眼神，那眼神里似乎隐藏了什么东西，而且疑点也一个接一个地在他的脑子里浮现出来：哪个大户人家会需要上千件刺绣旗袍？在湘绣业界，顾客订货一般只付10%的订金，而阿其仁康一下就付了30%订金，好像显得非常的迫切……这些疑点确实印证了赛诸葛的说法。

不过，曾纪生仍然是个生意人，生意人信奉的是诚信和利润，至于政治，除非是与他生意有直接联系的事，否则是难以让他去关心政治，也就更谈不上去废除这桩生意。听了赛诸葛的话后，曾纪生仍然疑惑地问道："阿其仁康作为皇室侍从，为什么要帮日本人呢？他参与这个阴谋能得到什么好处？"

"在即将成立的伪满洲国政府中谋个一官半职呗！"

芙蓉坊密码

从赛诸葛的讲述中，曾纪生第一次了解到日本人特有的深谋远虑习惯和忍辱负重的能力，日本人为了达到一个目标，先谋而后动，不惜销声匿迹数年。这事不禁让他联想起长沙大石洋行的野田松木，与他做生意表面上看起来言必信行必果，其实背后暗藏祸心，尤其是日本人欲吞并中国的野心，让身为中国人的曾纪生感到了同仇敌忾的气概从心底升起，他意识到了自己的绣旗袍生意，直接帮助了日本人吞并中国的实施行动。他不禁脱口问道："你说有什么好主意？"

赛诸葛眼睛里射出炽热的神色，开口道："废了那个订单，不能让日本人的阴谋得逞！"

"废了？"这个话让曾纪生又犹豫了。生意人一谈起钱的事，神经便变得特别敏锐，曾纪生也难以例外。这笔湘绣旗袍的绸缎钱、手工费可不是个小数目呀，加起来将近有上万银圆！

自从承接了奉安大典的绣制任务后，虽然地方上也涌来了不少的绣品订单，但对于改善曾家大屋当前的破烂经济状况而言，只是杯水车薪，只有阿仁其康这桩旗袍订单来了后，曾纪生才松了口气，这件订单完成后，其利润可达两年的总和，此时要他将这么大利润的生意废除了，那可是割肉般的痛。在他刚接下阿其仁康的这批湘绣旗袍订单时，自以为是父亲的荫护，给了曾家大屋已经日薄西山的经济一个大翻身的机遇，却没有料到这个订单将曾家大屋推到了民族大义的风口浪尖上。是保是弃？委实难以决断。为了国家的民族大义，他理应毫不犹豫地答应下来，可这价值上万银圆的旗袍费用损失将会使曾家大屋本已千疮百孔的经济状况雪上加霜。

第十一章 "大陷阱"

曾纪生万万没有料到阿其仁康这个从天上掉下来的大馅饼，此时却变成了一个坑害曾家大屋的大"陷阱"。

第十二章
烧日货

来自奉天政府的千件旗袍"废约",造成大量湘绣产品积压,令曾纪生如鲠在喉,坐立不安。长沙各界民众举行声讨日本侵华暴行,焚烧日货,游行示威的活动,使曾纪生找到了结束大石洋行东洋绸是非公案的机会,却不想因此又陷入了更深的矛盾中。

第十二章 烧日货

松泉茶楼是长沙社会消息的聚散地,也是长沙城内时事政治的风向标。随着时代的变化,松泉茶楼也在变。短短的几年间,松泉茶楼已经成为长沙东西南北中五大茶楼之一了。

松泉茶楼以往最有名气的是一咬一口油的烧卖,烧卖里除了糯米,还夹了几块油渣子。如今新推出的名点却是银丝卷。说起那银丝卷可真叫绝,你只要提起那个头,抖散开来就成一条绵延不断的银丝卷,还有那用火烧烤粘满芝麻的火烧饼和鱿鱼春卷,也让茶客赞不绝口。

曾纪生隔老远便闻到了香气,忍不住加快脚步走进了松泉茶楼。他刚跨进门内,大腹便便的徐老板便从柜台后走出,迎了过来:"曾老板,您可有好久没有上门了!来,来,里面坐。"

"唉!成天忙着绣庄的生意,哪有时间上茶楼来。徐老板莫怪,莫怪啊!"曾纪生脸上笑眯眯的。其实,他很久不光顾松泉茶楼是有原因的,他怕惹火烧身。

徐老板是善化县(长沙县)人,白案师傅出身,好打抱不平,很有人缘,因为长得胖,人送外号"满胖子"。其子徐亮彩,雅礼中学毕业,甚有父风,1926年加入共产党,任长沙商民协会秘书长兼茶居业工会会长,"马日事变"后被捕,随后被杀害。在那个年代,沾上个"共"字便会招来杀身之祸,曾纪生不想无端惹上麻烦,所以自徐亮彩出事后,就很少来松泉茶楼走动了。

曾纪生这次之所以登门松泉茶楼,还有另外一个原因。这段日子,日本浪人在长沙城内活动频繁,而且气焰十分嚣张,消失了将近三年的野田松木,也突然回到了大石洋行,并放出话来,要天然阁绣庄把三年前的货物欠款结账了案。听说为了这个案子，省政府的官员和警察署署长，还亲自到大石洋行会见了野田松木。正值北京掀起了抵制日货风潮之时，湖南的省政府和警察署为什么突然对野田松木客气起来？中国和日本之间究竟发生了什么事？曾纪生从不关心政治，也不看报纸，但他头脑中似乎总有那么一根弦——对时局的变化十分敏感，总觉得哪里不对，于是便决定冒险到松泉茶楼来探听一些消息。这里虽然是个是非之地，但在长沙要打听消息最便捷的地方，仍是这个松泉茶楼。

曾纪生选择了一张靠窗的茶桌坐了下来，叫了泡茶和包点后，目光缓缓地扫过四周。

旁边的一张茶桌旁，几个顾客正在津津有味地吃"双包按"。所谓"双包按"，就是把两个包子的底部各挖个洞，放入十几粒剥去了皮的花生米，然后再将两只包子，洞对洞地轻轻按在一起，并以浓茶相佐吃之，食客俗称此吃法为"双包按"。

曾纪生抿了一口茶，拿起盘子中的两个包子，正准备吃个"双包按"，这时，另一张茶桌上的三个茶客传来了说话声。

"你知道吗？打仗啦！日本关东军9月18日突然袭击沈阳，一个礼拜便占领了东北。"说话的是其中的一个胖子。

"哦？有这么回事？"长袍茶客说道，"一个礼拜就占领了东北，我们几十万东北军是干什么的，手里拿的是烧火棍？就那么没有用！"

"唉！"胖子叹口气道，"不是东北军没用，听说是国民政府不让抵抗。东北军还在撤，辽宁、吉林、黑龙江三省算是完了！"

第十二章 烧日货

另一个年轻点的茶客接过话:"我这里有最新的消息,'九·一八'之后的第十天,北平就举行了二十万人参加的抗日救国大会,人们烧毁日本商品,要求对日宣战,收复失地。同日,南京、上海两千多名学生上街请愿,冲击国民政府外交部,外交部部长王正廷被学生打伤后被迫辞职……"

长袍茶客一巴掌拍在桌子上:"打得好!哪个不抗日就打哪个!"

"哎——"徐老板鸭子摆水式地跑来,一边亲自给三位茶客沏茶,一边道,"客官,茶楼是休闲之地,莫谈国事,莫谈国事。"

三位茶客没有再议论下去,说话的声音也小了许多。曾纪生竖起耳朵用心听,却再也听不清说些什么。

曾纪生在松泉茶楼里坐了很久,此刻他已没有再去注意周围的茶客说些什么。他终于不再犹豫了,决定停止阿其仁康湘绣旗袍的供货契约,打仗的信息,让他本能地意识到了与日本人做生意的危险性。他的思维跳跃到了另一个问题上,如何才能从刚才获得的日本军队入侵我国东北三省的信息中,找到对付大石洋行日本商人野田松木的有效办法。

黄昏时候,曾纪生才离开松泉茶楼。从松泉茶楼到天然阁绣庄也只有一两里路,由于不少的商铺已经关门落了铺板,走在麻石街道上显得有些冷清。

曾纪生刚走到街口,便发现有几个学生模样的年轻人,正在张贴标语。曾纪生故意磨蹭了一会儿,等年轻人贴完标语离开后,才走近前去观看。光线虽然已经昏暗,但标语上的字还看得清楚，上面写的内容是，日本人侵占了中国的东北三省，号召全国同胞团结起来，反抗东洋鬼子，还有一张标语写的是告示，两天后将举行"湖南人民反对日本武装侵占辽宁示威大会"，号召全体市民踊跃参加。

曾纪生看着标语心里一动，似乎想到了什么……这时，一声呼喊打断了他的思维。

"老板！"谢长庚跑过街口，来到了曾纪生身旁。没等曾纪生开口问话，谢长庚便急忙道："您这个时候还没有回绣庄，可把田掌柜急坏了，她在店里等着您有要事商量哩！"

天然阁绣庄内堂里，田如玉指着桌上的一份公文道："大石洋行要求我们十天内，退还三年前长沙绣庄同业会与天然阁绣庄因次品东洋绸事件扣留抵账的那批东洋绸，十天内若不能全数退还，将按目前市场价的双倍价格赔偿货款。"

谢长庚有些着急地道："这警察署的公文都下来了！我早说过日本人惹不得的，现在这东北三省都……"

警署发出的这份公文，其实是野田松木操纵的结果。自从日军占领东三省后，北平方面传来了市民示威游行的消息。野田松木明白，北平等地中国人这么一游行，肯定会将中国人的民族情绪煽动起来，他受关东军本庄繁将军指令，委托阿其仁康出面订制的那批湘绣旗袍，很可能也就泡汤了，所以当他知道曾纪生要废除与阿其仁康的千件旗袍契约时，便通过警察署，要求长沙绣庄同业公会和天然阁绣庄，赔偿三年前那批大石洋行的东洋绸货款，向曾纪生施压，并放出风声，只要天然阁绣庄能执行千件旗袍契约，大石洋行的东洋绸货款就可以一笔勾

第十二章 烧日货

销。

野田松木通过警察署发来公文中强硬的态度,激起了曾纪生本能的反感,他毅然地作出决定,曾家大屋哪怕是赔得倾家荡产,也不能交付这千件旗袍订单!

田如玉得知曾纪生的态度后,吩咐谢长庚道:"野田松木这一招也是够狠的。三年了,别说是天然阁绣庄发出去的东洋绸,就是各绣庄保存的东洋绸次品,恐怕也凑不齐数了。既然是这样,我的意见是,旗袍不交货,款也没有赔。"

谢长庚着急地道:"如此一来,天然阁绣庄还怎么在长沙市场立足?还有警察署的公文限我们半个月内答复,到时我们又如何对付?"

田如玉胸有成竹,轻轻地哼了一声道:"你听到了北平民众上街游行示威,烧毁日本商品的消息吗?"

谢长庚一愣,不知田如玉此话的目的。此时,店门外传来了游行民众呼喊抗日的口号声,瞬间,他脑海中闪过一个念头,不觉嘴角露出了一丝微笑道:"我有主意了!"

田如玉眯起眼道:"你有什么办法?"

谢长庚故意神秘地道:"中国古有三十六计,计计精彩,诸葛亮的'火烧赤壁'更是脍炙人口。"

田如玉右手握成拳头,重重地在空中挥了一下道:"这次真让你说对了,日本关东军在中国杀人放火,我们还与日本人讲什么契约,谈什么赔偿!烧了!什么旗袍、东洋绸统统烧掉。如果我们自己不动手,街上那些愤怒的游行民众也会来帮我们烧的。"

芙蓉坊密码

　　曾纪生虽然心痛自己辛辛苦苦赶忙出来的湘绣旗袍，但经过考虑后，还是同意了田如玉烧毁日货的决定。

　　多年来的经验，让曾纪生便明白了一个道理，每当外国列强侵略中国的时候，中华民族的怒火总会掀起反抗的浪潮，这种浪潮难免也会造成一些自伤。这有点像他小时候抓鸡，当手伸进鸡笼侵略到鸡的领地时，笼里便会响起群鸡抗议的鸣叫，有些大胆的公鸡，甚至会愤怒地啄手抵抗。

　　田如玉的预料没错，"九·一八"事变激起了中国人民的抗日怒潮，各地民众纷纷要求抗日，反对政府的不抵抗主义。不到一个月，超过百座以上的城市都举行了万人聚会抗议活动，日货被定名为"仇货"，也就是仇人生产的商品，遭到了全国各地民众的拒绝。人们还重新定义了"奸商"的概念。在传统意义上讲，"奸商"是指"卑劣、诡计多端的商人"，而在民族危机爆发后，它被升格为"叛国的商人"，所有生产、贩卖日本产品的商人，都成了"人人得而诛之"的叛国贼。

　　长沙也不例外。就在曾纪生与田如玉决定"废旗袍，烧洋绸"的第二天，两百多个以学生为主的宣传队拥上街头，讲演"九·一八"事变的真相。三天后，长沙各界十几万人举行了"湖南人民反对日本武装侵占中国东北示威大会"，声讨日本军队侵华罪行，到会人数之多，前所未有。大会过后，长沙各条街道上，经销日货的商店和日本贸易洋行，在民众愤怒的声讨声中纷纷关门歇业，有人开始在街头公开摔砸和焚烧日货。

　　曾纪生不愿背上卖国奸商的骂名，同意了田如玉焚烧天然阁绣庄尚存的部分日本东洋绸外，还准备将曾家大屋库存的一

第十二章 烧日货

批东洋绸,及阿其仁康订制的旗袍一并烧了,这样做既符合当前抗议日本侵占中国东北的大局势,又断了大石洋行纠缠天然阁绣庄的后患。

曾纪生准备返回曾家大屋提取旗袍与库存的东洋绸之时,肖小宝也在宏昌绣庄查看自己的仓库。瞧着仓库里堆积如山的东洋绸次品,肖小宝心里可真是酸甜苦辣五味杂陈。

三年前,大石洋行将东洋绸以次充好,坑骗了他这个冤大头之后,他对日本人可谓是恨入骨髓,所以在日本浪人围攻天然阁绣庄时,他不计与曾纪生的"世家之仇",奋不顾身地冲进前来行凶的日本浪人中,用酒瓶砸破了山本子和的脑袋。现在日本人侵占了中国东北三省,民族气节让他更是无比的愤怒,这小日本也真他妈的太猖狂了,竟然骑到中国人头上来啦!不过,如今长沙街头的反日示威游行,狂热的"倡国货,反日货"的举动,让他感到解恨的同时,也看到了重振宏昌绣庄雄风,恢复宏昌绣庄在长沙绣庄同业公会影响力的机会。

此刻的肖小宝,感觉到一股热血直冲头顶,与生俱来的天不怕地不怕的气概,再次让他感受到了伟岸带来的特殊享受。他举起手中的酒瓶,喝了一大口酒,用手拍拍东洋绸次品的货包,对站在一旁陪同他查看仓库的赵管家道:"我要把这些东洋绸烧了。"

"烧了?"赵管家惊讶地道,"这批次品,当年与大石洋行协商时就有约定,已使用的必须付款,没使用的可以退货。如果我们将它烧了,大石洋行要退货怎么办?"

"你呀,真是一个木脑壳。"肖小宝不屑地扫视了赵管家一眼,"你想想,这些东洋绸次品,本来就是一批废品,如果能使用,我们也不会退货。协商的约定虽然是那么写,但那只是给大石洋行一个台阶下,如果大石洋行当年真想把东洋绸次品收回去,我们退货时,他们为什么不收?"

赵管家顿时醒悟,点着头道:"老板高见!我们现在将这些东洋绸次品烧了,也就彻底与大石洋行了断啦。"

肖小宝晃着酒瓶,一脸严肃地道:"我要把这批东洋绸次品全烧了,而且是当街焚烧!"

赵管家眼睛一亮:"我明白老板的意思了,现在烧日货不论今后出现什么情况,都可以不用赔偿,事关国家冲突,谁也管不了,大石洋行再有本事,火一烧就成了谁也理不清的无头案。"

肖小宝喝了一口酒,很是得意地道:"你抓紧时间去准备吧。听着,这把火一定要烧得大,烧得让全长沙城的人都知道是宏昌绣庄在烧东洋绸。"

赵管家挥着手,兴奋地道:"在大街上焚烧这么一仓库的东洋绸,那火会小得了?恐怕城里所有的人都会出来看热闹,到时候我喊上几个学生帮忙,与看热闹的人群,相互一吆喝,肖老板和宏昌绣庄的名号,随着这把大火,想不火都不行啊!"

肖小宝听赵管家这么一说,更是激动起来,一口喝光了瓶中的酒,把酒瓶一扔,举起双臂道:"这把火,我要让它烧出长沙宏昌绣庄的气概,烧出一个民族大英雄来!"

赵管家拍马屁地竖起大拇指道:"这个民族大英雄,就是宏昌绣庄的肖小宝!"

第十二章 烧日货

"民族大英雄肖小宝?哈哈哈哈!"听着赵管家奉承的话,肖小宝搓着双手,忍不住发出得意大笑。

曾纪生回到曾家大屋后,立即让曾广智和谢长庚去准备车辆,自己则直奔后院库房。曾纪生从后院账房门前经过时,发现大门被一把大锁锁着。曾纪生不觉有些奇怪,易玉莲怎么会不在后院?他在天然阁绣庄动身时,就已经派人通知了易玉莲,说要来库房提取那批东洋绸,要易玉莲提前做好准备,按照易玉莲素来行事的习惯,她不会不在后院等候。

"广仁哪去啦?"曾纪生一边猜想着,一边派人叫来谢春,要他打开库房的门。

平时库房的门,只有易玉莲和谢春才有钥匙打得开。不料,谢春却对曾纪生道:"这门,玉莲嫂换过门锁了,我打不开。"

曾纪生觉察到了不对:"什么时候换了锁?我怎么不知道?"

谢春道:"前天,您去天然阁绣庄后就换了锁。"

曾纪生脸上罩起一层严霜:"去,把她给我找来,我就在这库房门口等着!"

谢春应了一声,急步跑出了后院。曾纪生等了将近半个时辰,还不见易玉莲到来,不觉心中恼怒,大声叫伙计拿来了铁锤,准备亲自动手砸锁。这时,谢春和易玉莲急匆匆地跑了过来。

"老爷,钥匙拿来了!"谢春抓住曾纪生握着铁锤的手,"您要开……门,我这就替……您开。"

曾纪生盯着姗姗来迟的易玉莲问道:"你到哪里去了?"

易玉莲吞吐地道:"我……去了靖港。"

曾纪生冷声道:"你去靖港干什么?"

"去找焦保林。"

曾纪生不再追问,冲着谢春道:"开门!"

曾纪生走进库房,一眼就看到原来码放着东洋绸货包的地方,如今却是堆放着一大摊的稻谷。

曾纪生阴沉着脸道:"那批东洋绸呢?"

"烧啦。"易玉莲倒是答得爽快,"那批货太占地方,你捎信回来不是要运到长沙去烧掉吗?"

曾纪生当然不会轻易相信她的话,烧这么大一批货物,要弄出多大的动静,自己会不知道?他犀利的目光盯着易玉莲的眼睛:"烧了?你骗谁啊!那批货到底在哪?"

易玉莲沉静地道:"真的烧了。"

曾纪生一听急了:"玉莲!货在哪里?快告诉我吧,这货可关系到天然阁绣庄和大石洋行的官司!"

易玉莲没想到这批要被曾纪生焚烧的东洋绸,居然还关联到与大石洋行的官司。她愣了愣,急忙道:"货我拖到了靖港焦保林的绸缎铺,今天上午就当众烧毁了。"

原来易玉莲得到曾纪生为了声讨日本侵占东北三省,响应抵制日货的号召,要将库房里的东洋绸拖到长沙去当街焚烧的消息后,觉得这批东洋绸至少值上万大洋,就这样拖去焚烧了,不仅可惜而且水路运输还要花钱费力,得想个法子把这批货留下来。易玉莲知道曾纪生的脾气,决定了的事绝不会轻易改变。她左思右想,终于想出个办法,找人将库房的东洋绸货包,悄悄地连夜运到了靖港,交给焦保林去处理,为了不连累谢春,

第十二章　烧日货

暗中还特意给库房大门换了门锁……

"我不是告诉你,这批东洋绸要拖去长沙烧吗,你怎么自作主张拖到靖港去烧?"曾纪生无可奈何地问道。

易玉莲咕噜着道:"在长沙也是烧,在靖港也是烧,我们干吗要……要出那冤枉的运费。"

曾纪生无奈地道:"在长沙烧,我们是烧给日本人看,也烧给中国人看,在靖港烧,大石洋行怎么知道我们烧了他的货。"

易玉莲安慰曾纪生道:"这个你就不用担心。焦保林在烧毁这批东洋绸时,特地邀请了《国民日报》的记者作了现场采访,明天你看报纸吧。"

这两天,肖小宝酒喝得特别凶。一大早,他一边喝着酒,一边瞧着仓库的大门,心思翻滚着:这仓库里装的全是钱呀!虽然那些东洋绸次品质量不好,可拿到乡里去还是能变些钱,不如先烧一部分,留一部分悄悄卖到乡里去,这样一来,既留了钱,又扬了名,一举两得……

"来了,来了!搜查队来……了!"赵管家手里拿着一份报纸,高声叫嚷着,风也似的跑了进来,打断了肖小宝的胡思乱想。

肖小宝瞪圆了细眼问道:"什么搜查队?"

赵管家喘着气道:"抗日学生组……组织了'搜日货队',专门到各个商铺仓库搜……查日货,搜出日货后就当街焚烧,还要给商铺的主人戴上高帽子游街。"

"哦!"肖小宝想起了近来几天越来越紧的搜查日货的风声,不觉皱起了眉头,"妈的!该怎么办?"

赵管家凑近前道:"曾纪生的老婆真积极,昨天上午就把曾家大屋一万多米的东洋绸,一批日本人订制的旗袍,拖到了靖港码头当众焚烧了,消息上了《国民日报》的头版。"赵管家说着,把手中的报纸递给了肖小宝。

肖小宝接过报纸情不自禁地念了起来:"昨日上午十点,铜官曾家大屋在靖港码头大堤上,当众烧毁万米东洋绸,随后'天然福绸缎铺'、'永昌杂货店'等店铺,竞相效仿……"

这时,宏昌绣庄店门外传来一阵嘈杂声,有人在高声呼喊:"烧日货哦!烧日货!"

前堂的店伙计惊慌失措地跑进后院,向肖小宝禀告:"老板,天然阁绣庄要烧日货了!"

肖小宝霍地从太师椅中跳了起来,挥着手中的报纸,大声喝喊道:"伙计们!我们也不要落后,把仓库里的东洋绸次品全部拖到街口去,我们也放一个大焰火!"

因为事先早有准备,在赵管家的指挥下,宏昌绣庄的伙计很快地就将仓库里的东洋绸次品全部搬了出来,一条长龙似的沿着街口摆开。这时街口已经围满了看热闹的人群,大家闹闹嚷嚷,指东点西地议论着。

当肖小宝带着三分酒意来到街口时,"日货搜查队"的学生们带头喊起了"打倒小日本,收复东北三省!"的抗日口号。霎时间,围观的人们高呼口号,群情激奋,令人热血沸腾。肖小宝在此起彼落的口号声中,走到准备焚烧的东洋绸旁站定,目光瞟向了街口斜对面的天然阁绣庄。

天然阁绣庄门前,也架起了几堆准备焚烧的东洋绸货包,

第十二章 烧日货

曾纪生、田如玉、谢长庚和曾广智都站在了绣庄大门前。肖小宝看到天然阁绣庄准备焚烧的东洋绸货包虽然也不少,但比起自己的"长龙"来,就显得有些不上眼了,他脸上不觉露出了一丝得意的微笑。

赵管家让伙计往东洋绸次品货包上淋上煤油后,附在肖小宝耳边说了一句话,肖小宝扬起了手臂,全场顿时安静下来。肖小宝正准备发出点火的命令,这时围在天然阁绣庄门前的人群中,有人发出了叫喊声:"天然阁绣庄烧的是东洋绸正品,烧的是正宗的日本货啊!"

听到喊声,立即有人抢到宏昌绣庄的"长龙"货包旁察看。察看的人看样子是个里手,看了一眼就高声嚷道:"宏昌绣庄烧的是东洋绸次品!"

"这边烧的是东洋绸次品,没看头!"围观的人群一边议论着,一边涌向天然阁绣庄。

"妈的!"肖小宝在心里骂了一句之后,当机立断地命令伙计,"快!把仓库里的东洋绸正品货包,全都搬出来一块烧啦!"

赵管家扯着肖小宝的衣角,低声道:"老板……"

肖小宝猛地推开赵管家,挥着手臂向人群高声嚷道:"打倒小日本,老子不打小九九!宏昌绣庄今天是东洋绸次品、正品一起烧!"

看到宏昌绣庄伙计搬来东洋绸正品货包码到"长龙"上,并往货包上淋着煤油,围观的人群又向这边拥来。

肖小宝在感到高兴之时,又隐隐觉得有些心痛。

这时天然阁绣庄已经点火了，随着腾起的火焰，响起了一片口号声和呐喊声，接着又有十几家绸缎铺和洋行点火烧日货。

顿时整个八角亭，从街头到街尾腾起了一条火龙，可真有"火烧连营"的气势。

宏昌绣庄的火，虽然比天然阁绣庄后点燃，由于烧掉的东洋绸多于天然阁绣庄，在火焰和气势上都远远胜过了天然阁绣庄。整条街道火光冲天，染红了半边天空。成千上万的人群挥舞着手臂呼喊着，一浪高过一浪的抗日口号，夹杂着尖厉响亮的口哨声，在八角亭上空回荡。

火光照亮了肖小宝因热血沸腾而涨红了的脸。他领着宏昌绣庄的伙计激动地高呼着口号，频频地向街口的人群挥着手，俨然就像是一位抗日救国的大英雄。

天然阁绣庄和宏昌绣庄带头彻底焚烧库存日货的行为，在长沙城引起了轰动，加上学生组织的"搜日货"队的行动，长沙城里没有一家商铺还敢存留日货，都纷纷将日货搬上街头烧毁。处于民众的激愤情绪和来自各界人士及报纸媒体宣传的压力，长沙的国民政府也不得不公开承认，民众的某些过激行动属于爱国行为。

在长沙城烧日货行动中，引起最大轰动的还要数宏昌绣庄，烧的数量之多，火焰之猛烈，没有任何店铺可以与之相比。肖小宝焚烧日货之举，自然引来了不少人的称赞，有人说他是长沙国货的英雄，也有人说他是长沙商人的楷模，一时间，肖小宝俨然成了风头人物。肖小宝出风头目的虽已达到，但他并不觉得高兴，因为烧了那批没有在他预计中的东洋绸正品，让他

第十二章 烧日货

赔了不少。

祸兮福所倚，福兮祸所伏。旗袍和东洋绸被烧毁，使曾纪生感到非常痛心，烧毁的毕竟是曾家大屋的财产。

田如玉瞒着曾纪生，让谢春给大石洋行送去了一份各绣庄烧毁东洋绸数量的明细单，表明东洋绸货款之事与大石洋行已经彻底了断了，事后她就像是在战场上向日本鬼子兵开了枪一样，感到十分兴奋。

曾纪生却一脸的忧郁，他知道这一次，是将大石洋行和野田松木彻底得罪了，万一日本人在中国得势，将来还不知会给天然阁绣庄带来怎样的麻烦？

田如玉对易玉莲烧毁曾家大屋库存东洋绸的举动，心中始终存有疑惑。她私下对曾纪生道："曾家大屋那一万多米东洋绸，易玉莲为什么要拖到靖港去烧？如果说是为了节约运费，也应该在铜官烧才对。"

曾纪生想了想道："你是怀疑她没烧那批东洋绸？那《国民日报》发表的文章，刊登的照片又怎么解释？"

田如玉没出声了，这事她也想过，但她没有任何证据，无法解释。曾纪生对此事虽然也有怀疑，但没有证据的事，他也无法追究，只得搁在一边。

曾家大屋在靖港码头烧日货的动静很大，天然阁绣庄又在长沙八角亭街口，将日本东洋绸全部当街烧毁，因此每日在街上巡查日货的学生搜查队，从不进天然阁绣庄的门。长沙存有日货的其他绸缎铺和绣庄，有的老板能藏的则藏，能卖的则尽快脱手，时不时地也有店铺被搜查队逮着，藏的日货当街销毁，老板戴高帽子游街。

　　一天，宏昌绣庄赵管家戴着一项日本料子的新帽子，被搜查队碰上，碍于是熟人，那队长网开一面，剪下赵管家帽子里的标有日货标志的里子布，当众焚烧，算是一个交代，大家也都能相互理解。此事传开后，许多当时参加烧日货的人开始反思，日货虽然产自日本，毕竟是自己用钱买回来的，只要剪掉其日本标识就行，为什么一定要全部烧毁呢？

　　烧日货的风头渐渐过去。商场、店铺又恢复了往日的平静。

　　烧日货自然爽快，却不知商人们却是烧得肉痛。当时国产丝绸数量少，供不应求，日货不准卖，丝绸价格自然一路上扬，市场货源严重不足。

　　瞧着绣花的原料不足，店铺里绸缎商品空空如洗的陈列，主管天然阁绣庄的田如玉很是焦急，她也想将生意做起来，毕竟，曾家大屋的生存还得靠做生意才能保证，可没有生产原料，没有商品，怎能做生意呢？

　　她找到曾纪生："长沙现在许多绣庄因缺乏绸缎，湘绣产品供不应求，天然阁绣庄也是一样，我们要尽快去苏杭一带进些货来。"

　　曾纪生紧皱着眉头，没有答话。他也在为没有丝绸原料绣花而发愁，"英雄"了一番，但英雄也是要吃饭穿衣的，没有了丝绸原料，也就断绝了维持生活所需的经济来源。

　　这时谢长庚押运着几大车仿绸来到了天然阁绣门前。曾纪生、田如玉闻讯赶了过去，一瞧那大车运输的规模，那批仿绸有上万米的架势，一问谢长庚，他只知道是从靖港运来的，其

第十二章 烧日货

他的事就不清楚了。

曾纪生这边安排田如玉收货,他自己急忙赶回了铜官曾家大屋,很是疑惑地问易玉莲:"你怎么在靖港还存了这么多的仿绸?"

易玉莲淡淡地道:"宏昌绣庄赵掌柜的日本帽子,剪掉里子标签就变成了中国帽,东洋绸剪掉标签不就变成了'仿绸'吗?我们也可以叫它'纺绸'。价格卖低一点就行。"

曾纪生瞪大了眼:"那一万米东洋绸不是被烧掉了吗?"

易玉莲脸上露出一丝笑意:"烧掉了它开剪处的标识,留下了整匹的布料。"

曾纪生急忙追问道:"记者不是现场拍照,还发了文章吗?难道会是假报道?"

"那倒不是。"易玉莲浅笑着道,"不过,记者拍到的只是日货包的标识,真正烧掉的都是些仓库的陈年废料。"

曾纪生此时才恍然大悟,有点丢不下面子地指责道:"玉莲呀,你怎么也玩起这些江湖骗术来了?"

易玉莲辩解道:"这不是玩什么江湖骗术,是变通。"

不管怎么说,易玉莲的"变通",还真的为曾家大屋的东山再起,再次抢得了先机。

时间转眼已到1932年秋天。正当曾家大屋上上下下都在为易玉莲保护了上万米'纺绸'、近千件旗袍没被烧毁而高兴的时候,曾纪生却在为积压的旗袍没有销路而发愁,此时美国戴维尔的儿子戴维·米尔给曾纪生寄来了一份书信。

函信全部系英文书写,曾纪生就像接到一份天书,不知所云。

他知道云空师太进过洋学堂，便要谢长庚带着书信回铜官，请天成庵云空师太翻译一下，看戴维·米尔的书信写了些什么？

第二天，谢长庚从铜官带回了云空师太翻译成中文的书信。信是戴维·米尔从美国芝加哥寄来的，信上说父亲戴维尔生前曾多次提到中国湖南曾家大屋的湘绣非常精美，没能让更多的美国人民欣赏到这门精湛的艺术而深感遗憾，现在正值美国为纪念芝加哥建城100周年，准备在芝加哥举办"芝加哥百年进步纪念会"，因此特来函邀请曾家大屋的天然阁绣庄，到美国芝加哥参展。

其实在此之前，中国国民政府早已接到美方的邀请，并于1932年5月31日，正式聘请孔祥熙、宋子良、吴鼎昌、徐悲鸿等政府官员，及文化名流60余人，组成"中华民国"参加芝加哥博览会筹备委员会，着手筹备工作，只是官方的通知慢于民间的信息。曾纪生接到戴维·米尔邀请半个月后，长沙绣庄同业公会才接到官方的正式通知，邀请参加美国芝加哥博览会。

肖小宝接到通知后，立即赶往锦文丽绣庄，悄悄地对谭文贵道："奉安大典让曾家大屋出尽了风头，这次芝加哥博览会该轮到我们出出风头啦，一定要压住天然阁绣庄的势头。"

谭文贵抿了口茶，不急不缓地道："你准备怎么样压？"

肖小宝眯起眼道："曾纪生没有参加长沙绣庄同业公会，政府只是通知我们组团参加博览会，我们可以……"他顿住话音，有意没把话说完。

谭文贵思忖了一下道："你这是痴人说梦话，天然阁绣庄不参展，怎么会代表湖南湘绣的整体水平，何况筹委会能同意吗？"

"这个你放心，我已经和省府的李文治谈妥了。李文治是这次'两湖团队'参加芝加哥博览会的驻会全权代表，他发下话来，谁还敢怎么样？"肖小宝阴笑着，又补充了一句道，"政府这方面的打点，我来负责，你不用操心。"

谭文贵想了片刻，点点头道："不过，天然阁绣庄名声在外，根据我对曾纪生的了解，他是不会放过这个机会的。"

"哼！"肖小宝不屑一顾地道，"如果曾纪生通过私人渠道参加博览会，我们绣庄同业公会可以不予承认，谅他也出不了彩。"

谭文贵没有再说什么。他知道，天然阁绣庄能否在博览会出彩，并不一定要通过什么渠道参会，也不在于绣庄同业公会承不承认，关键在曾纪生拿出来的绣品是否出彩，博览会上唯有绣品才有资格说话。

第十三章

总统奖

曾家大屋被美国友人邀请参展芝加哥世博会,却被长沙绣庄同业公会排斥在参展名单之外,曾纪生怎样才能以超越同行的优美绣品出师美国世博会?长沙街头火宫殿的臭豆腐让他忽然茅塞顿开……

第十三章 总统奖

世上没有不透风的墙。肖小宝很快得知曾纪生已经得到了来自美国戴维·米尔直接邀请的消息。

肖小宝立即赶往锦文丽绣庄，愤愤不平地对谭文贵道："曾纪生真是只猴精，居然绕开了政府环节和我们绣庄同业公会，通过私人渠道直接参展芝加哥博览会，我们该怎么办？"

"能怎么办？你不是要把他关在绣庄同业公会的门外吗？我早就知道你高估了自己，看矮了曾纪生。"谭文贵话锋一转道，"其实他是否参加博览会，我们都要平静地看待，关键是我们能拿出什么样的绣品参展，在博览会上我们要面对的是世界，而不是中国人，更不是曾纪生个人。"

肖小宝气愤地道："这样一来，那……那岂不是白白便宜了这只猴精？这让我们绣庄同业公会的脸面往哪里放？！"

"你呀你呀，老是眼睛瞧着一尺远的地方。"听着肖小宝鼠目寸光的说法，谭文贵有点恨铁不成钢地埋怨道，"多用点心想一想，我们该用什么样的绣品去参展吧。据我了解，外国人很少看商品是什么来头，他们看重的是展品能不能打动他们的心。"

肖小宝仍然不甘心地道："你说的这些我都想过，可是曾纪生是我们一个最现实的对手，只有先排除他……"

"你少在这方面动歪脑筋了。"谭文贵毫不客气地截断了肖小宝的话，"把心思用在参展绣品上吧。"

肖小宝见谭文贵动了肝火，想着缓和一下气氛，从怀里掏出一张照片递了过去道："关于绣品，我看就绣富兰克……林·德……诺兰……"

谭文贵瞟了照片一眼，抢白道："这个人啊！你直接说'罗斯福'不就得了，他马上就要接任美国总统了。"

肖小宝张大了嘴道："你可真是神了，连这都知道了。我有个主意，我们这次参展绣品……就绣罗斯福。"

听完肖小宝的主意，谭文贵眯缝起了眼睛，在想着什么。

这一段时期以来，曾纪生一直在曾家大屋与天然阁绣庄之间穿梭着。此时他坐在天然阁绣庄前院厅，靠窗户的八仙桌旁，一边喝着茶，一边凝视着人来人往的街景，他看似平静，心中却是暗波翻涌。

长沙绣庄同业公会"荣华"、"旭阳"、"锦文丽"、"宏昌"等绣庄，都接到了省政府的参展通知，邀请组团去美国参加"芝加哥百年进步博览会"，听说这是一个非同一般的博览会，将有近百个国家的工艺美术商品应邀前去参展。田如玉也去省政府打听过了，"两湖团队"代表湖南湘绣参展的绣庄中，不仅没有天然阁绣庄，也没有曾家大屋。

曾纪生皱起了两道浓眉。曾几何时，曾家大屋一直是湖南湘绣中的一面旗帜，从清朝的老佛爷大寿，到民国的大总统红白喜事，从南洋劝业会，到意大利都灵博览会，哪一次曾家大屋不是湘绣的龙头绣庄？哪一次不是当地官府的座上宾？这次，曾家大屋怎么会没有接到政府的参展通知？是肖小宝在暗中捣鬼，还是谭文贵心怀嫉妒，还是政府对曾家大屋有了芥蒂……曾纪生很想去问个明白，可无凭无据的，问了也是白问，加之又放不下面子，始终没有去问。

曾纪生虽然有来自美国戴维·米尔的直接邀请，曾家大屋

第十三章 总统奖

可以自己直接参加芝加哥博览会，但他的内心还是想以湖南代表团名义参展，民间与官方毕竟不是同一层次，可代表政府联络这次活动的绣庄同业公会不通知你参加，那又有什么办法呢？

窗外一阵风吹过，随风摇曳的花卉像是在撩拨着曾纪生心中的隐痛。一时间，他有些坐立不安。他刚刚站起身来，谢长庚走了进来。

谢长庚双手将一封信递交给曾纪生："这是南京张先生寄来的信。"

"哦！"曾纪生接过信，匆匆地撕开了信封。

张伯元的儿子张士奎在来信上说，父亲张伯元非常推崇曾家大屋的湘绣，现在南京丝绸商会决定组织无国籍人士，参加美国政府举办的"芝加哥百年进步纪念会"（即世博会），特别邀请曾家大屋的天然阁绣庄，一同前往芝加哥参加会展。

曾纪生先有戴维·米尔的邀请，现在又有南京张伯元儿子的来信，他心里的底气足了，只是到底选用什么样的湘绣参展，他心里仍然拿不定主意。为了让展出的绣品超过锦文丽绣庄和宏昌绣庄，曾纪生习惯性地来到长沙街头，在过往的人群中捕捉着信息，寻找着灵感。

曾纪生信步来到地处坡子街的火宫殿。这是一座祭祀火神的庙宇，又名"乾元宫"，始建于清乾隆十二年。火宫殿以"火庙文化"为底蕴，辅以名品素食，以其独特的风格使历代名人纷纷慕名而至。晚清时期，火宫殿一带开始兴起小吃，逐渐发展成为祭祀、看戏、听书、观艺、小吃的庙市。现在的火宫殿，摊担罗列、支棚撑伞，已成了小吃闹市，人们把它同北京的天桥、上海的城隍庙、南京的夫子庙相媲美，是长沙集民俗文化、宗教文化和饮食文化于一体的大众场所。

一股香气飘了过来，这是火宫殿一带特有的油炸臭豆腐香气。曾纪生四处瞅了一眼，香气是从路边的一个摊担上飘过来的。曾纪生走过去的时候，不知为什么总觉得这个摊担不普通。果然，走到摊担前时，戴着瓜皮小帽的摊主，一开口就吸引住了他。

"这位客官选中本摊担的臭豆腐，好眼力！"戴瓜皮小帽的摊主扬起脸，笑着道，"不是我姜某夸口，放眼这坡子街上下，还就数我姜某的正宗臭豆腐最地道。"

"正宗臭豆腐？"曾纪生被这位姓姜的摊担主给逗笑了，"笑话！臭豆腐还有什么正宗不正宗之说？"

姜摊主脸上仍然带着笑："看来，客官不是行中人，至少不是老长沙。"

曾纪生来了兴趣："姜老板，我穿开裆裤时就在长沙街上走，怎么不是老长沙？"

姜摊主反问曾纪生道："老板，你知道长沙臭豆腐的来历吗？"

曾纪生不在意地道："我又不炸臭豆腐，哪知它的来历？"

姜摊主一边炸着臭豆腐，一边讲述道："清康熙八年，北京一家豆腐作坊老板王致和，盛夏的一天，将舍不得倒掉的受热发酵的豆腐撒上盐，几天后豆腐居然臭中发出清香，入油一炸，味道鲜美，王致和喜出望外，上市出卖，一销而空，从此便专门制作，生意兴隆。此技艺流传到长沙后，一些有心的小生意人，便将制作方法进行了一些改进，结合地方特色和口味，

第十三章　总统奖

增添了一些佐料，便就形成了一道风行一时的长沙著名小吃——臭豆腐。"

听着姜摊主的讲述，曾纪生脑海中思绪联翩，想起了参展美国芝加哥博览会的绣品……臭豆腐的奥秘，让他意识到了什么，但这个什么，却像空中飘浮着的一缕游丝，看得见却又抓不着。到底是什么呢？他拼命地想抓住这缕游丝。

"客官！这臭豆腐，你还要不要？"姜摊主的喊声，把曾纪生唤回到现实中。

曾纪生歉意地笑了笑，买下了全部炸好的臭豆腐。

曾纪生捻起一块臭豆腐放进嘴里，细细地品味着。臭豆腐特有的香味，触动了他的脑海中的灵感，瞬间抓住了那缕一直在脑中浮动的游丝。

臭豆腐因历史故事而弥足珍贵，本身就具有文化内涵的湘绣，又何尝不是如此。参展美国芝加哥博览会的绣品要有故事，故事源于湘绣的历史，曾家大屋祖传的朱金漆木盒中，不是收藏着父亲的《荷鹤图》绣品吗？它之所以在都灵博览会获奖，凭的就是作品的故事内涵……心念及此，曾纪生捧着一大包用荷叶包着的臭豆腐，连天然阁绣庄的门也没进，便急匆匆地赶回曾家大屋，翻箱倒柜地找出了当年采莲姨要在父亲灵堂前焚烧的那幅《芦雁图》。

大家的目光盯着展开在桌面上的《芦雁图》。由于年月久远，这幅绣画稿的颜色有了点蒙眬感，但整个画面看去还是十分清晰：风平浪静的洞庭湖，夕阳西下，红透了半边天空，两只高飞远离芦丛的芦雁觅食归来，另有三三两两栖息在水草丛中的同类，引颈高歌，欢迎归巢……透过那灰蒙的画面，大家似乎从画稿中听到了芦雁的拍翅声、鸣叫声，那声音汇成了一片激昂的生命之音，正在穿越房间的窗户，向着大洋彼岸飞去。

易玉莲激动地道："是它，就用它……"

田如玉抿紧的嘴唇里，透出颤抖的声音："真……真是太……太美了！"

其余的人都被《芦雁图》画面的意境所震撼，没有发出声来。

曾纪生作为商人，自然明白《芦雁图》的价值，不仅仅在于它的历史故事，作为商品的完整性，它还需要湘绣的针法、线色的有机组合，才能构成一件艺术品的完整价值。

曾纪生和易玉莲捧着芦雁图画稿，在听水轩凉亭里，整整讨论了三天，才领悟到了当年父亲送给采莲姨此画中的灵感之处。易玉莲经过仔细推敲后，基本确定了根据芦雁图画稿，刺绣《乐雁图》所需要选用的用料与针法，随后她亲自出马，率领绣娘在绣楼新建的后坊间里，开始了紧张的刺绣。

易玉莲知道这次刺绣《乐雁图》，在某种意义上来说，比奉安大典刺绣灵柩棺罩还要重要，听说锦文丽绣庄已经请了湘潭韶山巴公塘的刺绣高手杨佩珍主绣《罗斯福》绣像，要让《乐雁图》胜过《罗斯福》绣像，谈何容易？因此她除了亲自担任主绣手外，还特意抽选了年仅十四岁，却有八年绣龄的未来儿媳焦菊香，参与劈线和芦雁的绒毛混色。

在长沙城的宏昌绣庄，当肖小宝得知曾纪生正式接受戴维·米尔邀请，参加芝加哥博览会后，突然决定放弃宏昌绣庄的参展名义，将自己绣庄参展的绣品，全部改用锦文丽绣庄的名义在

第十三章 总统奖

博览会展出。明眼人都知道,肖小宝和谭文贵这是欲合两家绣庄之力,在芝加哥博览会上将曾家大屋彻底压倒。

曾纪生清楚天然阁绣庄的湘绣生意虽然做得很大,在几个大城市都有了分号,但他自思,能够拿到芝加哥博览会上展出的精品却是不多,绣庄虽有一幅《乐雁图》作为压轴的湘绣精品,却远远不及锦文丽绣庄与宏昌绣庄联手后的强大绣品展示阵营,尤其是他们还别出心裁地选用了《罗斯福》总统的绣像,天时、地利、人和的优势,似乎全被锦文丽绣庄占去了。

天然阁绣庄的优势在哪?曾纪生想到了日用品湘绣。曾家大屋生产的广受民众喜爱的湘绣日常用品,无论在绣品式样、质量和数量上,都在湘绣市场占有着优势,这是锦文丽绣庄和宏昌绣庄根本无法与之相比的,如果将日用品湘绣带到芝加哥博览会上去,也许能够别开蹊径,至少在绣品的数量上能压倒锦文丽绣庄。

曾纪生拿定主意后,让易玉莲坐镇天然阁绣庄刺绣《乐雁图》,田如玉则回曾家大屋,分门别类地把"最具民族特色"、"最方便实用"、"最潮流时尚"、"市场最畅销"的日用品湘绣样品挑选出来,然后组织绣工坊和所属的各绣点站绣工,连夜加班赶制产品。为了参展芝加哥博览会,在曾纪生的指挥下,曾家大屋这个庞大的湘绣生产机器疯狂地运转起来。

曾纪生在拼命忙碌,肖小宝和谭文贵也在夜以继日地紧张赶活。

为了让《罗斯福》绣像在芝加哥博览会上收到轰动性的效果,谭文贵不惜重金,请了湘绣大画师杨世焯的高足弟子周五雕匠,雕制了一个紫檀木相框，框边刻有五龙戏珠浮雕，龙为圆身突起，托以云霞，龙身贴真赤金，龙眼内镶有玉石。谭文贵如此用尽心思，除了想展现锦文丽绣庄的实力外，还真的想在芝加哥博览会上堂堂正正地赢曾纪生一回。

　　肖小宝更是不忘"父仇"，一心想要在芝加哥博览会上击败曾家大屋，哪怕是当"伴片"也行。他有自知之明，知道仅凭宏昌绣庄目前的实力，绝对斗不过曾家大屋，所以才不惜出重金与谭文贵合作刺绣《罗斯福》绣像，并全力以赴地支持锦文丽绣庄，目的只有一个，那就是让曾家大屋"背榜"（落选）。

　　正当参展筹备工作紧锣密鼓进行，并在上海举办了国内预展时，国民政府因为财政困难，突然在1933年2月28日的行政院第89次会议上，决定停止中国以国家名义参加芝加哥世博会。消息传出后，引起了正在上海参与筹备的各省市参展代表高度关注，他们决定以出品人名义联名电告外交部，请将停止参加芝博会一事，暂缓照会美国当局，一面组织出品协会筹议补救办法，最后国民政府同意由出品协会接手从事参展前的各项筹备工作，并确定了各省的参展代表名单。天然阁绣庄湘绣代表曾纪生，因为是美国方面直接邀请的，费用也由美国戴维·米尔承担，所以在因经济因素而大大压缩了的参展代表名单中，曾纪生仍然在册。

　　1933年5月底，时任湖南省政府主席的何键命何凤山、李文治率领"两湖团队"，参展美国"芝加哥百年进步纪念会"。

　　当曾纪生站在大洋彼岸的芝加哥城，望着画栋朱帘，极为典雅精美的中国展馆时，心中感叹万分：要让一个民族的文化

第十三章 总统奖

艺术，尤其是民间的文化艺术，登上今天这个舞台，让世人了解、接受并传播，真的是不容易！

曾纪生随团队下榻后，立即开始布展，然而，令曾纪生万万没有想到的事发生了。他刚刚叫谢长庚率领伙计将参展品运到展馆内，李文治的副手肖小宝便告诉谢长庚，因为中国展馆面积太小，展品太多摊位不够，天然阁绣庄的日用品湘绣，因品位太低，没有必要占用宝贵的展位。

"这是哪家的规矩？" 曾纪生一听急了，冲着前来报信的谢长庚吼着，"湘绣帐檐、靠垫、龙凤枕套、百鸳鸯被面，古代的皇帝、民国总统都可以用，到了美国这个展览会，就品位太低了？这是哪家的规矩？美国人还是中国人？"

被骂得狗血淋头的谢长庚，心一横直接找到李文治，抖动着手里拿着的几个湘绣坐垫，强硬地道："李主管，你拿着我的这个金线绣'福、缘、寿、喜'四个坐垫，到博览会各国的展位上转一圈，看我的产品比谁家的品位低？"

不看不知道，一看吓一跳！李文治看到谢长庚手中的湘绣坐垫，金碧辉煌，光彩夺目，工艺精致，很是尴尬地道："我也是接到你们同行的投诉，才……"

"同行投诉？"谢长庚大声问道，"谁投诉我们了？"

李文治没有回答，却瞅了一眼站在远处的肖小宝。

与此同时，曾纪生找到戴维·米尔说明了情况。在戴维·米尔以个人的名义，通过大会筹委会向中国参展团提出申诉后，天然阁绣庄最终安排了一个靠边上的摊位。虽然摊位的位置靠边，但是比起原定的摊位要大了许多，因为带来的日用品湘绣数量太多，这个安排对曾纪生来说，倒是正中下怀。

6月8日中国馆开展了。虽然推迟了开馆的日期，但出人意料的是，中国开馆的当天，便引起了很多美国观众的关注，尤其是湖南展位，人山人海，热闹非凡。

此次锦文丽绣庄不仅绣制了罗斯福总统绣像，还与肖小宝联手合作带来了多幅湘绣精品，大有要在展会上一口气憋死天然阁绣庄之势。曾纪生不甘示弱地带来了十几皮箩日用品湘绣，想要在数量上挡住锦文丽展位的攻势。两绣庄参展的湘绣刺绣品堆积如山，各类品种琳琅满目，令参观者叹为观止。

摆在湖南馆正中央的是，锦文丽绣庄送展的湘绣《罗斯福》绣像，相框边上雕有五龙戏珠浮雕，隐藏在龙眼和龙珠内的玉石闪闪发亮，在灯火通明的展厅灯光照耀下，五条金龙张牙舞爪，目光闪闪，呈互斗相争之状，令人心驰目迷。

设在拐角位置的天然阁绣庄，开馆第一天业绩平平，人流量没有锦文丽绣庄一半。曾纪生虽然感到有些失落，但表面上一直装着若无其事，内心里告诫着自己一定要沉住气。

瞧着冰火两重天的展位景象，谢长庚有些坐不住了，懊恼地道："你看看人家摊位人山人海，我们这里来参观的人都没几个！"

曾纪生安慰着道："别急嘛，你父亲平常没跟你说过吗？我们绣庄做生意讲究的是扫尾结大瓜。"

因为位置比较偏僻，挂在墙上那幅天然阁绣庄的镇山之宝《乐雁图》，并没有引起人们的注意，首先引起人们注意的倒是那些令人眼花缭乱，登不上大雅之堂的日用品湘绣：绣花手帕、

第十三章 总统奖

丝巾、手套，绣花布鞋、礼帽、太阳帽，绣花枕套、被套、被单，绣花荷包、钱包、礼品包，绣花旗袍、短褂、唐装……另外，还有两张嵌钉在木椅上的亮丽耀眼的椅披样品，那是易玉莲根据当年在意大利都灵博览会定购的两百套椅披，精心设计改进后的新产品——湘绣真丝刺绣椅披。

两天过去后，由于日用品湘绣好看又实用，价格又不贵，无论是普通人或富人都买得起，用得上，所以不少参观者在看过了《罗斯福》绣像，惊叹一番后都拥到了天然阁绣庄展摊，挑选自己喜欢的日用品湘绣。尽管各人的喜好不同，但因日用品湘绣品种繁多，价格高低均有，适合各个阶层需求，前来购买者基本上能挑上几件自己中意的绣品满意而归。

参观、购买的人多了，挂在正墙上的那幅《乐雁图》，便引起了人们的注意。标有中、英两国文字的《乐雁图》故事注解，落入了多名善于捕捉敏感信息的大记者眼中，《乐雁图》的画面，在他们的笔下，生灵活现地迅速传播开来：经过暴风雨洗礼，宽阔的湖面风平浪静，西下的夕阳撒下一抹余晖，水天一色，光彩斑斓，一对芦雁展翅归巢，栖身于水岸芦苇丛中的父母、兄弟、姐妹，或许是同伴则啼鸣相迎，遥相呼应……

《乐雁图》故事注解的新闻报道，引来了更多参观者的驻足品读，随后人们便被《乐雁图》整幅恬静而又充满生机的画面所吸引，右上角绣的一首工整而又不失灵秀的楷书七律诗句"夕阳斜照雁影红，双栖双飞乐无穷。仙返瑶池何处觅，荷塘暮色看流萤"，更是俘获了众多参观者的心灵。

一个星期后，随着展期的推移，湘绣《罗斯福》绣像前，虽然仍有不少的参观者，但惊叹与喝彩声明显地少了许多，讲究实用的美国人对《罗斯福》绣像的热情正在悄然退去。

天然阁绣庄摊位前的人却是越来越多。他们为欣赏《乐雁图》而来，又为能买到一些适用的手帕、桌布之类的日用湘绣品而高兴。摊位前，曾纪生忙得不亦乐乎，而比他更忙的则是临时充当讲解员的戴维·米尔。

谭文贵站在锦文丽绣庄展位内，脸上虽然挂着一如既往的微笑，接待着参观者，但心情却是日趋恶劣。合伙人肖小宝刚刚给他送来了两个消息，一个是何键主席已于昨天下午电告何凤山，要他以自己的名义将《罗斯福》绣像赠送给罗斯福总统。另一个是天然阁绣庄不仅围巾、手帕之类的日用品湘绣生意红火，而且《乐雁图》更是深受参观者的热捧和大会评委会的好评，特别是来自英国的评审委员约翰逊先生，甚至违反"在评审委员会尚未正式公布评奖结果之前，任何评审委员不得擅自发表影响评奖结果言论"的评奖规定，在观摩作品时，公开发表自己的感言："无论从作品意境、刺绣技艺和民族文化内涵来看，本届芝加哥百年进步纪念会的最高奖项非《乐雁图》莫属。"

谭文贵听了肖小宝的说的消息后，不屑一顾地道："大会评奖是罗斯福总统说话算数，还是他约翰逊说了算？评委也不只他一个人，不要忘记这是在美国评奖，而不是英国。《乐雁图》无论如何都不可能超过《罗斯福》绣像的。"

谭文贵虽然嘴巴上这么说，心里还是有些忐忑不安。他悄悄地来到天然阁绣庄展位，想要亲眼比较一下《乐雁图》，与《罗斯福》绣像，究竟那件作品能够胜出一筹？

第十三章 总统奖

　　爱面子的谭文贵躲在参观的人群中，悄悄地观看着《乐雁图》。他是个行家高手，观看的角度自然与众不同。他根本就没有去看《乐雁图》的故事注解，那不是他所关心的事，他认真看的是绣品的刺绣技艺和针法。他从几个不同的角度反复扫视着《乐雁图》的画面，又回头瞄一眼自己展位上的《罗斯福》绣像，脸色逐渐地变得有些发白。

　　谭文贵发现《乐雁图》的刺绣针法，全部使用了湘绣传统的掺针技术，绣面上的湖水、芦雁，线色过渡恰到好处，十分自然，每针仅两三根丝粗，细入微茫。特别令他惊奇的是，背景浅绿色底上，用蓝丝线薄薄慢绣，形成朦胧变化的色彩感，绣品每一针的落点都巧妙地深藏在前一丝中间，迹灭针痕。从刺绣针法，到混色技艺都达到了炉火纯青的地步。芦雁从颈部到腹毛的颜色过渡，是在平掺铺底的基础上，再将一线劈为三十六丝的单线混掺，翅背的羽毛亮丽，颈下到腹部的毛绒松柔风动，转色自如天成，此绣品可算得上是湘绣"掺针"的经典代表作了。

　　在目前湘绣界，还有谁能绣出如此精细的混掺针呢？他在脑袋里细细地将目前湘绣界高手绣娘的名单，一一过了一遍。易玉莲！除了易玉莲，还能有谁会有如此高超的掺针技艺？不过，他转念间又有了疑惑，易玉莲现已人到中年，即使仍然保持有一劈为三十六丝的眼力，但若要用单丝去刺绣，那就需要一种不可想象的淡定、耐力和技巧。易玉莲作为天然阁绣庄的内当家，不可能心无旁骛地坐下来，绣完这幅《乐雁图》，看来曾家大屋还另藏有不显山露水的高人。他随后认真地看了看

《乐雁图》的故事注解，心中不觉感触万分。《罗斯福》绣像绣得再好，那也只是一幅照片，没有意境的解读。

外行看热闹，内行看门道。面对眼前的《乐雁图》，谭文贵自叹弗如，《罗斯福》绣像虽然借助了展会所在国的总统名望，有种先声夺人态势，获得美国人感情上的认同，但若论湘绣刺绣技艺的精湛与绣品丰富的内涵，两者是无法比拟的。谭文贵终于从内心认为，评审委员会约翰逊先生的话是对的，本届博览会金奖还真非《乐雁图》莫属。

迢迢万里，远渡太平洋，不辞辛苦前来美国参加博览会，谁不想拿个金奖？谭文贵怀着几分感慨、几分嫉妒、几分忧郁的心情，转回锦文丽绣庄摊位。他想找李文治与评委们拉拉关系，请他们看在美国总统的面子上，动员评委们投《罗斯福》绣像一票。

说曹操，曹操到。谭文贵正要去找李文治沟通评委们疏通关系，李文治就带着两个高鼻子蓝眼睛的美国人迎了上来了："谭老板，我来给你介绍两位美国朋友。这位是基德比利先生，这位是詹姆斯先生。"

作为商人，谭文贵一瞧两位美国人那副猫见了鱼般的眼神，心里便不由得"咯噔"了一下，但他却只得无奈地伸出手："基德比利先生好，詹姆斯先生好，敝人锦文丽绣庄老板谭文贵。"

基德比利竖起大拇指，操着生硬的中国话："湘绣，真好！"

詹姆斯叽里呱啦地说了一番话，谭文贵听不懂。没有翻译在，李文治只得一知半解地解说道："他说中国湘绣了不起，他夫人来看过几次了，特别喜欢那幅《九鱼戏水》。"

第十三章 总统奖

谭文贵看到李文治说话时，目光瞅着摊位正墙，脸上的笑容是那样的灿烂。他顺着李文治的目光，扭头望去，只见肖小宝正指挥着两个伙计，从墙上摘下那幅《九鱼戏水》的湘绣横屏。

谭文贵急忙走过去，问肖小宝道："你要干什么？"

肖小宝朝正在与两位美国人说着话的李文治，努了努嘴，压低了声道："送给他们。"

谭文贵不满地道："《罗斯福》绣像送给美国总统也就算了，这些湘绣展品怎么能送人？"

"社交的套路我比你熟，哪个国家都差不太多。"肖小宝有点轻蔑地道，"你送了阎王，不送小鬼，我们《罗斯福》绣像，怎么能获奖？"

说话间，肖小宝已经吩咐伙计，把包好了的湘绣《九鱼戏水》送交到李文治手上，李文治转手递到基德比利手中，对方满面笑容地连声道："谢谢，谢谢。"

谭文贵舍不得自己的湘绣《九鱼戏水》，心里憋着一股闷火。这时李文治笑容可掬地领着詹姆斯走了过来："谭老板，今天你锦文丽绣庄可是福星高照啊！这两位美国朋友，一位是总统顾问，一位是商界巨头，组委会委员，你作为刺绣《罗斯福》绣像的锦文丽绣庄大老板，也该给詹姆斯委员挑选一幅好绣品吧？"

谭文贵面呈难色，显出不情愿的样子，把李文治拉到一旁，悄声问道："詹姆斯是评奖委员吗？"

李文治有些不高兴了："当然是啰。我来的时候，不就让肖小宝告诉你了吗？"

谭文贵无可奈何地，又拿出了一幅金线绣的《双龙戏珠》。

詹姆斯连忙推托道："这是送给我的礼品吗？不行。大会有规定，这礼品我不能收。"

谭文贵心中暗喜，这个美国人真正直，送礼也不收。此时李文治却硬把湘绣《双龙戏珠》塞到詹姆斯手中："詹姆斯先生，别推托了，朋友的小礼品，不收的话也太不给朋友面子啦，何况这也只是宣传品，有时间的话，顺便宣传宣传。"

"请我做宣传？"詹姆斯惊讶地睁大了眼睛。

"对对对！"李文治点着头，笑盈盈地道，"请你做宣传，在博览会上为锦文丽湘绣多美言几句。"

詹姆斯乐不可支地接过湘绣《双龙戏珠》，咧着嘴笑道："这幅湘绣是宣传品，那我就要了！"

李文治见谭文贵一副木然的样子，拍了拍他的肩膀，开导道："谭老板，舍不得金弹子，怎么打得下金凤凰？你在博览会做出的贡献，我会向政府作出专题汇报，请政府给予你们适当的支持和奖励的。"说完，李文治头也不回地走了。

谭文贵望着李文治离去的背影，与肖小宝面面相觑。

展会渐渐进入尾声。谭文贵来到博览会主馆——美国展馆，他想看看美国人的展厅是个什么样，美国人又是怎么做生意的。他刚走进馆内，就遇到了曾纪生与戴维·米尔，于是三人结伴而行。

戴维·米尔向谭文贵和曾纪生介绍道："美国自 1929 年经济遭遇到前所未有的灾难后，为了重振国民信心，在罗斯福总统主导下，这届芝加哥博览会主馆，集中展示了美国的科技成果,像电控拖拉机、牙膏装管线、面包生产线,统统被搬到了现场……"

曾纪生久久地呆立在牙膏装管线和面包生产线前,沉默了好一阵,对戴维·米尔道:"从博览会湘绣的销售量来看,我们的湘绣围巾、坐垫、鞋帽的市场非常广阔,仅凭曾家大屋的生产能力,绝对难以满足市场的需要。如果湘绣也能采用像面包生产线一样的流水作业,那该多好呀。"

戴维·米尔认真地道:"据我所知,目前全世界还没有你所想象的刺绣生产机器,我们美国人、英国人,还有法国人,全都是一针一线的刺绣。我认为你这个设想很有趣,我们应该去研究它。"

谭文贵接过话道:"我想如果把刺绣中的画稿、裁料、印花、配线,这些事务进行分工,实行专人来实施,也一定能起到事半功倍的效果。"

戴维·米尔用异样的眼光,看着谭文贵道:"你的想法太有道理了,这在我们美国叫工序,即把一件事分几道工序去完成,效率肯定高得多……"

戴维·米尔忽然扭头对曾纪生道:"哦!有件事我忘记告诉你了。詹姆斯先生告诉我,他有一个朋友威尔逊先生,在美国和欧洲有五十多家商场,他十分欣赏贵绣庄展出的湘绣真丝刺绣用品,准备在贵绣庄订购一批湘绣桌罩和椅披,数量很大,不知你多长时间才能够交货?"

曾纪生听说有大订单,迫不及待地道:"走,带我去见威尔逊先生!交货时间的长短,我要看订单图案的难易程度才能确定。"

谭文贵被冷落在主馆，他看着曾纪生和戴维·米尔消失在过道拐角处的背影，心里很不是滋味。

谭文贵回到中国馆，找到肖小宝郁闷地道："那詹姆斯收了我们的礼品，却给曾纪生介绍业务，真不是个好东西。"

肖小宝大概早就知道此事，无可奈何地道："天然阁绣庄那些被面、枕套、围巾、鞋、帽我们有吗？威尔逊先生是看中了天然阁绣庄展出的椅披，指名要与曾纪生订单，詹姆斯又能怎么样呢？"

谭文贵脸上露出一丝苦笑："看来，我们的《罗斯福》绣像，是白送给总统了，《双龙戏珠》湘绣也是白送了。"

肖小宝无奈地耸耸肩道："《罗斯福》绣像，又不是我们送的，是何键省长送的。"

谭文贵愤然地道："可《罗斯福》绣像是我们绣的呀！"

肖小宝瞧着气愤的谭文贵，犹豫了一会儿道："刚才你去逛展馆的时候，李文治又派人来拿去了两幅湘绣。"

谭文贵再也忍不住了，几近愤怒地朝着肖小宝吼道："我们是来参展的，还是来送礼的？你去问何凤山，李文治在我们这里拿了多少绣品，他知不知道，这次湖南参加展会的绣庄有两大家，为什么只向锦文丽绣庄要绣品做贡献，天然阁绣庄就不能贡献两幅吗？还有詹姆斯的朋友威尔逊，订购的那些桌布、椅披，为什么不先找锦文丽绣庄？如果先通过我们，我至少也可要曾纪生分摊一点开销啊！"谭文贵越说越气愤，神情也有些激动了。

第十三章　总统奖

　　肖小宝叹口气道："天然阁绣庄是戴维·米尔先生邀请来参加博览会的，而且参会的资金，也是戴维·米尔替天然阁绣庄垫付的，李文治怎么能向曾纪生提出分摊开销呢？他要这么做的话，就会被戴维·米尔投诉，他不会干这样的蠢事。"

　　谭文贵目光黯淡下去，深深地吸了口气，让心情平静下来。他心中有些后悔，当初不该听了肖小宝的馊主意，把天然阁绣庄排挤在政府组团之外，否则现在至少还可以分享一点曾纪生的订单。

　　人就是这样，运气来了，门板也挡不住。曾纪生与威尔逊先生，签订了三千套湘绣桌布、椅垫订单后，曾经与曾纪生在意大利国会定购两百套椅披的意大利商人蓬皮特，也专程赶到芝加哥博览会，向天然阁绣庄订购了一批绣花枕套、被套、被单、绣花晚礼服等湘绣日用品。

　　天然阁绣庄摊位生意的红火，大大地超出了谭文贵的意料，让他既感到羡慕，又感到嫉妒和眼红。当《乐雁图》获得"芝加哥百年进步纪念会"金奖的消息，经评审委员会正式公布，得到确认后，谭文贵对《罗斯福》绣像获奖所抱的希望终于破灭。

　　肖小宝和谭文贵始终不明白，芝加哥博览会上获奖作品，为什么不是《罗斯福》绣像，而是天然阁绣庄的《乐雁图》？肖小宝心灰意冷，决定撤展回国。谭文贵也感到强烈的不满，于是向李文治提出了锦文丽绣庄提前撤展回国的要求。谭文贵原以为李文治会加以挽留，没想到李文治竟爽快地答应了他的请求，这让他更感到脸面无光。

　　正当肖小宝收拾私人物品，准备撤出展馆时，意外地得知在《罗斯福》绣像评审过程中，詹姆斯投了弃权票，憋了一肚子气的肖小宝，终于有了爆发的理由。他当即找到詹姆斯，一把揪住他的衣袖，厉声质问道："得人钱财，替人消灾。你收了锦文丽绣庄的礼品，为什么要投弃权票？"

"你不是要我替锦文丽湘绣做宣传吗？我做了，可评委会认为这礼品是一种贿赂行为，因此要求我回避。"詹姆斯哭丧着脸道，"你们送评的《罗斯福》绣像的确绣艺精湛，不逊色任何一幅获奖作品，但是这幅作品系现任美国总统肖像，有明显的政治倾向，有人甚至认为有'政治取宠'之嫌，还有人认为我和你们有幕后的肮脏交易，这次我真是被你们害惨了！"

肖小宝被詹姆斯说得哑口无言。此时李文治得到了大会管理处的通知，美国政府已经决定，将把湘绣《罗斯福》绣像陈列到正在筹建的亚特兰大罗斯福博物馆中。这个消息多少给了谭文贵和肖小宝一丝心灵上的安慰。

随后总统顾问基得比利先生，给李文治带来一个令他怦然心动的消息。美国总统罗斯福先生，对湖南何键省长送给他的绣像非常满意，称赞这是一件非常珍贵的艺术珍品，将妥善收藏，并通过礼宾司回赠了何键省长一副镶有自己头像的金质镜框，还给设计、制作这副湘绣画像的锦文丽绣庄，签发了六千美元的总统慰问金。

《罗斯福》绣像在芝加哥博览会，虽然留下了没有获奖的遗憾，但能得到美国总统的高度赞扬和六千美元慰问金，也算得到了弥补。谭文贵满心欢喜地对肖小宝道："你去把那六千美元的总统慰问金领回来，在美国买一点纪念品回去。"

第十三章　总统奖

　　肖小宝喜滋滋地找到李文治，讨要罗斯福总统的慰问金。李文治眯起眼，神秘地道："你以为这总统奖来得容易吗？这是罗斯福总统对我们湖南湘绣的褒奖，此笔奖金已由何凤山主任带回了中国，等'两湖团队'回国后，再由何省长亲自颁发给你们。"

　　李文治为什么要把罗斯福总统的六千美元慰问金，说成是"总统奖"，其目的无人知晓。但他的这句话，为肖小宝回长沙后讨要这笔奖金留下了话柄。

第十四章
省长宴

曾家大屋《乐雁图》美国芝加哥获奖，再次展示了湘绣在全世界的艺术魅力，白宫装饰更换为湘绣的订单，则证明曾纪生湘绣经营卓越的眼光。锦文丽绣庄征服了美国总统，却劳民伤财，空得虚名，一幅"誉满全球"的金匾，见证了当年长沙绣庄历史的无奈。

第十四章　省长宴

天然阁绣庄在美国芝加哥博览会大出风头,它的后方曾家大屋仍如往日般的平静,而站在后院水缸旁的大儿子曾广仁,却怎么也平静不下来,天旱带来的田里收成减产,使他感到非常地烦恼。

他刚从田头回来,那里的景象让他心痛不已,不少的田地因天旱无雨,禾苗几近干枯,而仅有的几口山塘,因水车抽水灌田,也是几乎见底,没脚深的稀泥上翻腾着几条鲢子壳和鲫鱼。如果这几天老天爷还不下雨,今年田里晚稻的收成就可以忽略不计了。

他从水缸里舀了一大瓢凉水,咕噜咕噜地一饮而尽,用手背抹了抹嘴巴,正准备趁天还未断黑,再到田里去走一趟,看能不能找到个解决问题的办法。他前脚刚跨出后院门槛,眼睛就瞄见了一身风尘刚从芝加哥展会归来的父亲。

"爸,您回来了?"曾广仁赶忙放下手中的锄头,走到父亲面前。

曾纪生打量着眼前的曾广仁。一双沾满泥巴的赤脚,裤子卷到了膝盖以上,这就是一心为曾家大屋辛勤操劳的大儿子!他眼中充满慈祥地道:"这次我从芝加哥回来,给你带了一套衣服。来,试试合身不?"

曾纪生将衣服递到曾广仁手中:"这是国外最流行的西装,还有这条领带……"

"西装?"曾广仁拿着从没见识过的西装在自己身上比试了一下,觉得怪怪的,咕噜着道:"这西装露出肚脐,我觉得还是中国人的袍子好……不过,它倒是比我们平常的长袍子省布,今后下田穿着它倒挺不错的。"

穿西装下田？曾纪生望着光膀子穿着西装的曾广仁,不觉哈哈大笑道:"广仁,这西装里面还要穿衬衣。"

曾广仁拆开领带,顺手往自己穿着大裆裤的腰上一系,眉飞色舞地道:"这条布带子,做裤带倒是蛮好。"

曾纪生见曾广仁那副自以为是的样子,不禁啼笑皆非:"这是与西装配套的领带。"他沉下脸告诫道,"你是曾家的长子,今后不仅要管田里的功夫,还要学着做生意,做有见识的人,穿戴就得像个样子。"

"那我还是管田地好,您就让广智去管生意吧,这衣服我不要啦！"曾广仁对田地有着特殊的情感,生怕父亲让自己去做生意。

曾纪生知道,在生意场中真正的较量,是人与人的较量。此次宏昌绣庄美国芝加哥参展损失惨重,这是继"价格战"之后再次的失利。十年难培养一个生意人,曾广仁的确没有做生意的天赋,曾纪生也没有强求他做生意的打算,便笑着鼓励他道:"你喜欢穿长袍子,下次我给你做一套丝绸的。"

从美国芝加哥归来后,谭文贵按照李文治与肖小宝的约定,立即派人前往省政府领取奖金,却是三番五次也没有得到一个准确的答复,这一来,他可有点慌神了。

作为锦文丽老字号绣庄的掌柜,他绝非平庸之人,否则也坐不上这个位子。盘点参展的前前后后,他想当初如果不听肖小宝的馊主意,不和曾纪生争斗,双方和气生财的话,此次博览会最大的赢家应该是自己,而在这场与曾纪生的竞争中,他

第十四章 省长宴

又栽了个大跟头。为了挽回锦文丽绣庄的面子,谭文贵左思右想,想到一招妙棋,利用新闻报刊来为锦文丽绣庄造势。用他的话说,东方不亮西方亮呗。

不久后,长沙城的街头巷尾便传出了纷纷扬扬的议论声,说是锦文丽绣庄《罗斯福》绣像轰动美国博览会,罗斯福总统还特意给锦文丽绣庄颁发了六千美元奖金。这个消息引得不少市民啧啧连声,他们大多是连地方大官都难得一见的人,听说连美国总统都给锦文丽绣庄发奖了,自然是比天上落钱还要大的新闻。没有几天,大批记者拥到锦文丽绣庄采访老板谭文贵,多家报刊用头版头条,刊登了《罗斯福》绣像在芝加哥博览会上获奖的消息报道:"锦文丽绣庄送展的《罗斯福》绣像,被湖南参展代表送进了美国白宫,博得了美国时任总统罗斯福的高度赞扬与奖励,美国政府决定将《罗斯福》绣像,陈列到正在筹建的亚特兰大罗斯福博物馆中……"

报刊上一边倒的社会舆论,引起了省政府一些官员对湘绣《罗斯福》绣像的关注,在几位省政府要员前往锦文丽绣庄祝贺后,其他官员纷纷称赞锦文丽绣庄为中国人争了气,为湖南人争了光。一时间,锦文丽绣庄在长沙绣庄行业中名声大振,顾客数量猛增,而与之同行参展的宏昌绣庄,由于没有成为市民嘴里的主角,反倒是门庭冷清,无人问津。

宏昌绣庄里,肖小宝抓起一张整版报道锦文丽绣庄的报纸扔到地上,怒声骂着:"妈的!真是黑狗子当差,黄狗吃肉!这个世界上还有没有'公道'二字?"

也怪不得肖小宝生气。"两湖团队"在回国的途中,宏昌绣庄随团队运回来的湘绣，又被押运的官员以收藏的名义索要了多幅，最后交到肖小宝手中的参展绣品已经所剩无几。他正在气恼之时，又接到了谭文贵与他终止合作的通知，更是让他暴跳如雷。

自美国芝加哥博览会后，宏昌绣庄生意每况愈下，锦文丽绣庄的生意却是异常红火起来。谭文贵精心策划的"宣传造势"计划获得了空前成功。此时恰逢长沙绣庄同业公会两年一次的会长改选，谭文贵毫无悬念地换下肖小宝当上了会长。不少官宦豪绅更是纷纷找上门来订购肖像绣品，都以拥有锦文丽绣庄的刺绣肖像为荣。

长沙绣行乱纷纷的表演，曾纪生瞧着很是好笑。他参加了芝加哥博览会，自然对中国刺绣在博览会上的情况了如指掌，而谭文贵借着博览会大肆抬高锦文丽绣庄身价的宣传伎俩，让他很是不屑，借虎皮当大旗、挂羊头卖狗肉之类，这是一个正经生意人所不齿的行径。不过，他也不会去说三道四，走南闯北多年的经历，让他明白一个道理，与人为善自己方便，何况凭天然阁绣庄一己之力要做到"绣传天下"谈何容易？唯一的出路是联合行业力量，将绣庄开到全国去。正是这种高瞻远瞩的思考，让曾纪生决定到锦文丽绣庄去走一趟，在表达祝贺之意的同时与谭文贵谈谈联手到上海去开设湘绣绣庄的事。

早几天，云空师太从上海回到铜官，向曾纪生提出了将天然阁绣庄分号开到上海去的建议。云空师太对曾纪生道："自1840年上海作为中国五个通商口岸之一对外开放后，英、美、法分别在上海建立了'公共租界'，容纳着来自四十多个国家

第十四章 省长宴

的族群……这是一个向外国人展示湖南湘绣不可多得的窗口。欲要绣传天下，上海才是桥头堡。"

曾纪生是个精明的商人，云空师太的话一听就懂。他知道越是兵荒马乱，越容易出英雄。上海达官贵人都将收藏黄金、珠宝、艺术品当成一种收藏保值新时尚，即使是平头百姓，也将艺术品收藏作为生活中的一件大事，尤其是居住在上海的外国族群，更把中国民族文化符号之一的刺绣视为值得收藏的艺术品。

云空师太的建议，拨动了曾纪生的心弦，如果去上海开店，仅凭天然阁绣庄眼下的实力，还是有些困难，于是决定到锦文丽绣庄听一听谭文贵的意见。

曾纪生的到访，既让谭文贵感到有些意外，同时又有一种荣幸之感。这也难怪，曾纪生从美国芝加哥博览会归来后，虽说没有张扬，但天然阁绣庄美国之行的辉煌收获，仍然通过各种渠道，在长沙各绣庄之间流传开来：日用品湘绣被抢购一空，湘绣《乐雁图》获得金奖，真丝椅披成了美国白宫的装饰订单……这些海外扬名的事实，在众多湘绣老板的身上，有可能一辈子也难得有一件。他很佩服这位湘绣界后起之秀人物的能力和眼光。此时曾纪生亲自登门，他很是激动，觉得自己这个会长有面子。

"曾老板，失迎！失迎！"谭文贵见曾纪生进门，连忙迎了上去，抱拳打一拱手做了个"请进"的手势。

谭文贵直接把曾纪生请到了后厅内室，并吩咐下人，不是省政府重要官员来访，不得打扰他们。谭文贵见曾纪生不计较参展芝加哥博览会为难他的前嫌，亲自上门祝贺，心中颇为感动，也想借此机会与曾纪生冰释前嫌。

谭文贵亲自给曾纪生沏上茶后，半真半假地笑道："曾老板可谓真人不露相。芝加哥博览会上走一趟名利双收。不但《乐雁图》夺得了博览会的金奖，带去参展的日用品湘绣被抢购一空卖了个好价钱，美国白宫和意大利商人的两笔大订单，更是财源广进令谭某佩服啊。"

"谭会长就别谦虚啦。"曾纪生举起手，往门外前厅方向一指，"你瞧瞧，锦文丽绣庄这块金字招牌，不就是个大财神吗？"

"做生意讲究人气，开店讲究财气。曾老板是生意场上的老江湖，难道还会瞧不出我为这块金字招牌受了多少气、遭了多少盘剥才得到的吗？"

"我哪能瞧出什么？我只知道锦文丽绣庄的《罗斯福》绣像，在博览会上轰动美国，长了咱中国人的脸。"曾纪生打着哈哈，有碍面子的事他自然不会说破。

谭文贵叹了口气道："曾老板，在生意场上我们是对手也是朋友，真菩萨面前不烧假香，这次我锦文丽绣庄可是亏大了……"

谭文贵当即将何键省长如何把《罗斯福》绣像以个人名义送给了罗斯福总统，总统回礼的奖金却是分文没有给锦文丽绣庄，李文治如何多次向他和肖小宝索要参展的湘绣绣品送人的事，详细地告诉了曾纪生。因为这事长期压抑在心中不敢对人诉说，此刻说出来，谭文贵不觉有些真情流露，还真把曾纪生当成了知心朋友，倾诉的对象。

第十四章　省长宴

曾纪生虽然知道博览会上的一些"情况"，但忙于自己的事，捞到耳朵里的消息不甚完全，此时听到谭文贵的讲述后，心里不由得也涌上一阵气愤，气愤之余也庆幸自己没有参加"两湖团队"，与现在走马灯似变换的官员打交道，弄得不好，自己怎么死的都不知道。

"是啊，是啊，与如今的官员打交道可不是件轻松事。"曾纪生深表同情地点点头，然后谈起了自己来拜访的主题，"此次芝加哥博览会，参展的中国商人为了弥补参展经费的不足，参展期间出售花边、瓷器、漆器、牙刻等产品，收入颇丰，江西代表周贯虹、福建代表董焜藩还利用此次博览会，与美国波士顿各大百货商店，订立了永久代销瓷器、漆器的合约。依我看，其实湘绣在国内外也有很大的市场，如上海、广州等大城市是外国洋人集中的地方，我们如果在这些地方都建有自己的分号，不愁湘绣做不出名堂。我有个想法，如果我们绣庄能够走出长沙……"曾纪生将自己在全国各大城市开分店的设想，一五一十地告诉了谭文贵，并邀请他加盟。

"到上海开店？"谭文贵想了一想，头摇得像博浪鼓，"做生意靠的是关系和人脉，特别是像湘绣这类高档艺术品，买家都以达官贵人为主，去上海我们人生地不熟，两眼一抹黑，任你是条龙一时半会儿也难打开局面。"

"上海是个口岸城市，达官贵人更多，还有不少的洋人居住，到那里湘绣是不愁销路的。"曾纪生耐心地解释说。

"做生意的人，讲究的是天时地利人和，虽然上海的生意场很大，但我们进去要熟悉人脉，那可不是几天几月的事，弄不好要半载一年，你想想，这个期间开店的人去喝西北风？"谭文贵还是摇着脑袋。

"我们可以试探性地先铺些绣货，店铺不大，人员也无须……"

"曾老板呀曾老板，您就别费心啦。"谭文贵是那种任你说得天女散花，我自有一定之规的人。他打断了曾纪生的话，解释自己的拒绝原委，"人常说，命中注定只八斗，走遍天下不满升，我谭文贵怕是难得有那种命。上海那个大地方，不是我们这种人待的。"

曾纪生听得如此之说，心里有了数，没有再往下说啦。他认为谭文贵虽然是一个聪明人，但他的目光仍然停留在直线视觉上，观念不同难以同谋。

谭文贵也不想让曾纪生扫兴，随即表态道："如果天然阁绣庄需要上门产品撑门面，锦文丽绣庄一定鼎力相助。"

谭文贵送走曾纪生后便派店里的伙计前往省政府衙门，打探李文治是否在省政府。"两湖团队"回国已经快一个月了，李文治至今还没有露面。

谭文贵之所以要找李文治，是因为肖小宝昨晚告诉他，经过一番调查后，证实美国罗斯福总统的确赠送给了何键主席，一张配有黄金相框的本人照片和六千美元，并且说明了那六千美元是给绣像制作者的奖励。

肖小宝向谭文贵提出了一个要求："美国总统罗斯福送六千美元奖金给绣像制作者的信息是我提供给你，因此六千美元的奖金我要求分一半。"

第十四章 省长宴

谭文贵觉得肖小宝说的有道理，如果没有肖小宝通风报信，《罗斯福》绣像就白送了，再说奖金讨要到手，自己也有三千美元的进账，于是就答应了肖小宝，并在今天再次派人去找李文治。

谭文贵一连三天派人上省政府衙门，都没有找到李文治。第四天，谭文贵正准备派人继续去找，想不到李文治居然上门来了。

"谭会长，生意兴隆，生意兴隆！"李文治满脸堆笑，走进门来，"锦文丽绣庄到美国走一趟，真是名利双收呀！"

瞧着李文治满面的假笑，谭文贵心里就直冒火。正是眼前这个笑面虎，让他锦文丽绣庄倾尽全力投入的参展资金和人力，仅仅换回来美国总统一句好评的空话，这好评能当得饭吃么？不过他也不想得罪李文治，要知道李文治是省政府对外联络官员，弄不好给自己穿小鞋，那可吃不了兜着走！谭文贵无奈地强作笑容，把李文治请进了后厅内堂。

李文治坐下后，还未开口，谭文贵便尽量地用平和的语气，问道："听说，美国罗斯福总统奖励了《罗斯福》绣像制作者六千美元奖金，不知此事是否属实？"

"奖励？"李文治收起了笑容，望着谭文贵，犹豫良久，才开腔道，"这个事嘛，有是有的，不过这次参展的《罗斯福》绣像，是用何省长的名义送进白宫的，奖金嘛，自然是……"李文治很圆滑地没有继续往下说，但话里的意思却是非常的明确，这绣像是何省长送的，奖金当然应该是给何省长而与锦文丽绣庄无关。

谭文贵一听李文治如此腔调，不觉有些生气地道："李长官，话可不能这么说呀！这幅《罗斯福》绣像，我们绣庄可是花了不少的心血，材料、人工成本不说，光是请人画像、刺绣、雕制相框，就花费了不少大洋。你刚才所说的话，不知是你本人的意思，还是何凤山的意思？"

李文治急忙道："我能有什么意思？今天就是何凤山主任特意派我来慰问您的。"

谭文贵不依不饶地道："既然不是你的意思，那我明天就去找何凤山主任，或者直接去省政府找何省长……"

李文治挥手打断他的话，操着官腔道："谭会长未免也太计较了吧？为了这样的一点小事都要找省长，不就是一幅绣像吗？如果不是何省长出面，你锦文丽绣庄的《罗斯福》绣像能送进美国白宫？有了名又何愁没有利，锦文丽绣庄为美国总统罗斯福绣画像的横幅往大厅里一挂，不就迎来了满堂宾客吗？"

"这恐怕不妥吧？"谭文贵见李文治反复强调绣像是以何省长名义所送，知道他是用官府来压自己，只得央求道："制作《罗斯福》绣像的花费实在是太大了，而且宏昌绣庄肖小宝还投入了一半的资金，希望省政府能从那六千美元的奖金中，考虑补偿一些投入的资金。"

"补偿？"李文治呵呵地笑了起来，"我在芝加哥博览会时就对你说过，锦文丽绣庄做出的贡献，省政府是不会忘记的。我这次来就是通知谭会长，何省长为了表彰锦文丽绣庄在芝加哥博览会上为国争光，特地亲自出面做主客，为贵庄摆设庆功宴，届时省政府头面人物都会出席，还会邀请其他社会名流显宦参

第十四章 省长宴

加，时间就定在下个月初一，宴席设在东茅街一品香酒家。"

谭文贵觉得有点意外："这个……"

"好啦，好啦！庆功宴的事就这样说定了。"李文治有点不耐烦地站起身来，"谭会长，听我一句劝，有些事还是适可而止的好。何省长亲自为你摆设庆功宴，省政府要人和显宦来为你庆贺，这样的补偿难道你还不满足吗？"

李文治说完，没等谭文贵回话就转身走了，留下谭文贵一个人在后厅内堂里发呆。

初一这天。谭文贵穿着一身整洁的长袍马褂，迈着四方步，往相距锦文丽绣庄不远的一品香酒家走去。虽然他对庆功宴并不十分在意，关心的是那六千美元奖金，但有省长亲自出面，为锦文丽绣庄摆设庆功宴，这份面子却不是一般绣庄能挣得来的，他还是感到非常的激动，一颗心怦怦直跳。

一品香酒家是长沙近年来新红火起来的酒家，一般为达官贵人的宴请之地。谭文贵压抑着兴奋的心情，慢步走上一品香二楼，抬头一望，顿时像被迎头浇了瓢凉水似的，火热的心一下子冷了下来，只见二楼被特意清空了的楼堂里，只摆了两桌酒席，显得格外地冷清。这就是何省长为锦文丽绣庄摆设的庆功宴？

伙计引着谭文贵，在左边酒桌的首席位上坐下，看来酒席座位的安排，早已有人吩咐了店家。没多久，楼上陆陆续续地来了一些省府四大厅局的人物，可谭文贵大都不认识。最后来的是省长秘书张有晋，他径直走到右边酒桌居中的主位上坐了下来。

谭文贵的心再一次坠入冰窟。他问过酒楼的伙计，张有晋坐的那个座位，应该是省长何键的座位，难道请客的主人何键省长居然缺席？

谭文贵目光扫过四周，发现不仅是何键省长没来，就连李文治也没有来。他很想问问身边的人，他们究竟是不是何省长请来的，今天何省长做主客设宴，为什么自己不来？可是身边的几个人却又不熟悉，不好意思开口问。

待宾客到齐后，张有晋端起酒杯，环视了四周一眼，大声道："我今天受何键省长的委托，代表省府在这里请客，今天所办的菜，尽是面子上的菜，客人也尽是面子上的人。此次长沙锦文丽绣庄参加美国芝加哥博览会，以省政府的名义将《罗斯福》绣像送入白宫，得到了美国总统罗斯福的高度赞赏，为吾湘人争得光荣的面子，也替中国争得光荣的面子，省政府没有忘记他们的奉献精神，特此摆下这庆功宴，专门为锦文丽绣庄庆功，在精神上给予锦文丽绣庄最荣耀、最有力的支持！"

在全场响起一片热烈的掌声中，谭文贵几乎要晕倒了。他明白就是这两桌连李文治都没有出席的省府庆功宴，便打发了他和宏昌绣庄为参展所付出的一切。不用说，那六千美元的奖金也泡汤了！他觉得自己落入了李文治的圈套，心中的愤怒在腾腾地燃烧，却又无法发作，因为李文治不在现场。

张有晋带头向谭文贵敬酒，随后一帮省府官员和宾客都相继向谭文贵敬酒。平日几乎是滴酒不沾的谭文贵，今日一反常态，来者不拒，举杯就干，获得了席间一片喝彩声。张有晋一帮官员笑了，以为谭文贵是因为省府为他摆宴庆功，而激动得不知

第十四章 省长宴

所以了。殊不知,谭文贵是含泪喝闷酒,正在"打落了牙齿往肚里吞"呢!

在一阵杯盏交欢声中,庆功宴席结束了。张有晋等省府官员和宾客全都走了,冷清的二楼只留下了谭文贵一人趴在酒桌上。店家派了两个伙计把烂醉如泥的谭文贵送回了锦文丽绣庄。

第二天,谭文贵酒醉还没完全清醒,店门站着一个讨账的,自称是一品香酒家的账房先生,特意来向谭老板结算"省长宴"的酒饭钱。

谭文贵醉眼眯眯地对账房先生道:"你搞错了吧?昨天是何键省长请我吃饭,'省长宴'的账,你应该去省政府结。"

账房先生认真地道:"省政府我已去过了。张秘书说,昨天是谭老板宴请何省长,因何省长公务繁忙,没时间出席。所以由张秘书代替赴宴,哪有要何省长付账的道理。谭老板,您就结账吧。"

谭文贵啼笑皆非,无奈之下,只得吩咐柜台掏钱结账。

似乎真的如省长秘书张有晋说的那样,省政府只是给予了锦文丽绣庄精神上的荣光和面子,在物质方面并无奖励。庆功宴席过了一个月之后,省政府方面对于《罗斯福》绣像奖金之事,仍然是杳无音讯。

这样一来,肖小宝可真急坏了,一连几天缠着谭文贵不放。这次参展芝加哥博览会,肖小宝损失最为惨重,资金已经无以为继,全指望着这三千美金能让宏昌绣庄东山再起,现在听说没有下文,怎不让他着急?

歇斯底里的肖小宝,瞪着充满血丝的眼睛,冲着谭文贵号叫道："谭会长，这次参展芝加哥博览会，宏昌绣庄的损失，你是最清楚的。你可不要把我肖小宝往绝路上逼，你终止我们之间的经营合作也就罢了，那六千美元奖金，你不去讨，我的损失你得给弥补！"

谭文贵想了想道："这样吧，六千美元奖金，你去向李文治讨要，要到了，全部给你。"

谭文贵知道这笔奖金扣在何键手里很难讨得回来，于是干脆来个大让步，以此摆脱肖小宝的纠缠。

肖小宝两眼闪着光亮："这话当真？"

谭文贵肃容道："我谭某人说话，什么时候不算数？"

肖小宝涨红着脸，飞也似的跑出了内堂。

十字街口。李文治刚刚从车里走出来，肖小宝像条狗似地从街头角落里，窜到了李文治面前。

吃了一惊的李文治，看清楚是肖小宝后，厉声喝道："肖小宝！你想干什么？"

肖小宝没等李文治反应过来，随手抓住了他的外衣，瞪圆了眼睛嚷道："罗斯福总统奖给我们的六千元美金，什么时候发给我们？"

李文治挣扎了一下，没能挣得脱身："你别胡闹！这奖金只能给锦文丽绣庄的谭会长，谭会长都没说要了，你为他出什么头呀？你有本事就直接去找省长好啦！"

"你以为我不敢吗？那奖金，谭文贵说不要，我可没说不要呀！"肖小宝理直气壮地道。

作为一介商人，与官府论理，很难有好果子吃，这道理肖

第十四章　省长宴

小宝懂,可眼瞧着六千美元的救命金化为了水,他实在于心不甘,决定亲自去找何键。

第二天一早,何键省长的轿车,刚刚驶出省政府大门,便被突然窜到车前的肖小宝拦住了……肖小宝差点被何键的贴身保镖击毙,幸亏被何键省长及时制止住了。

何键问明肖小宝挡车的事由后,当即将李文治叫到肖小宝的面前,狠狠地骂了他一顿,责令他立即处理好此事。

何键让肖小宝去接待室后,私下对李文治嘱咐道:"那六千美元奖金的事,你怎么能让肖小宝这样的人留下话柄?如今正值社会动荡时期,我不说,你也心中有数。去吧,记住,不要留下任何口实。"

在省长秘书室,李文治与张有晋仔细商量后,终于想出了一个两全其美的办法。何键省长听了张有晋的汇报后,非常满意,笑咧咧地道:"这个办法好,我同意照此办理!"

李义治对等候在接待室里的肖小宝道:"你回去告诉谭老板,三天以后,何省长会给你们一个满意的答复。"

站在一旁的张有晋,也话中带话地劝慰道:"肖老板是见过大世面的人,要见好就收,刚才要不是何省长慈悲为怀,卫兵毙了你,还落个图谋不轨的罪名,何苦呢,不就为了六千美元吗?"

肖小宝没有理睬张有晋,却试探性地问李文治道:"上次拿绣品时,你就说过政府不会让我们绣庄吃亏,结果只是吃顿饭了事,现在又说给我们一个满意的答复,该不会是张秘书请我们到'松泉茶楼'喝杯茶吧?"

李文治歪头盯着肖小宝，教训着道："你小子的胃口还不小呀！省长秘书请你们吃饭还不满足？告诉你，如果不是我的周旋，你们还请他不到呢！"

"我是要钱，不是要饭。"肖小宝不满地道。

"哼！"李文治冷哼了一声，轻蔑地道，"饭不是钱吗？那不仅是钱，还是面子。你有钱，没面子，钱有屁用？"

肖小宝也豁出去了，追问道："你们到底准备怎么办？"

"到时候你就知道了。"李文治不耐烦了，拍拍手掌，"来人啦！送肖老板出去。"

一名警卫应声而入，一手按着腰间的枪把，一手向肖小宝做了个"请出"的手势。

肖小宝知道自己再坚持下去，只会自讨没趣，于是一边随着警卫往门外走，一边自嘲地道："别人说，秀才见了兵，有理说不清。我是'商人见了官，有理矮三分'。你说咋办就咋办吧，三天后我听您李长官的喜讯。"

八月的长沙，天气本应渐渐转凉，不知为什么今年的暑热迟迟不肯离去，不到半晌午，就热得人感觉似乎透不过气来。

肖小宝掰着手指头，有些不耐烦地对赵管家道："今天就是第三天，我要看李文治的承诺今天是否兑现？"

天然阁绣庄的谢长庚，正在往地上洒井凉水，此时锦文丽绣庄的伙计给曾纪生送来了一张请柬。

"谭老板又有什么喜事请客呀？"谢长庚笑嘻嘻地问道。

"何省长将亲自前往锦文丽绣庄赠送金匾，并举行颁奖仪式。"送请柬的伙计喜滋滋地回答。

第十四章 省长宴

"哦！这是个大喜事，我一定去。"曾纪生接过谢长庚手中的请柬，缓缓地放到桌子上，吩咐谢长庚道，"你带两名伙计买上挂'万字鞭'，等会儿随我一起去锦文丽绣庄。"

"您真的要去祝贺啊？"谢长庚很不以为然地问道。

"你怎么老是只瞧得见鼻尖前的那点事？"近时期来，曾纪生很喜欢使用"鼠目寸光"这个词来说事。

谢长庚不服地争辩道："他和肖小宝共裤连裆，在芝加哥博览会上挤压我们，今天请您去实际上是想要我们给他捧场。"

"你怎么就不往远处看看？在生意场上没有永远不变的朋友，也没有永久的敌人，只有永恒不变的利益。能被他利用说明我们还有价值，如果你自动放弃这个价值就没有意义了……"

曾纪生带着谢长庚，刚刚在锦文丽绣庄坐定，店门外便传来一阵军乐和喧哗声。曾纪生随谭文贵走出店门，只见街口走来一支二十多人的军乐队，奏乐开道，一队全副武装的卫兵护卫着，数人扛抬着的一幅红绸子覆盖卜的何键省长赠送给锦文丽绣庄的金匾，缓缓走来。李文治领着一帮省府官员和随从，紧跟在金匾之后，殿后的锣鼓队敲得惊天动地，上百人的队伍鼓乐喧天，蔚为壮观。

曾纪生看着这浩大的送匾队伍，转身对谢长庚道："我们走吧，意到为止。别在这里充人数。"

"听肖小宝说还有颁发奖金的仪式呢。"谢长庚的话外之音，还要看一会儿再走。

曾纪生似有所悟地叹了一口气道："谭文贵和肖小宝的那六千美元，恐怕是彻底泡汤了。"

曾纪生的话，让谢长庚感到一头雾水，脑袋仿佛装满了糨糊，半天也没有想出个所以然来。

沿途接到请柬的各商铺，点燃了贺喜的鞭炮。"噼噼啪啪"的爆炸声，震耳欲聋，烟雾蔽天，对面不能见人。爱热闹的长沙人，顿时将锦文丽绣庄围了个水泄不通，使得附近的交通一时为之堵塞。

金匾挂上锦文丽绣庄大门的门楣上，李文治和谭文贵同时伸手，揭下了盖在金匾上的红绫布，露出何键省长亲笔题写的四个大字"誉满全球"。

霎时间，整个街道上响起了热烈的掌声和欢呼声。李文治搁下手中的红绫布，高举起双手，等大家安静下来后，高声道："锦文丽绣庄在芝加哥博览会上为中国人争了光，为湖南人争了气，《罗斯福》绣像由何省长送进白宫，得到了罗斯福总统'誉满全球'的赞赏，并回赠六千美元作为奖励。何省长用这六千美元，制作了这块'誉满全球'金匾，赠予锦文丽绣庄，作为湖南省政府对绣庄的奖励……"

一连几天，锦文丽绣庄贺客盈门，络绎不绝。

虽然六千美金奖金泡了汤，但挂在绣庄门楣上那块"誉满全球"的金匾，对提升锦文丽绣庄的名气却是大有裨益。

第十五章
上海梦

长沙众绣庄为锦文丽获得"誉满全球"金匾而议论纷纭之时,曾家大屋却在谋划开店上海。也许是受父亲的影响,曾纪生对"绣传天下"的思想,有着一种着迷的痴情,特别是对当云空师太提出要他去上海开分号的建议后,他更是有一种莫名的兴奋……殊不知上海的短暂繁华却是昙花一现,希望的彩虹很快消失得无影无踪。

第十五章 上海梦

天下熙熙皆为利来，天下攘攘皆为利往。

省政府请客的热闹过去后，被这个消息刺激而喝得酩酊大醉的肖小宝，找到了谭文贵："谭会长，何省长用六千美元制作了'誉满全球'的金匾，颁发给了锦文丽绣庄，你应该将一半奖金给我吧？"

"哪来的奖金？"谭文贵苦笑着道，"一块铜制的横匾，涂上朱砂粉，根本用不了几个大洋。你问我要奖金，我去找谁要？"

肖小宝毫不理会谭文贵的解释，霸蛮地道："李文治当着满街人说的，这就是用六千美元制作的金匾，已经奖励给锦文丽绣庄了。他当着众人面说的话，难道是放屁？既然奖金到了位，那么，谭会长，该是你兑现诺言的时候了。"

谭文贵被肖小宝的胡搅蛮缠激怒了。他一把抓住肖小宝的胳膊拖到大门前，指着挂在门楣上的金匾，当着大街上来往的人，大声嚷嚷着道："肖小宝！我谭文贵说话从来算数，我说过六千美元奖金，真是要到手了就都归你，现在依你所说，这块金匾就是奖金，你要的话，就拿回去吧！"

曾纪生正巧路过锦文丽绣庄，见状便停下劝慰道："肖老板呀，你怎么聪明一世糊涂一时？你不想一想，别说这是块不值钱的铜匾，就真是块金匾，你能拿回去吗？谁不知道这金匾是何省长赠给锦文丽绣庄的，你就算是拿回去了，能挂在宏昌绣庄门楣上吗？我看还是……"

肖小宝被曾纪生一劝，酒劲突然消失得无影无踪，他不过是借酒撒疯，潜意识里还是有几分清醒，没等曾纪生把话说完，就扭头对谭文贵软下了语气道:"唉,算了算了,谭老板呀!我是咽不下这口气,金匾还是在你店里挂着吧,算我倒霉!"说完,他急忙钻进人群中走了。

瞧着肖小宝消失的身影,谭文贵凝视了金匾好一会儿,无限感慨涌上心头。他重重地叹了口气,惭愧地对曾纪生道:"见笑了,见笑了。"

街头很快恢复了平静。肖小宝当街讨要奖金的举动,这使得很爱面子的谭文贵感到十分难堪。他情绪低落地摇了摇头,哀叹道:"这年头的生意太难做,本是一件'搭伙求财'的好事,花几千大洋到美国参展,结果却是'赔了夫人又折兵',劳神费力换回来一块朱砂粉涂抹的假金匾,吃又吃不得,用也用不得,偏生肖小宝还要找上门来讨要补偿,真是令人无地自容啊!"

曾纪生安慰道:"谭老板,我不同意你的看法。俗话说,'人穷志短,马瘦毛长',肖小宝如果不是绣庄面临了前所未有的困境,我想他一定不会与谭老板计较,更不会到省府去讨要这奖金。谭老板此次虽说劳神费力又亏了本,但取得了不可用金钱估价的成绩。何省长为锦文丽绣庄赠送的'金匾',证实了中国湘绣惊艳美国总统府,轰动全球的艺术魅力,在长沙的湘绣史页上必将留下锦文丽绣庄之名。你想想看,名留青史,这需要何等的智慧和功力,岂是几千美元可以办到的事?"

听得曾纪生如此解说,沮丧的唐文贵脸上终于露出了一丝笑容道:"你能这么看,我心里真的很舒坦。"他停顿了一下,有点不好意思地问道,"我心里一直有个谜,不知当问不当问?"

"有什么疑惑你尽管提出来,我们一起参酌参酌。"

第十五章 上海梦

"这次芝加哥博览会会评奖,我一直有点不理解,《罗斯福》绣像既然能够影响到美国总统,轰动世界,为什么获奖的却是《乐雁图》,而不是《罗斯福》绣像?"

湘绣行业界对此早有质疑,更有人传说罗斯福总统赠送的六千元美金礼金就是总统奖。曾纪生对这种传言从不放在心上,没想到谭文贵也会有如此的想法。

曾纪生沉默了片刻后,诚恳地道:"我不是评委也不是美国总统,不知道评奖的具体规则与幕后情况,我想罗斯福总统是世人皆知的政治人物,而博览会评奖属于艺术范畴,你绣一幅东道主国的总统绣像参展大家无可厚非,如果是评奖就有献媚之意。评委们是否为了'避嫌'才评选出《乐雁图》呢?谭会长,其实我们没有必要想这么多,我们创作出来的湘绣作品只要能让观看者有番艺术的享受就行了。"

谭文贵听罢,恍然大悟,原来是自己生意人的"官意识",引发了评委们对作品"献媚取宠"的猜疑,这才是《罗斯福》绣像落败的根本原因。

谭文贵默默点着头,他不禁想起有人送来的消息,曾家大屋的绣店开到上海去了。这个消息意味着,他在忙忙碌碌地找奖金之际,人家却不声不响地在办大事。作为生意场上的老手,他心里明白,总统奖金与生意拓展相比,后者自然更为重要。想到这里,他不由得感慨万端:"做生意,还是脚踏实地好。"

其实,曾纪生将绣店开到上海去的过程中,也有一肚子吐不完的苦水。当初一起步,他准备以天然阁的名义到上海滩开店的计划便遭到焦保林坚决反对，曾纪生知道焦保林是担心自己去了上海后影响到长沙的生意。

曾纪生无奈之下，只得退一步拉锦文丽绣庄同行，没想到遇到了谭文贵的婉言搪塞，但这些都没能改变曾纪生闯荡上海开店的决心。他把拟定到上海开分号的经营计划，认真地梳理了一遍，确认这是湖南湘绣摆脱当前窘境的上乘之策。湘绣这年市场有所回升，因此经营湘绣的人越来越多，已是人满为患。说得夸张一点，在长沙街上你扔块石子，或许都会打中一个做湘绣的老板或是绣工。绣庄多过米铺，产品大同小异，无新可陈。如不避开长沙湘绣市场饱和的恶性竞争，填补其他大城市湘绣市场的空缺，十有八九的湘绣店铺将会偃旗息鼓，自生自灭。若能打开上海湘绣市场，那将会带来丰厚的盈利。

曾纪生在街头劝架返回天然阁绣庄后，恰逢云空师太从上海云游回到长沙。

闻听这一讯息后，曾纪生立马赶往云空大师落脚处，急欲了解上海的刺绣市场需求情况。

云空大师此番云游上海一大圈，自然了解情况颇多。听得曾纪生询问上海刺绣情况，她啧啧嘴道："嘿！你不知道？'奉安大典'可把湘绣闹火了，如今的上海人，谈绣必说湘字号，以至于上海顾绣、江苏苏绣的一些店铺，也借着湘绣'蓝棺罩'的影响力，纷纷抢滩上海。"

云空大师的讲述，让曾纪生很是兴奋，急急地问道："大师，您是位见多识广的人，在上海期间，是否留意到可用作开湘绣店的门面？"

第十五章 上海梦

"这……"云空大师犹豫了一下,她此番上海之行,是因另有要事去的,不过这事还不能说,这是她心里的秘密。瞧着曾纪生失望的神情,她想了想道,"在上海城隍庙挂单时,听得庵里有人提起,说是附近老庙布庄的掌柜有意转行经营刺绣。如果你真的有意去上海发展,不妨我通过道友介绍你们认识一下。"

经云空师太牵线,不久上海老庙布庄的掌柜周乐安,专程到长沙采购了一批湘绣。

货发出后不到一个月,上海老庙布庄的掌柜便托人带信,要求长沙天然阁绣庄增发绣货过去,原因是绣货已近断档。信中说,上海当地人对来自湖南的湘绣情有独钟,蜂拥而来近乎扫货,如《八仙过海》和《三星四喜》等湘绣品,平均每天都要卖出七八幅,这可是长沙湘绣庄一个月都难以达到的销售量。

老庙布庄掌柜周乐安的催货,让曾纪生的眼前一亮,他意识到了上海市场的庞大,也感觉到自己抓住了湘绣长沙滞销如何另觅新市场的命脉。喜悦让他走路说话也不同以往了,他派人叫来谢春,很是气粗地吩咐道:"谢春,你到曾家大屋跑一趟,有多少绣货,马上打包发往上海。"

谢春提醒道:"老板,早几天不是刚将曾家大屋的绣货发往武汉啦?才几天的时间,怕是神仙也赶不出活。"

谢春的话给曾纪生发热的脑袋泼了瓢冷水,他一下子冷静了下来,想起了早几天安排谢春回曾家大屋,将刚制作出来的一批绣货运往了武汉。这可真是了,无市场愁市场,有了市场愁生产,做湘绣生意怎么这么难?

见曾纪生一副苦瓜脸，谢春知道货源之事搁在谁身上都会是个大难题，帮着出主意道："要不，我们暂时放弃上海市场或者说货在路上？"他接着分析道："您想想，像锦文丽这样的大绣庄，为什么不愿意到外地发展？除了开拓市场的艰辛之外，货源的组织和运输恐怕也是个大难题。"

"不行，这会直接影响到天然阁到上海开分号的计划。"曾纪生思索了一下，否定了谢春的提议，胸有成竹地道，"锦文丽绣庄不愿到外地发展理由很简单，它过于安于现状，怕担风险。这恰恰就是我们走向成功的机遇。关于货源问题，我已做两手准备，你不用担心，待田如玉回长沙后去上海找宋耀平先生，选一个好码头，作芙蓉坊绣庄的分号。"

两天后的一个清晨，曾纪生吃过早饭，便直奔锦文丽绣庄。

谭文贵见曾纪生登门，赶紧放下手头的活满脸带笑地迎了上来："曾老板，是哪股风把你给吹来啦？来，来，里屋请。"

"此次上门拜访，我是想请谭老板帮个忙。"曾纪生开门见山地说明自己的来意。

"好说，好说。曾老板只管开口，只要谭某人帮得上的，一定尽力而为。当然，让我上天摘星星月亮，那可是办不到哟！"谭文贵开着玩笑道。

"没有那么艰难吧。"曾纪生也笑着回答。

曾纪生告诉谭文贵自己眼下想调集一些绣品，发运到上海，希望谭老板能以长沙湘绣同业公会会长的身份，帮自己找几家绣庄凑点货。

对曾纪生的要求，谭文贵二话没说，便豪爽地答应道："别

第十五章 上海梦

的事,我谭某可能无能为力,筹集一点湘绣绣品,那只是举手之劳。锦文丽绣庄的绣品,不论是你铜官的芙蓉坊还是长沙的天然阁绣庄都可以代销,卖价不管,只要给成本费就行。"

在谭文贵的撮合下,南正街赵老板、"广华"、"旭阳"等绣庄都向曾纪生承诺,只要是我们绣庄有的产品,你曾纪生想要什么就给什么。"

长沙湘绣同业公会的不少绣庄,受过天然阁绣庄的恩惠,或是在价格战中,或是在东洋绸风波中,因此谭文贵以会长的身份为曾纪生发出"赶忙"号令,响应者自是众多。可惜的是凡事怕就怕"利益"二字,而众商人谁又不看重这两个字!正所谓"天下熙熙皆为利来,天下攘攘皆为利往"。他们不看重逐利二字,又何必从商!掀起这场"利益风波"的人,正是宏昌绣庄的肖小宝。

这天,百无聊赖的肖小宝正在宏昌绣庄的内堂品着茶,已显老态的赵管家从店铺外走了进来,直奔内堂。

在肖家帮了几十年忙的赵管家,如今已然显出了老态,脸上的皱纹纵横交错,加上戴了副老花镜,更显出了苍老之态。不过,没变的是他为主家出谋划策的热心仍不减当年。他瞧见少老板一副悠然自得的神态,很是不安地报告说:"少老板,你听说了湘绣同业公会发来的信息吗?谭会长说是要各绣庄出些绣货。"

"哦,有这事?"肖小宝放下手里的茶杯,也放下了跷起的二郎腿。对这位忠心耿耿帮助肖家的老管家,他还是有几分敬意,虽然近两年来赵管家已经不太管事了,但人还是有感情的，就凭肖家近几年走背运的时候，赵管家仍不改忠心的事实，他肖小宝就得供着。此刻他听得赵管家谈起长沙湘绣同业公会的事，很是好奇谭文贵究竟要干什么："你了解谭文贵调集绣庄绣货干什么？"

"听说，曾纪生要到上海开分号缺货，谭会长是想帮他解决缺货难题。"

"曾纪生要到上海开分号？"自从长沙发生东洋绸事件之后，肖小宝对天然阁绣庄没有了当年的敌意，这也就有了日本浪人大闹天然阁绣庄时，他会带着店员前往支援抗击日本浪人。可是说到根底，肖小宝还是个商人，商人的本质是逐利的，曾纪生要到上海开绣庄分号的事还是刺痛了他的心。他沉吟了半晌，附耳赵管家，如此如此地安排了一番。

赵管家笑眯眯地离开了宏昌绣庄。

曾纪生找到谭文贵敲定了货源后，没有等来上海宋耀平回信，云空师太已经通过道友，在上海老城隍庙附近帮曾纪生选好了芙蓉坊绣庄分号的店址，并派人对田如玉道："九月十九观音菩萨成道日，烧香拜佛的人特别多，可将上海老庙订购的那批湘绣，作为分号开业的第一笔生意订单，图个开门的好彩头。"

"今天已是七月初二，要赶在九月份上海分号开业，时间实在太短，恐难准备周全。"曾纪生不无担心地道。

"事在人为。我建议请道缘堂张九妹先去上海给云空师太当联络，我随后带货跟进，谢春在长沙负责上海后续货源供应。"田如玉果断地向曾纪生建议道。

第十五章 上海梦

一个多月的时间确实很短，但在易玉莲的日夜督促之下，曾家大屋终于绣出了一大批湘绣精品，加上锦文丽等绣庄筹集的绣品，库房里的货包堆成了山。曾纪生决定让田如玉亲自押货去上海。他清楚，只有田如玉才是最适合打开上海市场的人选。

田如玉带着张九妹走出上海火车站。云空师太、赛诸葛等人早就候在车站的大门处，高兴地迎了上来。

田如玉眼前的上海城，与她以前见过的上海大不相同了。以前的上海，城市建筑沿黄浦江、苏州河一带延伸，呈现出上海开埠以后的繁荣昌盛。如今的上海，随着马路的开拓延伸，建筑群成辐射状，向四外延伸开来，到处是商号、店铺，尤其变化大的是，沿外滩一线排开了许多家银行，那石头城堡似的银行中间，夹杂着无数的贸易洋行和洋人别墅住宅。

行走间，田如玉告诉云空师太，天然阁绣庄因有焦保林的股份，而焦保林又反对来上海开分号，因此上海分号无论成功与失败，曾纪生都不会让焦保林承担风险，所以曾纪生决定上海分店的名称，仍然启用铜官芙蓉坊的老字号，以芙蓉坊上海分号冠名。

云空师太神秘地笑着道："上海分号名称的事，曾纪生在长沙就告诉了我。这里的一切，赛诸葛已经帮你打点好了，只待店铺内装饰完毕，就可开门迎客。长沙是芙蓉坊的大本营，你出面装修好店面后，上海分号的事可由九妹来打理，你只管发货收钱就行。"

田如玉原以为到上海开店会有一番周折，没想到赛诸葛已将一切安排妥当，只等自己与张九妹来做最后的交接。第二天上午,赛诸葛带人去老城隍庙周乐安老庙布庄装饰店面,田如玉将湘绣清单交给张九妹,自己却雇了一辆洋车将随行带来的"出入平安"大陶瓷瓶送到宋府,这是曾纪生特意在铜官泥人周窑厂为宋耀平专门订制的。田如玉的到访,宋耀平显得格外的高兴。他不无歉意地道:"你们来得正好,我早已帮你们芙蓉坊绣庄在上海找好了一个好店铺,只是自己近段政务太忙,没来得及通知谢春。"

当天晚上,宋耀平带田如玉来到法租界石库门,指着一栋二层的小洋楼道:"这是上海的法租界,你看这房做你们商号怎么样?"

田如玉站在石库门巷子的入口处,望着街道两旁林立着的异国情调的咖啡店、奶油蛋糕房、法式面包屋、西餐厅……心中暗自佩服宋耀平挑选铺址的眼光,这个地理位置和周边环境,还真是个开高档绣庄店铺的黄金宝地。

行人在街上川流不息,细心的田如玉从经过的行人身上,突然有了新的发现,那些洋人的衣服袖口处,或是衣服的底边上,大都镶着刺绣边纹。她心念一动,以往湘绣是成套的服装进行刺绣,而这些外国人却是喜欢衣服上的装饰点缀,这意味着湘绣绣品又有了新的拓展之路,洋人大多爱好文化,对于西洋名画和中国古典名画,有着与生俱来的喜好,如果能刺绣出一些名画湘绣精品,湘绣绣品的发展路子不是会更广阔吗?!

田如玉在石库门四周走了一遍后,若有所思地问道:"这个地段与城隍庙相比,哪里的生意更好?"

"城隍庙是全上海最繁华、人口最集中的地区,当然是那里的生意更好。"宋耀平不假思索地回答。

"那我们选择石库门的优势又在哪里呢？"田如玉很想听一听宋耀平为什么不选城隍庙的理由。

宋耀平会心地一笑，解释道："我知道中国人做生意喜欢扎堆，店铺越集中，生意越好。这里的人口虽然没有城隍庙的人多，但这里是洋人的集中居住地，租界里有钱人多，购买力强，湘绣是上流社会的高档品，这里的生意会更好做，另外还有个重要的原因，这里是租界，从生意的保平安角度来看比城隍庙更安全。"

"人少当然安全。像我们在曾家大屋就比在长沙城里安全得多。"

宋耀平耐心解释道："上海的租界是一个各国自我行使主权的区域，西方各国在自己的租界内，按照他们各自法律和生活方式，进行着经营和管理。在公共租界内，英国人、美国人擅长做生意，法国人则在法租界内着重于美化环境，精心营造了一种温馨、舒适的生活氛围随着俄国十月革命爆发，大批俄国旧贵族涌入法租界定居后，法租界的人气大增，生意并不比英、美共同租界逊色，被人们称之为上海的'东方巴黎'……"

"外国人买湘绣的多吗？"田如玉问。

"你店还没开，我怎么知道呢？你家老爷子要'绣传天下'，不就是要把湘绣传播到外国去吗？从这个意义上讲，这里比城隍庙更好。"

田如玉没有再说什么，她想与云空师太商量后，再答复宋先生。

田如玉回到住地，云空师太得知宋耀平已在法租界找了一个铺面，高兴地说："这样更好。我们人住法租界，店铺开在城隍庙。"

赛诸葛也马上附和着说："九妹到城隍庙守店，我就在法租界负责商务洽谈，做到外国人生意和老百姓生意两不误。"

芙蓉坊上海分号还没正式营业，老庙布庄的周乐安就派人找到石库门分号说，上海洋人开办的"英美洋服"厂，要订绣五百套带刺绣"徽标"的洋服，并带来了一件从欧洲定制的样衣。

这藏青色卡其面料的样衣式样虽然十分普通，但绣上那深蓝色的标识和一组英文字母，就显出了该公司品牌庄严而又厚重的身价，西洋许多绅士都以穿着这种标识的洋服为荣。它就是大不列颠'艾美'牌贵族洋装。

田如玉是刺绣的行家，一眼就看出这制服缝纫材料非常讲究，但刺绣的针法和功底却十分简单。她指着样衣上的"徽标"，敏锐地问道："如果我们只刺绣这'徽标'，洋服公司能出多少钱？"

"最多四个大洋。"来人的回答，没有任何商量的余地。

四块大洋？田如玉有点不相信自己的耳朵，就这么个光洋大的刺绣图案，居然值得四块大洋，在家乡这可是一头牛的价钱！

田如玉兴奋地对周乐安道："周掌柜，这订单我们可以接，对方有多少接多少。"

田如玉自己也没有想到，一件洋服的刺绣"徽标"就值四个大洋，我们芙蓉坊要打开国外湘绣市场赢得信誉，更要设计

第十五章　上海梦

曾家大屋的湘绣"徽标"。

为了能吸引顾客眼球，田如玉在石库门的分号的西方古典壁柱上，设计了两个用湘绣作图案的马灯，别出心裁地让路人在夜间也能欣赏到灯箱上的湘绣。五颜十色的灯光映照出来的湘绣绣品，吸引着法租界的行人，令他们驻足流连，有事没事都要进店逛一逛。

"我想订绣一幅《最后的晚餐》。"一位意大利牧师，走进了芙蓉坊石库门分号。

田如玉知道，这是意大利文艺复兴时期，世界画家达·芬奇取自《圣经》的代表作。如果此油画能绣成湘绣，今后芙蓉坊在上海就会开辟出一片新天地，她决心做成这桩生意。

田如玉笑着问道："您有图片吗？"

"哦！图案没有，照片有一张。"意大利牧师摇摇头从挎包里拿出一张图片，递给田如玉。

田如玉接过图片点头道："牧师先生，请您先付十个大洋的定金。三个月后您就能可以拿到画家达·芬奇《最后的晚餐》的湘绣绣品了。"

"有亚当和夏娃的绣像吗？"送走意大利牧师后，又一对法国青年走进了芙蓉坊石库门分号。

"我想订绣一幅《蒙娜丽莎》。"一位英国贵妇人牵着一条卷毛犬走进了分号店堂。

此后几乎每天都有人来店订绣名画。田如玉此时才明白宋耀平为什么要推荐她将分号开在租界里。她源源不断地把这些著名的西洋名画订单送回长沙，曾家大屋又将这些西洋名画复制成湘绣运回到上海。田如玉利用分号的一切空间，进行了精心布置，错落有致地挂着或摆放着各类名画湘绣，让顾客走进这座中西合璧的店铺，便有一种走进了一座艺术殿堂的神圣感和优美感。

极其善于捕捉商机的田如玉随后对每一位进店的顾客做了一个询问调查。在短短的半个月时间内，便了解到租界里有哪些国家的人喜欢有刺绣的服装，并发现法国、英国、俄罗斯等国贵族都有喜好刺绣饰品的习俗。于是有针对性地通知长沙设计了一批具有异域风情的湘绣图案，这批具有异域风情的湘绣样品，又为芙蓉坊带来了一批又一批湘绣订单。

上海芙蓉坊分号湘绣订单如雪片般地飞往曾家大屋，曾纪生此时却陷入了困境，他派去收集长沙各绣庄绣货的人，大多空手而归。这是怎么回事？他不是早与湘绣同业公会谭会长有过约定，一旦芙蓉坊绣庄上海分号有急活，湘绣同业公会各绣庄会给予支持吗，如今上海订单早于二十天前便送去各绣庄，还答应增加10%的"赶忙费"，这些绣庄为何还生产不出来？是否背后另有蹊跷？

曾纪生很是狐疑地望着前来报信的谢春，似乎不愿相信这是现实："你去收货时，难道没有跟他们说，这是事先约定的吗？"

"怎么没说，口水都快说干了，可他们不是借口绣品收不上来，就是强调原材料涨得太快，没有办法完成预定的绣品。"谢春负责后方的生产管理，这两天来，他派出去收集其他绣庄绣品的人纷纷向他诉苦，自然对归集绣货的情况很是了解。他委屈地说:"像'广华'、'旭阳'绣庄,当年东洋绸风波时,我们冒着风险帮他们渡过次品难关,如今不知怎么回事,突然翻脸不认人了。"

曾纪生判断了一下情况,吩咐道:"谢春,你先去了解一下原材料涨价的情况,看能不能找到解决办法。"说完,他转身走了出去,去找谭文贵商量商量。

在锦文丽绣庄后堂,谭文贵听了曾纪生的讲述后,脸上露出了有点为难的神色:"曾老板,你讲的归集绣货一事,我知道一些情况。在一些绣庄间流传着一种说法,说是你曾家大屋准备搬迁到上海去做生意,这样一来,他们有点担心,要钱的话上哪去找人?"

"这是谁在喷血水?"听了谭文贵的话,曾纪生按捺不住心头的火气,一下子点燃了导火索似的,"谭老板,你是了解我曾家的人,我曾纪生的为人如何,你是清楚的,我不过是想为湘绣打通一条新路,大家不至于在独木桥上挤死,倒变成了我曾纪生想吞了大家的钱财。这,这……"

"曾老板,你别急嘛,如果我认同那些污损的话,今天也不会在这里与你见面谈起此事。"谭文贵安抚道,"我相信你曾纪生不是这样的人。这样吧,我锦文丽绣庄现存的绣品,除留下三分之一外,其余的你全拿走,卖完结账,怎样?"

听得谭文贵如此一说,曾纪生感激涕零,他感觉得到谭老板此话的分量,这可不是一般朋友能做得到的,这是拿自己的财富去帮朋友。

从锦文丽出来,曾纪生正准备到南阳街的赵老板那里去一趟，却接到天然阁绣庄伙计的报信，田如玉从上海返回了长沙。

田如玉突然从上海回到长沙天然阁绣庄，见没有管事的人，便直接去了库房。

偌大的库房里，以往堆得满满当当的绸缎货柜空荡荡的，只有几匹绸缎孤零零地搁着那里，上层的货架上还沾上了灰尘。田如玉见状不觉皱起了眉头，心中对谢春的绣品生产的管理十分不满，看来绸缎货源短缺已经不止一天了。

谢春急匆匆地走进库房，见到田如玉像是见到了救星一样高兴地道："你来了就好了。近段战事风声日紧，丝绸运输中断，你在上海定的那些订单无法投产。"

田如玉虎起了脸："这绸缎缺货有多少天了？"

谢春道："一个多月了。"

田如玉很不满意地问："你怎么不早说？"

"我到轮船公司跑了十几趟，每天早晚都去问。他们一天约一天，昨天才最后答复，船被搁在路上，十天半个月到不了长沙啦。"谢春丧气地道。

田如玉摆摆手截断他的话问道："四川方面的绸缎供能运进来吗？"

"那边的价格涨了两倍不说，也是远水救不了近火啊。"谢春为难地低下了头。

"两倍？"田如玉心头一跳。她经营湘绣生意这么多年来，还是第一次听说价格一下涨两倍的，即使在几年前的南北战争时期，四川绸缎价格猛涨，也没有涨到如此之高。

田如玉想，现在唯一的办法就是请老板曾纪生出面，向长

第十五章 上海梦

沙还有绸缎存货的绣庄去借，否则上海的订单无论如何交不了货。

曾纪生正好此时从锦文丽回到天然阁绣庄，听了田如玉与谢春的讲述后，对于原料缺货一事，他也有点束手无策了。

这时，荣华绣庄的罗老板带着两东洋车的绸缎，来到了天然阁绣庄。原来荣华绣庄进的绸缎较多，绣庄生意不好，所以有些存货，听说天然阁绣庄在外地开店绸缎短缺便送了过来，当然这绸缎也不是白送，一是削减自己的库存，二是解天然阁绸缎短缺的燃眉之急，三是还曾纪生当年的一个人情。

曾纪生对罗老板的"雪中送炭"非常感激。他收下了荣华绣庄送来的两车绸缎，并将田如玉这次从上海带回来的订单大部分发给了荣华绣庄，价格比正常市价高出了30%。

天然阁绣庄绸缎短缺的危机暂时过去，但谢春对曾纪生提高绣品生产价格的行为很是不满。他找到曾纪生抱怨道："丝绸价格的涨跌我们可以随行就市，但刺绣的工价涨上去，就不可能降下来。我不懂您为什么要涨绣品的刺绣加工费？"

"这叫投桃报李，合作双赢。目前长沙湘绣销售不好，才导致荣华绣庄有绸缎料积压。罗老板在面料上的价格不涨，是给我曾纪生的面子，我提高加工费30%，是给罗老板的回报，更是让罗老板心理平衡，没有吃亏感。第二，目前上海带'徽标'的洋服和西洋油画绣品的订单大量增加，如不提高工价，产品很难保证按时收回，完不成订单，一切都是白忙。第三，我提高工价的另一个目的就是要提升产品的质量，只有好价格，才能留得住好绣娘；只有好品质，才会有好市场。"曾纪生解释道。

"外行看热闹,内行看门道。长沙绣庄有五十多家,唯有我们芙蓉坊的工价上涨百分之三十。许多湘绣产品图案都是一样,我们绣得再好,顾客又怎么去辨别呢?这叫荷包蛋盖在饭底下呷,外人不知道。我担心价格涨上来就降不下去。"谢春忧虑地道。

曾纪生呵呵一笑道:"你这话说到了点子上。上海'艾美'洋服,绣一个'徽标'就是四个大洋,顾客认的实际就是一个标记。我想我们芙蓉坊,今后所有发往上海分号的刺绣名画,我们都要绣一个'徽标',这上涨的百分之三十工价,就记在这'徽标'的账上,假以时日,我们芙蓉坊的招牌就立起来了。"

"哦!我明白了。"谢春拍了一下额头,满脸笑容道。

"你思考一下该使用什么样的徽标好?"曾纪生信任地问道。

"这个我不懂。"谢春不好意思地回答。

"我们用'顺龙昌'三个字作为徽标怎么样?上海有钱人喜欢打麻将。庄家如果摸了一手'天、地、仁、和'的牌就叫一条龙。名曰顺龙坐天下!'顺龙昌'三个字,为了使洋人也看得懂,我们设计一条龙的图形,看上去就像一个字母"S"的造型。"不知什么时候,田如玉已回到绣庄,听了曾纪生和谢春的对话,说出了自己的主张。

曾纪生手一挥大声道:"好!这徽标既形象,名称又好。顺龙昌的寓意是'顺龙昌盛,针线传家',与老爷的'耕读持家,艺传天下'一脉相承,相得益彰。"

有钱能使鬼推磨。高于正常市场百分之三十的工价,使得

第十五章　上海梦

从荣华绣庄的罗老板，到接下曾家大屋订单的分散在千家万户的绣娘，都知道一定要把这种有"顺龙昌"徽标的绣品绣好，否则就对不起曾老板，对不起这高出的百分之三十的工价，无论是绣世界名画，还是西洋服装，或中式旗袍，每个绣娘都竭尽全力地力图绣得最好。荣华绣庄也借助芙蓉坊的这股"东风"，迅速地笼络了一大批高手绣娘，不到一个月时间就顺利完成芙蓉坊分发给它的订单。就在曾纪生大喜过望之时，一场突如其来的战争灾难降临上海，覆巢之下，安有完卵？芙蓉坊绣庄上海分号自然没有幸免。

第十六章
桥头堡

曾纪生走出长沙城的战略,让湘绣的发展迎来了又一个春天。然而,中日战争"淞沪大战"的打响,让生意奇好的上海芙蓉坊绣庄开业仅几个月,就被迫关闭。

第十六章 桥头堡

自从上海分号开业后,曾家大屋的湘绣销售自此进入了上升坡道,在长沙各绣庄门可罗雀生意清冷的时候,曾纪生为上海的湘绣供货却是忙得不亦乐乎,常常是一手收货,一手下订单。田如玉返回上海后,曾纪生更是成天守在长沙天然阁绣庄,集中调度湘绣生产、运货各项事务。这一年,直到除夕前的一天,他才和谢春一起回到曾家大屋。

机帆船抵达铜官码头。码头上早站上了一大帮子人,大儿子曾广仁夫妇领着几个兄弟和亲戚,站在码头石阶上迎接着曾纪生。

"怎么如此兴师动众?只不过是回个家,何必如此劳神费力?"曾纪生话是这么说,脚踏上趸船板,却是笑呵呵地和家人们热情地打着招呼,脸上露出了满意的笑容,身心疲惫全在见到家人时荡然无存。

曾广仁从人群中抢步上前,凑到曾纪生身旁轻声道:"爸,是妈叫我们来接的……"

曾纪生点点头,没有说话,在家人的簇拥下向曾家大屋走去。

翻过一个小山坳,远远地就瞧见了曾家大屋那座粉墙瓦的三进四合院。

曾纪生一路走去,只见道路两边的田地里已经干了水,一些杂草森森地从地里冒了出来,黄中夹绿,煞是好看,而田埂上却是光溜溜的,修得十分整齐,显然田地的主人非常勤劳,早早地就铲了草。

曾纪生看到眼前的情景,不禁感慨万分,对身边的曾广仁道:"广仁呀,你瞧瞧人家,可真勤劳呀,冬天里就开始了锄草,为明春的农活在做准备啊。"

曾广仁听到父亲埋怨的话，却是笑了："爸，你猜猜看，这些田地都是谁家的？"

曾纪生望了曾广仁一眼，看着他神秘的样子，凭着印象随口问道："是铜官镇王老爷家的？"

在曾纪生的印象中，王家的老爷子是一位隐居的官吏，儿子在南京开珠宝行，家里长工成群，短工不计其数，是铜官地方的首富。纵观这片乡村，能拥有上百亩田地的主家，除了王老爷家外，还有谁家能有这份能耐？

"爸，您看走眼啦！"曾广仁得意地笑了起来，"这样大的手笔，现在除了曾家谁还有这样的气魄？"

"曾家？你……"曾纪生简直有些不敢相信自己的耳朵，"这是我家的田地？难道是你购置的田产？"

曾广仁没说话，却得意地微笑着，以默认的方式回答了父亲的询问。

儿子的默认，让曾纪生的脑子里顿时升起了疑云：田里的收益可以持家，但要发大财却是万万不能的，而这大手笔的购田之举，没有大笔资金是无法实现的。他不由得询问道："你哪来的钱？"

曾广仁瞅着父亲的眼神好一会儿。他不敢说却又不能不说，他犹豫了一下道："我们节衣缩食余留下来的钱，还有塘里的鱼、栏里的猪、圳里的莲藕、仓里的谷子，我全都拿到镇上变换成钱，购置了这份田产。"

曾纪生望着瘦削的儿子，有点心软了，自己成年累月的在

第十六章　桥头堡

外忙生意，很少顾及一家老少的吃喝拉撒，全靠着大儿子在家撑持，如头负重的牛，忙累得脱了人形。何况大过年的，当着这么多人的面来厘清是非曲直，未免有点过分。他顺着儿子的话头说道："你这样艰辛节俭地买来这些田地，究竟是为了什么？"

"爸，您老人都说'锄头搁得稳，种田是根本'。"曾广仁见父亲没有继续追问资金之事，悬着的心陡然放松了下来，解释道，"我买田种粮是为了让您有钱做生意，为实现爷爷的'耕读持家，艺传天下'啊！"

儿子的话，勾起了曾纪生对父亲深深的思念。

转眼已是大年三十，曾家大屋四处张灯结彩，洋溢着除夕夜的热闹气氛。这种大规模的热闹场景，除了曾传玉被湖南巡抚端方请去主掌"景恒楼"，端方大人为曾家大屋亲笔题写"绣传天下"横匾那年的除夕夜之外，还从来没有像今年这样热闹过。

曾广仁夫妇、曾广智、谢长庚，还有从上海赶回来的田如玉，与其他亲戚、管家等一大家子人，坐在大堂中央硕大的炭火盆旁守岁。大家闲聊了一阵后，便鼓噪着让田如玉讲起了上海分号的事。当田如玉讲到上海"十里洋场"华懋饭店圣诞节狂欢之夜时，大家都噤声憋气听得目瞪口呆，只有曾经到过上海的曾纪生，偶尔插嘴说上几句，显示出一家之长的权威。

易玉莲坐在曾广智身旁，拉着他的手轻声说着什么，曾广智的目光不时地瞅着门外。曾广仁看着似乎心不在焉的曾广智，逗乐着道："广智，是不是想菊香啦？"

曾广智连忙道："没有，没有。"

芙蓉坊密码

曾广仁说:"哼!你怕我不知道你在想什么?想她又有什么,明年过年就把菊香娶过来,也好多一个人给爸妈端茶递水。"

曾广智红着脸道:"你想到哪里去了?哦!刚才回来的路上,我听几个小孩唱童谣,把我们铜官芙蓉坊也唱进去了。"

曾广仁好奇地问:"什么童谣?你知道唱些什么吗?"

曾纪生被他们兄弟的对话吸引,目光一闪道:"唱来听听。"

曾广智听到父亲开口,抖了抖精神道:"好,我唱给你们听。"

曾广智轻声唱了起来:

　　醴陵瓷器益阳伞,

　　浏阳豆豉用碗赶。

　　湘潭酱油靖港米,

　　芙蓉坊的湘绣传万里……

"我知道了。这是泥人周在窑厂逗小孩时顺口编的,没想这么快就传开了。"田如玉笑着道。

大堂里响起了一片开心的笑声,给曾家大屋的除夕增添了别样的喜悦。

第二天,大年初一下雪了。空中点点纷飞,宛如鹅毛又似棉絮的雪花,兀自轻悄悄地从天际飘落凡尘,停歇于曾家大屋围墙外高大的桑树梢上,驻足在曾家大门口的石阶前。

在迎新岁的开门鞭炮声中,曾家大屋的院门缓缓打开。曾纪生携着易玉莲走出门外,身后跟着曾广仁、曾广智、谢长庚、田如玉等亲朋好友。望着白茫茫的一片天地,曾纪生情不自禁地向空中伸出双手,大声道:"瑞雪兆丰年啦!"

这可不是曾纪生信口开河。曾家大屋的湘绣在全国遍地开

第十六章 桥头堡

花,特别是十里洋场的上海,芙蓉坊的绣花被面、旗袍和日用服装刺绣边纹和表明血统为贵族的家族"徽记",已成为了上海风行的时尚。与此同时,曾广仁也将田地和家产从曾家大屋所在的雷公塘,扩展到了四五里路之外的枫树塘和铜官镇。曾家大屋进入了曾家史上的鼎盛时期。每一个人都有自己的梦想,曾纪生怎么也没有想到,父亲用尽一生的精力,一心只想让曾家大屋的湘绣"绣传天下"的梦想,终于在他的手上实现了……

每逢佳节倍思亲。亲人团聚一堂,享受天伦之乐。如果没有父亲的创业,一家也许不会像今天这样衣食无忧。正月十五这天,全家人高高兴兴地吃完元宵,第二天田如玉就要去上海,全家也要全力以赴投入到湘绣生意上去了。曾纪生觉得自己应该到父亲坟墓前去看一看,陪伴父亲坐一坐,寻找心灵的安慰。他吩咐管家替他准备几挂鞭子和全套的冥纸与祭物。曾纪生和易玉莲在曾广仁夫妇和曾广智的陪同下,带着长孙昭伟,来到父亲曾传玉的坟前祭拜。

两年前,曾广仁已经请人将墓地修缮了一番,虽然没有扩大墓地面积,但墓地的规格已经有了大户人家的风范,在气势上根本不比铜官镇王老爷家的墓地逊色。麻石雕饰的坟墓庐,雄壮厚重,是以表明主人的身份。一方高高的主墓碑上,镶刻着父亲的大名和儿孙的名字。

曾纪生站在坟墓前,墓前的松柏随着寒风嗖嗖地响着,仿佛送来了父亲曾传玉的声音:"耕读持家,艺传天下……"顿时,他不禁泪水满面。

祭拜完毕后,曾纪生便打发曾广智等一干人回去,只留下了广仁和两个收拾东西的伙计。他久久地站在父亲墓碑前,低声对曾广仁说:"广仁,寒食节时,记得将爷爷的墓芦修饰一下。"

"老……爷,南京来客人了!"谢春一边高声喊着,一边气喘吁吁地从山坡口跑到曾纪生面前。

"谁来啦?"曾纪生很是诧异,这大过年的,谁会这么早便赶来曾家大屋?

"张士奎来了。"

曾纪生听得谢春说出来客姓名,心中为之一惊,急忙转身回家,远远地认出那站在曾家大屋禾场里的高个子中年人,正是南京云锦园绣庄张伯元的儿子张士奎。

曾纪生赶紧迎了上来,握住张士奎的手激动地道:"贵客呀!贵客!快屋里坐。"

张士奎的突然到访,让敏感的曾纪生意识到一定发生了什么事。他待张士奎坐定后,便迫不及待地问道:"昨天刚过十五,今天就到了长沙,你有什么急事吗?"

"无事不登三宝殿,到您这里来,除了湘绣还能有其他?"张士奎语气急促,"我需要采购湘绣现货一批,赶在3月中旬之前随德国沙尔霍斯特号邮轮运往欧洲。"

"就这档子事?行,没问题。来,来,先坐下。"曾纪生得知张士奎是来采购湘绣销往欧洲,勾起了他心头的另一个设想,于是问道:"有件事请教一下,不知你们南京是否有好码头,我们芙蓉坊可以到南京开设一个分号,下次你要采购湘绣就更加方便了。"

第十六章 桥头堡

"南京夫子庙附近的乌衣巷有一家绸缎铺要转让,是做绣品生意的好地方。不过,我的看法是目前南京开分号的事还是缓一下好。"张士奎语气不疾不徐地道。

"为什么?"曾纪生惊讶地望着张士奎,很是不解。在他的印象中,芙蓉坊上海分号的生意是芝麻开花节节高,按理说到与上海相隔不远的繁华都市南京开分号自是情理中的事,可南京开分号为何要缓?

"战争!"瞧着曾纪生急不可耐的神色,张士奎犹豫了一下,酝词酿句地道,"现在中国局势表面还算太平,但实际却是暗波涌动,据英国驻香港远东舰队内部传出的消息,该舰队正在加强戒备,预防来自日本的战祸。据南京德国传教士迪特尔私下向戴维·米尔透露,自从日本占领中国东北三省和北平后,南京、上海将是他们下一个重要目标。依据这一态势,戴尔·米尔预定三月中旬沙尔乘霍斯特号邮轮回上海,托我采购一批丝绸,战争爆发后,必定爆发通货膨胀,货源短缺。为了防患于未然,我也想收集一批刺绣品发运到美国去。"张士奎随后建议曾纪生,此时不仅不应在南京开绣庄,而且应该撤回上海分号。

很少关心政治和军事形势的曾纪生,虽然对战争也有一些预感和不安,但张士奎说的,上海将会是日军重点攻击城市的情况,还是让他感觉到有点太突然。要知道,上海分号可是他花精力最大的一个分号,同时也是曾家大屋实施"绣传天下"宏伟蓝图的重要起步地,如果此时撤回上海分号,可以说曾家"绣传天下"的蓝图就无法实现。但是如果战争真的在上海打起来,恐怕上海分号会连本都得丢掉。

张士奎见曾纪生沉默不语，补充了一句："这些都是传说，战争也不可能明天早晨就打起来。不过，从做生意的角度来思考，现金为王，将分号收缩一点为好。"

张士奎的建议让曾纪生拿不定主意，在座的人更是难以定夺。历来小心谨慎的曾广仁，首先打破了沉默："我主张将上海分号撤回长沙，而且越快越好，以免一旦战争打响，想撤都撤不了。"

"张士奎的信息很重要，大哥的主意也很正确，但我主张先看一看再说，中日双方即算开战，分号开在法租界里，撤回来还是很容易。要是现在撤回来，曾家大屋的经济损失就太大了，停止生意损失了利润，搬迁还得一笔费用，万一战争没来，岂不是赔了夫人又折兵？"曾广智插话道。

"损失一部分总比全部损失好。"曾广仁抢白道，"战火一起，生灵涂炭，人命都顾不及，谁还会顾及货物？"

"田如玉非常看好上海分号的生意，如果要撤也得先听听她的意见。"曾广智辩解道。

对两兄弟的争执，田如玉犹豫了一下，说出了自己的看法："战争虽然危险，但决不能因为有危险而放弃生意，有时反其道而行之，反而成为良策。"

"你真的是这样想的？"曾纪生瞧着田如玉说话时的神情，惊讶地问。

"是的。别人撤离上海，也许正是芙蓉坊的机会。为着保险起见，待我回上海再说。"田如玉坚定地说。

第十六章　桥头堡

田如玉走后不几天，曾广涛托人又送来一个非常机密的信息，日军有进攻上海的态势，目前国军正在全力备战，劝告父亲注意安全。

曾广涛的消息使曾纪生再次陷入了矛盾之中：如果将上海分号撤回长沙，自己绣传天下的目标岂不自行夭折。不撤吧，战火之下，安有完卵？面对两难的抉择，他决定兵行险招，吩咐原准备发往上海的一批真丝围巾，转发广州。同时派谢春立即赶往上海，将上海的货源全部发往南京。

这种艰难的安排，与其说是曾纪生的无奈之举，不如说是他本能使然，既然上海分号不好撤，又担心战火毁掉老本，他要将这场大撤退，改为大布局。

就在曾纪生为上海芙蓉坊分号日夜揪心之时，坐镇上海分号的田如玉不仅感觉不到战争的气氛，生意比以往还红火，湘绣分号店铺内不断地有金发碧眼的洋人出入。与以往不同的是，这些洋人进来不仅仅是欣赏精致的绣品，更多的是买绣品，而且少有讨价还价。以前常有日本浪人闹事的传闻，近来也是销声匿迹。虹口是日本人的租界所在地，这种突然出现的风平浪静，引发了田如玉的猜疑，难道战争不会打起来啦？

田如玉正在疑惑之际，她的背后突然响起一声宣佛声："阿弥陀佛！"回头一看，哟，这不是云空大师吗？她满脸溢笑，正准备热情招呼，却被云空大师的眼神制止了，头摆了摆，示意田如玉到里间说话。

田如玉对柜台店员交代了几句后，这才抽身往里间经理室走去。

芙蓉坊密码

刚走进经理室，便听得云空大师劈头而来的问话："中日大战临近，上海将成水深火热之地，你店铺怎么无动于衷？"

"上海这个特殊城市，各国势力都在这个城市有一腿，日本人再怎么凶横，应该还是会有顾虑吧？"田如玉迟疑了一下，补充道，"何况眼下分号生意十分红火，一天的生意顶得上以往的十天半个月，这个时候急忙撤出……"她没往下说，意思却是明显不过，此时撤出，会极大地影响生意。

"你呀，你，怎么只瞧见眼下的生意？"云空大师有点恨铁不成钢，但多种因素又使得她不得不耐下性子进行解说，"你知道吗，天亮前为什么天会特别黑？大雷暴雨来临前为什么天空一片寂静？事情反常便是妖。眼下生意极好，便蕴藏了反常因素，聪明人往往能从中抓住事务反常的蹊跷，从而先行一步。"

"可是，搬迁不就是撤退吗？……"

云空大师毫不犹豫地打断了田如玉的话："你可以货撤人不撤，只留几件样品撑门面。这样就可保住芙蓉坊财产少受损失，阿弥陀佛，贫道告辞。"

听云空大师如此一说，让田如玉感觉到战争已经迫在眉睫。

田如玉将全部库存绣品进行分类编号，安排张九妹做好撤离上海的准备，此时谢春突然出现在上海分号。

谢春带来了曾纪生的指令："为安全着想，上海分号的人员全部撤回长沙，库存的湘绣全部交给南京的张士奎，随沙尔霍斯特号邮轮运往美国，委托戴维·米尔在美国代理经营。"

田如玉听谢春这么一说，压在心里的石头顿时落地。她对曾纪生这个出人意料的决策，佩服得五体投地。

第十六章 桥头堡

田如玉一行全部撤回长沙后,上海的战争枪声并没有响起,曾纪生慢慢地松懈了自己紧张的心情。他在思考,万一上海没有战事,自己是否在瞎折腾?

两个月后的一天,曾纪生刚吃过午饭。突然,曾广智挥舞着手中报纸"噔噔噔"地跑进绣楼来:"日本军队昨天袭击上海!"

曾纪生从椅子中跳了起来,伸手夺过了曾广智手中的报纸。一行赫然醒目的文字跳入眼睛,他大声地念道:"1937年8月13日,大规模的抗日战争在上海爆发,这场战役标志中日两国之间全面战争的真正开始。"他瘫坐在椅子上,拿报纸的手无力地垂落了下来。他庆幸自己从张士奎透露英国驻远东军舰队备战的信息中预测到上海的危险,及时地将上海分号货物全部转移。否则此时的自己将会坐立不安。

中日上海战事突然大规模爆发,远隔千里之外的长沙也感受到了战争的气息,城内的街头巷尾冷冷清清,街上没有几个行人。街头的店铺虽然没有关门,但几乎没有顾客上门。这一番长沙街头的见闻,让曾纪生意识到了战争的可怕和对生意的巨大打击。一想起自己刚刚铺展开来的全国湘绣销售点,他就心痛不已,几年的心血,随着战争枪声的响起,一切都化成了乌有。不过,他庆幸自己先前的果断决策,将南京、上海的湘绣都通通通过戴维·米尔销往了美国,价格虽然比平常低了30%,但让利给朋友,总比战争损失强得多。说不定日后还能接到大订单。

"怎么,曾老板坐在街头观风景?"曾纪生的身后突然响起了一个声音。他回头一看,来人是难得一见的肖小宝。只见他摇着把蒲扇,慢悠悠地走了过来。

自从锦文丽绣庄挂匾风波之后,曾纪生便很少见过肖小宝的身影,更不知他成年累月干些什么。听人说,肖小宝大概因锦文丽的省长奖金之事而羞愧,不大愿与行业人员来往了,竟是成了独行侠,顾自做着自己的湘绣生意,不过此种场合碰面,总还是有几分旧情。他不由得感叹万分地道:"哪有心情观街景,上海战事不知如何惨烈,悬心着哩。"

听得此话,肖小宝停住了脚步。这么些年来,宏昌绣庄的生意每况愈下,陶瓷生意也近乎坐吃山空,他的日子艰难着哩。但此时的他瞧着老对手那忽然变得异常苍老的脸,心里没来由地浮上几分兴灾乐祸的得意:老天爷有眼,你曾家大屋也有倒霉的时候。你想将湘绣生意做到上海去,老天爷便投下场战争,让你血本无归。不过,这种得意心情他并没有流露出来,肖小宝懂得了逢人只说三分话,模棱两可探口风。他假惺惺地道:"树森啊,这战争对你上海的生意应该没有影响吧!"

"借你吉言,损失不大。我们这次是逢凶险遇贵人化解,您不必过分牵挂。"

"此话怎讲?"肖小宝满脸迷茫。

"你是江湖老客,还不是朋友帮忙。"曾纪生不想说出底细。接着他苦笑了一下问道,"据你的判断,上海战事会打多久?"

江湖,只是肖小宝的过去历史了,如今的他很少在市面上走动,外面的讯息自是不灵通,加上两国战争这样的大事,对于他这个只习惯于打街头群架地头蛇来说,远远超出了他的人生知识范围,对曾纪生所说的朋友,他自然难以理解。谁有这

第十六章 桥头堡

么大的能耐,能帮曾纪生的上海商号躲过战争的摧毁?但他又不想在曾纪生面前扮矮,便打了个哈哈道:"这个嘛,朋友多了路好走。"

瞧着肖小宝一摇三摆远去的身影,曾纪生暗自摇了摇头,没想到湘绣界昔日的枭雄,今日竟是如此落魄。

曾纪生越是期望停战,上海的中日战争却越打越烈了。长沙城的地面上,不时传来与中日战争有关的信息,中日双方几十万军队围绕上海周边展开了生死之战,随后双方不断增兵,甚至连极少跨出四川地盘的川军,也奉命千里迢迢地赶往上海参加会战,中日双方共有约一百万军队投入了战斗……

在中国的大地上,日军自上海、南京战事后,大规模的军事行动转往津浦线,往山西方向推进,京广线反倒显得相对平静。随着战争枪声的远离,长沙城区居民紧张的心情渐渐平静了下来,市面上也恢复了往常的状态。曾纪生虽不是政治家,但他以商人敏锐的预感断定日军不会自动停手,从1932年的"一·二八"淞沪抗战到今年"八·一三"的淞沪会战,说明日本侵占中华的野心由来已久。加之他风闻湖北、江西、湖南等地不断地有中国军队开进,据此他判断全国或有更大的战事发生,他开始收缩全国各地的湘绣生意。

1938年6月12日,日军波田支队在安庆登陆,武汉会战正式拉开大幕,随后中日双方增派兵力,上百万军队在中国安徽、湖北、江西这大片土地上,再次展开了激战。枪炮声震撼到了相邻的湖南,长沙城里也因此变得是一日数惊,陷入空前的混乱。

湘绣业除了天然阁、锦文丽与宏昌绣庄几个店铺在照常营业外，其他绣庄大多关门停业。他们纷纷将绣品和细软绸缎转移到乡下绣点掩藏起来，静观着时局的变化。

谢春和田如玉每天都守在店铺里，热情地招呼着店内往来的客人，同时又警惕地关注着来自武汉方向的日军动向。

大家正在忙碌之际，焦保林专程从靖港来到长沙，劝说曾纪生道："现在武汉已被日军占领，铜官镇上谣言四起，人心惶惶，很多人都说，日军要进攻长沙了，先头部队已经到了平江。'三十六计，走为上计'，我看您还是关了天然阁绣庄，先撤回铜官的曾家大屋避一避风头。"

在曾纪生的心目中，焦保林的想法纯属老人之见——保守。做生意嘛，怎能没有风险？虽然不是那白刀子进红刀子出的风险，但一个失误却也是血本无归的危险。在留守与撤走的判断上，稍有闪失，便会成千古恨，何况对于当前的大局与天然阁绣庄生意去留问题上，曾纪生有着主见。

曾纪生辩解道："我们好不容易地将天然阁绣庄开了起来，为什么要轻易地撤呢？锦文丽和宏昌绣庄都在挺着，如果我们先撤了，岂不被他们笑话？我们如果咬紧牙关迎难上，前途也许是另一番景象。"

面对固执己见的曾纪生，焦保林还能说什么呢？其实曾纪生的坚持也不是完全没有道理。此时长沙城里虽然已经陷入了一片恐慌之中，但同时因有大量的逃难人和学生涌入长沙，绣庄的生意不降反升。曾纪生意识到这是个推销库存湘绣的极好机会，与迫在眉睫的战争相比，各地撤回来的绣品积压更让他头痛。

第十六章　桥头堡

"嗨，这里有漂亮的围巾……"一群路过长沙天然阁绣庄的燕京大学的师生，涌进了店内，他们拿起湘绣品，左瞧右看的，一个个赞不绝口。这也难怪，在北平那样的大城市里，虽然他们见识过景泰蓝、漆雕、鼻烟壶等工艺品，但却很少能见到如此精工细绣的刺绣围巾、手帕、坐垫，还有带着徽标的龙凤旗袍……这都是他们平常难得亲眼一见的高档精品，于是有的老师买一条围巾，学生跟着买几块手帕，有的挑件旗袍，有人则掏腰包买床套、枕巾。一时间，长沙城里刮起了一股抢购湘绣品的热潮。

锦文丽绣庄之所以在长沙城里挺得住，主要是谭文贵自恃有省府的关系罩着，对战局形势比较清楚，同时也不想放弃这个赚钱的好机会。宏昌绣庄则是"破罐子破摔"，肖小宝当众明确表态："天然阁绣庄与锦文丽绣庄，只要有一家不关门，宏昌绣庄就要奉陪到底，绝不做狗熊！"

日军攻打长沙的消息风传了半年，并没有真正地到来。那些关门逃避战火的绣庄，因生计所迫又先后纷纷回流进城里，长沙出现了一个短暂的战时繁荣。

转眼即到秋天，平稳了两个多月的局势突然又急风急浪地紧张起来。一直在靖港富兴商铺掌柜的焦保林带着女儿菊香到铜官卖陶器，顺道来看一看易玉莲。他见曾纪生悠闲自得地在曾家大屋后园里打拳，不无担心地对曾纪生道："外面时局这么乱，你倒是蛮安然，有闲情雅致在这里养身。"

"乱中偷闲呗，人总不能时刻像竹绷子似的绷着吧？"曾纪生苦笑着回答道。

听到曾纪生的回答，焦保林耸人听闻地道："你可别说我没提醒你，现在外面四处传言日本人要打长沙，你得想个应对之策，天然阁绣庄一旦出事，那就会不可收拾。我劝你尽快撤回铜官，免得到时候鸡飞蛋打。"

"有那么严重吗？日本人喊了大半年，至今还不是连长沙城天心阁的墙砖都没摸着？"曾纪生不以为然地道。

"这次可是来真的啦！昨天有人从长沙回靖港告诉我，现在长沙街头一些墙壁上，已经写上了'焦土抗战'的标语，还在墙上画上了放火记号，街上还摆出汽油桶，据说上头有令，蒋委员长是准备在日军进攻时，要火烧长沙城了。我今天也是特意过来告诉你这个消息，天然阁好歹也有我们富兴绸缎铺一万多大洋的家业呀！"焦保林认真地道。

焦保林的话说到这个分儿上，不能不引起曾纪生的警觉。焦保林今天这不是在向自己摊牌吗？如果自己再执迷不悟，天然阁如果真有什么闪失，就得全部由曾家大屋来承担。他想起在长沙熟人那里听到的关于蒋介石提出的"焦土抗战"新战略，那可是在武汉城里整整烧了两天。长沙会不会也采用这种方式呢？一想到此，曾纪生头额不觉冒出了一层冷汗。他意识到了问题的严重性，但仍冷静地对焦保林道："你的意思我明白了，此事决不让你焦保林受损失。"

话是这么说，但曾纪生仍然举棋不定。他记得父亲曾传玉谈起过当年曾九帅江宁雨花台围攻太平军一事。有一次，湘军已将当面之敌杀散，完全可以攻进城内，但由于进攻士兵肚里无食，饥累交迫，竟让这一良机擦肩而过，以致后来花费了几

第十六章　桥头堡

个月时间才取得这一胜利。根据他的判断，如今日本人虽然打下了武汉三镇，但补给线增长了，加上连日激战，士兵疲累至极，日本人还能继续进攻长沙吗？听说蒋委员长调集了几十万军队部署在江西、湖北、湖南一带，准备抗击日本人的进攻，这几十万人总不会是豆腐渣吧？就算是豆腐渣，怎么着也会撑破你日本人的肚皮吧？不过想是这么想，他心里还是有点不踏实，当天下午，便风风火火地赶往了长沙的天然阁绣庄。

来到天然阁绣庄，店铺里却是风平浪静的，各司其职。听完曾纪生所说的担心，田如玉开颜一笑，很有点不以为然地道："据警察署的王警官说，长沙实行'焦土抗战'的焚城计划，有四重规定，一是省政府的命令，二是警备司令部的命令，三是警报器有节奏的长短鸣笛声，四是天心阁上有火柱示警，四者缺一都不准擅自举火，周密的行动计划，已给我们留下了安全撤离的空间，绣庄完全没有提前撤退的必要。"

天然阁绣庄的撤留，让曾纪生难以取舍。现在长沙已处于一片战争的恐慌。坚守，后果难料；撤退，他那"绣传天下"的大布局就失去了桥头堡。

第十七章
石夹墙

屋漏偏逢连夜雨，曾纪生好不容易盼得田如玉平安而归，战火又蔓延到了长沙。而政府的一个闪失，一场震惊中外的"文夕大火"将地处繁华闹市的天然阁绣庄烧成一片废墟，曾纪生"绣传天下"的梦想被迫中断。

第十七章 石夹墙

持续不断的战争传闻，麻木了人们的神经。曾纪生走在长沙街头上，发现战争乌云笼罩的长沙城里，人们的生活依旧，并没有像在铜官传闻那样的紧张。

大西门码头，这是长沙北门外重要的水运码头，虽是挑夫贩卒们聚集之地，却也是市井热闻传播的地方。曾纪生信步来到这里，便听到码头上拥挤着的一些人在窃窃私语："听说平江、汨罗都被日军占领了。"

"浏阳市城昨夜也已出现日本鬼子的骑兵。"

"狗日的日本鬼子来得真快，害得老子挑河水都要失业了。"一个湘江码头挑河水卖的挑夫骂骂咧咧地嚷着。

"你们见到了日本军队吗？"曾纪生略有所思地问道。

那挑水工摇了摇头："大家都是这样说的。"

没有一人亲眼见到了日军。曾纪生对日军马上要进攻长沙的这些消息，心里生起了几分疑惑，但他也瞧见了现场人心惶惶的情景，正是这四起的谣言所引起的人心惶惶，让曾纪生感到了一种莫名的恐惧。

在这兵荒马乱的时期，信息关联到人命安危，何况日本人兵锋是否逼近长沙，牵连天然阁绣庄是否撤离长沙城的重要决策，更牵涉曾家大屋上上下下近百号人命运，曾纪生不得不使出浑身解数来应付临头危机。

"曾老板，战火临头，你倒有心情河边散步。佩服，佩服！"一个爽朗的声音打断了曾纪生的思绪，他抬头一看，这不是锦文丽绣庄的谭老板吗？这一向来，忙于应付突如其来的战火，撤回设在外地的绣庄，竟有多时未见过谭老板了，上海芙蓉坊分号供货之事，若不是谭老板鼎力相助，分号的经营恐怕会麻烦许多，自己还未当面说声感谢哩。此时朋友见面，自是热情万分："谭老板才是稳坐钓鱼台哩，我哪有心思河边散步？这不，上这里来听听南来北往的消息。"

"兵来将挡，水来土掩，再难的事，总会有法应付的，何必过于折磨自己？"即使在这人心慌乱的时期，谭文贵也不失儒雅风姿，一袭纺绸长衫，一把描金纸扇，说起话来不疾不徐的，倒似乎战火还在千里之外。

"自从家父过世后，我的信息哪有你的灵通？"曾纪生苦笑了一下，"上海分号供货一事，还多亏谭老板鼎力相助。"

"小事一桩，不足挂齿。"谭文贵信手轻摇了一下纸扇。

曾纪生心里有数，谭文贵自从美国芝加哥万国博览会参展，以一幅湘绣《罗斯福》画像震撼海内外后，"誉满全球"金匾拉近了他与省府官员的关系，由于他善于打点，这层联系让他得益不少，湘绣生意做得风生水起，凛然有湘绣领袖风范，长沙城众绣庄无不以锦文丽马首是瞻。他不由得道："谭老板，你与政府走得近，如今外面风声鹤唳，据你看日本人到底会不会打进长沙来？"

"曾老板，你这可是太高看了我。"谭文贵的眉毛陡然抬了起来，有点不悦地道，"虽说我与省府一些官员走得近不错，可这日本人进不进攻长沙，怕是连蒋委员长都弄不清的事，我一个小小的绣庄老板，又上哪去了解这样的军事机密？"

"谭老板，我是真心向你请教。"曾纪生连忙辩解道，"你想想，我的绣店纷纷从上海、南京、武汉等地撤了回来，如今

第十七章　石夹墙

又要从长沙撤到乡里去,这是一个多大的工程呀,如果你不帮忙,我的湘绣生意从此要返回原始人生活。"

听得曾纪生如此尊重自己,谭文贵收敛了自己的调侃心态,很是认真地道:"日本人是不是会马上进攻长沙,这件事我的确无法说准,不过借用北方人一句谚语,最好是'不见兔子不撒鹰'。听人说,蒋委员长从各地调集了几十万军队聚集江西、湖北、湖南等地,围绕长沙城周边设置了一个围歼日军的天炉计划,而日本人在武汉、江西方向只有不到十万人军队,敢不敢打过来,从人力对比上来看尚在两可之间……"

谭文贵的话,让曾纪生似乎吃了定心丸,他知道谭老板虽然是个生意人,但却是个机灵的生意人,说他一只脚踏进了官场也一点不为过,提供的消息自然靠谱。

吃下了定心丸,曾纪生悬着的心回位了,他轻松地问起了肖小宝的近况。

不知怎么回事,一谈起肖小宝,谭文贵就像吃了苍蝇似的厌恶,上次芙蓉坊上海分号供货时发生的尴尬事,让他至今记忆犹新。那次他本来已以长沙湘绣同业公会的名义,与长沙各个绣庄的人说好了,既帮了曾纪生,同时也能让自己有一条湘绣销售的新路,没想到宏昌绣庄的赵管家却在绣庄散布谣言,说是芙蓉坊企图黑了各绣庄的绣货,自己跑路发大财,引发了各个绣庄老板的恐慌,纷纷找各种借口要毁约。这样一来,谭文贵的脸面自然挂不住了,别说他一个会长的声誉会受到何种贬损,就是他将来遇到曾纪生也不好意思见面。假若碰面人家问你,你谭老板的信誉,是不是就是出尔反尔,你将如何作答?

芙蓉坊密码

作为一个商人，谭文贵很清楚信誉对于他个人的金子般价值。试想一个没有信誉的商人，他将如何在市场上混？正是冲着自己的声誉，当他遇到曾纪生前来询问供货一事时，他忍痛割爱地将自己绣庄所有存货全部倾空，帮助曾纪生供应上海分号的绣货。

当然谭文贵不是初出茅庐的生意人，更懂得八面玲珑对于一个成功商人的作用，他没有揭开肖小宝当年的丑事，但也不愿去谈起现在肖小宝的事，对曾纪生好心的询问，他只是含糊其辞地哼哈了几句，便转换了别的话题。

告辞了谭文贵，曾纪生路过坡子街时，看到了一些新增添搁置在路旁屋檐下的铁桶，而且街上的军人巡逻队数量突然增加了许多，使他本来有些担忧的心，再一次沉了下来。

曾纪生有一种不祥的预感，回到绣庄后，立即找到谢春，询问街头新设置的铁桶是怎么回事。

正在店铺里忙着收绣货的谢春赶了过来，对长沙街头发生的这一新情况，也是丈二和尚摸不着头脑，但他见到曾纪生一脸凝重的神色，知道长沙街头发生这一新情况，对于天然阁绣庄去留的重要性，立即准备安排伙计到街上探听情况。

"别急。"曾纪生拦住了正准备出门的谢春，他沉思了一下，吩咐道："你安排两路人马，一拨人去外面了解长沙街头发生的新情况，另一拨着手打包仓库里的湘绣成品，等田掌柜回来后，立即安排人手撤一部分绣品回铜官。"他自己则赶往锦文丽绣庄去找谭文贵，看从谭老板那里能不能得到更多的内情。

"出了什么事？"田如玉清早便到乡下绣站收货，直到傍

第十七章 石夹墙

晚时分才回到绣庄,她看到留守曾家大屋的谢长庚一帮人也来到了长沙天然阁绣庄,帮助绣庄捡拾东西,而店铺现场大家都神色紧张,将贵重的商品放进店铺后面平常很少打开的应急密室,不由得惊诧地问。

"恐怕长沙城要出大事啦。"曾纪生的脸色不太好,但瞧着田如玉一身风尘,眼睛里透出疲惫神色,他没有往下说,转头对谢春道,"谢春,你把街上看到的、听到的事,都跟田掌柜说说吧。"

谢春咽了口唾沫道:"今天下午起,长沙城的南门口、碧湘街、天心阁、太平街、文昌阁、顺星桥、小吴门等,一线街头便陆续搁放了不少盛满洋油的铁桶,许多搬空了的房屋墙上都用石灰刷写着一个'焦'字,同时警局宣布为了防止日本奸细,从今晚八时起开始宵禁……"

"我从谭老板那里也得知了情况。"曾纪生补充道,"据说这是蒋委员长准备采用'焦土抗战'来应对日本人的快速进攻,希期以此延缓日本人攻势,从而达到战略转移所需的时间,为此军委会连发三电,要求长沙军警按令执行。"

听过情况介绍,屋内一片寂静。

时间在一分一秒地过去,曾纪生毅然决定:"不能再等了!天一亮就去码头,把昨日卸货的那条船留下,将库房的绣品都运回曾家大屋去。"

"这……"田如玉刚从乡下落实绣品回来,一身酸痛自不待说,她正要张嘴说什么,又把涌到嘴边的话咽了回去。从理智上判断,她感觉到曾纪生此时做出的决定,也许是对的,随后便赶紧安排人手开始清点绣庄的财物,将大包小包的湘绣货物搬进石夹墙暗室。

天然阁绣庄的人员各自开始了自己的行动。

曾纪生带着谢长庚、谢春等人火急火燎地赶往码头租船,准备先转移部分绣品。

谢春来长沙多年,对当地情况很熟,由他负责去与船夫谈价。

谢春是个很顾主家利益的人,他听得船夫开出的价格是往常的两倍,心里很是不忿儿,争辩道:"你这分明是想发国难财,闲常时期租得两三条船。"

船夫自然清楚长沙城局势紧张,他对谢春的谈价很是不屑地回道:"你也不瞧瞧现在是什么时候,我们这是在拿命搏财。"

"再拿命搏,总还有个合理的行市在那里摆着。"

与船夫谈租船的价格还没谈妥,只见长沙城内方向突然腾地升起了火光,跟着一个伙计跌跌撞撞地跑到码头,大声喊叫着:"出……事了!"

曾纪生闻声心一惊,抬起头来,厉声问道:"出了什么事?"

伙计惶恐地道:"城……里起大火了!"

"糟啦!"曾纪生顿时心里慌乱起来。突如其来的大火让一向冷静的他慌了神,没有通知,也没有听到警报声,长沙城怎么就突然放起火来了?

曾纪生往夜空一看,只见大约是南门口的位置已经红光耀眼、浓烟冲天了。南门口那里没有举火点,火怎么会突然从南门口烧起来了?这意味着通往南边的出城口已被堵死。

长沙城内大多为木质建筑,加之秋高气爽,风助火势,大

第十七章　石夹墙

火迅速地漫延开来。曾纪生来不及细想心中的疑惑，立即带着谢长庚和伙计往回赶。

没多久，北正街着火，草墙湾着火，大西门着火，天心阁方向更是大火熊熊，全城陷入了一片混乱。

曾纪生带着谢长庚等人只能望火兴叹，退回码头边。

"着火啦！快跑啊！"长沙城内到处是惊慌的呼叫声。

从睡梦中惊醒的人们潮水般地争相逃命，哭声和喊声响彻云天。人们眼睁睁地看着那些跑得太慢的、从前线下来的受伤官兵、老弱病残的民众百姓、不谙世事的孩子，活活地被熊熊的大火所吞噬……白天还是喧嚣繁华的长沙古城，此刻已变成了一座火神肆蹂恐怖狰狞的人间炼狱。

地处坡子街的宏昌绣庄，店员们瞧见步步逼近的大火已经乱成一团，肖小宝却是一反常态，全然没有了往常那种与命运抗衡的劲头，却是稳坐太师椅上纹丝不动。有人劝他道："大火来了，快跑吧！"

稳坐太师椅的肖小宝没有挪动身子，只是挥了挥手："大火无情，你们赶快走吧，店里的东西不要去管啦。"

那些伙计们见劝说不动老板，只得放弃努力各自逃命去了。瞧着店伙计们远去的背影，肖小宝端起桌上的酒喝了一口，瞧着宏昌绣庄店铺里陈列的绣品，一种听天由命的悲苦陡然从心底升起，唉！在江湖上混，总是要还的。泼皮性格的肖小宝这一回认命了，他就是死，也得守着宏昌绣庄，这不仅是他一生的心血，也是父辈留给他的财产，如果没有这些财产，他与街头的乞丐便没有什么两样，那人活着还有什么意思呢？

芙蓉坊密码

"他爸，他爸，你怎么还在这里不动？"店铺门外，冲进来一个披头散发的女人，手里还拖着一个细伢子。

来人是肖小宝的老婆，她听得好心的伙计赶去告诉她，说是老板一个人仍然守在店子里，不愿与伙计们一起逃命，心里一急，便冒烟突火地奔了过来，要拖上丈夫一起逃命。

"他爸。"女人见肖小宝仍然纹丝不动，上前一把抓住丈夫的胳膊，使劲要拖他起身，"赶快走，不然就来不及啦。"

"算了，你们走吧。"肖小宝无力地抬起手，指着满屋的绣品，"这些东西都没有了，我活着还有什么意思？"

"这些都是身外之物，留得青山在，不愁没柴烧。"向来惜物如命的老婆断然地吼道，"赶快跟我们走！"

肖小宝似乎灰心至极，他挣脱开妻子的手，心如死灰地瞧着陈列的绣品，没有回话。

满脸泪痕的幼儿大概也知道情况的危急，挣脱母亲的手，扑了过来，抱住了父亲的腿，使劲地摇着，还一个劲地叫着："爸，走，爸，走！"

瞧着儿子伤心的泪水如泉涌，肖小宝用无神的目光再次扫了老婆一眼："你们走吧，你带着伯泉往河边跑，那边应该没有火。"

"你不走，我们就在这里陪你。"老婆从旁边拖过一张椅子坐下，决然地说，"要死，我们在一起。"

听得妈妈这么一说，儿子号啕大哭起来。

儿子的哭声，令肖小宝的心更乱了，他理了理思路，终于站了起来，无奈地道："好吧，我跟你们一起走。"

第十七章 石夹墙

　　天然阁绣庄那边，见到大火铺天盖地而来，在店里的田如玉当机立断，要伙计们抱着尚未放进暗室的剩余绣品，随她一起赶往码头。当她再要返身抢救还没有拿完的绣品时，通往天然阁绣庄的道路已被冲天大火封住，根本无法回去了。

　　浓烟蔽日的冲天大火，将长沙城烧了个通透。大火一直烧了三天三夜才渐渐熄灭，原来繁华的南正街、坡子街、臬后街、八角亭、药王街、太平街、西长街、大西门正街及沿江一带，所有的房屋都已烧毁，剩下的只是一片断壁残垣。

　　曾纪生带着谢春和田如玉一直守候在停泊在码头的船上，见到大街上明火渐渐熄灭，他自己便急匆匆地上了岸。曾纪生最揪心的是天然阁绣庄内父亲的那幅"镇店之宝"《荷鹤图》。此时他悔不该自己的虚荣心作祟，不顾母亲的反对要将《荷鹤图》带来长沙，其目的是想和锦文丽那"誉满全球"的牌匾比个高低。谁曾想到竟会发生火烧长沙这样的横祸？

　　刚走到太平街口，便见迎面而来一个人，像喝醉了酒似的东倒西歪地走着。瞧那身形和穿着，不分明有点像是锦文丽绣庄的谭老板吗？他急走几步想看个仔细，走近了一瞧，又似乎不像谭老板。那人满头白发，一手提着个酒瓶子，晃荡两步喝口酒，脸上沾满了锅灰黑，身上虽然仍是一袭长衫，却是看不出底色是什么，而且破烂得布筋相连才能套在身上，要不是瞧清了那人的脸，曾纪生还真把他当成了街上的乞丐。

　　"谭老板！"曾纪生拦在了那人的前面。

　　那人睁着血丝相连的红眼，迷离了半晌，反问道："谭老板，谁是谭老板？"

尽管眼前这个人白发飘飘，与满头青丝的谭文贵相去甚远，但那不变的口音还是显示了这个人真的是谭文贵。

瞧着眼前这个长沙绣行风流倜傥的领头人，一场大火便变成了如此凄惨的模样，曾纪生心里很是不忍，他走前两步，恳切地道："我是曾纪生呀，天然阁绣庄的曾纪生，你还记得吗？"

"曾纪生？"那人眉头皱了几皱，使劲地想着，半晌，他突然伸出持酒瓶的手递了过去，"娘的，想不起来了，喝酒，喝酒！"

曾纪生用手推开了塞过来的酒瓶，还想再说上几句。那人却摇摇晃晃持着酒瓶走了开去，一边走，一边还吼着："吃他娘，穿他娘，闯王来了不纳粮……"

即使在早几天，他曾纪生遇到的谭文贵还是自信心十足的神态，对战争临近会带来的玉石俱焚前景似乎不屑一顾，但也正是这种过分相信自己与官府联系的能力，给他带来了毁灭性的打击。没有任何信息突发其来的大火，让没做任何准备的谭文贵措手不及，眼睁睁地瞧着大火焚烧了锦文丽绣庄的一切，不仅仅烧毁了绣庄所有的商品，还将他多年积蓄的湘绣画稿、珍藏绣品也付之一炬。当时的谭文贵悲愤得要冲进火场，被店员们死命拖住，强拉到远离大火的一处民居，一个晚上，谭文贵满头青丝全变白了，再以后他便成了手不离酒的酒鬼。

瞧着谭文贵远去的背影，曾纪生无奈地摇了摇头，在这种兵荒马乱的年代，当街去拽个人，恐怕会引起路人的误会，他只能在心里暗暗叹息，不知道谭文贵为何突然会变成了这样一个人，更不了解昔日富丽堂皇的锦文丽绣庄已然成了一片废墟。

第十七章 石夹墙

他突然想起了自己的事,天然阁绣庄如今成了何样?

曾纪生冒着熏人的浓烟刺鼻的焦糊味,第一个来到天然阁绣庄被烧毁后的废墟,站在废墟边愣了好一阵,这才忙着指挥曾广智、谢长庚等人,挪开烧焦了的屋梁和烫人的砖头碎瓦,小心翼翼地在残墙断梁处找到那段尚未倒塌的石夹墙门。

瞧着这处历经熊熊大火而未倒塌的石夹墙暗室,曾纪生暗中庆幸自己当年的灵机一动,装修天然阁绣庄时多留了一个心眼,拆掉原来的木隔板换成了今天的石夹墙,店里的一些高档绣品和《荷鹤图》就隐藏在这道用于防盗的夹墙内。夹墙没有倒塌,这里面的藏品是否完好?曾家大屋的传家宝《荷鹤图》是否还在?他的心里忐忑不安,暗室里的藏品也牵扯着现场每一个人的神经,都迫不及待地想打开这个被密封的石门。

浓烟,热浪,尚未熄灭的暗火,无处落脚的火尘飞烟,使曾纪生一次又一次想挖开石墙的努力归于失败。

"谢春,我在这里守着清理现场,你快在周边找一找是否有锄头或者铁铲之类的工具。"曾纪生见黑汗满脸的谢春在清理大火过后的物件时烫得手脚甩个不停,提醒着他道。

夹墙石门打开后,夹墙里那些摆在上层的湘绣,在大家的眼中看上去,比平常更加显得艳丽。

"这些湘绣品真的命大,居然没有烧坏啊!"田如玉发出一声惊呼,激动地抢上前,想把夹墙里的绣品取出来。谁知田如玉的手指刚刚碰到那些绣品,绣面一触即破。

"啊!"瞧见这情景,谢长庚不由得一声惊呼。

曾纪生看着破损的绣面立即明白过来,这批藏在夹墙中的画稿和湘绣精品，同样没能逃过被这场大火毁灭的厄运。他突然大喊一声："别动。快让开！"说完，随手将石夹墙门关上。田如玉和谢长庚都被曾纪生的行动惊呆了，不知这石夹墙里究竟发生了什么，更不明白曾纪生为什么不准大家清理。

　　第二天清晨，天然阁绣庄火烧的废墟现场，仍然一片狼藉，只是大火所带来的高温逐渐消退了，温度恢复到了人能够进去的地步。曾纪生不甘心地来到天然阁绣庄的石夹墙内，亲自小心翼翼地清理着收藏的那些丝绸和湘绣品。

　　说来也巧，昨天那些手一摸便破的丝绸，经过一夜的沉睡，似乎又恢复了原貌。曾纪生清理完覆盖在最上面的那层一摸就破的丝绸面料后，中间和里层有近一半的物品仍然完好，只是翻来覆去，场地太窄，加之用水给石夹墙降温，又弄脏了一些绣品。曾纪生在石夹墙暗室里翻弄了好半天，才清理出了三分之一左右能用的绣品和画稿。更值得庆幸的是，那幅放在小木盒里的《荷鹤图》，除了被降温的水浸脏一角外，竟完好无损地保存下来了。苍天有眼，总算是给曾家大屋留下了传家之宝！

　　清理暗室里的藏品，整整花了十天的时间。

　　田如玉料理好天然阁绣庄的善后事宜后，心有不甘，想继续坚持留守在天然阁绣庄的废墟上，寻找着"重整山河"的机会。

　　这场史无前例的"文夕大火"，不仅烧毁了大半个长沙城，也烧掉了曾纪生大展湘绣宏图的雄心壮志。他心灰意冷地准备将所有人员和绣品，全都撤回铜官曾家大屋去，以缩减开支。

　　曾纪生在天然阁绣庄的周边废墟转了很久，也想了很久，他发现现在长沙城里到处都是断墙残壁，只有那些因贫困而实

第十七章 石夹墙

在无法离开的人家，才选择了留在城内。在这样的社会环境下，湘绣哪还有生意可做？留在长沙已失了意义，加之人员开支大，还不如返回铜官街上租个店面谋生罢了。

可当他将自己的主意与田如玉一商量，田如玉的态度很激烈："怎么，你曾纪生的雄心就是鸡心大？一点点脚背深的水就会淹死你？要走，你走，我是不会走的！"

"话不是这么说的。"曾纪生耐心地解释道，"做生意总得有个天时地利人和吧。你瞧瞧，这场大火一烧，谁还会在城里居住？何况这次大火虽然日本人并没有来，但他们终究会打到长沙城来的，战争烽火，兵荒马乱，你又怎么做生意？"

"可是话也有另一说。以往天然阁是在绣庄丛中的夹缝中求生存，如今长沙城没有绣庄了，但买卖还存在，这样一来机遇便来了。"田如玉毫不动摇自己的立场，"何况天然阁绣庄仍然留着原处，无异于在绣庄废墟上插了旗杆，可以为曾家大屋湘绣在长沙城保留东山再起的火种。"

"你怎么这样固执呢？"曾纪生无奈地摇摇头。

田如玉说服不了曾纪生，曾纪生更无法说服田如玉。

当曾纪生退回到铜官芙蓉坊商铺后，田如玉则在长沙天然阁绣庄的废墟上，搭了个临时棚子，用红纸写上天然阁的招牌，两张板凳上搁了几块木板，堆放着一些日用品湘绣，在废墟上摆起地摊来。不久，田如玉又请人在废墟旁边，搭建了一个简便的小木房住了下来。

曾纪生见说服不了田如玉，便带着谢春、谢长庚等人返回了铜官，将精力投入到芙蓉坊绣庄生意。

芙蓉坊密码

芙蓉坊绣庄位于铜官镇的社同街左侧街口。以前在红火的时候,这里是一连几个门面相串,成了铜官街上最气派的商铺,也是外地人到铜官所必去的游赏地之一,后来随着长沙天然阁绣庄的开业,曾纪生实施湘绣走天下的战略,铜官芙蓉坊绣庄逐渐凋零,不仅铺面日渐缩小,人手也大量抽调外地,刺绣品种也删繁就简,只剩下适应村民们适用的湘绣。

曾纪生此番重回芙蓉坊,自是重整旗鼓,先是将铺面扩大,进而扩展刺绣商品品种,希期凭借芙蓉坊的老名气,来燃起"东方不亮西方亮"的湘绣灯塔。

然而事与愿违,几个月下来,芙蓉坊的湘绣生意并未见好,有时一连几天,也难得见到一个买湘绣的顾客。

试想想,在这个兵荒马乱的年代,战火硝烟四起,保命尚且顾不及,谁还会有心思去扮靓生活?何况日军接二连三地攻陷长沙城,波及几十万乃至上百万民众纷纷逃难,挑箩挑担只嫌携带的东西多,不如塞在裤腰带里的现金方便,这就使得曾纪生倾注财力重新开张的芙蓉坊所付出的全部努力付之东流。

见此情景,曾纪生真是灰心到了极点,如今的这个动乱社会,还真不是做生意的时候。想想自己从铜官小镇上,将湘绣庄开到了长沙城,进而发展到全国好几个城市都开了湘绣分号,花费了上十年时光,可从星罗棋布的绣庄龟缩回到铜官小镇一隅,却只有短短的不到一年时间,这是自己的智慧不及判断失误,还是这个社会不需要生意啦?

灰心丧气的曾纪生总也没有想出个所以然来,但面对现实,他还是不得不做出新的安排,考虑到生意清冷,加之日本人不

第十七章 石夹墙

时骚扰，芙蓉坊只留下儿子曾广智守店，自己则率其他的人返回地处偏僻的曾家大屋。

守店的曾广智人年轻，自然闲不住，而芙蓉坊店铺有时一连几天连个鸟雀都见不到一只，更别谈顾客影子啦，心里闲得起了霉，见父亲也未来察看，年轻人也胆大，便时常将店铺托附邻居照看一下，或是干脆关门打烊，自己却偷偷溜到长沙城里去看热闹。

这天，曾广智又来到长沙，刚走到田如玉守着的湘绣地摊前，恰逢南正街绣庄的赵老板从这里路过。

赵老板见到田如玉，甚是惊讶："咦，这不是天然阁的田掌柜吗？怎么还在这里守着个绣摊？"

"与其待在家里闷着，还不如出来干点实事好。"田如玉自宽自解地道。

赵老板困惑地道："长沙全城早已烧成了一片废墟，哪还有什么生意可做？何况很多人连饭都吃不上，谁还有闲钱来买湘绣呀？"

田如玉不在意地摆摆手，语气中带着几分自信道："常言说，日子难过，天天过，生意难做，还得做。如果因为这场大火而放弃信心，我们丢失的可能就是机遇。"

赵老板尴尬地道："田掌柜真可谓是女中豪杰！赵某人是自愧不如呀。眼下长沙是待不下去了，我准备过几天就带着全家回贵州的老家去。"

"回贵州老家？"田如玉抿了抿嘴道，"听说谭文贵已准备重建锦文丽绣庄了。赵老板，你为什么要走呢？"

"唉,这场莫名的冲天大火烧得令人心寒呀!你知道肖小宝的事吗?"

"肖小宝?"田如玉不由得冲口问道,"他怎么啦?"

"怎么,你还不知道?"赵老板随后说起了11月13日那晚长沙大火中,宏昌绣庄发生的事情。

那天晚上,赵老板在店铺里守夜,喝得半醉的肖小宝来找赵老板,商量绣庄下一步该怎么应对局势。两人刚聊一会儿,忽然听到街上有人呼喊:"日本人进城啦!"两人出门一看,只见火光已经烧红了半边天,惊慌的人流由南往北涌来。肖小宝酒顿时醒了一半,逆着人流就往自家的店铺方向跑去……

据后来的赵管家说,肖小宝回到绣庄后,开始时准备听天由命,后来在他老婆和儿子的劝说下,勉强随同准备逃往新河避难。他们经过西长街时,肖小宝听到一个老婆子沙哑着嗓子在哭喊:"救命啊……谁来救救孩子?"肖小宝循声望去,只见右边的巷道里,一个老太婆倒在一座已被大火吞没了楼房的大门口,门楣上"保育堂"的牌匾在浓烟中隐隐可见。

"我去救人,你带好伯泉。"正在逃难中的肖小宝明白了是怎么回事后,他将儿子肖伯泉往老婆怀中一推,脱下外衣罩在头上,不顾自身安危地跑进巷道,冲入了"保育堂"……

堂屋里几个吓呆了的孩子在惊慌地哭泣,肖小宝抱起其中一个最小的孩子,跑到门口递给门外哭啼的老婆子,随后拿起一床街邻用水淋湿的棉被,挡住已经着火的大门,掩护另一个青年人冲进保育堂去救人。

当肖小宝再次冲入堂屋救人时,大火已经封住了大门。肖

第十七章　石夹墙

小宝将最后一名小孩扔出大门让青年人接住时，嘴里大声怒骂着："狗日的！都是那些日本鬼子带来的祸……儿子听着啊，要是老子死了，要为老子报仇！要报……"

肖小宝的愤怒和吼骂，并没有挡住凶猛的火势，被大火烧塌的房梁轰然塌下，肖小宝的声音戛然而止……

赵老板说到这里，眼眶已有些湿润了："他老婆为救他也被烧伤，现在准备回娘家四川，好像他儿子不肯走，要为他爹守墓。"

曾家大屋与宏昌绣庄有"世家之仇"，曾广智历来对肖小宝的印象不好，但听到肖小宝为救保育堂孩子，丧生于大火中的消息后，除了感到震惊外，心中不禁泛起一种悲凉：一个平时在生意竞争中不择手段的卑鄙小人，为什么能够在生死面前舍己救人？难道一个人真的是良心与祸心共存？！……

回到曾家大屋的曾纪生，终究不放心守店的儿子，晓得他年轻人闲不住的习性，便安排人前往铜官镇打探一下芙蓉坊的生意情况，却发现曾广智经常丢下店铺，溜去长沙。

闻讯后的曾纪生心中十分恼火，不觉迁怒于易玉莲道："广智这孩子不务正业，成天往长沙跑，都是你做娘的惯坏了。"

"你呀！"易玉莲抿着嘴唇笑了，"我看他都是跟你学的，你不就是十六岁闯南京，十七岁下南洋吗？广智多去几次长沙怎么就是我惯坏的？"

说曹操曹操到。曾广智气喘吁吁地跑进了内堂："妈……爸！"

曾纪生皱着眉头："又去长沙城啦？"

"是的，我听到了一个重要消息。"曾广智怕挨骂，赶紧先发制人。

　　这招果然灵验，曾纪生那铁青的脸色平展了很多，认真地问道："听到了什么消息？"

　　曾广智压低了声音道："肖小宝被烧死了。"

　　曾纪生一惊，急切地追问道："你……听谁说的？"

　　"赵老板说的。"曾广智把听到的肖小宝保育堂救人被烧死的事，详细地说了一遍。

　　肖小宝如此凄惨的下场，使得曾纪生好半天没有说话。虽然曾、肖两家是几十年的冤家对头，在绣庄的争斗中经常想着要致对方于死地，但此刻听到肖小宝这种悲壮的死讯，是他一百个没有想到的。他久久地呆立在窗前，凝视着长沙的方向，双手合一，默默地祈祷肖小宝在去天堂的路上，一路走好。

第十八章
抢劫案

"宁愿贼偷三次,不愿火烧一回",天然阁绣庄经历"文夕大火"焚烧后损失惨重,元气大伤。曾纪生欲东山再起,重振绣庄旗鼓,不仅资金严重不足,而且受到焦保林退股的掣肘。咸鱼是否能够翻身,全看曾纪生的造化。

第十八章 抢劫案

每当念及肖小宝，曾纪生便唏嘘不已，他的脑海中蓦地跳出云空大师的一句偈语：恶人千日，必有一善；行善百年，总有一恶。这似乎是肖小宝人生真实的写照。

曾纪生是个心地慈善的人，尽管曾家与肖家，数十年围绕各自生意生存而绞尽脑汁展开生死搏斗，围绕生意地盘不惜卑鄙手段，但人死百了，任有血海深仇，也化解于平和了，何况肖小宝人生最后一搏是那样的亮丽。他下决心要到肖小宝去世的地方瞧一瞧，以故人身份凭吊一下，算是人生相识一场，尽管两家是矛与盾的争斗，同时他还想去瞧瞧田如玉的生意如何啦，这件事一直悬在心里，总是让人不踏实。

说到底，曾纪生骨子里还是一个商人，"利益"二字可说是浸透到了骨髓中。他人虽然仍在铜官乡下，耳朵却是伸到了长沙城，这么多天来，城里似乎平静如往昔。自从一年前日本人第一次进攻长沙城后，日军大概是兵力吃紧，很长一段时期以来，枪炮声逐渐远离长沙城，长沙城变得相对平静下来，听说不少的市民返回了长沙城里，政府也在恢复城市的生计。因此明面上他是去吊唁一下肖小宝，其心思还在琢磨着长沙城的商机。

自从报了肖小宝的死信之后，曾广智也似乎变了个人，他不再偷偷溜到外面去闲逛了，而是老老实实地待在铜官街上的芙蓉坊，扎扎实实地做着小生意。这天，当曾纪生路过铜官顺脚走进店铺时，他正在专心地做着生意。

"老板，给我来半斤酱油！"一个顾客走进芙蓉坊绣庄。

曾纪生看着曾广智给顾客打好半斤酱油，将吊笠子挂到酱油缸边上。

　　本来曾纪生瞧见儿子能够坐得住了，而且很认真地做着小生意，心里很是高兴，可一瞧柜台上摆着的雨伞、盐包、肥皂、毛巾等物，唯有柜台边的木柱上，挂着几幅湘绣，上面却沾了好多灰尘，不由得眉头又紧皱起来，抱怨道："你这哪是什么'绣庄'，简直就是个杂货店！"

　　"爸！"曾广智猛然一眼瞧见曾纪生，吃惊地道，"您怎么来啦？"

　　曾纪生瞟了他一眼，不满地道："绣庄绣庄，雅致才是它的风范。你瞧瞧，芙蓉坊绣庄被你弄成什么样子了？"

　　"因时顺变，我这还是跟沱市外公学的，不卖这些日杂百货，这绣庄还能开得下去吗？"曾广智理直气壮地辩驳道。

　　曾纪生不想与儿子争论，在生意方面，儿子还嫩着，不足以激起他争论的兴趣，何况反正是要谋划到长沙重起炉灶了，何必再费口舌，徒增烦恼。他没有再多说什么，出门赶船去了。

　　在长沙潮宗门码头下船上岸，一路行去，当年大火之后的长沙城正在恢复生机，黑灰色的废墟逐渐被飘着松木清香的木房子所取代，其间还夹杂着青砖灰瓦的房子，街道上走着的行人，脸上也恢复了战火前的神态，安然自若。

　　自从1939年日本人第一次进攻长沙后，时隔一年把时间，战争的枪声离长沙城越来越远，日本人似乎忘记了中国还有一个长沙城。

　　中国人的生存力便是凭般的怪，只要没有死亡的威胁，生命便蓬蓬勃勃地生长起来，好像见风即长的路边草。众多躲避

第十八章 抢劫案

"文夕大火"而逃亡乡下的市民,见长沙城没有了日本人的威胁,陆陆续续又返回了城里,凭着与生俱来的辛劳双手,恢复着安居乐业的生计,长沙城在众多民众的努力下,正一天天地变着模样。

地方政府也随着反攻的中国军队进入了长沙城,正在运用各种手段恢复城市的生机。

一年多时间下来,长沙城逐渐褪去了大火的悲伤,市民也恢复了对生活向往的信心,唯一能体现战争仍在继续的信号,便是那街头巷尾到处张贴着的政府公告,提醒着市民战争还在身边。

曾纪生来到坡子街的宏昌绣庄旧址,那里的火灾废墟已然清理,变成了一处空坪。他独自默默地凭吊良久,唏嘘感慨万端。

"您是曾老板?"身后,传来一个不十分自信的声音,打断了曾纪生的遐思。

曾纪生回头一看,身后站着位年轻人,那副面孔似熟非熟的。他有点好奇地问道:"你是谁?"

"说起我父亲,您应该熟悉,谭文贵。"那年轻人口舌利索地解释道,"我叫谭旭阳,父亲生前曾多次念叨您的好。"

"怎么?"曾纪生惊讶万分,似乎不相信自己的耳朵,"你父亲走啦?"

谭旭阳忧伤地点点头:"当年'文夕大火'后不久,父亲悲痛交集,回到老家后待了几天便撒手人寰。"

谭文贵有个儿子,曾纪生是知道的,听说留学英国多年,谭文贵一提起这个儿子便满脸喜色,只是他未曾见过。此时听得谭旭阳谈起父亲已辞世,他禁不住感触万分,喃喃地道:"你父亲是……是个好人,是湘绣行业难得的人才。"

瞧见谭旭阳手里拿着的一卷字画,曾纪生好奇地问道:"你这是去干什么?"

"老店新开张,这是布置用的。"

从谭旭阳的口中,曾纪生了解到,自从日本人对长沙城的威胁不那么紧迫后,当地政府为了恢复长沙城生机,鼓励和帮助一些商户在城里做生意,大概是为了补偿锦文丽绣庄的损失,政府特地拨了一笔钱款,帮助锦文丽在原址盖起了绣庄,谭旭阳正是在忙乎着重新开业之事。

与谭旭阳分手后,曾纪生迅即赶到了八角亭天然阁绣庄的废墟所在地,一年把没来,原先黑灰色遍地残砖碎瓦的废墟地,如今已用三合土筑得瓷实,瓷实的地上搭建了有板壁的木棚子。田如玉不知上哪去了,两个不熟悉的年轻人正在吆喝着买湘绣,小货架子前围着几个正在挑挑拣拣的顾客。

曾纪生见此情景,没有等待田如玉的归来。作为商人,要他不去琢磨商机,那可真会要了他的命。他从谭旭阳说话的字里行间,似乎悟出了其中的商机,政府为稳定社会人心,肯定要扶持城市的经济,有利于回流市民的人心稳定和生活。这个信号让他顾不及等待田如玉的回来,当即决定返回铜官,他要谋划筹集资金在长沙再开绣庄。

从谭旭阳的话中,曾纪生隐隐约约感觉到了商机在向自己招手,只要战火平息,各种各样的生意就会如雨后春笋般地蓬蓬勃勃生长出来,因为人活世上,是需要各种物质来维持的。

第十八章 抢劫案

可是要在长沙城重新开店的资金又从哪里来,他心里似乎没有底。但有一点他是心里有数的,"文夕大火"后,绣庄从长沙城里退出回到铜官小街上,湘绣生意一落千丈之事,佐证田如玉留守长沙城的正确,因为湘绣品的市场是在城市,而不是乡村。

如何才能东山再起,在八角亭恢复天然阁绣庄?当前急需的是资金和品类繁多的商品。他后悔自己当年没有果断决策,将天然阁绣庄的绸缎布匹和绣品等商品搬回曾家大屋,以至现在要重建绣庄面临着缺货少钱,看来现在只能找合伙人焦保林,看他能不能支持一下?可他转念一想也有为难之处,两家合作十多年,由于生意利润基本上用于开拓新店,长年没有分红,以至于本钱越滚越多。在生意发展到上海后,焦保林也曾在春节期间对曾纪生说过,天然阁绣庄每年虽有盘存,为了扩大经营十多年没有分过红利,如果资金充裕时,是否可将当年的老本退回各自商号。焦保林的言下之意是盈利暂时不管,退回老本也就是没亏。曾纪生原本在年底准备来一个总结算,不仅退还本金,还要分一个大红包给焦保林。谁知人算不如天算,这年11月份的这场文夕大火,将天然阁烧得仅剩石夹墙内的一些账本、画稿和几件平日不容易示人的特殊绣品。

此次为了到长沙重开天然阁绣庄,曾纪生还是不得不求助于合伙人。他放下面子,亲自到靖港富兴绸缎铺去找焦保林。

见到曾纪生前来拜访,焦保林很是吃惊,曾家大屋是个大户人家,虽然遭遇了长沙大火,但瘦死的骆驼比马大,架子摆在那里,以往从来都是他焦家登门拜访,少有曾家移脚上门,曾纪生突然上门来干什么?肯定不会是串串门这么简单,是为

了结算自己天然阁入股的钱，还是什么？不过，就冲着曾纪生的亲自上门一事，他还是很感动地迎上前去

不料，待双方坐定下来，曾纪生出口的话，再次让他吃了一惊。

曾纪生一反常态，第一次在焦保林的面前谈起了自己走麦城的体会，懊悔地检讨自己："我如果不是为了贪图将生意做大，也就不会有今天的一败涂地。如果像你稳打稳扎只经营靖港一地，也就不会像今天一样被烧得精光。"

焦保林没有接话，心里却是喜滋滋的，他见平日从不认输的曾纪生，今天终于在自己面前服软了，脸上不禁洋溢出得意的神情。

曾纪生话锋一转，认真地道："其实我们的方向并没有错。我也并不为自己走出铜官的行为而后悔。你知道吗，上海如不发生'淞沪会战'，那里绝对是一个经营湘绣的好地方。长沙如不是这场'文夕大火'，我们的生意不也是迎来送往，笑纳四方。总之如果不是这场战争，我们的发展决不会像今天一样，一步三回头，最后退回到原点。"

焦保林见曾纪生仍然固执己见，警觉地问道："你今天来找我，该不是又想去上海吧？那里可是日本人的天下。"

"去上海目前还没有打算，但田如玉现在仍然坚守在长沙八角亭摆地摊，看来生意还算稳定，我想重建天然阁，不知你意下如何？"曾纪生充满期待地道。

焦保林一万个不赞成曾纪生的想法，但他却很委婉地道："你要重建我不反对，但我们富兴绸缎铺本小利微，不可能再

第十八章　抢劫案

拿出产品到长沙去开店。"

曾纪生知道此时的焦保林连产品都不愿提供，现洋就更不用再提，但他还是耐着性子解释道："我们无法左右战争，但我们要在战争中生存，就必须学会在战争环境中做生意。无论如何长沙的生意是铜官与靖港都无法比拟的。我想长沙如果真被日本人占领，铜官和靖港也绝不会安宁，因此重建天然阁绣庄，是我们目前唯一可做的选择。"

焦保林脑海里蓦地一闪念，想起曾纪生两次不顾自己的提醒，迟迟不将天然阁绣庄撤回铜官，导致自己靖港也有一摊子事，天然阁的生意再好，自己也是鞭长莫及，于是他断然地道："既然你都主意已定，我就不多说了，这次天然阁绣庄重建，我们富兴绸缎铺就不拖你的后腿了。"

"你是说你不参与吗？"

焦保林默默地点了点头，有点不好意思地道："你的鸿鹄之志我佩服至极，但我富兴绸缎铺只有生米一把柴，哪里还有余钱剩米跟着你闯荡天下呀，只能选择退出了。"

"你现在退出，那火烧的损失怎么办？"曾纪生根本没料到焦保林会在天然阁最艰难的时刻选择退出。

两家是姻亲，自然不好将账算得像小葱拌豆腐样清楚。焦保林沉思了片刻，仰头长叹一声苦笑着道："天灾人祸，这个损失无论落到谁的头上都只能自认倒霉。难道我还会要你赔吗？"

人各有志，不能强求。既然焦保林不愿再参与天然阁绣庄的重建，而且大度地将前期投资的一万多元绸缎一笔勾销，令曾纪生的心里充满了感动。他站起身来伸出右手，握住焦保林，左手则在他的肩膀上拍了拍后坚毅地道："你的投资不论天然阁是否重建，我都会记在曾家大屋的账上，日后定当加倍偿还。你的这份情义，不论走到哪里，我都会记在心上，当作人生的信念。"

没有得到焦保林的支持，曾纪生失落地回到铜官芙蓉坊绣庄，正碰上田如玉从长沙回来。她兴致勃勃地告诉曾纪生一个喜讯："云空师太在长沙北门外的油铺街，找到一栋准备出售的两层小洋楼。地域虽然没有八角亭好，但买后即可使用，可以大大地缩短重建的时间周期，价格也比重建低了三分之二。房主之所以急于脱手，是为了移居国外，躲避战乱，这洋楼一楼做店面，二楼做绣房。"

"多少钱？"曾纪生满心的欢喜，急忙问道。

"如果诚心购买，只需三千大洋。"

"三千？"曾纪生一听这个数字，满心的欢喜顷刻又化为了乌有，面对捉襟见肘的家底，他明显力不从心。

田如玉好像是看透了他的心思，不等他接话，便接着道："你还记得当年的'赛诸葛'吗？他就是这个店铺的中介人，他从云空师太那里知道我是你的掌柜后，自愿投资三千大洋入股。现在就听你一句话，接受还是不接受？"

曾纪生突然发现，这田如玉还真不是一盏省油的灯！自己想重回长沙城里开店的事，并没有告诉她，她就有了行动，难道田如玉有读心术？另外，他知道赛诸葛更是个机灵的人，上海分号撤离后，他便没有了消息，为什么现在又突然冒出来，

第十八章 抢劫案

愿意投资开绣庄。

曾纪生心念至此，忙问道："你知道赛诸葛为什么要入股我们的绣庄吗？"

"不知道。我想大概是感谢你们曾家当年对他的知遇之恩，有意帮我们一把吧。"

曾纪生眼中闪着犀利的目光道："据我所知，当年他在绣庄当掌柜，其实并不看好湘绣这个行业，所以才会去经营米业，结果导致巨额亏损而倒闭。今天他又要投资湘绣，恐怕不像你说的报恩那么简单。"

田如玉或许是比曾纪生思考得更深远，又或许是没有曾纪生想得这么复杂，她似乎唯恐曾纪生反对，让云空师太介绍的购楼计划泡汤，忙接口道："这个店铺的位置不错，赛诸葛又是熟人，我们向他借了这三千大洋，先把绣庄开起来再说。他总不会怀疑我们的偿还实力吧。"

见田如玉如此坚持，曾纪生没再坚持自己的想法。第二天上午，他随田如玉来到长沙城区北正街的城门之外，实地查勘新店的店址。

自清朝开埠以来，北正街一带便成为长沙城乡商业的结合部。它濒临湘江，有着水陆交通的便利，特别是运油的船一般都集中在这里装卸，久而久之，这条小街便成了专进油类货物屯存的油铺集中之地，被人们称之为油铺街。需要出售的小洋楼位于油铺街中段，大王家巷的拐角处，一店连通两条街，既方便又不惹眼。特别是小洋楼的石门楣上，浮雕着"宏兴楼"三个古朴的大字，这楼名不仅显示出楼主人的书法功底，也显露出楼主人的经济实力。

曾纪生觉得这里很适宜做贸易商行，但做湘绣生意似乎有点不适，很有点像凤凰落到了鸡窝里，可惜了那份富贵态。他不知道田如玉怎么会将店址选在这么一个人流嘈杂，没有文化气息，并且不适宜经营湘绣的地方？这与她一向稳重而又敏锐的性格极为不符。曾家大屋重整旗鼓的当家店铺，居然和这些油铺混杂在一起，这也与曾纪生开店的思路不符。

"店铺开在这里会有生意吗？"曾纪生问田如玉。

"这地方真的不错，至于生意……那得靠人去做。"田如玉辩解道。

曾纪生正在认真地打量着周边的环境，突然响起了空袭警报声，同来的谢春，赶紧把曾纪生护送到巷尾的防空洞里躲避。田如玉则满不在乎地站在防空洞门口，似在望着在市中心上空盘旋的飞机。

防空洞不大，但因为巷子里的人较少，进洞来躲避空袭的人也不多，洞里倒是显得十分宽敞。曾纪生听得空中飞机在远处的轰鸣声，始终没有到达自己的头顶。片刻之后，远处飞机轰鸣声消失，接着警报解除。

曾纪生走出防空洞后，向四周张望了一番，发现这地方虽然冷清一点，但相对于市区来说，还是个比较安全的区域，尽管长沙已经被烧毁了大半个城区，店铺开在市中心大街上的危险性，比开在这偏僻的油铺街可就要大多了。曾纪生望着油铺街四通八达的小巷，似乎明白了田如玉的另一番心思。

曾纪生知道，铜官芙蓉坊的生意，一年半载难以回升，在

第十八章 抢劫案

与店铺旧主人洽谈定下后,便将铜官芙蓉坊绣品一分为二,主要产品全部搬迁到长沙油铺街新店,新店取名为"芙蓉坊商号",与铜官芙蓉坊绣庄以示区别。

两个月后,芙蓉坊商号在长沙油铺街正式挂牌开业,田如玉担任掌柜,曾广智为前堂主管。

芙蓉坊商号开张不久,湘绣生意有了回升,但日军再次逼近长沙,使得长沙城内的气氛日益惊慌和紧张,生意并没有像曾纪生预期那样比铜官好多少。

长沙街头上出现了一批又一批散发传单的青年,还有一些带着"纠察"字样臂章的工人纠察队,在街头上巡逻,保护那些"我们要团结抗日,誓死保卫长沙!"主题演讲的青年和游行的学生。

萧条的湘绣生意,惶恐动荡的战争时局,增加了曾纪生对芙蓉坊商号的牵挂。这天,他没有和任何人招呼,独自一人从曾家大屋来到了长沙芙蓉坊商号。他走上二楼绣工坊,发现绣工们在绣制纠察队臂章。

曾纪生神色不满地问绣娘:"这是谁要你们绣的?"

绣娘满不在乎地道:"是田掌柜安排的。"

曾纪生扭过头,对赶来的曾广智沉下脸道:"你去把田如玉找过来。"

"田掌柜不在商号里。她去荣湾镇刺绣讲习堂辅导绣娘去了。"

田如玉暗地里参加街头抗日宣传活动的风言风语,早就传到了曾纪生的耳中,她是否会利用刺绣讲习堂来掩盖另外的活动呢？她与赛诸葛走得近，增加了曾纪生的猜疑。赛诸葛离开绣庄多年，为何突然愿出三千光洋投资这目前生意萧条的绣庄。他们绣这些臂章是否与共产党有牵涉？

看着绣工们刺绣的纠察队臂章，曾纪生的心悬了起来。说实话他并不是一个怕事的人，走南闯北什么样的事情没见过。他知道这些抗日游行活动都是共产党组织的。作为生意人，多年的生意江湖也让他明白，与政府作对是没有好下场的。眼下田如玉所做的事，虽然国民政府不反对，但这背后的根根蔓蔓却有许多说不清道不明的地方。这就像踩钢丝一样，稍有差池便会掉下去。

曾纪生决定先在商号住下来，待田如玉回店后，再好好地说道说道一下。他刚走到前厅坐下，忽然门外传来一阵急促的脚步声，同时曾广智兴奋的声音也传了过来："爸爸，二哥回来了！"

"爸！"随着一声亲切的呼唤，一身戎装的曾广涛，出现在曾纪生的眼前，后面还跟了几位当兵的。

原来曾广涛黄埔军校毕业后，被分配到74军担任作战参谋，经过几年的磨炼，原来一介文绉绉的书生，现在已是一名高大魁梧、战斗经验丰富的少校副团长了。

曾纪生连忙站起身来，惊喜地道："什么时候回的长沙？"

"上午刚到。"曾广涛高兴地道，"部队在船码头集合，准备过河去常德，正巧遇上了田掌柜，她告诉我三弟在这里，没想到您老人家也进城了。"

在长沙城里见到久别的二儿子，曾纪生兴奋之情溢于言表，

第十八章　抢劫案

心中原有的忧虑情绪一扫而空。

长沙芙蓉坊商号的大厅里灯火明亮。曾纪生特意让厨房烧了几个好菜，大菜还没上桌，自己便端着酒杯，瞧着坐在桌子对面的曾广涛，一口喝光了杯中酒。

曾广涛急忙站起身："爸！您……慢点喝。"

"爸没事。前线战事紧张你要注意安全。爸当年不准你去当兵，是怕你学坏样，看来你比老爸有出息。现在成了带兵人更要洁身自好，像你爷爷一样光明磊落做人。"曾纪生又将一杯酒一饮而尽。

曾广涛躬身为曾纪生的酒杯添了点酒，想起自己当年的任性让家里的大人操心，心里很是不安："爸，您说的这些话，我都记住了。我本想回家看看妈妈，可孩儿军务在身实在没时间回铜官，请您转告妈妈原谅孩儿的不孝。"

曾纪生打断曾广涛的话道："没事……没事。有你这句话，你妈就心满意足了。自古忠孝不能两全，现在'国家兴亡，匹夫有责'，如果老爸年轻二十岁也跟你一去打日本人……"

曾广涛被老爸的话深深感动。从"好崽不当兵"的反对，到"我也跟你一起去"的支持，他看到了父亲的开明、豁达和大义。他端起酒杯，毅然地对父亲道："孩儿谨遵父训，一定做个精忠报国，无愧于曾家列祖列宗的合格军人！"

曾广涛说罢，抬手仰脖一口吞下了杯中酒，随后向曾纪生行了个军礼，起身告辞。

瞧着儿子的举动，曾纪生声音带着几分苍凉："记住，下次再路过长沙，一定请个假回铜官看看你妈。"

"我一定会回去的。"曾广涛转身大步走出店堂门外，眼中滚落下两滴晶莹的泪珠。

曾纪生若有所失地坐在堂屋里，心绪不能平静。等曾广智送曾广涛回来后，他不安地问道："田掌柜怎么还没回来？"

曾广智见状，不觉道："爸，您有什么急事找她吗？"

"哎呀！你刚才没听广涛说吗？"曾纪生心里那股没有见到田如玉的无名火冒了出来，愤愤地道，"现在日本人就要进攻常德了，这个时候不好好盘算商号的前途，整天在外面参与政治讲习，这不是给人口实，找不自在？"

曾广智苦着脸替田如玉辩解道："近来生意不好，她待在绣庄也没什么事，所以才会想到去河西溁湾镇培训绣娘。"

曾纪生被这番辩解激怒了，他大声嚷着："扯淡，生意不好去搞培训，绣出来的产品你卖给谁？"

其实在曾纪生刚到芙蓉坊的时候，田如玉在太平街万华绣庄还没去溁湾镇。待赛诸葛走进万华绣庄后，万华掌柜龚敏生将大家叫进里屋关上房门后，指着房内的一个高个子年轻人道："这是我们绣庄的收货员，名叫田文斌。今后便由他带你们去河西溁湾镇的孙家屋场，这是一项非常重要的任务……"

几人一番商议后，分头出了门。

田文斌挑着一个装满绣花布料的皮箩，一副下乡发货跟班的模样，跟在田如玉身后，走向轮渡码头。龚敏生示意赛诸葛跟在其后。

"站住！挑的是什么东西？"刚进入码头，田文斌就受到水警的盘查。

第十八章 抢劫案

"我们是芙蓉坊商号发花的。"田如玉报出了自己的商号。

"发花？发什么花？"莫名其妙的水警不耐烦地掀开田文斌皮箩。

田如玉连忙解释道："发花，就是将绘好画的绸缎布，送给乡里的绣娘去刺绣。"

那水警用手摇了摇田文斌的皮箩绳狐疑地问道："你这皮箩好像有蛮重？"

田如玉忙从皮箩里拿出几条绣花真丝手帕，悄悄地塞给水警高声地道："都是一些针线布料，当然重罗。长官辛苦了，这几条手巾送给你们抹汗吧。"

"哦！是芙蓉坊商号发花的。"一个水警抖开绣花手帕，蛮好看的手帕，用来送人还是拿得出手的，他努努嘴道，"过吧。眼下兵荒马乱的，路上多加小心啊！"

田如玉和田文斌刚要顺利过关，突然，码头两边墙角里，冲出两个手持砍刀的青衣汉。为首的青衣汉，朝着肩挎背袋的田如玉，不由分说地举刀欲砍。

事出意外，现场一片慌乱。尾随在他们身后暗中保护田如玉的赛诸葛，立即冲上前，一手推开走在前面的田文斌，另一手斜里去拉田如玉。"嗤"的一声，青衣汉的砍刀落在了赛诸葛的左臂上，鲜血从划开了的衣袖裂口里冒了出来。

被推开的田文斌，迅速卸下肩上的担子，抽出扁担，横里一扫，将持刀的青衣汉打倒。赛诸葛顺势勾起一个装绣品的皮箩持在手中，与田文斌一起迎击着袭击他们的青衣汉。

"这是些什么人？"田如玉吃惊地问赛诸葛。

赛诸葛挥舞着皮箩低声回答道："我怎么知道？"

这时，又有两个青衣汉发出"哇哇"的怪叫声，挥着刀朝着田如玉冲了过来。田如玉听到怪叫声，不觉心头一震，脱口喊道："日本人！"

田文斌见状，挥着扁担迎了上去厉声喝问道："你们想要干什么？"

他不明白这些人为什么不抢装货的皮箩，而去抢田如玉的包袱，难道田如玉的包袱里，还藏着比自己皮箩中更加重要的东西？

"呼！"一声枪响，一颗子弹呼啸而来射在皮箩上。枪声震动了整个码头，顿时码头上一片混乱。

赛诸葛顺手将田如玉推到水警的身后。眼尖的田如玉看清了躲在巷口另一端射击的枪手，不觉惊呼出口："野田松木！"

"野田松木？"赛诸葛愤怒地骂道，"这个畜生也太歹毒了！"

"呼！"、"呼！"，随着几声枪声，一队巡警向码头跑来，接着响起了警哨声和"抓抢犯"的呼喊声。野田松木一声长哨，向袭击的日本浪人发出了撤退的命令。眨眼之间，挥刀的日本浪人四面散开，等巡警赶到码头时，野田松木和他的手下早已不见了人影。

田如玉见惊动警察，估计自己一时半会儿脱不开身，急忙示意田文斌挑着皮箩穿过水警设下的拦闸，自己则陪着负伤的赛诸葛应付赶来的巡警。

这时，有人将田如玉码头遭遇抢劫的消息，告诉了芙蓉坊

第十八章 抢劫案

商号。谢春领着几个伙计,手持棍棒赶到码头,见到田如玉后急切地问道:"怎么回事?"

田如玉抱着手中的包袱道:"他们想抢我的《针谱》。"

谢春见田如玉的包袱并未被抢走,便查看了一下赛诸葛的伤势。虽然手臂中了一刀,流了很多的血,但所幸没有伤到筋骨。

带队的警长王夫强问明情况后,对日本人抢劫《针谱》的目的大感不解,但东西并没抢走,王夫强按照"抢劫未遂"备案,随后让警察收队,自己却随谢春到了芙蓉坊商号喝茶。

内厅里,曾纪生出面接待了王夫强。从拉家常中,他意外得知王夫强竟然就是当年血战三河时王黑皮的孙子。一番话谈下来,论辈分王夫强也就成了曾纪生的儿子辈。

说话间,曾纪生向谢春使了个眼色。心有灵犀的谢春会意地离开了他们,返回时手里多了个鼓鼓的小布袋。

曾纪生接过小布袋,递给王夫强:"贤侄,一点小意思,不成敬意。"

"您这是干什么?"王夫强拱起手,推辞道,"保护商号合法经营,本就是警察分内之事,您这样一来,反让我很为难。何况我们两家还是世交哩。"

听得王夫强如此说,曾纪生甚觉诧异:"此话怎讲?"

王夫强是警察出身,探幽索源自是本技之一,两家历史的瓜葛心里早已有谱,他解释道:"我爷爷名王黑皮。小时候常听爷爷说起,当年湘军三河镇突围后,是传玉爷爷从刀下救出了他的性命,要是没有玉传爷爷的相救,世界上就没有我王夫强。"

这段历史，曾纪生听舅舅谢富贵说起过。此刻听得王夫强说起，心里很是高兴，但他还有自己的心思，接口道："呵呵！这就是缘分呀缘分。"他的话锋一转，"照你这么一说，我们曾、王两家已是三代世交，我更没有理由让你为芙蓉坊商号的事白忙碌。你当警察虽然是公事，但个人的交情还是要讲的。"

两人推来让去了好一阵，王夫强最后倔不过曾纪生，只得收下了这笔出警的"茶水费"，并难为情地道："今后绣庄有什么事，只要伙计打个招呼，我立马出警。"

望着王夫强那行侠仗义的眼神，曾纪生思索着道："野田松木为什么要抢劫田如玉？我想绝不是想抢劫一本针谱那样简单。"

王夫强默默地点了点头，若有所思地道："我知道野田是一个不按常理出牌的商人，昨天警局接到一个报案，他的大石洋行前天晚上遭劫，被偷走了一件什么非常重要的东西，我想他们今天的行动可能与洋行的窃案有关。"

曾纪生气愤地道："他洋行遇窃，关我绣庄什么事？真是莫名其妙！"

"是呀！这是我的一个联想，我会认真地盯着这个人的。"

第十九章
漏网鱼

田如玉码头遇险事件，曾纪生嘴上没说什么，心里却仿佛压上了一块巨石。他是个非常聪明的人，不用问就能猜到，田如玉一定携带了让日本特务眼红的东西，这才引来日本特务不惜代价的码头抢劫。接二连三的险情发生，这芙蓉坊商号还能开的下去吗？曾纪生越往下想越是后怕，整个晚上都睡不着觉。

第十九章 漏网鱼

不怕贼偷盗就怕贼惦记,素来讲究和气生财的曾纪生,从田如玉码头遇险之事上意识到了事态的严重性。第二天天还没亮,他便早早地来到了松泉茶馆,挑选了一个靠窗户的茶桌坐下,一边品茶,一边等待着第一笼蒸出来的包子,同时等待着早起茶客的到来,以便从他们闲谈话中寻找最新的信息。

这已是1943年11月底的深秋季节。从1942年年初起,长沙城便远离战争的枪炮声,长沙的老茶客们又恢复了往昔的悠闲习俗,不过骤然响起的常德会战枪声,让那些平素似乎钟点般准确的老茶枪们,竟是一个都不见,茶馆里大多数座位还空着。说实话,在这个非常时期,曾纪生如果不是战争与自己家事牵连得这么紧,他也不会如此起早赶来茶馆打探消息。

日本人全面进攻中国,让曾纪生饱尝苦楚。在他的印象中,如果不是这场战争,芙蓉坊的分号不仅开到了南京、上海,也许开到了美国的华盛顿也说不定,自己最看重的儿子曾广涛也就不会走向搏命的战场,为此妻子易玉莲常暗自落泪,每天求神拜佛,祈求儿子平安归来,如果不是日本人,他开店长沙的想法也会一帆风顺,不至于接二连三的生事。正是这场战争,打破了他绣传天下的梦想,他恨这场战争,恨发动战争的日本人,更恨那个野田松木。

天渐渐地亮了。茶楼里来了几个老顾客,打过招呼后,分别在各自熟悉的老座位上坐了下来。

此时,第一笼包子出笼了。徐老板端着热气腾腾的包子走过来:"糖包子来啦!"

曾纪生收回望向窗外的目光,回过头来打着招呼:"嗨!

徐老板,您怎么亲自送包子啦?"

"没办法呀。"徐老板叹了口气道,"人手不够。"

"常德那边有什么新消息吗?"

"听说仗打得很惨烈,双方伤亡了不少人。如果有新消息,要等到街上出号外才知道。"说完,徐老板又忙着去招呼刚进门的顾客去了。

曾纪生抓起一个糖包子,与手中的肉包子按在一起,咬上一大口,慢慢地嚼了起来,耳朵却是张着,捕捉着周边茶客的说话声。

突然,茶楼外的北正街上传来了报童的叫卖声:"号外,号外……守卫常德的74军57师官兵发出最后电报!"

"号外!号外……惨烈的战斗,近万官兵全军殉国!"

曾纪生呼地站起身来,一边从衣兜里往外掏着钱,一面跑向茶楼门口,大声喊着:"号外!给我来一份号外!"

号外送到了手上,曾纪生一目十行地看着手上的号外,一行令人撕心裂肺的文字跃入他的眼帘:"弹尽、援绝、人无、城已破。职率副师长、指挥官、师副、政治部主任、参谋部主任死守中央银行,各团长划分区域,扼守一屋,做最后抵抗,誓死为止,并祝胜利。七十四军万岁,蒋委员长万岁,中华民国万岁……"

这是常德的57师师长余程万,向第六战区司令孙连仲发出的最后一份绝命电报。

57师八千多名官兵,迎战十万日军的疯狂进攻,死守常德,激战十六个昼夜,歼灭日军一万二千多人,在援军到来之前,

第十九章 漏网鱼

全部壮烈牺牲……

　　常德战事的报道，充满了悲哀之情。曾纪生的眼中噙满泪水，他突然手脚无力，有一种万念俱灰的感觉。曾广涛可是他最看重的儿子，也是曾氏家族最有潜力的儿子，有主见，敢闯。怎么会这样呢？一个师说没了就没了呢？

　　号外上的绝命电让曾纪生只觉得心里堵得慌，也不知道这事要不要给玉莲报个信？他跌跌撞撞地走出松泉茶楼，回到芙蓉坊商号，稍作收拾后便准备自己悄悄地去趟常德城，去战场瞧个究竟。不管怎样，生要见人，死要见尸。

　　从长沙到常德，在危机四伏的战争环境中，交通运输时断时续的，不是今天说走明天就能到的，但曾纪生决定去常德谁也阻挡不住，心急如焚的曾广智只得请田如玉出面劝说父亲，然而在去与不去的事情上，田如玉的话似乎也失灵了，无奈之下只好安排谢春护送他前往。

　　曾纪生和谢春正准备动身之时，曾广智突然从外面气喘吁吁地跑了进来："爸爸，您……莫去了！广涛哥没……没事！"

　　"你怎么知道的？快说！"曾纪生有些语无伦次地道，"你怎么知道广涛没事？你可千万不要骗我！"

　　曾广智长长地喘了口气道："我同学的哥哥在74军长沙留守处。我去找他打听广涛哥消息时，他认识我哥，他说57师唯有你哥率领的一个警卫排，在常德保卫战打响前，因执行一项特殊任务，被派到了军部，后来随军部警卫团参加反攻，常德城被国军收复后，军部的嘉奖令中还有曾广涛的名字呢。"

　　听到曾广智带来的消息，曾纪生深深地吸了口气，徐徐地吐出后，心里顿觉轻松了下来，对儿子道："转告你的那位同学，改天我请他吃饭。"

二儿子的下落有了准确的消息，曾纪生的心情豁然开朗起来。他准备出门买点东西带回铜官，同时也将这一喜讯告诉易玉莲。他路过万华绣庄，无意中看见了赛诸葛正坐在狭小的营业柜台里埋头整烫着绣品，愣了一下，自己新开张的芙蓉坊商号不是这位赛诸葛还投了资吗？怎么他又在这里忙乎？曾纪生不由得走进店内喊道："嘿！赛诸葛，您不是去上海了吗？什么时候回来的？"

"哦，曾老板呀！上海生意不好做，早几天搭顺风车回来了，龚老板请我在他这里帮几天忙。"赛诸葛一边回答，一边热情地请曾纪生坐下，并沏上了香茶。

曾纪生知道万华绣庄龚敏生是个有来历的人。这个人原是长沙泥木同业工会副会长，"文夕大火"后，泥木同业工会解散，他就开了这个万华绣庄，因为生意不好，便转往上海发展，绣庄交给别人打理，只是这个赛诸葛忽而上海，忽而出现在长沙万华绣庄，忽而投资天然阁绣庄，还真的不简单，背后的水深得很。思忖及此，他试探性地询问道："我芙蓉坊商号眼下正缺人手，你到我的商号来当掌柜吧。"

赛诸葛笑了笑道："你是笑我落魄还是真想聘我？"

曾纪生忙接过话道："凭你的能力，我认为你当一个掌柜是绰绰有余！"

"哦，如果曾老板真这么看得起我赛诸葛，到时候我推荐一个人才给你，你可不要拒绝哟！"

第十九章 漏网鱼

曾纪生心里有数,赛诸葛不是一个等闲之辈,万华绣庄这池水是容不下这条龙的,芙蓉坊商号如有他来配合田如玉,那可真是如虎添翼。他认真地道:"你在芙蓉坊商号还有三千大洋的股份,来商号当掌柜也是顺理成章啊!"

"我这个人习惯了懒散,如果当掌柜绝不能三天打鱼两天晒网,哪有我打短工自在?我还是帮你介绍一个年轻人来帮你吧。"

由于二儿子曾广涛生死之事已得到确信,曾纪生一颗悬着的心落了下来,芙蓉坊商号进人的事便成了重头,毕竟芙蓉坊生意是曾家大屋的根本,他延迟了返回铜官的时间。

两天后,赛诸葛主动来到芙蓉坊商号,找到曾纪生:"曾老板,我有个外侄,去年刚从湖南唯一学堂毕业,在家闲着没事干,怕他在外面学坏,经过几天的思考,我想将上次入股您芙蓉坊商号的三千大洋转入他名下,亏了算他一份,赚了他也不要分红,让他跟着你曾家学点生意。不知曾老板同不同意?"

曾纪生困惑地道:"入股商号那三千大洋不是你的吗?"

看着曾纪生疑惑的眼光,赛诸葛嘿嘿一笑道:"那三千大洋的银票,本是我外侄他爹的。"

曾纪生心中的疑惑更重了。他注视着赛诸葛道:"三千大洋的本钱,干什么不行?怎么非要入股芙蓉坊商号,而且不要分红?这事……"

"曾老板,您就别东猜西想了。实话跟您说吧。我外侄是看中了湘绣这门手艺,我也是看中老板为人好,才想让外侄田文斌入股芙蓉坊商号,跟着田掌柜学做生意,您就当是他带钱到商号学艺，怎么样？"

"你有三千光洋为什么不自己开店呢？"曾纪生问。

"常言道，舅舅带不好亲外甥。"

赛诸葛的话让曾纪生释然了心中的狐疑，何况人家投资大，自己过多的追根究底，显得有点太过分了。他换了种轻松的口气道："现在是战乱时期，你愿意入股芙蓉坊商号，这是商号的荣幸，你外侄明天就可以来商号了，以后商号的经营决策，你也可以作一半的主。"

赛诸葛走后，曾纪生把曾广智叫到跟前："你妈的病加重了，只有你哥嫂在家照顾，我放不下心。明天我就回曾家大屋，这里的事就交给田如玉和你了，生意上的事，你听田如玉的。"说到这里，他压低了声音道，"赛诸葛的外侄田文斌，明天就会正式来商号，他是入了三千大洋的股东，不能当作普通伙计看待，做事你都要让他一点，但是我们谁都不知他的底细，他和赛诸葛真正的关系谁也不清楚，所以你要多留一个心眼，如果发现他干出什么出格的事，马上告诉我……"

曾纪生回到了铜官。

镇上的芙蓉坊绣庄大门紧闭，没有一丝生气。曾纪生预感着家里发生了什么事，心里没来由地涌上一阵慌乱，拔脚直奔曾家大屋。

曾家大屋一片寂静，易玉莲躺在床上，大儿媳坐在床旁给她喂着参汤。易玉莲喝着参汤，眼光却盯着房门外的过道，冲着床旁的曾广仁有气无力地问："有广涛的消息吗？"

曾广仁默默地摇着头，他知道此时的妈妈心中最牵挂着前

第十九章 漏网鱼

线的曾广涛。

"有消息，有消息，昨日广涛捎信到长沙，常德一战，74军立了大功，他还获得一枚青天白日功勋奖章。"曾纪生进门时正好听到易玉莲的问话，连忙答道。

易玉莲没有答话，嘴角露出一丝微笑，慢慢地闭上双眼，放下了她心中的那份挂念。

曾纪生刚放下带回家的礼物，还没来得及转身，就听见曾广仁急声道："妈，您怎么了？"

"来人……快来人呀！"曾广仁的喊声惊动了整个曾家大屋。

"玉莲！玉莲……"曾纪生在床沿边坐下，抓住易玉莲的双手，反复地呼喊着。

任凭曾纪生如何呼喊，易如莲始终没有出声回应，这也是易玉莲唯一一次没有回应曾纪生的呼喊。久病的易玉莲终因病入膏肓，在曾广仁和儿媳的痛哭声中去世了。

曾纪生感到了孤独与空虚的痛苦。当年他是奉父母之命和易玉莲完婚的，但在曾家大屋几十年的经营拼搏中，易玉莲一直默默地与他风雨同舟，艰难与共，一生都在为曾氏家族忙上忙下，为儿女们辛勤操劳。现在她突然弃家人而去，让曾纪生有一种深深的内疚。他希望时光能够倒流，让自己有机会弥补对她的情感亏欠，使儿子们回家时，有一声"妈妈"可喊。

人啊，就是这样，只有生离死别，才能感受到内心的依恋与不舍。这种深情不是与生俱来的血脉相传，也不是一见钟情的闪电爱羡，而是相互扶持的长期积蓄形成的难以舍弃的依存。

失去了，才懂得拥有时的价值。

由于战争，曾纪生只能托人将易玉莲去世的消息送到74军长沙办事处。也因为战争，曾广涛没有出现在母亲的葬礼上。

眨眼间已到1945年4月，湘西大会战爆发。曾纪生在承受失去易玉莲痛苦中的同时，揪心地挂念着战争前线的曾广涛。

自从易玉莲去世后，曾纪生身心无比的疲累，长沙城芙蓉坊商号的事也懒得去过问，只是龟缩老家度日。这天，他正斜靠在曾家大屋内堂的太师椅上打盹时，谢春猛地推开堂门闯了进来："老爷！二……二少爷，回来啦！"

还没有等曾纪生从太师椅中站起来，外面一个全副武装、身材魁梧的人"咚咚"地跑进了内堂，"扑通"一声，跪倒在曾纪生面前："爸！孩儿不孝，没能回家给妈妈送终。"

曾纪生急忙趋前一步，伸手扶起了曾广涛，拍了拍他的肩膀，正色道："广涛呀，你保家卫国打日本鬼子，这就是大忠大孝，你妈在九泉之下也会为你骄傲的。"

"可是……"

"好了，好了，能从尸山血海中生还便是大喜事。"曾纪生见儿子仍然满脸悲伤，便转移话题吩咐道，"说说你湘西大会战的情形。"

从儿子的讲述中，曾纪生才得知历时两个多月的湘西大会战，中日双方参战总兵力28万余人，战线长达200余公里。74军与友军取得雪峰山大捷，歼敌3万余人，战役以日军战败结束，战后曾广涛因战功荣升为74军警卫团上校团长。

不知怎么回事，说着说着，曾广涛的眼里突然冒出了泪花，

第十九章 漏网鱼

他哽咽着道:"我想……去看……看妈妈。"

曾纪生盯着这个让他喜怒哀乐了多年的儿子,过了好一阵子,才点点头道:"你随我来吧。"他知道易玉莲最喜欢的就是广涛,母子间的情感特别得深。

曾纪生站起身,以一种超乎年龄的敏捷,快步走出了内堂。曾广涛愣了一下,赶紧急步追了出去。

在前往雷公塘山坡坟地的路上,曾广涛告诉父亲,他这次是随陈副参谋长来长沙,参加第四日军受降区军需协调会议,陈副参谋长已经知道他母亲去世的消息,便特别允许他提前一天回铜官曾家大屋探望……父子俩说话之间,已经来到了雷公塘山坡上的曾家坟地,谢长庚带着两个伙计,拿着祭奠用的物品紧随其后。

易玉莲葬在曾家坟地的右侧山坡上,据风水先生说这是块凤栖宝地。易玉莲的墓是曾广仁请人修建的,与曾传玉的墓一样,用三合土垒成,麻石墓碑上镶嵌着易玉莲的名字,虽然占地面积和气势比不上曾传玉的墓,却更显得清新雅致。

站在墓碑前,曾广涛一想起母亲那天替自己做菜的情景,不觉泪水滚滚而下。见到久经沙场已练就铁石心肠的七尺男儿曾广涛悲痛欲绝的样子,大家都不觉泪流满面,曾纪生更是伤感万分。

祭拜完毕后,曾广涛看到还在淌流着泪水,显得分外苍老的父亲,第一次主动握住了父亲的手:"爸,陈副参谋长在长沙还要待几天,我这两天就留在家里陪您老人家。"

曾纪生没有说话,只是握紧了儿子的手。

曾广涛接着道："从长沙回到铜官时，我在船码头附近碰到了广智。我让他将行李带往长沙芙蓉商号，明天把广智从商号叫回来后，我们父子、兄弟好好聚一聚。"

曾纪生正要说话，这时谢春急匆匆地跑上了山坡。谢春一边跑，一边大声嚷道："不好了！出……出大事了！"

久经险境的曾广涛听到出了大事的话，刹那间定下了心神，皱着眉头喝问道："出了什么事？慢慢说！"

谢春望了望曾广涛，犹豫了一下，还是转向曾纪生："老爷，广智和田文斌被人绑架了。"

"绑架？谁会绑架他们？"曾纪生霍地站了起来，急得额头上冒出了一层汗珠。

曾广涛神情镇定地道："你慢点讲，把来龙去脉讲清楚。"

听完谢春的叙说，曾广涛默望了父亲一眼："我去找警察局。"

曾纪生沉默了好一会儿后转向谢春："你马上回商号，让田如玉去找赛诸葛先生，请赛先生一定要打听到广智和田文斌被什么人抓走了。"

长沙万华绣庄的赛诸葛接到天然阁绣庄报来的消息后，马上意识到这件事背后肯定有阴谋。虽然田文斌被绑架一事，与自己这条线的组织毫无瓜葛，但涉及曾家和芙蓉坊商号这个秘密联络站，他还是马上安排了人上街协助搜查，并私下去找了圈子会的廖三爷，希望帮忙寻找田文斌。

湘江江畔，煤码头。一处偏僻的废墟瓦屋里，一盏吊在房梁上昏黄的煤油灯灯光，映出了野田松木阴森森的脸。这位当

第十九章 漏网鱼

年大石洋行的大掌柜、日本间谍野田松木少佐，正瞪着一双绿豆般的小眼睛，用狠毒的眼光，盯着被两个手下特工将头强行按进水缸里的田文斌，恶狠狠地道："你将在大石洋行偷窃到的电台藏在什么地方了？"

野田松木之所以绑架田文斌，其目的还是执行上次在码头没有得手的任务。他要查清大石洋行电台失窃之谜。

想起上次码头行动的失败，野田松木心中就充满着怒火。根据线人提供的情报，他们在万华绣庄发现了偷窃大石洋行电台的主犯就是田文斌。通过跟踪，他发现田文斌与芙蓉坊商号掌柜田如玉在万华绣庄秘密碰头，并将电台藏在了绣花皮箩里，不知要转移到何处，于是他下令码头拦截，明里是冲着抢湘绣，实际上是要夺回田如玉送出去的那部电台，若不是那些蠢得像猪一样的巡警坏了自己的事，他完全可以一举两得……

山本子和指挥着两名特工，揪着田文斌的头发，让他从水缸里抬起头来。

山本子和伸手拍着他湿淋淋的额头道："你们中国有句成语叫，敬酒不……吃……吃罚酒！我今天就让你吃个死……"说着，他扬扬手，示意再次把田文斌的头按入水中。

野田松木一旁眯起细眼，阴冷地道："年轻人，我再说一遍，如果你退回从大石洋行窃走的电台，我马上就放了你。"

田文斌"噗"地喷出一口水，盯着野田松木道："我不知道你说的什么电台，我只是芙蓉坊绣庄一个收花的验花员。"

野田松木干笑道："你不要自欺欺人了。在你刚进入万华绣庄的那天起，我就知道你是中共地下党的译电员，只不过是借用芙蓉坊验花员掩盖身份罢了。"

"野田呀野田，你还有必要玩命吗？"田文斌有点不屑地讽刺道，"你们的天皇已经宣布投降了，你为什么还要一条黑道跑到底？"

"哐当"一声，野田松木将手中的茶碗狠狠地摔到了地上："你真是煮熟的鸭子，肉烂嘴不烂，死到临头还嘴硬的。告诉你，在东北我们还有六十万精锐的关东军将士，大日本帝国的敢死队正在……"

田文斌打断他的话道："野田先生的消息这么闭塞吗？三天前，苏军就已经占领旅顺港口，关东军被歼灭过半，其余全都缴械投降了。你们日本国完蛋了！"

"哼！"野田松木霍地站了起来，歇斯底里叫嚷着，"你不要得意得太早，在我完蛋之前，我一定要毁灭这个电台。我会先让你和掩护你行动的芙蓉坊绣庄，还有曾家大屋都通通地完蛋！"

田文斌深知这些日本武士道疯子的疯狂，懒得理会他们，干脆闭上眼睛，一言不发。

气极了的山本子和亲自动手，推开两名特工，猛地把田文斌的头按入了水缸中……田文斌还真是条硬汉，被山本子和如此反复，在水中闷晕过去数次，仍不吭一声。

曾广涛赶到长沙时，天已经完全黑了下来。曾广智被劫匪放了回来，田文斌却仍然杳无音信。曾广智对曾广涛道："我和田文斌准备去河西溁湾市绣花站收货，在潮宗街码头碰上两个陌生人，自称是田文斌同学的朋友，把他给劫走了。"

第十九章　漏网鱼

"你知道他们为什么要劫走田文斌吗？"曾广涛警惕地问。

曾广智惊魂未定地道："那劫匪之间说的是日语，我听不懂。他们打开你的行李箱，见是一些日常用品，应该不是他们想要的东西，便随手甩在地上扭着田文斌走了。"

曾广涛此时早已打开了自己的行李箱，发现夹层里的资料尚在，不禁长长地嘘了口气道："他们在找什么东西？"

"我也不知道。"

听说是一伙不明身份，又能讲日语的劫匪，曾广涛心悬了起来，在日本人即将投降的前夕，日特竟然还如此猖狂，可以预知，这伙亡命之徒是什么都干得出来的，看来失踪的田文斌性命堪忧。

曾广涛此行的任务是陪同陈副参谋长参加会议，虽然他回曾家大屋是陈副参谋长特准的假，但是如果行李包中那些文件真有个三长两短丢失了，他这个警卫团长是难辞其咎的，弄不好甚至还会要上军事法庭。

早在码头抢劫案发生后的第一时间，当地警局的王夫强便得到信息，得知国军一位警卫团长的行李被人劫走，立即在全城的各个出城路口、车站和码头安排了人手实行封锁，后来知悉是曾家大屋曾广涛的行李，更是封锁加码，规定城内外所有人员只许进不许出。

率队的陈副参谋长也命令警卫团的士兵，配合长沙警备司令部宪兵和警察局的警察，在城内展开了大搜查。熟悉长沙城内各区情况的王夫强，率领着一队便衣警察为警卫团的士兵带路。

芙蓉坊商号里，曾广智急得在前堂团团转。他非常清楚事情的严重性，如果找不回田文斌，会是件非常麻烦的事，不仅无法向老爷子交代，而且赛诸葛那里也无法交差。田如玉得知田文斌出事的消息后，也赶紧去找赛诸葛请示，希望能尽快找到解决问题的办法。

这时赛诸葛通过圈子会暗线得知，田文斌有可能被日本人劫持，匿藏在煤码头的一个仓储室里时，王夫强也已通过线人得到了同样的线索，当晚曾广涛警卫团士兵在王夫强的带领下，找到了野田松木的藏身之所。

"呼！"一声枪响，打破了夜晚的寂静。随着响起的枪声，训练有素的警卫团士兵，在曾广涛的带领下，同时从大门、窗户和屋顶，攻入了仓储室。

眼疾手快的曾广涛扬臂一枪，击中了正准备向田文斌开枪的野田松木手臂，野田松木手里的枪"哐当"一声，脱手掉地。不愧为身手不凡的高级特工，野田松木在枪落地的同时，飞身撞开了身后的木窗，一个鱼跃跃出了房外。

曾广涛担心田文斌的安危，顾不得追赶野田松木，迅速上前搭救被捆绑的田文斌。此时退到屋角的山本子和，指挥着两名日本特工扑向曾广涛。曾广涛身后的警卫团士兵，立即抢前开枪扫射，两名特工被当场击毙，山本和子却转身乘机溜走。

战斗很快结束。三名日本特工被击毙，另外两名日本特工也被王夫强的便衣警察抓获。

解救了田文斌后，大家刚松了口气，不料田文斌的一句话，又让随后赶来的赛诸葛心悬半空："姑父，我的《针谱》被野

第十九章　漏网鱼

田松木抢走了。"

赛诸葛脸色陡变，正待回话，却见曾广涛和王夫强押着抓获的两名日本特工走了过来，他立即将涌到嘴边的话咽了回去。

曾广涛见这边人群中有曾广智，很是诧异地道："三弟！你怎么……"

曾广涛的话没说完，只听得旁边一声大喝："小心！"

随着喝喊声，赛诸葛一个箭步猛地推开了曾广涛。一声清脆的枪响，暗处飞来的子弹击中了赛诸葛的肩膀，子弹的冲击力使他仰面栽倒在地。

田如玉猛一回头，看到一个黑影向巷尾窜去，那奔跑的身影似乎有点眼熟。她突然想起了一个人，不由得大喊一声："野田松木！"接着，她不顾一切地向巷尾追了过去。

听到田如玉的喊声，紧接着又看到她追了过去，曾广涛怕田如玉有闪失，赶紧带着两名警卫团士兵随后追向巷尾。

田文斌扶住赛诸葛忙着帮他检查伤情，王夫强则指挥着警察封锁巷口以防再次出现意外。

本来，野田松木已溜出了围捕圈，可他不甘心在与曾氏家族十多年的争斗中落于下风，加之他十多年的潜伏生涯中成事者不多，即便回去也无法交差，便铤而走险，欲乘乱杀掉曾家最有出息的曾广涛，以泄心头之恨。

野田松木明面是大石洋行总掌柜，其实一直从事情报收集，在收集情报中，他了解到，田如玉名义上是芙蓉坊商号掌柜，实际是中共上海秘密工作站长沙联络员。这次野田松本之所以策划劫持田文斌，主要原因是他不甘心日本军队在战场上的失败，他想追查出大石洋行失窃的电台，迫使田如玉暴露其中共地下党的身份，顺藤摸瓜缴获到中共的电台密码，不仅可以发泄积压多年的怨恨，更拔掉了这颗和自己斗了多年的眼中钉，为日本军国立件大功。

一击不中后，野田松木立刻返身逃跑，眼看跑到了巷尾，只要翻过墙头就能逃出去。野田松木双手合一，默声祈祷："天照大神护佑！"他奋力一跳，跃上了墙头……然而，这次天照大神并没能护佑到他。墙头上一条人影飞射而来，狠狠地一脚踢在了他的下巴上。"扑通！"一声，野田松木重重地从墙头上摔落到地上，谢长庚紧跟着从墙头上跃身而下，挺身挡住了野田松木的去路。

随后赶来的曾广涛、赛诸葛和田如玉一同冲进了煤码头的巷尾墙边。躲在暗处的山本子和抬手准备一枪射向曾广涛，赛诸葛听到墙角处有响动，扭头定睛一瞧，大吃一惊，一个箭步冲向前，欲踢掉山本子和手中的枪，不料受伤的胳膊影响了他动作的快捷，山本子和随后射出的子弹击中了赛诸葛的左胸，鲜血顿时浸透了半边衣襟。

谢长庚听到身后的枪响，转身看见击倒了赛诸葛的山本子和正要向曾广涛射击，便顾不得野田松木了，毫不犹豫地飞起一脚将持枪的山本子和踢倒在地。怒不可遏的曾广涛迅速一枪将挣扎着想爬起来的山本子和击毙。野田松木却趁谢长庚分心对付山本子和之机，一个翻滚起身翻过墙头，逃脱了军警们的搜捕，成为一条逃避惩罚的漏网之鱼。

田如玉见赛诸葛伤势严重，立即掏出一块白色的素缎，忙着给赛诸葛包扎伤口。

"赛先生，伤势怎样？"曾广涛此时走了过来，心里不安地道，"我这就马上送您去医院。"他非常感激赛诸葛挺身而出，为自己挡了子弹。

赛诸葛知道自己伤势不轻，不能坚持到医院了。他考虑到自己的特殊身份，不想抛头露面，便婉言谢绝道："广涛，看来我已经没有福气去医院了。请你告诉曾老板，就说当年我赛诸葛，欠他的那笔屯米的破烂债，今天就是算还给他了。"

曾广涛不明白赛诸葛话中的含义，连忙点头道："您的话，我一定转告我父亲。"

赛诸葛还想说什么，嘴里突地涌出一口血沫，身子抽搐了几下后，头一歪，便寂然不动了。此时巷口警笛声大作，警车和军车蜂拥而至。警备司令部的宪兵队和警察局的大队警察，冲进了煤码头。

第二十章
两只船

古希腊哲学家赫拉克利特曾经说过:"一个人,一辈子无法同时踏入两条不同的河流。"但一个人能同时踏稳两条船吗?二儿子系国军军官,三儿媳却是共产党,使曾纪生感到芙蓉坊绣庄就像一个同时脚踏两只船的人,随时都有坠河的危险。

第二十章 两只船

日本已经宣布无条件投降,随着日本在密苏里号战列舰上向美英苏中四国签下了投降书后,中国战区的洽降、受降仪式先后在芷江、南京举行,随后蒋介石派出了大量人马分头接收日伪投降和财产,长沙大石洋行这一日本特务机关所在地,也作为敌产被国民党政府派员接受。

赛诸葛牺牲后,中共地下党中断了与万华绣庄的联系。此时中国大地上的抗日战火熄灭。人们期待能有一个和平安定的生活环境,云空师太则叮嘱田如玉暂停一切活动,全力经营绣庄生意,静观时局发展。曾纪生、谭旭阳等人也萌生了扩大绣庄商铺的愿望。

这天,曾纪生将田如玉叫回曾家大屋,商议准备在长沙城的八角亭重建天然阁绣庄的设想。此语一出,遭到了儿子曾广智的反对。

"爸,您的想法很好,但现在社会局势很诡异。您别看现在长沙城里一片欢天喜地,似乎沉浸在庆祝日本人投降的氛围中,但二哥他们好像比抗战时期更忙了,今天南京,明天东北,后天山东的频繁移营,是不是又要打仗啦?"

"枪炮声才停了几天,打了八年还没有打够?我看不会。"曾纪生不以为然地摇了摇头,"他们要接受日本人占领的地盘,收缴他们的武器,能不忙吗?"

"广智的话很有道理。蒋介石很早就放出话来,攘外必先安内,现在外患已除,如何安内,谁又说得准哩!动荡时期扩展店铺,有风险……"田如玉插话道。

曾纪生并未过多地留意曾广智和田如玉的反对,他有自己固执的想法。在他的人生经历中，见识过太多太多的战争。有湖南人与湖南人的战争，也有南方人与北方人的战争，更有中国人与日本人的战争……中国好像是只美味的羊羔，人们似乎都想着从这只美味羊羔身上割块肉，不过作为一个生意场上的老手，他也体会过战争间隙中生意的暂时繁荣和利润的增长。这也印证了中国生意场的那句老话，"撑死胆大的，饿死胆小的"，只要自己分寸拿捏准确，哪怕是有一年的平稳时期，他都要抓住这个能让曾家大屋湘绣咸鱼翻身的机遇。

曾纪生发话了："你们的担心我也想过，但机遇就像一颗流星，抓住了就可再现辉煌，失去了不可能让它倒回来。八年抗战兵荒马乱，人们受够了忍饥挨饿的日子，我们要抓住这个机会，扩大芙蓉坊商号，恢复天然阁绣庄……"

曾纪生既然已经决定了，田如玉、曾广智等人还能说什么呢，毕竟他是曾家大屋的一家之主。

曾纪生的决定做出后，他像当年刚刚接手父亲的芙蓉坊时一样，事无巨细皆悉心过问。他将田如玉从芙蓉坊商号调出来，去主持天然阁绣庄的重建工作，又将刚过门的儿媳焦菊香安排到芙蓉坊商号帮忙。他还压着曾广仁卖出部分田地，腾出现金来帮助田如玉重建天然阁绣庄。

由于抗日战争的胜利，一部分疏散到乡村的商人住户陆续回城，加上战乱后流离失所的游民在城里安家落户，芙蓉坊商号的生意渐渐红火起来了，小到儿童的绣花口水裙、狗崽帽、虎头鞋，大至新娘结婚用的绣花被面、帐幔等湘绣品。

生意的回升更加坚定了曾纪生扩大湘绣经营的信心，他暗

第二十章 两只船

自庆幸自己的思路"宝刀未老",人生这一把总算赌对了。

焦菊香从曾家大屋到芙蓉坊商号走马上任后,田如玉便把前台的销售全部交给吅文斌,自己则一心扑在了重建天然阁绣庄的筹备事务上,把商号的勤杂事务都交给了焦菊香。

绣字、补花、整烫、包装、记账、洗衣、做饭,有时还要外出上门送货。焦菊香一天到晚忙得一塌糊涂。

曾纪生见焦菊香忙得有时候连吃饭的时间都没有,建议她找一个帮手,把商号的生意做大。焦菊香便将自己的闺蜜,在天成庵道缘堂绣花的杨萍招聘至芙蓉坊商号帮忙。

几个月的时间,芙蓉坊商号的生意大有起色。

不过好景不长,随着中日战争的结束,美国援华的大量物质积压中国,加之美国工业发达,大量的日用品倾销中国市场,用化工原料和机器生产的的确良、卡其布之类布料蜂拥而来,竟使得素来以丝绸为面料的中国人改变了观念,转而青睐用这些化工原料生产出来的布料缝制衣服。此时虽然民族矛盾解决了,但政党之争却再次爆发巨大的冲突。先是受降身份之争,继而抢占地盘,东北之争的战火越烧越大,大到席卷全国,山东、中原先后卷入了战争旋涡。内战的重新大爆发,激起了长沙生意场的巨大波动,绣庄上下人心浮动,曾纪生自然无心生意,成天考虑战争对生意的影响。

曾纪生越往深处想越害怕,他不由得打了个冷战。重建天然阁绣庄,扩大湘绣经营店铺的计划,他可是下了大血本的,如果半途而废,那损失可就大了!不说扩大投入生产线上的资金,仅仅那些为着扩大店铺所增加的货柜,折旧后还抵不上白菜钱，而且一旦此次计划下马，恐怕在他的有生之年，是见不到曾家大屋湘绣辉煌的那一天了；但是如果继续坚持下去，万一再发生一次"文夕大火"，万一再来次"长沙大会战"，一切的努力都将化为乌有。他想起"文夕大火"火光冲天的情景，就感到不寒而栗。

曾纪生独自在院子里徘徊着。院中的光线突然黯淡下来，他抬头望向天空，刚才还晴空万里的天空，不知何时漂来一片乌云。远方的天际，已是风起云涌，这是暴风雨来临的前兆！

曾纪生的心顿时悬浮起来，他愿当前短暂的平静能更长久一些，更愿自己的家人不要掺和到国共两党重燃的战火硝烟之中。就在曾纪生站在院子里忧心忡忡，焦虑重起的战火对生意灭顶之灾的时候，长沙芙蓉坊商号内部又起了风波。事情的起因是，曾广智从云南回来特意为焦菊香买了一个上等的宋代和田白玉镯，但回长沙后一整天没见到妻子焦菊香，满心的欢喜化为一脸乌云，直到傍晚时分，焦菊香才匆匆回家。

虽然一天没有见到焦菊香，曾广智心里憋了一肚子的火，但见到妻子的到来，他满肚子的火又一溜烟似的跑了，连忙迎了上去，把玉镯递了过去："菊香，试试这个玉镯，看戴得合适不？"

"哦，不错！"焦菊香心不在焉地瞟了一眼，接过玉镯，随手放在梳妆台上。

曾广智觉得焦菊香的行为有些反常，自己劳神费力，多方托人给她买的一个上等玉镯，她怎么根本不当一回事？曾广智跟着焦菊香走进房中，取出她搁在梳妆台上小木盒里的玉镯，

第二十章 两只船

准备向她介绍一下这个宋代玉镯的珍贵。谁知话还没出口,焦菊香便有点不耐烦地道:"你跟着我干什么?我现在没时间,玉镯的事明天再说吧。"

焦菊香说完,简单地收拾了一下装束,叫上田文斌一起离开了商号。

曾广智捧着手中的玉镯,懵了。他放下手中的玉镯,失落地走近正在柜台里面补花的杨萍道:"他们晚上还要送花到哪里去?"

"也许是去客栈,也许是去典当行。"

"典当行也有客户?"曾广智顿时心生疑窦,焦菊香的举动有问题!事出无常必有妖。曾广智不由自主地跟了出去。只见他们一路警觉地行路,不时回头察看一下动静,突然一闪身,猫似的溜进了街边的刘记典当行。

刘记典当行是一个老铺面,当年爷爷曾传玉便因珍贵绣画《荷鹤图》与其打过交道,只是历经沧桑岁月后,店老板已是数易其人,如今是谁在主手,曾广智也不是太清楚,但不论是谁在主手,典当行与绣庄并无生意来往,此时田文斌与焦菊香的拜访之举,便显得有些诡异。

时节正值深秋,夜里的寒风特别地冷。曾广智临时跟了出来,身上没穿几件衣服,只得蜷缩着身子躲在当铺斜对面墙角处,冷得一个劲地哆嗦不止。突然,他停住了哆嗦,屏气凝神地注视着街外走来的一个人。那人手提一盏防风油灯,快捷地走过了刘记典当行铺面,忽然急停步,四下里张望一番,见四处静悄悄,这才缓步回头走向刘记典当行,举手一推,铺门应声而开。

跟着有人探头看了看门外的动静后,关上了店铺大门。

看到后到进门人的背影,似乎有点像是万华绣庄龚老板的模样。曾广智心头不由得一惊。这么晚了,焦菊香与龚老板到刘记典当行干什么?总不会有什么生意上的事吧?生意上的事什么时间不能说,非得等到晚上来到这个刘记典当行来讲?何况龚老板这个人身份颇为神秘的,他的万华绣庄在上海、武汉等地皆有分号。听业内人士说,这个龚老板很是潇洒,从没见他与人谈过生意,却总是风尘仆仆地奔波于几个城市之间。难道这位龚老板是吃政党饭的?他心里陡然打了个寒战,没有再敢往下想。这可是个杀头的买卖。

此念一起,曾广智迅速离开了这里,往芙蓉坊商号返回去。

深秋的寒风吹得曾广智的思绪清醒了许多,路过坡子街锦文丽绣庄时,这里还在开门做生意。

大火后重建的锦文丽绣庄,比原来铺面要大得多,也气派多了。挂在店门横眉上的那块复制的"誉满全球"金匾,比原来的金匾更加富丽堂皇,耀人眼目。听说小谭老板为重振"锦文丽"这块牌子,可是孤注一掷投入了所有老本,还花费了不少心血,此话看来不假。

他走进前堂,还有不少顾客在挑选绣品,看来生意还算不错。他没有惊动伙计,径直从侧门走进了庭院,一眼瞧见正坐在庭院里低头抽着水烟袋的谭旭阳。他听父亲说过,谭老板平常是不抽烟的,一旦他抽烟的话,那一定是遇到了极其烦心的事。他心里不觉一愣,难道谭老板也有什么不顺意的事吗?

曾广智直觉感到自己来得不是时候,正准备悄悄转身离开。

第二十章 两只船

却被谭旭阳瞧见了:"曾少老板,你怎么来了又转身要走呢?"

曾广智赶紧走了过去:"我看天色太晚,恐打扰谭老板抽烟。准备明天来向谭老板学做生意呀。"

谭旭阳重重地叹了口气道:"我有什么可学的,还是你父亲精明洞烛先机啊。他在油铺街开了个商号交给你媳妇打理,又让田如玉重建天然阁绣庄,自己躺在曾家大屋享清福,哪像我……"

曾广智知道近几年父亲淡出商界后,官府衙门的大单生意几乎全给了锦文丽绣庄,于是试探着问道:"我看您店铺的生意不错呀!有什么做不完的大单要照顾一下我呀!"

"唉,你说起这订单我就烦。"

谭旭阳把曾广智请到茶室后,忧虑重重地道:"眼下时局动荡,生意难做呀!你瞧,这抗日战争打了八年,好不容易熬到小日本鬼子投降,生意刚刚回升,没想到又打起内战。我绣庄上个月与上海南华商号签的订单,已开工绣了一半,现在全都取消了,我是进退两难。"

遇上这类生意,曾广智也是爱莫能助,他与谭旭阳寒暄了几句,便抽个空,告辞走人了。

曾广智从锦文丽绣庄刚出来,在西长街巡逻的王夫强见曾广智一个人在街上行走,便将他拉到一边:"今晚特殊行动。警局刚接到通知,原设在长沙城内的共产党地下电台,在转移出城时遭到损坏,现在又有新的电台在长沙出现,上级下令我们在全城严加搜查。你们生意场上的人交际广,要尽量不与陌生人打交道。"

曾广智对王夫强的好心劝告，不禁紧张起来。他想起了父亲叮嘱自己要留意田文斌的话，忽地，焦菊香和田文斌去太平街刘记典当行，以及随后进屋的龚老板的情景，又浮现在他的眼前……顿时，他额头渗出了冷汗。这些人聚集太平街刘记典当行的神秘行为，难道与王夫强所说的特殊行动有关？

随后几天，曾广智暗中加紧了对焦菊香和田文斌观察，但始终没能发现什么出轨的异常。

这天，焦菊香从文昌阁去唐家巷，曾广智跟踪到河边，被焦菊香转身逮了个正着，她十分反感地质问："你跟在后面干什么？你把我当是什么人？"

曾广智急忙解释道："现在局势紧张，社会情况复杂，治安混乱，我怕你外出会遇到什么意外，所以在暗中……保护你。"

"暗中保护我？"焦菊香脸拉得更长，气愤地道，"你去哄三岁小孩吧！"

焦菊香怒气冲冲地回到商号后，卷起被子，睡到了田如玉的房间。

焦菊香的反常，引得曾广智一晚都没睡好。

第二天上午，他来到店堂刚走要进柜台，便听到前堂田文斌与顾客的一段对话。

前堂的柜台前，站着一位身穿长棉衫的中年顾客："掌柜的，有湘绣屏风吗？"

没听到田文斌的回答声。曾广智觉得奇怪，不禁探头向柜台望去，只见田文斌用手指了指后堂，暗示里面有人，然后才开口道："湘绣屏风多的是，但不知先生需要什么图案？"

第二十章 两只船

中年顾客道:"花鸟虫鱼都可以。"

"花鸟虫鱼我们都有。花有吊兰、玫瑰、牡丹,鸟有锦鸡、喜鹊、凤凰,虫有蜜蜂、蝴蝶、金蝉,鱼有荷塘清趣、年年有余、九鱼呈祥。不知先生是要大翎毛还是小翎毛?"田文斌如数家珍般地回答。

曾广智听到中年顾客与田文斌的对话,更是满腹疑窦。田文斌的回答虽然滴水不漏,但最后的答话,似乎有点文不对题。"大翎毛与小翎毛",这只是行业内部对飞禽分类的术语,顾客一般听不懂,何况对方买"花鸟虫鱼"的意思是只要是湘绣,什么产品都可以,田文斌入行已经一年多,怎么会犯这样低级的错误?

"这个……"中年顾客目光往周边扫视了一会儿,才道,"我要四大名鸟,掌柜给拿个主意吧。"

"这幅孔雀凤凰很不错。"田文斌说着,左右环顾了一下,迅速地从柜台下抽出一张纸,就着柜台写了几个字,然后把纸条交给了中年顾客。

中年顾客接过纸条后,并没有买湘绣屏风,转身出了商号大门,瞬间不见了踪影。

曾广智不知田文斌葫芦里到底卖的什么药,更怀疑田文斌是吃里爬外,暗中将客商介绍到其他绣庄去。还是生意真没有成交?他很想当面锣对面鼓地向田文斌问清楚,但又觉得万一不是那么回事,事情就会弄得无法收拾。左右为难之下,他连夜赶回铜官曾家大屋,将此事告诉了父亲曾纪生。

姜到底还是老的辣,曾纪生听完此事后,思考得更为深远:

"如果仅是吃里爬外,这只是生意上的小事;如果坐实是共产党,那可是杀人砍头的大事!我们一定要慎而又慎。"

谁都知道曾纪生并不是一个怕事的人。父亲的言传身教,让他磨炼出一副铮铮傲骨,但作为一个生意人,他也可谓是久经风霜。他看重的是生意和利润,他的理想,就是父亲的"耕读持家,艺传天下"。他认为什么这信仰那信仰的,在这个党争激烈的动乱年代,只是一种灾难的代名词。

早在长沙"马日事变"之时,曾纪生便对"信仰"有了一种敬而远之的态度,是那场血流成河的惨景,让他心生了畏惧之感。尤其是铜官街上东山寺的戏台子上,当年悬挂着一颗血肉模糊的人头——那是他所认识的"亮伢子"。从此以后,他便不想让这种砍头的事落到自己的家庭中,总是想着各种万全之策,在左右为难之中,采取一种"无为而治"的态度。这也是他对政治敬而远之的根本原因。

"我看还是把焦菊香抽回铜官来,免得她在长沙与田文斌混在一起给芙蓉坊商号惹来麻烦。"曾广智提出建议。

"她如果真是共产党现在还会听你的吗?"曾纪生怏怏不悦地走进了里屋。

曾广智追看道:"正因为她听不进我的话,我才觉得应把她换回来。"

曾纪生本能地感觉到芙蓉坊商号里有着一种说不清道不明的危险,但他并不想现在来谈论此事,如今政府正愁没有"靶子",一旦此事掀出来,弄不好会连累芙蓉坊商号、天然阁绣庄一锅端,当今社会复杂多变,只能先行按下此事,静观其变,根据事态

第二十章 两只船

的发展来采取对策。

正当曾纪生与曾广智尚在交谈之际,谢春兴冲冲地跑进来:"二少爷回来啦!"

曾广涛带着几名警卫走进了曾家大屋。他将警卫留在前堂后,疾步来到了父亲的房间。

曾广涛刚刚坐定,曾广智、谢春等人都围了进来。

曾纪生已有几年没见广涛了,在自己对时局最为担忧的时候,他最为牵挂的二儿子回到了曾家大屋,令他高兴得合不拢嘴。他挥挥手让其他的人出去一下,面对二儿子,他似乎有千言万语的话想说出来,可刚才广智与自己商量的事又沉甸甸地压在心头,他试探性地问道:"广涛,告诉我实话,国共两党之战,到底结局会如何?"

曾广涛虽然是位党国的军人,但东方人"家族至上"的观念还是有的,他沉默了一会儿,深深地叹了口气,还是说出了实情:"共军攻势如虹,已经占据了长江北岸,渡江南下只是迟早的事情。"

"什么?"曾纪生闻听此语大为震惊。他到底年纪大了,消息过于闭塞,这才几年的时间,没有想到如此强大遍布全国的国军,这几年来竟被共军秋风扫落叶般打得没有还手之力,不由得脱口道,"难道,国军竟然连长江天险也守不住?"

曾广涛苦笑了一下道:"哪有那么容易守啊?"

这时曾广智忙完手头的活又凑了过来,拉着曾广涛问长问短。

曾纪生接着原话题,继续问道:"你们部队情况怎样?"

"战局一言难尽。"曾广涛显然不愿就这个话题往下说，皱皱眉头道，"我这次是陪胡琏将军到长沙与陈仁明将军协调战区防务。"

曾纪生疑惑地道："你不是在74军吗？怎么替18军办事啦？"

曾广涛解释道："常德会战后，74军整编，我黄埔军校一位在18军担任副参谋长的学长将我推荐给胡琏将军，特意推荐我到了18军警卫团。"

一旁的曾广智摸着曾广涛肩上二杠三星的肩章，羡慕地道："18军，那可是王牌军呀！哥，你真有福气。"

曾广涛苦笑着道："一个王牌军又怎么样，能改变整个战局吗？"

正在忙着修建新宅的曾广仁听说曾广涛回家，非常兴奋地跑了回来，他对二弟与父亲谈论的这些政治不感兴趣。他急不可耐地表白着自己的功绩："广智又添了个儿子，曾家大屋的人太多，房子有点紧，我打算让他搬到新屋里去住。我和父亲仍旧住老屋，你这次回来就别走了，这老屋的房子，有三分之一是给你的。"

对于大哥的热心，曾广涛心里一直抱着愧疚之意。自己在外闯荡多年，全靠这位长兄操持曾家大屋的一切，照顾父母，养育幼弟，管理家产，给曾氏家族的人员提供了一个稳定的家园。自己刚刚踏进家门，大哥又操心起自己的事来，这份热心让他心里顿时觉得暖洋洋的，不过自己这次之所以回家来，实际上是准备给家人透露一点信息的。他有点内疚地对大哥道："谢

第二十章 两只船

谢大哥的好意,这次我只请了两天假,回家看看父亲和你们。"

"怎么不多住几天?难得回来一次呀!"曾广仁停顿了一会儿,似乎想起了什么似的,话语有点犹豫地道,"你这次回来,身上带了多少钱?"

"钱?"曾广涛一怔,他不明白大哥为何突然提起了钱,"你问钱干什么?"

曾广仁支吾了一下道:"汪家大屋的汪老爷年纪大了,准备低价变卖自己田地,到香港去养老,我想趁此机会把这些田地买进来。"

"还买田地?"大哥的话让曾广涛大吃一惊,他这次回来,其核心任务,就是要提醒家人赶快变卖家产,能走则走,随身有财富到哪里都不会低人一等,如果不能走,身无房产田地,至少不会引起共产党的注意,没有料到大哥居然如此懵懂,在这个天地即将巨变的时期还要买田置地,不由得埋怨道,"这都什么时候了!连汪老爷这样的老古董,都知道要把田卖出去,没想到大哥你,还想向我借钱买田进来?"

曾广仁嘿嘿地笑了两下:"这些田好便宜咧,不到常年价格的四分之一,等于白送啊!"

"白送也不能买。"曾广涛坚定地道,"如今的田地,你买到手里,就像火烧的滚油,沾在身上会烫伤人的。"

曾广涛知道大哥的性格,从小连一粒饭掉了都要捡起来放进嘴里,一根茅草都要带回家塞进灶炕里,要他抛弃家产分给乡邻,这是不可能的事,但随着政治局势的明朗,共产党打土豪分田地的事,马上就要降临到曾家大屋了。他耐心地劝道:

"大哥，我这次急急地赶回来，就是专为此事。你要赶紧卖掉手中多余的田产，免得日后被'打土豪'。"

曾家大屋堂屋的八仙桌旁，坐在太师椅上的曾纪生，扫视了几个儿子一眼后，开了腔："今天把你们叫到这里来，是老二有个重要的事，要给大家讲一讲，让大家合计合计一下，拿个主张。"说到这里，他朝曾广涛点了点头，示意让他讲话。

"从眼下的局势来看，共产党坐江山，已经只是早晚的事。"曾广涛说着站了起来，"我在国军行伍多年，跟共产党合作过，也交过手，更听说过不少共产党方面的事情。共产党的行事风格与现在政府的处事方式，完全是两码事，为着长远计，更为曾家大屋的未来着想，我和爸爸已经商量过了，从现在开始，曾家大屋要将手里的田地尽快地脱手卖掉，不能卖掉的，就分给租了我家田地的农民。另外，曾家大屋的房产、家财，最好也尽快地处理掉……"

"你疯了？！"曾广仁话没听完，就涨红着脸霍地站了起来，大声地嚷着道，"没有田地，没有房子，这还叫什么曾家大屋？"他万万没想到，自己一向疼爱的弟弟专程赶回家来，就是为了提出这个散财毁家的馊主意，自己真是亲情蒙了头，还一心想着要为他解甲归田后留下房子。

"你吵什么吵！"曾纪生拿出了父亲的威严，虎着脸制止住曾广仁，让他坐回到椅子中。在此之前，他与曾广涛已交谈了多时，早了解到共产党在解放区对农村田地的政策，所以此时此刻，他的内心深处，早已不再谋求什么大富大贵了，与一家人平平安安相比，一个曾家大屋的名分算不了什么。

第二十章 两只船

曾纪生拿起搁在八仙桌上的一本账簿，交给曾广涛："你继续说说财产应该如何处理。"

曾广涛接过父亲递过来的账本，提出了该留下多少田地，多余的田地和房产该如何处置的具体方案。

瞧着眼前的场面，抱着无可无不可态度的曾广智，神情坦然。他只是暗中偷看着父亲的表情，揣摩着这是不是出自父亲的意思。

听完曾广涛处置家财的具体方案后，曾广仁的脸色由红转白，又由白转灰，心疼得就像被刀剐一样。他再也忍不住了，又呼地站了起来："为什么要这么做？这些田地可是曾家大屋几代人，一滴血、一滴汗拼搏来的，是上百年来辛辛苦苦积累下来的家产。"

面对神情激动的曾广仁，曾广涛耐心地道："这些田地，我们必须放弃，你没有听说过共产党'斗地主，分田地'的土地改革政策吗？"

曾广仁似乎失去了理智，冲着曾广涛大声吼叫道："共产党说分田地，你就分家产，你说扔就扔？曾家大屋的命运，还轮不到你来做主！"

面对糊涂的曾广仁，曾广涛的话就像对牛弹琴，始终无法让他听明白。曾广涛无奈之下，只得拽着曾广仁，来到大门外一棵百年樟树下。这是爷爷曾传玉当年在修建曾家大屋时，移栽过来的樟树，如今冠盖如云，荫蔽着很大一片地，给路人予以遮阳挡雨的庇护，但是由于大树的树叶浓阴遮日，树下却是寸草不生，光秃秃的。

曾广涛指着樟树道:"大哥,人生就像草木一样。你知道共产党为什么要分田地吗?在他们眼里,土地就像这棵大树,你将所有的田地集于一身,那么,别人又怎么生存呢?"

"我不管共产党怎样看我,我的田,我做主。"曾广仁大有"横着被子抬床"的架势。

跟出来的曾广智,见两位兄长吵架,很是为难,帮谁都不是。从内心讲,他觉得曾广涛的话有几分道理,但若将自家的田地贱卖,他又于心不忍。

回到堂屋后,三兄弟都没有说话,眼光都盯住了坐在太师椅中的曾纪生。曾纪生发话了,那有些嘶哑的声音,让三兄弟感到了一种沉重的压力:"我赞同广涛提出的方案。"

曾广涛暗自吐了口气,父亲虽然老了,但眼光却依然看得很远。

曾广智眯起眼在想,这真是父亲的决定?拿得起放得下,了不起。

曾广仁铁青着脸,父亲怎么能赞同这个败毁祖业的方案?

这时,曾纪生再次发话了:"你们三兄弟分家吧。"

"我同意分家,但我不要任何财产。"曾广涛第一个表态。

"我就在芙蓉坊商号做个伙计就行,家里的田,我一亩都不要,房屋、家财全给大哥吧。"曾广智也跟着说。

听到兄弟们的表态,曾广仁感到自己被孤立,脸上一阵红一阵白。内心的抵触促使他必须拿下面子,他捏了捏鼻子,强硬地道:"广涛从读书到当官,从来没为家里做过一寸事,也不知柴、米、油、盐贵,自然不在乎家里这些锅、盆、碗、筷、

第二十章 两只船

田地家当，你不要这份家产，是自己放弃，我也不勉强。"

见曾广仁俨然一副长兄的样子，曾广涛也不与他争辩，摇了摇头，无奈地道："大哥说的话也对，我确实没为这个家操过什么心，我这次之所以回家没有别的，就是这件事。大哥，那些多余的田地，必须尽快出手，否则你要吃大亏的。"

曾广仁见曾广涛还在劝自己卖地，望了他一眼，干脆不予理睬，继续说道："至于广智，十三岁到沱市裕丰学徒，没有功劳也有苦劳，菊香也当过铜官街上芙蓉坊绣庄掌柜，那铜官街上的店铺，就归广智所有吧。"

曾广仁的分家方案，没有人再多说什么，此时的兄弟各有各的盘算。曾纪生也是崽大爹难做，他又能说什么呢？曾家大屋家产就算这样分了。

曾广涛说服不了曾广仁，只得转向曾广智。他语重心长地道："二哥今天一走，还不知道何年、何月才能回来，家里的一切只能拜托小弟了。广智，听二哥一句话，钱财乃身外之物，能舍则舍，不要贪恋，免得到时候后悔莫及。"

"二哥，我知道该怎么做。虽然我不懂哥说的那些道理，但我相信哥这么做，绝不是为了分家产，更不是谋钱财，绝对是为我们好，不过大哥每天起早贪黑，舍不得那些田地，也在情理之中，请二哥不要放在心上。"曾广智话语委婉地道。

"放弃需要智慧。当我们知道今天的财富将会成为明天的包袱时，我们就必须要舍得放弃。"曾广涛说完，转身向父亲敬了个军礼，随后伸开双臂，一手挽住曾广智，一手拉起曾广仁，无限伤感地道："爸，我要走了，我想让大哥和三弟，送我到山顶上，陪我多走几步。"

此前还牛气哄哄的曾广仁，一听说曾广涛当晚就要走，瞬间又后悔自己刚才的态度，连忙关切地道："你能不走吗？"

曾广涛深情地一笑："我在长沙还会待几天，你们如果有什么急事，可到藩后街的平安客栈找我。"

"你这次是去哪里？"曾纪生的眼睛里流露出一种依依不舍的哀伤。

曾广涛无奈意味深长地叹了口气："我们部队要调往台湾，我也必须要走。没有特殊情况我就不会回来了。"

曾纪生眉头一皱，追问道："调往台湾？"

曾广涛点点头："这是机密，你们不要对外声张。"

全家顿时陷入了可怕的沉默之中。曾纪生有一种预感，今天曾家的团聚，也许就是自己有生之年最后的一次。一种生离死别的心绞痛，击溃了他平日坚强的意志。他试图站起来送儿子一程，可不知为什么，双脚却失去了支撑身体的力量。他尽量不让曾广涛看出自己内心的痛苦，坐在靠椅中，故作镇定地挥了挥手，强笑着道："你去吧！家里的事还有老爸。"

父亲像山，母亲像水，山水相依筑起了家的港湾。曾纪生脸上露出常有的笑容，传递出坚强，也传递出忧伤。一种浓浓的依恋之情令曾广涛揪心欲碎，他此刻才发现失去母亲的老爸，原来是那样的孤单与可怜！

曾广涛回头屈膝一跪，身子像一座大山倒下，哽咽着道："爸！孩儿走了，您多保重。"

儿子的辞行，曾纪生心里像压着一块石头，难受得说不出

第二十章 两只船

话来。他强忍着盈满眼眶的泪水，极力地控制着不让流出来，他沉缓地对曾广涛点点头，眼光默送着他走出曾家大屋的山门。他想，一个人不能同时踏进两条河流，一个家庭又怎能同时脚踏水火不容的两只船呢？众人都知道曾家二少爷是堂堂的国军上校军官，殊不知三儿媳却投向了共产党。曾纪生希望曾广涛有个好前途，但更不希望焦菊香出事。他必须同时喝好国民政府与共产党这两杯茶，才能确保曾家大屋后人们的平安无事。

送君千里终有一别。兄弟三人不知不觉就走到了船码头。曾广智留恋地牵着曾广涛的手，声音有些哽咽地道："二哥！你还有什么要交代我们的吗？"

曾广涛转过身来，双手搭在曾广智的肩上："在我没离开长沙之前，时间如果来得及，你可以帮我绣一幅'国父像'，我想带往台湾……"

曾广智不知二哥为什么要绣"国父像"，他明知自己短时间内完不成，但他仍默默地点着头，码头上留下他承诺的剪影。

第二十一章
换针谱

田如玉因受刘记典当行的牵连,被抓进宪兵总队。围绕被收缴的芙蓉坊《针谱》,双方各执一词。它究竟是曾家的祖传针谱,还是共产党地下组织的密电码,芙蓉坊商号与国民党宪兵特勤组,展开了一场针锋相对的较量。

第二十一章　换针谱

曾广涛的回家，让素来只留意生意江湖冷暖的曾纪生，不得不关心起政治的世态炎凉起来。与生意相比，生存更为重要，生意可以东山再起，生命却得等下一辈子啦。他吩咐家人收拾了一下自己携带的东西，第二天一早，便与谢春赶往了长沙芙蓉坊商号。

大概是风闻百万共军杀过了长江，长沙的大街小巷四处皆弥漫着紧张气氛，街道上很少有路人行走，即便有人行走，不是宪兵巡逻队，便是警察暗探，一般人不是重大事情或是养家糊口，是不会出门去触霉头的，弄不好就会有去无回。

曾纪生站在商号的大门口，望着冷清的街道，心中充满着惆怅。按照平常时日的习俗，这个时分应该是灯火通明人影憧憧之时，可现在却是街上铺面开门的越来越少，过路的行人越来越稀疏，连在这个时候该生火做晚饭的店铺，都寥寥无几了。整条街寂静得像是人们传说中的"鬼城"。街口不断传来急促的警笛声，今天的气氛有些反常，宪兵和警察比平时增加了一倍。令人感到心悸。

戒严、抓人，是近段时期的家常便饭，看今天的架势，肯定又是哪里出了状况。

"爸，谭旭阳被抓走了。"

"谭旭阳？你是说锦文丽绣庄的老板吗？谁抓走了他？"曾纪生的心更加紧张起来。

"听说是他店铺里有两个伙计参加了街头游行，被特务盯上了，伙计出事，老板自然脱不了干系。"

如今的政府是怎么啦，谭旭阳一个规规矩矩的生意人，两

芙蓉坊密码

耳不闻窗外事，一心只做生意活，竟然也被政府给抓了，这个世道真的乱套了。曾纪生一想起这些心里就乱糟糟的，他不由得为此时未归家的儿媳妇与田如玉等人担起心来。

曾纪生住进芙蓉坊商号后，他什么都不管，商号里的一切事务仍然由焦菊香做主。他告诉曾广智，任何事情都不要与焦菊香起争执，避免事态复杂化。

正因为如此，焦菊香误解了曾纪生的心思。她想大概是家爹和丈夫默认了自己的行为。在家爹初来商号时，她还中规中矩地守在店铺里，不多久后，又"旧病复发"地开始了走街串巷，出门的名义是到各商家上门推销湘绣，而田文斌也恢复了以往昼伏夜行的秘密行动。殊不知，他们的一切行动都被曾纪生看在眼里。

"菊香她经常去哪里？"曾纪生漫不经心地问。曾广智告诉了他一个地址。

当天晚上，长沙草墙街的一间破旧民房大门紧闭，窗户遮得密不透光，这里是刘记典当行的中转库房。田如玉、焦菊香、田文斌、龚敏生等人都聚集在一起。专程从上海赶回长沙的龚敏生神情凝重地道："赛诸葛同志的牺牲，使我们和中共湖南省工委的联系中断，给我们后续工作带来了很大的困难。我们这次的任务，是由中共社会工作部直接联系，直属上海工作站领导，现在决定由田如玉同志接替赛诸葛的职务，田文斌配合其工作。"

龚敏生传达完社会工作部上海工作站的指示后，站起身来面容严肃地道："告诉大家一个情况，由于叛徒告密，导致我

第二十一章 换针谱

们一个秘密联络站被破坏。上海工作站指示我们,两天后将有一个特别行动小组到达长沙,直属中央社会工作部指挥。中共长沙特别支部接受中央特别行动小组领导……"

龚敏生的话还没说完,猛然听到一阵敲门声。龚敏生从楼上向下望去,见是曾纪生,便示意田文斌到楼下开门。此时田如玉抢先下楼将曾纪生迎住,热情地道:"来得早不如来得巧,今天龚老板刚从上海归来,请我们大家品茶。"

焦菊香在楼上见着曾纪生显得很不自在。田如玉解围似的道:"菊香一直想学做生意,龚老板经常跑上海,见过大世面,我带她来认识一下。"

曾纪生心里揣着明白装糊涂,向在场的每一位扫了一眼:"既然你们是在磋商生意,我就不打扰了。"

龚敏生不明曾纪生的来意,现在见他转身欲走,故意装作几分不高兴的样子,试探性问道:"既然来了,为何不坐一坐?"

"我坐在这里,你还能安心传授生意吗?像我们这样老家伙,只有知趣一点才不会让年轻人讨嫌。"曾纪生有意地拍了拍田文斌的肩膀。

"老板,我送您回去吧!"田文斌机灵地站起来,欲将曾纪生带回去。

曾纪生连忙摆手:"我自己走。你们是吃寿面还是学做生意,想干什么就干什么吧。不过,你们的门窗关闭得太严,反而容易引起陌生人的怀疑。"

曾纪生最后一句话,说得所有人都面面相觑。

"您怎么知道我们在这里?"一直闷头没有作声的焦菊香

终于忍不住说话了。

"不仅仅是今天,早几天我在铜官就知道你和田文斌到过这里。"曾纪生的脸上露出有点诡秘的自信。众人的惊疑难以名状。

龚敏生坦然一笑,顺着话意道:"曾老板真是个明白人。他们年轻人如此钻研生意,还不是为了传承曾老爷'耕读持家,艺传天下'的家风,我们都应该义不容辞地支持啊!"

曾纪生双手一摆:"你们的事我不反对,我只是过来告诉你们一声,锦文丽的谭旭阳刚才被抓走了,现在坡子街已经戒严。"

田如玉望着曾纪生离去的背影焦急地站起来:"刘记典当行有危险,那里的电台必须马上转移。"

"往哪里转移?现在坡子街戒严,整个长沙都不安全。"田文斌担忧地望着田如玉。

"我也在考虑这个问题。我认为曾老板是一个可以依靠的对象,电台如果暂时转移到芙蓉坊商号,可能更安全。"田如玉说完期待地望着焦菊香。

龚敏生连忙摇头拒绝:"我认为不妥。目前社会上的风声这么紧,焦菊香也是组织里面的人,如果现在我们搬到芙蓉坊商号……万一电台出事,都会牵扯进去。"

田如玉想了想道:"既然这样,我认为将电台撤往铜官安全相对有保障,那里是我党在长沙革命活动最活跃的地方,群众基础好。我再思考一下具体细节。"

"时间刻不容缓,每耽误一分钟就多一分危险。田文斌立

第二十一章 换针谱

即赶往刘记典当行,将谭旭阳被捕的消息报告上海工作站,然后立即带电台从后门出来,先转往万华绣庄。田如玉去典当行拿回云空师太放在王掌柜那的《针谱》。"龚敏生说完立即宣布散会。

曾纪生从万华绣庄出来,心里空落落地不想回商号,绣庄四个人,除了儿子,其余三人都参加了这种随时可能被抓的秘密集会。他走进新开张的一个酒店"田之缘",一个人喝着闷酒。

警局带队巡逻的王夫强到酒楼巡查,见曾纪生后喊道:"曾老爷好雅兴啊!"

曾纪生立即高兴地截住他:"你们当警察的也真辛苦,大伙是否过来喝一杯?"

王夫强双手一拱:"谢曾老板的体贴,今天有特殊公务,改天再奉陪。"

曾纪生坚持道:"喝杯酒也不会耽误你什么事。"

王夫强示意手下继续巡逻,自己则走了进去。

酒过三巡,曾纪生故意装作几分气愤的样子道:"听说锦文丽绣庄有两个伙计被当作嫌疑分子给抓走了。长沙的局面怎么变得如此风声鹤唳?动不动就抓人,这都成了什么世道?!"

"曾老板,这样的话您对我说说还可以,可千万别对外人讲呀。"王夫强犹豫了一下,压低了声音道,"您有所不知,近来局势紧张,共产党活动猖獗,警局接到情报,共产党从上海派了一个特别行动组,据说是要干桩大事,上峰指示'宁可错杀三千,不可放走一个',我们就是在巡查陌生人。"

曾纪生露出惊愕之色:"时局有这么糟糕吗?"

王夫强没有马上回话，而是四下扫视了一眼后，才压低了声音道："听说眼下南京已经被共军占领了，武汉防线怕也是守不住了，国军节节败退，战场形势非常糟糕。湖南形势复杂，我也说不清楚。听上司说，过段时间，会有多支部队开进长沙加强警戒，现在是全城军宪、警察齐动，追查共产党。"

"唉！"曾纪生叹口气道，"实不相瞒，住在客栈的广涛也是这么说的。"

王夫强端起酒杯，一口干了，晃着手中的空酒杯道："你们父子难得团聚，他为什么来不陪您喝一杯？"

"唉！他要与长沙部队谈什么防务，现在忙得很。我就是想儿子才住到城里来的。这个长沙乱糟糟的，哪有乡下安静啊！"

王夫强主动给曾纪生添满酒："现在抓共产党都抓疯了，有几个是真的，谁也说不清。"

两人仗着几分酒兴，心里怎么想就怎么说。说来说去，说到最后，两人的话题自然归结到了如何选择出路的问题上。曾纪生言语有分寸，王夫强也是心有灵犀，只是大家都没有把话挑明。

王夫强告辞时，曾纪生诚恳地道："我知道贤侄也是身不由己。在党国，我家老二好歹也是一个上校，在铜官老伯也认识几个穷兄弟，贤侄也不必过分担忧，俗话说，车到山前必有路……"

曾纪生边说边从腰兜里掏出十块大洋，送给王夫强："你和我家老二一样，都是一心为党国干事，没有什么积蓄，今后如有需要用钱的地方尽管来找我。"

王夫强听出了曾纪生的弦外之音，会意地道："多谢关照！

第二十一章 换针谱

老伯今后有用得着我的地方,尽管吩咐。"

王夫强刚走出街口,看见几名便衣警察缠住焦菊香令其无法脱身。王夫强见状把便衣警察叫了过来,指着焦菊香道:"你们认识她吗?这是芙蓉坊商号焦大掌柜,18军警卫上校曾团长的弟媳,德高望重的曾老爷的儿媳妇,她怎么会是共产党?别瞎猜测了!"

"队长……"一名便衣警察还想说什么。

"啰唆什么!"王夫强拉下了脸,"赶快去原地守点,要是放跑了真正的共产党联络员唯你是问!"

官大一级压死人。盯梢的便衣警察不敢与上司争辩,只能赶紧转身跑进鱼塘街寿服店的街角处守候。

焦菊香感激地向王夫强点了点头,悄悄地塞给随后赶过来的李副队长两块大洋:"长官辛苦了,一点小意思。"

李副队长刚接过大洋,便被王夫强从手中一把抢走,塞回焦菊香手中:"焦掌柜,你这样做会给别人造成误会的,快回商号吧。"

焦菊香感到有些意外,是嫌少还是另有原因?她没有去问,转身便走了。

同样感到意外的李副队长,被王夫强拉到一旁训斥道:"你怎么一个杂木脑袋不开窍?现在是什么世道,多做一件好事,就是给自己多留一条出路。你怎么连这都不懂?收她两块大洋,就堵了自己的一条后路。"

李副队长还想说什么,王夫强摆了摆手,将声音压低了道:"她如果真是共产党,你收了她的钱,上峰追究起来,你能说得清吗，不枪毙你才怪呢。我们如果没收钱，就算出了乱子，我们只知道她是18军曾团长的弟媳妇，责任由曾广涛去负。这都不懂，蠢蛋！"

李副队长听后，半晌似乎才转过弯来，明白了似的点了点头。

焦菊香不知为什么今天晚上军警的盘查异于往常，盘查如此之严，心里不禁为田文斌与田如玉的转移电台捏把汗。她越想越对他们的安危放心不下，走到了芙蓉坊商号门前的她，转头向刘记典当行走去。焦菊香刚走至太平街与坡子街交汇的马路口，便见几部汽车和一辆警车横停在街口，堵住了围在周边观看的群众。

焦菊香斜穿臬后街拐进下河街内。此时刘记典当行已被看热闹的人围得水泄不通。焦菊香踮着脚竭力往街内张望着。忽然前面人群涌动，有人在高声叫喊："出来啦！出来啦！"

焦菊香奋力挤到人群前，看到宪兵队一个头目，正领着七八名宪兵，押着田如玉从典当行的大门内走了出来。瞧着眼前的场景，焦菊香脸色有些泛白，她认识这个宪兵头目，正是宪兵队特勤组组长宋建勋。

田如玉昂首从焦菊香身旁走过，她显然看到了焦菊香，但眼光并没有在她身上停留。焦菊香心里如刀绞，却不敢在脸上表露出来。

田如玉被押上警车带走了，身后是贴在铺门上的封条。街上的人群正围在店铺前议论着，表情虽然愤怒，声音却是很小。

这时，一只手搭上了焦菊香的肩头。她有点慌乱地回过头来，发现站在自己身后的是天成庵的张九妹，刚想说话，张九妹向

第二十一章　换针谱

她做了一个手势："跟我来！"随后领着焦菊香离开了八角亭。

来到人少的地方，焦菊香刚要问话，张九妹轻声道："云空师太要我转告你，必须立即将你手中那本《针谱》送给万华龚掌柜，让他换回宪兵特勤组从刘记典当行缴获的那本芙蓉坊针谱。"

焦菊香将所有的疑问并成一句话："云空师太回长沙了吗？"

"师太昨日刚回天成庵，船在路上耽误了两个时辰，所以我晚来了一步。田掌柜能否平安回来，就要看这针谱了。"张九妹说完，转身离去。

焦菊香并不知道云空师太的真实身份，不觉心中生疑。云空师太怎么知道田如玉出事了？张九妹怎么会突然在此现身？会不会是她们出卖了谭旭阳，谭旭阳又出卖了刘记典当行？

焦菊香知道刘记典当行是地下党一个秘密联络站。但她不明白为什么只要从宪兵队换回刘记典当行被搜去的那本针谱，田如玉就能转危为安。

《针谱》实际就是一本辅导绣工刺绣针法的技艺书，它怎么会影响田如玉的安危？散会时她还好好的，怎么到刘记典当行时就被抓了？焦菊香心中的疑问一个接一个。

原来田如玉离开万华绣庄后，赶到刘记典当行，谭旭阳被捕的电文还没来得及拍发，宪兵队就封锁了大门。为了掩护田文斌带电台从后门转移，田如玉只能挺身而出，吸引住宪兵队搜捕人员的注意力，掩护电台的安全转移。

在宪兵队特设的阴森审讯室里。宪兵特勤组长宋建勋眯起眼，冷声向田如玉发问："你叫什么名字？"

田如玉冷冷地反问道："你连我的名字都不知道，凭什么抓我？"

"你别以为我不知道你的底细，你就是当年靖港宏泰坊的当家——田如玉。"宋建勋故作风雅，把歌妓称为"当家"，以示博学多才。

"我是天然阁绣庄的掌柜田如玉，不是你说的什么当家？"田如玉针锋相对。

"你是不见棺材不掉泪呀。"宋建勋冷笑着道，"据我们掌握的情报，你是中共地下电台译报员，正在执行一项代号为'蓝牡丹'的特别行动计划。"

田如玉不动声色地道："你说的'蓝牡丹'，在我们绣庄的产品中，比比皆是，还有'红牡丹'、'黑牡丹'、'白牡丹'，可从来没有什么'特别行动'这么一说。"

宋建勋不屑与她在湘绣产品名称上纠缠，抓住当年的历史不放，试图突破田如玉的心理防线："当年你在'宏泰坊'干得有滋有味，为什么要'从良'？"

田如玉冷哼一声道："谁不知道，我田如玉当年是靠技艺吃饭，无所谓'从良'不'从良'。"

宋建勋一计不成又施一计，追问道："你曾经在天成庵出家，怎么会投奔了共产党？"

田如玉淡淡地道："本人在天成庵修行念经，传播女红，这也算投奔共产党？"

宋建勋紧逼一句："你在天然阁绣庄当掌柜，跑到上海干

第二十一章 换针谱

什么？"

田如玉沉静地道："针线持家，绣传天下。天然阁绣庄原本在上海开有分号，做生意跑几次上海，有什么奇怪的？"

宋建勋有些不耐烦了，桌子一拍，声色俱厉地道："你到底是受了谁的指示？"

田如玉目芒一闪："是曾家老爷子的训示。"

"曾家老爷子也是共产党？"宋建勋喜形于色，认为终于得到了一条重大线索。

田如玉嘲弄地道："你问我，我又去问谁？据我所知，曾老爷子去世时国民党都尚未成立，又哪来的共产党？"

宋建勋脸色变得铁青，沉声道："有人举报刘记典当行是共产党的秘密情报站，你们芙蓉坊的《针谱》放在典当行你不觉得让人可疑吗？如果我没猜错，它一定是电台的密码本。"

田如玉肃起面容道："这是你的职业病，我只知道那是记载着七十二种针法的一本《针谱》。"

另一个宪兵头目被田如玉的顽固不化态度激怒："死到临头还嘴硬，给我押下去，狠狠地打。"

离开了审讯室回到办公室，宋建勋思忖了一会儿后，对跟来的宪兵头目道："刘记典当行是共党的联络站，我们侦测到电波就进了典当行，为什么没发现电台？"

"可能是我们搜捕时一时疏忽，让电台转移了。"

"一个女人深更半夜到典当行干什么？那电台很有可能转到了芙蓉坊商号，油铺街地处偏僻，交通方便，便于隐蔽，说不定曾纪生就是幕后的一条大鱼。"

宪兵头目心领神会地道:"组长是否还想查抄芙蓉坊商号?"

宋建勋搓搓手,阴鸷地道:"我不仅要查抄芙蓉坊商号,还想要抄他们铜官的老巢。"

宪兵头目凑近宋建勋耳边,低声说了几句话。宋建勋扬起手高声下令道:"走!去芙蓉坊商号!"

芙蓉坊商号内堂里,曾纪生正在翻阅那搁在桌上的《芙蓉坊刺绣针谱》。

前堂大门被敲得咚咚作响。曾广智刚拉开门闩,一群气势汹汹的宪兵特务便闯了进来。

"你们要干什么?"田文斌企图拦住闯进来的宪兵,但被粗暴地推开,险些摔倒在地。

曾广智上前,愤愤地道:"我们是合法的商号,你们凭什么擅自闯入?"

宋建勋走上来,扬着手道:"你就是曾广智吧?有人早就密告芙蓉坊商号私通共匪,我们要搜查。"

"你说我们商号私通共匪,有何证据?"

宋建勋根本不理会曾广智,将手一挥:"给我搜,仔细地搜!"

接到命令的宪兵,不顾田文斌和店伙计的阻拦,凶狠狠地冲到内堂门口,正要推门而进。突然,冲在头里的两名宪兵,踉跄地倒退了两步,险些将后面跟进的宪兵撞倒。

内堂门口出现了撑着拐杖,挺身而立的曾纪生,身旁站着目露凌芒的谢长庚。

宋建勋惊愕了一下后,踏步上前问道:"你是谁?"他不

第二十一章 换针谱

认识曾纪生，但从他那不怒而威的神态，估计这人十有八九就是曾家的掌舵人曾纪生。

曾纪生铁青着脸道："这是敝人的商号，你们凭什么到这里撒野。"闯荡江湖多年，他自然懂得如何应对这种场面，"当年就是湖南抚台陈宝箴、省主席何键见了敝人，也要客气三分。你们先回去吧，有什么事让警察局刘局长来找我。"

宋建勋也算是一名老牌军统，自然不会被曾纪生的"气势"所吓倒。他早就注意到这芙蓉坊商号有些神神秘秘的，早就想来探探底。今天刘记典当行犯科，搜出了田如玉的针谱，而田如玉来自芙蓉坊商号，如果在芙蓉坊商号查到了电台，谁还会怕曾家大屋的这根老朽木？

曾纪生得知田如玉被抓，不禁更加愤怒。他"咚"地从椅子上蹦起来："刘记典当行出事，你们凭什么抓田如玉？"

"给我搜！"宋建勋没有理会曾纪生的话，再次发出命令，并挥动手中的枪带着几名宪兵，冲进了内堂。

谢长庚没再上前阻拦。他已经看出这帮宪兵是经过了特殊训练的特工，他赤手空拳根本无法与他们交手，更何况他身旁还站着个曾纪生。谢长庚无奈之下，只得护着曾纪生让到了一旁。

宋建勋率人强行闯入内堂后，立即展开了搜索，凡是能藏人和东西的地方都搜了个遍，但既没有搜到焦菊香，也没有搜到电台。恼羞成怒的宋建勋退回到前堂，下令宪兵将商号里所有的人，包括曾纪生在内全部带走。

"没有真凭实据，谁说带走商号的人？"随着说话声，王夫强和李副队长带着一队便衣警察，走进了前堂大门。

见警察局的人前来阻拦，自恃特殊身份的宋建勋，带着宪兵迎了上去："王队长，我说的。"

王夫强眯起眼道："你是谁？"宋建勋认识王夫强，可王夫强却不认识这位宪兵特勤组组长。

宋建勋冷哼一声，掏出军统签发的宪兵特别通行证，在王夫强面前一晃，自报家门："宪兵特勤组组长宋建勋。"

王夫强的心猛地一沉，这可是遇上难缠的人了，但他更清楚芙蓉坊商号与自己的利益关系，所谓扯出葫芦带出蔓，芙蓉坊商号如果牵涉进党国要案，那么自己也脱不了干系。

王夫强指着被特务押到了大堂中的曾纪生道："宋队长，你知道他是谁吗？"

宋建勋冷哼一声道："王队长别给我戴高帽，本人不是什么队长，只是一个组长而已。"

王夫强跟着哼了一声道："那么，宋组长可否知道，曾老板的二儿子曾广涛，可是国军王牌军18军的警卫团团长，你说他老爷子通匪，那曾团长又是通谁呢？"

这话要是说在前头，宋建勋可能还会礼让三分，可现在商号已被他搜了，人也抓了，此时让步，岂不会被人看扁了？如果曾纪生真有这么个儿子，刚才怎会不说？何况现在这位曾团长还不知在哪里，先抓了人再说，眼前这个面子是无论如何不能丢给眼前这个小小的警察队长。短短的时间，宋建勋的心思已是转了几个圈。他拿定主意后，懒得与王夫强啰唆，强硬地下令将人带回宪兵总部。

王夫强没想到表明了身份后，宋建勋居然不给面子。他知

第二十一章 换针谱

道宪兵队是个什么地方，当然不肯让宋建勋将人带走，于是向李副队长丢了个眼色，让他赶快去请求增援，自己则带着便衣警察堵住了大门。

宋建勋也非等闲之辈，奸笑几声道："王队长这是想要阻止我特勤组执行任务吗？"

王夫强稍稍顿了一下道："芙蓉坊商号是地方警局布控的地盘，即使出了共产党分子，也该先带回警察局去，作个登记才对。"到了此时，他也只好退其次而求之，决定先将人带到警局再说。

这时，曾纪生突然发话："本商号被人陷害，敝人愿意去警察局查明此事，以还本商号一个清白。"

王夫强没料到曾纪生居然会主动提出要去警察局讨还清白，他心里有数，这个清白怎么讨得清？突然，他的脑瓜子灵光一闪，似乎悟出了曾纪生的话意，便就梯子上台阶道："宋组长说怎么办？是先由我带回警局，查清此事，给宋组长一个交代，还是在此就地解决问题？"

眼见带人去宪兵队之事顺理成章，没料想曾纪生的一句话又起风波。宋建勋不由得举起了手中的枪，强硬地道："人是我宪兵队抓的，审讯只能到宪兵总部。"

"宋组长抓人得有证据，像曾老爷这样德高望重，儿子还是党国军官，说他是共产党，没有真凭实据，恐怕是抓人容易，放人难啊。"王夫强忠告着一意孤行的宋建勋。

宋建勋和王夫强正在僵持不下之际，一支宪兵巡逻队路过油铺街。骄横惯了的宪兵队长知道情况后，不管三七二十一，带着宪兵就要强行入店带人。王夫强也被宪兵队骄横的行为激怒，手枪一举，带着警察封住了商号大门。

　　一个小小的警察局便衣侦缉队队长，居然敢阻拦宪兵队抓人，宪兵队长哪里咽得下这口气！他怒喝一声，手一挥，持着卡宾枪的宪兵便冲向了大门。与此同时，巡逻队的两辆摩托也开进街口，黑黝黝的枪口对准了堵在商号大门口的警察。见到这种架势，站在大门前的警察，纷纷往两边退让……

　　眼看巡逻队宪兵就要冲进店门之际，油铺街街口风驰电掣般驶来了三辆军用大卡车。大卡车停后，篷布一掀，一群荷枪实弹的士兵利索地跳下车来，咚咚地在商号大门前排开。

　　曾广涛领着几个警卫团士兵走到大门前，二话没说，一上来就以迅雷不及掩耳之势，卸下了宪兵队长手中的枪，同时随后跟上的二十多名警卫团士兵呈扇形展开，将手中清一色的汤姆式冲锋枪对准了宪兵巡逻队，另有两名警卫平端着两挺轻机枪，对准宪兵巡逻队的军用摩托车。顿时，油铺街充满了冷森的杀气。

　　曾广涛带来的警卫团士兵，以猛虎洗脸的迅速行动，给宪兵巡逻队来了一个下马威，把骄横的宪兵队长吓蒙了。这是些什么军人？为何装备如此精良，训练如此有素？宪兵队长正在猜想时，巷口老远就听到警察局刘局长惶恐的尖叫声："不要动手！……都是自己人！"

　　在场的宪兵得知曾广涛的真实身份后，谁还敢招惹眼前这群从枪林弹雨中闯出来的士兵？这是一群敢与阎王爷称兄道弟的汉子！习惯于施冷箭、打黑枪的宪兵，自是不敢与这群汉子

第二十一章　换针谱

作对。宪兵队长立马换了口气，转而厉声叱问宋建勋道："这是怎么回事？"

宋建勋虽是老牌军统，可从没上过真正的战场，哪见过这等架势，早就两腿发软，心里发慌，话也有点不囫囵了："我们在刘记典当行搜查出了中共地下党的密电码，正在追查他们转移的地下电台，没想到……"

没等宋建勋把话说完，焦菊香从警卫团士兵身后走了出来，尖声嚷道："密电码？哪来的密电码！你们搜去的是我曾家大屋的一本祖传绣花针谱，怎么到你宋组长手里就成了密电码了？"

宋建勋争辩道："这针谱分明就是本密电码。"

曾广涛冷冷地道："你凭什么说针谱是密电码？你拿出来让刘局长鉴别一下，不就真相大白啦。"

宋建勋看了宪兵队长一眼，见队长眼睛里也充满怀疑的目光，只得硬着头皮示意宪兵队小头目把证据送过来。

刘局长见状忙道："误会，一定是误会！请各位进去休息一会儿，有话好说。"

刘局长一边劝说着，一边把曾广涛和宪兵队长"请进"了商号大堂。

进到店堂，曾广涛见过父亲和曾广智后，才得知宋建勋带宪兵强行闯店、搜查、抓人，在王夫强说明曾广涛身份后，仍然执意要将他们抓去宪兵总部。曾广涛气得敲打着桌子道："你们宪兵特勤组，简直就是指鹿为马！我不知道在你们眼里还没有'王法'二字？"

芙蓉坊密码

宪兵队长坐在一旁，一声不吭。刘局长不停地解释着"误会"。倒是曾纪生沉得住气，叫过焦菊香倒了几杯茶送上来，让大家边喝茶，边等着宋建勋送证据过来，他要当场证明，这确实是场"误会"。

没多久，宋建勋和王夫强走了进来。宋建勋将搜查到的证据——《芙蓉坊针谱》密电码本，摆在了桌子上。

曾纪生看到桌上标写有"刺绣针谱"字样的密电码本时，心中咯噔一跳！这本《针谱》外表确实和自家的针谱一模一样。它怎么会是密电码呢？他想起焦菊香说的，只要想法能换回被军统搜去的针谱，田如玉就能转危为安。他已明白了事情的真相。这本针谱里面必有蹊跷。

曾广涛走到桌旁，拿起针谱书，翻了几下，迅速判断着此事的利害得失。这可是事关国共两党的政治案件，一旦案子坐实，那就是曾氏家族和绣庄人员生死存亡的大事。作为曾家的二儿子，不管这是绣花针谱，还是密电码本，他都必须要将宪兵队钉在田如玉头上的"共嫌"这颗钉子拔出来，否则后果不堪设想。心念至此，他晃着手中的这本针谱书，盯视着宋建勋厉声喝问道："这就是你说的证据？"

宋建勋点点头："是的，这就是证据。"

"这本书怎么看，都是一本绣花针谱呀。"曾广涛上下端详了一番后，转头招呼道："爸，您过来确认一下。"

曾纪生拿过《针谱》，翻来覆去瞧了半晌，上面只是些湘绣针法的介绍：松毛针、滚针、齐边针、掺针、直针、平游针、离缝针、施针、隐格针……在他几十年经销湘绣的生涯中，这

第二十一章 换针谱

都是刺绣湘绣的常用针法，与他以前偶尔翻翻的家传针谱书并无二样。如果一本普通的民间针法也能成为密电码，那可就是大笑话了。他满脸冤屈地道："这分明是我家的针谱，你瞧这掺针介绍，还有齐毛针、花游针等针法的开针、收线……注意事项，这怎么会是什么密电码本呢？宋组长，你可不能血口喷人呀！"

听到曾纪生的解释，宪兵队长的脸马上拉了下来，正准备发作一番，宋建勋赶忙凑近前低声道："密码专家今天下午就会到长沙，这《针谱》是不是密电码，下午就能见分晓。"

宪兵队长清楚宋建勋的军统真实身份，见他这么一说，心里也有点担心放走了共产党，便没再发话。

一旁的曾广涛相信父亲的眼光，绝不会看错家传《针谱》，便完全放下心来。他见宋建勋还在咬定针谱就是密电码，不禁勃然大怒，霍地站起身，冲着宋建勋就是一个耳光："妈的！老子前线浴血奋战，你就凭他妈的一本《针谱》，捏造个证据，冒功领赏，还敢随意打家劫舍，栽赃抓人，简直是欺人太甚！老子就等到今天下午，密码专家如果解不开这本针谱密电码，到时就是你的死期！"

曾广涛掏出手枪，顶住宋建勋的太阳穴，把他逼到了墙角。

"曾团长！别……动火，大家都是为了党国……"刘局长见状，连忙起身上前劝说。

宪兵队长和两名宪兵想要上前劝阻，被拥上来的几名警卫团士兵拦住，王夫强也跑过来，忙着为双方劝解。混乱之中，曾纪生随手将那本密电码本递给焦菊香，一手拉着曾广涛，一手拉着宋建勋，劝说道："算了，算了。宋组长既然说今天下午有密码专家来长沙，那就等明天通过他们验证一下，不就什么事情都没有啦？"

焦菊香接过密电码本后，不觉大吃一惊，她也被弄糊涂了，这不就是自己在两个时辰前送到万华绣庄的那本《针谱》吗？是谁将刘记典当行那本《针谱》换走了？焦菊香大大方方地将《针谱》递给王夫强："为了确保我们绣庄不被宋组长误会，我想还是让宋组长的宪兵队去检测后，还我们绣庄一个清白。"

曾广涛被父亲劝回到座位上后，对曾纪生道："爸，我曾家的针谱，怎么会落到他们宪兵队手中？"

宋建勋仍似不服气地道："这是我们在共产党秘密联络站刘记典当行里搜到的。"

曾纪生不禁反问道："田如玉为了鉴别购买绣品的年份和针法，随身带着《针谱》去核对绣品鉴定，怎么到了你的手里，就成了共产党的密电码了呢？刘局长，这一定是有人在故意陷害曾家大屋……"

曾广涛见到父亲捶胸顿足委屈的样子，强忍着耐性："刘局长，为了对党国负责，请你将《针谱》封存起来，放在警局机要室里，等候下午专家的检验。"

"这样最好，宪兵队也派人同去警局，免得双方又生误会。曾老板，您觉得这样行吗？"

曾纪生看了宋建勋一眼："刘局长说得在理。只是如果检验出来确实是我家《针谱》，宪兵队抓去的田掌柜什么时候能放出来？"

第二十一章　换针谱

曾广涛转脸看着一直没有说话的宪兵队长。

宪兵队长要维护自己的脸面，反问道："如果《针谱》真是密电码本，曾团长，你说怎么办？"

曾广涛毫不犹豫地道："《针谱》如果是密电码，人由我送过来。任凭你们宪兵队处置。"

刘局长命令王夫强取来一个小铁盒，将《针谱》放入盒中锁上锁，然后交叉贴上两道封条，在宪兵和警卫团士兵的护送下，送到了警察局的机要室。

当天下午，情报处的破译专家来到长沙后连夜进行检查，检查的结果不言而喻。宪兵特务队缴获的所谓密电码本，实际上是一本如假包换的民间湘绣《针谱》。

风波虽然过去，但宋建勋对田如玉的怀疑心并没解除。

为了防止后患，曾广涛归队前，特意带人去了趟警局，委托刘局长查清，究竟是谁在告密陷害芙蓉坊商号，希望刘局长尽快给他父亲一个交代。

三天后，王夫强将几封告密信偷偷地拿了出来，"借"给了曾纪生。曾纪生将这些信又"借"给了田如玉。

龚敏生在几封告密信中查到一封从上海转来的密函抄件，引起了他的高度警惕。函中说明："近日上海工作站派出独立行动组，5月4日随同携带电台和特编密码到长沙绣庄会合执行'一号任务'。联络地点是刘记典当。"

"这一号任务是什么，它又是由谁在执行？函中所指的绣庄是哪一家？连我们都不知道的事，谁会了解得如此详细？"田如玉吃惊得睁大了眼睛道。

第二十二章
绣国礼

一九四九年五月，中国人民解放军自占领南京后，马不停蹄挥师南下。驻守武汉的华中"剿匪总司令部"总司令白崇禧见势不妙，率军进入长沙，准备借道湖南退守广西。此时的长沙陷入空前混乱。和平解放湖南的呼声在中共内部越来越强，鉴于国民党桂系军阀的钳制，长沙不敢轻举妄动。是战是和？对立的双方陷入胶着。此时中共中央决定社会工作部派出一个独立行动组到长沙，执行一项鲜为人知的特殊任务。

第二十二章 绣国礼

自从刘记典当行遭到破坏后,特别行动组只得暂时停止一切活动。负责这一行动的领导者云空师太在长沙开福寺住下后,思索着地下党秘密联络站遭破坏一事,好一阵后,对张九妹缓缓地道:"问题一定出在上海,我们明天先回天成庵,一定要将真相查个水落石出。否则后患无穷。"

龚敏生得知云空师太已回长沙,他带着从警察局私下拿出来的信件,找到了田如玉叮嘱道:"你将这些信件转给云空师太,看看她们的渠道能不能从上海方面发现叛徒的蛛丝马迹。"

告密原件转回上海后,根据告密信上的笔迹,上海方面终于查出那名隐藏在中共中央社会工作部上海工作站里的内奸,竟是准备派往湖南策划长沙和平解放特别行动组的联络员。

上海工作站内奸被秘密清除后,国民党失去了一个安插在中共内部的重要耳目。为防不测事件的发生,华中"剿匪"总司令白崇禧,在由武汉总部撤退南方防线时,特意率兵进入长沙城,欲软禁有异心的湖南省省主席程潜,不料程潜偃旗息鼓,凡事都让长沙警备司令陈明仁出面,竟使得白崇禧无从下手。

白崇禧驻兵长沙城的这些天,长沙城里的军警、宪兵更加活跃起来,四处疯狂搜捕共产党分子,闹得满城风雨,人心惶惶。长沙城的生意铺面,除了市民日常生活必用品生意外,其他的铺面都落板关门。

在白崇禧率兵进入长沙城之前,1949年5月7日,中共中央社会工作部派出以上海城隍庙布庄掌柜周乐安为首的特别行动组,以做湘绣生意作掩护前往长沙,执行中共中央社会部交下的一项特殊任务。他们潜伏到铜官西湖寺,建立了一个秘密地下电台，又与长沙的龚敏生、田如玉、张九妹、田文斌等人，组成了长沙特别支部，统一归云空师太指挥。为了保证这一秘密任务的顺利执行，龚敏生安排田文斌组织了一支小型武装部队，担负特别行动组的保卫和与外界的联络工作。

特别行动组被安排到铜官西湖寺一个国民党师长的老家。周乐安审视了一下周边环境，他发现西湖寺地域空旷，往来人员稀少，人员流动过多极易引起当地人的注意。更为严重的是，西湖寺没有电力，担负外界采买的田文斌只能扮成铜官芙蓉坊绣庄的"挑箩"先生，每隔两天以送绣花的名义，挑着两个藏有电瓶的绣箩，到长沙地下联络站去充电，固定而频繁的来往也是一个极大的安全隐患。

周乐安嘱咐龚敏生："行动组为了确保电台二十四小时的畅通安全，中共中央社会部要求电台每天晚上必须按时开机一次，如果在规定时间联系不上，社会工作部便会自动关闭与特别行动组的联系，直至接到新的指示，才能恢复收、发报工作。"

铜官西湖寺，龚敏生召集了新组建的长沙特别支部会议，传达了中共中央社会部新下达的一号国礼秘密任务："此次中央在长沙成立特别行动组，主要是执行中央书记处任弼时书记的指示，在 8 月 30 日之前完成湘绣国礼的绣制。"

"湘绣国礼？"在熟悉湘绣绣制的田如玉的印象中，湘绣登过殿堂，进过皇宫，也曾被美利坚合众国罗斯福总统授予总统特别奖，近几十年来却是默默无闻，如今乍听得作为国礼，而且还是中共中央下达的命令，心情自是十分激动，迫不及待地问道，"绣什么？"

第二十二章 绣国礼

"暂时保密。"龚敏生也没有答案,因为刺绣的方案尚在云空师太那里,得等她回来才知道,他自然无法回答,只是继续安排任务道,"为了顺利完成中央的任务,我们必须要尽快找到一个更为隐蔽的工作地点,这个地方既要便于完成《一号国礼》的绣制,又要能确保秘密电台的安全。"

熟悉铜官地理环境的田如玉想了想,说道:"我有一个两全其美的地方,但这地方需要得到云空师太准许。"

龚敏生道:"你是说天成庵吗?云空师太在上海也说过这地方,不过我没有去考察过,是否比这里更安全,我心里也没底……"

"那里的安全绝对没问题,只是生活条件没有这位师长的老家好。"田如玉环顾着这座雕梁画栋的农家四合院道。

周乐安打断田如玉的话道:"既然我们现在没有更好的地方,那就直接上天成庵吧,安全比生活条件更重要。云空师太拿到《一号国礼》的照片后就会回铜官。"

田如玉知道凭照片还不能直接刺绣,必须要找一位画师将照片放大,绘画到贡缎上。这位画师既要政治上靠得住,又要画技高超。田如玉将湘绣界里画师在脑海里细细地筛选了一遍后,最终锁定了锦文丽绣庄的画师谭仁魁。

第二天,田如玉赶回长沙与云空师太会面,落实照片绘成画稿的问题。

云空师太把照片交给田如玉:"这是《一号国礼》的照片,是由中共中央毛泽东主席亲自圈定,照片的绘稿过程要求全程可控,不可走漏半点风声。"

芙蓉坊密码

锦文丽绣庄宽大的画室里，随着谭仁魁画笔的抖动，照片上一个不怒而威的外国伟人图像，栩栩如生地呈现在绣稿上。

为了防止画像绣稿泄密，田如玉派焦菊香找到锦文丽老板谭旭阳，以请求画师谭仁魁绘制国父《孙中山》图像之名，不时进出锦文丽绣庄谭仁魁的画室，防止真正的绣稿为外人窥探。就在绣稿进入扫尾之际，焦菊香突然匆忙来到谭仁魁画室，急切地问："画完了吗？"

谭仁魁凝住画笔道："还有半天的工夫。"

焦菊香斩钉截铁地道："不行！我现在就得将绣稿拿走，下午让田掌柜来与你结账。"

"为什么？"谭仁魁放下手中的画笔。

焦菊香压低了声道："绣庄外面有陌生人，为了以防万一……"

"不行啊，绣稿还没画完呢！要不，你下午来吧，我晚饭之前一定完稿。"谭仁魁仍坚持着道。

与此同时，长沙警备司令部宪兵队队长把宋建勋叫到办公室里，阴沉着脸道："警局有人传出，早几天有一个小偷偷了位贵小姐的首饰包，下车后发现包里什么首饰都没有，只有一个外国老头的军服像。后来那贵小姐在车站找到这名小偷，用两块光洋将那照片赎了回去。正巧早几天从情报处传来消息说，中共原准备在上海刺绣斯大林绣像，后因消息泄露受到追查，估计已转移到湖南，上峰分析，这可能是中共欲参与苏俄什么活动的一个动态。要求我们严查。"

宋建勋点点头道："我也得到线人汇报，近几天芙蓉坊商

第二十二章 绣国礼

号掌柜频繁进入锦文丽,而锦文丽绣庄的谭仁魁是杨世焯的真传弟子,特别擅长画人物画像,在长沙只有他才有将人物肖像画到软缎上的水平。"

"你现在立即带人到锦文丽突击检查,如发现斯大林画像。立即实施抓捕。"宪兵队长命令道。

自从针谱密码事件让宋建勋丢了脸面后,宋建勋一直对田如玉恨之入骨,总想找个报仇雪恨的机会。当天傍晚,他调集人马围住锦文丽绣庄。他要顺着这根藤,摸出背后田如玉这个瓜。

宋建勋刚走进锦文丽的大门,便见田如玉拎着口小皮箱从绣楼走下来。他旋风般的领着一群宪兵特务冲了上去,拦住了田如玉,干笑几声道:"田掌柜,别来无恙?"

见到来势汹汹的一群军警,田如玉不退反进,笑着道:"宋组长好!带这么多人到锦文丽绣庄来,是找谭老板喝茶?还是又要找密电码?"

遭到对方嘲笑,宋建勋脸色一下子变得异样难看,反唇相讥道:"你芙蓉坊商号的田大掌柜到锦文丽绣庄来,大概又是无事不三宝殿吧?"

"你还真猜对了,这不,我请谭老师画了几幅绣稿,贵组长是不是也想欣赏欣赏?"田如玉说着,主动将手中的小皮箱向上提了提,显示箱中绣稿的分量。

宋建勋懒得与田如玉多说,他手一挥,两名宪兵立即拥上来,田如玉身体一闪,捂着箱子道:"宋组长一定要检查的话,还是我来开箱吧。这是曾家二少爷订的画,损坏了绣稿,我可没法交代哟。"

芙蓉坊密码

  宋建勋努努嘴,让两名宪兵退后,自己亲自上前查看小皮箱里面装的是什么画稿。

  田如玉将箱中的四幅带轴山水画一一展开后,对凝视着空箱子底的宋建勋道:"我可以将绣稿放回箱子里了吗?"

  宋建勋没有回话,而是伸手在箱子四角摸了摸,又用手指在箱底四处敲了一敲,突然,他目光一闪,惊叫了一声:"这箱子有夹层!"

  宪兵闻声立即将田如玉围了个严严实实,仿佛如临大敌。田如玉故作惊讶地喊了出来:"哦!宋组长真不愧是高手,连这德国造的箱子夹层,也能敲一下就听出来了。佩服,佩服!"

  田如玉惊讶的神态,宋建勋看在眼里,他压抑不住心中的喜悦,尝试着动手打开夹层,却被田如玉一手压住:"曾老板外出携带有贵重的绣稿和绣品时,为了防止失盗和损坏,一般都会放在这箱子的夹层里。宋组长,您手轻一点,千万别把箱子弄坏了,这箱子里的画稿可是曾家那位上校二少爷为蒋总裁订绣的礼物哦!"

  宋建勋哪会理会田如玉的这一套?他皮笑肉不笑地道:"是吗?如果这里面搜出了违禁品,你就是搬出天王老子来,蒋总裁也不会来救你。"

  宋建勋好不容易打开了夹层,露出一幅绣稿的反面,他如获至宝颇有几分得意地将绣稿拿了出来:"田掌柜,如果我没猜错的话,这应该是一幅大人物像。"

  "宋组长不愧为神算子!没错,这还真的是一个大人物。"田如玉流露出讥讽的神色。

第二十二章 绣国礼

在众人的注视下，宋建勋一把打开了绣稿，仔细一瞧，顿时变得呆若木鸡。这哪是共产党崇拜的斯大林绣稿，不分明是蒋委员长所尊称的"国父像"吗！怎么会这样？

田如玉的声音在他耳边响起："宋组长，你看完了吗？认不认识这位大人物啊。"

宋建勋脸色变得铁青，一种被田如玉玩弄于股掌之间的羞耻感涌上心头。他气得两颊青筋凸起，瞪圆着双眼，正准备下令全面搜查锦文丽绣庄，这时门外传来一阵嘈杂的叫喊声，王夫强带着一队警察走进了大堂。

一见王夫强的到来，宋建勋知道又来了一个看热闹的人，不由得恼羞成怒地质问道："王队长，你们来干什么？"

王夫强眯起眼笑道："锦文丽绣庄是我警察局的管区，听说宋组长过来抓共产党分子，我就领着弟兄们过来帮忙了。特勤组对绣庄的情况不熟悉，要是抓错了人，多没面子呀。"

宋建勋上次在"针谱密电码"案件中败北后，王夫强见到时局一日三变，心里便有点不将宋建勋这个小小的宪兵特勤组组长放在眼里了。他接到焦菊香的"请求"后，便立即带队来到了锦文丽绣庄执行"公务"。

宋建勋原想借机将锦文丽绣庄上上下下搜个遍，不信就搜不出嫌疑物，然后再向田如玉发难，如今却被王夫强带着警察前来搅局，他不由得眉头一皱："你们想怎么样？"

王夫强抢过话道："宋组长，你带的人手不多，我已经下令要警察将绣庄前后门都守住了，你们只管放心搜。我还是那句话，特勤组对绣庄的情况不熟悉，我们也是执行公务。"

芙蓉坊密码

眼瞧着王夫强带了一大帮荷枪实弹的警察前来，宋建勋知道眼前的场面不会有什么收获了。他手一挥："我们走！"

宋建勋领着宪兵特务队刚走，焦菊香便随后来到了绣庄。

田如玉收起小皮箱凑到焦菊香耳边道："绣稿刚才已经被杨晓萍从后门取走了，我留在绣庄吸引宪兵特务的注意，你从芙蓉坊商号拿到画稿后，立即赶回铜官天成庵组织刺绣……"

"没问题！"焦菊香自信满满地回答道。

"你可别这么轻松。"田如玉加重了语气，"据云空师太说，这是中共中央书记处任弼时书记亲自布置的任务。任弼时书记要求礼品既要珍贵，又要蕴含深厚意义；既要有中国传统特色，又要显得'刻意为之'。周恩来认为，毛泽东主席和刘少奇主席都是湖南人，湘绣是中国四大名绣之一，建议到湖南绣一幅斯大林画像作为'一号礼品'，以让斯大林元帅有一种亲切感。周恩来圈定的国礼，你觉得重不重要呢？"

焦菊香脸色严峻了。

田如玉进一步解释道："现在湖南还在国民党政府掌控之中，虽然程潜主席与陈明仁将军有和平起义之心，但外有桂系军队的挟制，内有国民党宪兵特务的监视，我们这个任务不可能公开执行，所以周特派员才会冒险来长沙。"

离开锦文丽绣庄后，宋建勋回到了宪兵特勤组办公室，向宪兵小头目下令："油铺街63号是田如玉在长沙的老窝，你带几个小弟兄给我盯紧了，日夜盯着，遇到陌生人就给我带回宪兵队，我不相信那绣像能飞出长沙。"

近段时期来，长沙城的芙蓉坊商号、天然阁绣庄已无生意可做，曾纪生不得不返回铜官老家。他虽然人在曾家大屋居住，但社会上的消息还是十分灵通的。不久后，他便听说了在锦文丽绣庄发生的事，还有田如玉回到了铜官的消息，只是他感到纳闷的是，三天过去了，怎么不见田如玉到曾家大屋露面，这可有点不合常理啦！

对于曾家大屋外面的事，年纪大了的曾纪生，本来已决定不再管了，而且他也知道到了自己这个年纪，就是想管也心有余而力不足了，但田如玉的事他却得管。在他的内心深处，总觉得自己这辈子欠了田如玉的情，她的平安与否总扣着他的心弦，让他不能不理睬。他让人将谢长庚叫了过来，低声吩咐道："带我去天成庵看看。"

漂浮不定的云空师太，虽然很少回天成庵，但年事已高的汪三娭毑，仍然每天把天成庵内有些破落的堂院，打扫得干干净净的。道缘堂内端坐着十几个坚持下来的绣娘，正在默无声息地低头绣化。

曾纪生走进道缘堂，一眼扫过去，并不见田如玉。谢长庚紧走几步，领着曾纪生穿过道缘堂的走廊，撩开了旁边一间存放着香烛房的门帘。曾纪生在香烛房里，仍然没有看到田如玉，但他却发现焦菊香和张九妹正在刺绣着一幅满脸胡须的人物像。

见到曾纪生走进香房，焦菊香惊讶地瞪圆了双眼，随即赶忙起身站起来，热情地招呼着："爸，您……怎么来了？"

曾纪生故意沉下脸道："我不能来吗？"

焦菊香忙赔笑着道："当然能来啰。别的不说，就凭您收购'道缘堂'刺绣品，维持天成庵二十多年的功劳，也没人敢不让您来。谢长庚，你说是不是？"焦菊香说着，狠狠地瞪了谢长庚一眼。

站在一旁的谢长庚，连连点着头："那当然，那当然。"

焦菊香安顿曾纪生坐下，泡上茶后，转身走向前堂。

曾纪生端茶站起来，跟着走了出去，不满地对焦菊香道："你不是在长沙吗？回来了，怎么不回曾家大屋？广智知道你在这里吗？"

焦菊香尴尬地道："爸，这……件事，事关重大，田掌柜特地嘱咐，为了您和曾家大屋的安全，让我尽量不要将此事与曾家大屋牵扯在一起。"

"唉，这田如玉也真是，把我当外人啦。"听得焦菊香这么解释，曾纪生理解地点点头，轻叹口气，稀释了一下刚来时心里的那股气恼。他是个懂得规矩的人，不再追问，目光转向刺绣的画像，好奇地道："这画像是个外国人吧？他是谁？"

"好像是个皇帝，叫什么名字我也说不出。"焦菊香"老实"地回答。

焦菊香对曾纪生隐瞒自己参加刺绣斯大林画像一事，心里很是不安，眼下既被曾纪生撞破，只得无可奈何地装着傻，等待着他的责备。她清楚曾纪生的脾气，大是大非问题上从不马虎。谁知曾纪生今天一反常态，像没有发生任何事一样，只是问道："田如玉呢？她不是也来天成庵了吗？"

"哦！如玉姨，她……"焦菊香支吾了一下后，赶紧道，"因为长沙绣庄有点急事，要晚几天回来。她让我转告您，过两天她回这里时，再给您赔不是。"

第二十二章 绣国礼

田如玉其实就在道缘堂另一端的密室里,只是此时不便出来见曾纪生。中共中央社会部特别行动组特派员周乐安正坐在电台前,从昨晚等到现在,上级传达要他们守候的"重要电文"一直没有出现。

同坐一屋的龚敏生,心里很是不安,低声说道:"是否情况有变,我回长沙去打探一下。"

正在大家焦急不安之时,沉寂的电台忽然传出了"嘟嘟嘟"呼叫的声音……田如玉刚收到电文,就迫不及待地叫出声来"奇怪!这个电文我怎么译不出来?"

一旁的云空师太不动声色地从一个铁皮柜里,取出一本《刺绣针谱》递给她:"这就是龚敏生从特勤组换出来的那本《针谱》。省工委出了叛徒后,原电台密码已被国民党破译了,导致我们两次行动失败。为了麻痹敌人,昨天我们仍在以旧密码派人挑着电瓶流动发报,新电台转移到这里后,必须使用新密码。"

田如玉着急地道:"我没有新密码呀!"

云空师太诡秘地一笑:"这本湘绣《针谱》与你上次被宪兵队审查过的不一样。"

田如玉睁大着双眼,拿着云空师太的《针谱》翻来覆去看了又看,她怎么也看不出眼前这本密电码与上次从宪兵队换回的《针谱》有什么特别之处。

"我不告诉你,如果你也能看出来,那还叫密码吗?这本《针谱》就是我们在天成庵抄录的。它既是破译湘绣技艺的密码,又是我们秘密联络站的特别密电码,它的不同之处全部在'松毛针'的章节里,这个秘密你懂。"

田如玉心领神会地打开《针谱》，译出第一行文字后立即惊呼起来："毛泽东主席的亲自复电！"

颂云先生勋鉴：

　　备忘录诵悉。先生决心采取反蒋反桂及和平解决湖南问题之方针，极为佩服。所提军事小组联合机构及保存贵部予以整编教育等项意见，均属可行。此间已派李明灏兄至汉口林彪将军处，请先生派员至汉与林将军面洽，商定军事小组联合机构及军事处置诸项问题。为着迅赴事成打击桂系，贵处派员宜速为宜。如遇桂系压迫，先生可权宜处置一切。只要先生站在人民方面，反美反蒋桂，先生权宜处置，敝方均能谅解。诸事待理，借重之处尚多。此间已嘱林彪将军与贵处妥为联络矣。

毛泽东　1949年7月4日

龚敏生看完电报喜不自禁地对周乐安道："有毛主席署名的密电，程潜将军就没有后顾之忧了。长沙如能和平解放，云空师太创办的'道缘堂'功不可没。"

周乐安亦掩饰不住内心的兴奋，满面笑容地道："完成这次任务后，我就立即回上海向社会工作部汇报，建议对参与完成这次任务的全体同志进行嘉奖！"

龚敏生激动地握着周乐安的手道："那好。我俩分头行动，我马上去省政府见程潜主席，你不必等我回来，立即带着《斯大林绣像》回上海汇报。"

云空师太当即嘱咐田如玉："你快去绣房，要张九妹和焦菊香将《斯大林绣像》从花棚上卸下来,将绣像交给特派员。"

龚敏生向众人挥了挥手道:"大家等着我的好消息!"

龚敏生走后,田如玉刚安排好几名武装警卫护送周乐安离开道缘堂,此时汪三娭馳气喘喘地闯了进来,惊慌地道:"有一群拿枪的人来了!"

田如玉沉住气地问道:"拿枪的人?是打猎的吗?"

汪三娭馳道:"不……像,这些人都穿一样的衣,戴着一样的帽子。"他们究竟是什么人,在天成庵山门外打扫卫生,担负外围瞭望任务的汪三娭馳也说不清楚。

"特务来了!已经上山了。"在天成庵前堂绣花的张九妹,这时也端着一个花棚子跑了进来。

云空师太撩开窗帘,从道缘堂向天成庵大堂望去,只见十几名全副武装的宪兵,已经冲到了大堂的阶梯上。

"我到前堂去。这些人我认识。"田如玉也从窗口看清楚了,这些人就是宋建勋率领的特勤组宪兵。

"不!"云空师太当机立断地道,"你随田文斌的电台走。我是这里的主持,还是我出面为好。"

见到情况紧急,田文斌二话没说,抱起电台就钻进了暗道。田如玉还没来得及反应,宋建勋就沿着道缘堂侧道的走廊,带着宪兵闯到了堂门前。

"呼"的一声,大门被踢开了!为了防止暗道暴露,田如玉并没有跟着钻进暗道,而是急忙用身体掩住暗道口,反手关上了暗门。

云空师太将宋建勋堵在道缘堂旳门口,双手合一,平静而又镇定地道:"阿弥陀佛。佛堂净地,施主不可造次。"

"少废话,电台藏在哪?快交出来!免得我们动手,打扰了佛门的清静。"宋建勋不想和一个老尼纠缠,凶巴巴地警告着。

"电台?什么电台?出家人不打诳语,施主的话,贫尼听不懂。"云空师太轻声慢语,悠悠地道。

宋建勋环顾四周,猛然发现不知何时站在自己身边的田如玉,不觉讥笑着道:"田掌柜又出家了吗?真是冤家路窄啊!"

"宋队长,我们又见面了,真是缘分啊。是什么风把您从长沙吹到铜官来了?您到天成庵来,是求神还是拜佛?"田如玉就像见到老朋友一样热情地回答。

宋建勋将手中的枪往香案桌上一放:"田掌柜又为何到天成庵来,该不是敬神拜佛这么简单吧?"

"曾家二少爷上次委托我订制的一幅'国父'像,只有天成庵湘绣讲习堂的绣娘才能绣出大总统的神韵,今天我是专程来取绣像的。宋队长是否也有雅兴指教指教?"

田如玉示意张九妹端出一个绣棚,主动揭开棚布,一幅《孙中山绣像》赫然在目。

宋建勋扭曲着脸,厉声喝道:"田如玉!你别跟我来这一套。我们已在铜官守候了一个星期,好不容易才锁定这天成庵,你还想嘴巴硬!"

"给我搜!"宋建勋嘴一努,宪兵立即在堂内搜查起来。

没多久,几个搜查的宪兵发现了暗道,兴奋地向宋建勋报告:"组长!这里有暗道!"

为了给田文斌电台转移多争取些时间,见到暗道暴露,田

第二十二章 绣国礼

如玉奋不顾身地抢到暗道口,堵住了暗道,不让宪兵进入。

宋建勋伸手抓起搁在桌上的枪,冷笑着道:"螳臂当车,不自量力。给我上,抓活的!"

两个冲在最前面的宪兵,听到宋建勋命令后,便向田如玉猛扑了过去。

云空师太见状,迅速掏出藏在道袍里的手枪,射倒扑向田如玉的两个宪兵,冲着田如玉喊道:"快跑!"

田如玉却挺身迎向宋建勋的枪口,大声喊道:"九妹,掩护师父快走!"

"呼!"恼羞成怒的宋建勋朝着田如玉开枪了。田如玉身子一颤,胸口冒出了一朵血花,随即身体晃了晃,仰面栽倒在地。

张九妹将手中的绣棚朝几个宪兵一掷,趁着他们躲闪的机会,拖着云空师太抢出道缘堂门,钻进了旁边的一个小山洞口。

宋建勋抢到田如玉身旁,看到她左胸处正在往外涌冒着鲜血,知道这个活口是留不住了。他狠狠地跺了跺脚,大声喝令宪兵:"追!快追!"

宪兵分成两队,一队追进了暗道,一队随着宋建勋奔出堂门,追向云空师太。

田文斌抱着电台从后山暗道口出来后,见天成庵的山下停着宪兵队的车辆,猜想宋建勋在山上找不到电台和《斯大林绣像》,一定会顺着暗道追过来,如果宋建勋在铜官轮渡码头设了暗卡的话,自己这一去便会"自投罗网"。

田文斌想了想后,利用草木的掩护,迅速钻到文家坝的石板桥下将电台藏好,然后指挥几名接应自己的农民武装,将追赶云空师太的宪兵引往铜官镇，自己则从山坡岔道赶往曾家大屋报信。

早已从天成庵返回曾家大屋的曾纪生，听到田如玉遇险的消息后，非常震惊，立即带着谢长庚和几个帮工再次赶往天成庵。

当曾纪生赶到道缘堂时，汪三娭毑带着几个哭成泪人般的绣娘，正在为田如玉擦抹伤口上的血。

曾纪生俯身抱起田如玉，呜咽着道："你回天成庵为什么不告诉我？这么大的事，我虽帮不上忙，但至少可以帮你挡这颗子弹啊。"

不知是被曾纪生的哭泣所感动，还是曾纪生掉落在田如玉脸额上的泪滴触动了她的神经，田如玉身体微微一抖，闭着的双眼竟然缓缓地睁开了。她看着曾纪生，吃力地道："纪生……我……有东西要……要……"

田如玉虽然没有说得明白，曾纪生却是明白了她的意思。他伸出颤巍巍的手，伸进她沾满了鲜血的衣襟里，掏出了一只绣花荷包。曾纪生淌流着泪水问道："这是要送给我的吗？"

田如玉脸上露出一丝会心的微笑，微弱而又断断续续地道："这么多……年了，谁知一错铸成永远。"

曾纪生捏着那绣面摩擦得已有一层毛绒，还带着田如玉体温的绣花荷包，心中一阵迷茫。他不觉想起了当年田如玉从宏泰坊赎身出来后，在曾家大屋后山竹林里绣时，唱的那首铜官民谣《绣荷包》：

绣只荷包满天星，送给哥哥出远门。

上绣犀牛来望月，下绣荷塘萤火虫。

第二十二章 绣国礼

绣得丫鹊来报喜,绣得凤凰落梧桐。

绣完手帕玉麒麟,又绣床头鸳鸯枕。

一年三百六十天,绣得月亮追星星。

曾纪生发现怀中的田如玉,神情恍惚,目光正在暗淡下去,知道她已经到了弥留的最后时刻,顿时心如刀绞。他见她的嘴唇还在蠕动,不觉抱紧了她,心疼地道:"我还能为你做什么?"

田如玉猛然睁大了眼睛,一字一顿地道:"我——想——听——绣——荷——包。"

曾纪生泪如泉涌。他清了清自己的嗓子,由于心酸的堵塞,几次哽咽着都没能发出声来,最后站在一旁的张九妹哽咽着唱起来:

绣对鸳鸯配龙凤,画群鲤鱼跳龙门。

东绣日出西绣雨,南画乌云北画风。

绣楼门前绣桃林,桃树林里画灯笼。

灯笼肚内绣灯盏,灯盏肚内画灯芯。

把哥绣在太阳里,把妹画在月亮中……

在《绣荷包》的民谣歌声中,田如玉躺在曾纪生的怀抱里,安详地闭上了眼睛,脸上凝固着那一丝会心的微笑。

田如玉用生命保护了秘密电台的安全转移。《斯大林绣像》任务的出色完成,为随后发生的两件重大历史事件,做出了一个芙蓉坊绣庄掌柜力所能及的贡献。

一九四九年八月四日,程潜和陈明仁将军根据毛泽东的绝密电报,通电全国,正式宣布脱离国民党广州政府,湖南和平解放。

芙蓉坊密码

　　一九四九年十二月二十一日，毛泽东主席，带着中华人民共和国礼单一号《斯大林绣像》成功访问苏联。

　　曾纪生在失去易玉莲后，又失去了田如玉。

　　田如玉牺牲的当天，曾纪生在天成庵观音菩萨面前来回徘徊，久久不愿离去。

　　曾纪生的悲伤，不仅感动了在场的汪三娱驰、张九妹，也感动了曾经看破红尘，万念俱灰，磨砺出坚强意志的云空师太。她双手合一，为曾纪生祈祷道："人生随缘，死不由己。但愿你们今生的分离，是为了赢得来世的缘分……"

图书在版编目（CIP）数据

芙蓉坊密码 / 曾理著 . -- 北京：线装书局，
2016.6（2017.6）
　　ISBN 978-7-5120-2331-4

　　Ⅰ . ①芙… Ⅱ . ①曾… Ⅲ . ①长篇小说–中国–当代
Ⅳ . ① I247.5

中国版本图书馆 CIP 数据核字（2016）第 163324 号

芙蓉坊密码

作　　者：	曾　理
责任编辑：	程俊蓉
装帧设计：	王文龙
出版发行：	线裝書局
	地　址：北京市丰台区方庄日月天地大厦 B 座 17 层（100078）
	电　话：010-58077126（发行部）010-58076938（总编室）
	网　址：www.zgxzsj.com
经　　销：	新华书店
印　　制：	北京睿和名扬印刷有限公司
开　　本：	710mm×1000mm　　1/16
印　　张：	30.25
字　　数：	300 千字
版　　次：	2017 年 6 月第 1 版第 2 次印刷
印　　数：	2001-5000 册

定　　价：68.00 元

线装书局官方微信